本书为国家社科基金青年项目“ 网络文学的媒介转型研究 ”
（13CZW004）成果，并受“ 中国作协网络文学研究院扶持项目 ”资助

网络文学的媒介转型

许苗苗◎著

图书在版编目(CIP)数据

网络文学的媒介转型/许苗苗著. —北京：中国社会科学出版社，2021.3

ISBN 978－7－5203－7914－4

Ⅰ.①网…　Ⅱ.①许…　Ⅲ.①网络文学—传播媒介—研究—中国　Ⅳ.①I207.999

中国版本图书馆 CIP 数据核字(2021)第 027812 号

出 版 人　赵剑英
责任编辑　郭晓鸿
特约编辑　杜若佳
责任校对　师敏革
责任印制　戴　宽

出　　版　中国社会科学出版社
社　　址　北京鼓楼西大街甲 158 号
邮　　编　100720
网　　址　http://www.csspw.cn
发 行 部　010－84083685
门 市 部　010－84029450
经　　销　新华书店及其他书店

印　　刷　北京明恒达印务有限公司
装　　订　廊坊市广阳区广增装订厂
版　　次　2021 年 3 月第 1 版
印　　次　2021 年 3 月第 1 次印刷

开　　本　710×1000　1/16
印　　张　23
插　　页　2
字　　数　313 千字
定　　价　138.00 元

凡购买中国社会科学出版社图书，如有质量问题请与本社营销中心联系调换
电话：010－84083683

序　历史与逻辑的双重审视

文学的命运始终是和媒介的历史相互交织的。以语言做标志的第一次信息革命为口头文学的诞生准备了条件，以文字做标志的第二次信息革命为书面文学的发展提供了前提，以印刷术做标志的第三次信息革命为报刊文学的开拓导乎先路，以电磁波为标志的第四次信息革命促进了电子文学的登场，以计算机为标志的第五次信息革命使网络文学得以大行其道。

我们都是第五次信息革命的亲历者，也都是文学媒介转型的见证者。这次信息革命始于20世纪中叶，至今仍在深入发展。在大型机中心期，爱好文学的程序员为探索电脑潜能而用软件写作诗歌、散文和小说，由此催生了最初的数码文学或计算机文学；在微机勃兴期，众多作家经历“换笔”用上了新型写作工具；继之而来的网络中心期创建了海量发表平台，从网民中分化出以文学为己任的“写手”及其粉丝，于是有了今天蔚为大观的网络文学。如今网络文学已经不只是供我们阅读的文本，而且是让我们沉浸于其间的环境，因为它不仅已经找到转化为影视、游戏和衍生品的渠道，而且通过建设“中国网络作家村”（杭州，2017）等方式成为博得眼球的文化景观，通过举办“网络文学周”（杭州，2018）等方式成为日益盛大的行业庆典。

中国网络作家村位于杭州市滨江区白马湖畔，与之相邻的建国饭店是网络文学周的举办地。中国作家协会网络文学研究院经常选择这一带作为活动地点。它是由中国作协、浙江省作协和杭州市文联三方合作建立的机构，2017 年落户杭州。本书作者便是上述研究院最年轻的特聘研究员。

我有幸和本书作者共同参加了网络文学研究院的多次活动，得知她“与网络文学生长同步”的经历。许苗苗曾是才华横溢的少年作家，从 12 岁就开始发表文学作品，16 岁成为甘肃省作协年龄最小的会员（1993），三年后出版了自己的散文集《青春小站》（中国少年儿童出版社 1996 年版）。她初中就开始接触 DOS 编程，1999 年进入北师大当代文学专业后迷上网络，受台湾作者蔡智恒小说《第一次的亲密接触》影响而关注网络文学，与不少著名写手交友，后来甚至以“网络文学的生成机制”为题做硕士论文，得到导师李复威先生的大力支持和答辩主席刘锡庆教授的高度认可。论文写作期间还获得她的“网友”新加坡南洋理工大学云惟利老师的指导。

毕业后她就职于北京市电信公司，业余时间开办个人网站“妙妙人间”（www. xumm. net），钻研网络技术，居然达到工程师水平（有正式职称!）2005 年，许苗苗回北师大深造，就读于文艺学专业文化与传播方向，在蒋原伦先生指导下完成关于都市空间的博士论文。这期间，她将视野从网络文学扩展到网络文化，既同步关注电子期刊、博客、微博等网络媒体形式的变革，也尝试讨论网络暴力、自媒体新词及语用等问题。获得博士学位后，许苗苗到北京市社会科学院文化研究所工作，并于 2017 年晋升为研究员。

自 2000 年 9 月在《文艺报》“文学周刊”发表《与网相生——网络文学的现状与发展》以来，许苗苗已经取得了可观的学术成果，其中包括刊载于《文学评论》、《文艺研究》等专业顶级刊物的论文（有些为《新华文摘》、《人大报刊复印资料》等转载），以及《性别视野中的网络文学》（九州出版社 2004 年版）等著作。她在英国伦敦威斯敏

斯特大学、美国纽约哥伦比亚大学、奥地利克拉根福大学等地访学、参会的经历中，建立起与国际同行之间的学术联系。本书是她所主持的国家社科基金青年项目“网络文学的媒介转型研究”（2013）的最终成果。

本书所说的“转型”是指文学作品突破原有载体向其他媒介传播和延伸的过程，重点是印刷文化中所形成和强化的“文学”概念在网络文化兴起之际存续、变形、演化的过程。作者认为：自文学进入互联网以来，网络文学经历了三次转型。第一次重在探索媒介边界，弄潮儿是“痞子蔡和痞子蔡们”，出版社则跟风而进，其结果是出现了大量以“网络文学”为名的实体书，“上网出名，下网出版”的现象，以及依托个人网站所进行的包括数位诗人在内的文学实验，依托网络服务所提供的电子杂志、数字图书馆等的媒介实验。第二次以类型化网络小说标领风骚，“盛大文学”作为产业旗手雄赳赳地打头，中国作协、中国文联等组织通过评奖“十年盘点”和“网文大赛”等方式加以激励与引导。第三次以知识产权（IP）为纽带，使网络文学从“树下独舞”发展到“盛大狂欢”，以富豪排行榜取代无功利文学梦，用基于媒介转换的产业链扩张来制造像唐家三少这样的“大神”。

本书将网络文学的历史回溯和逻辑考察有机结合起来，在用四章勾勒它的演变线索之后，又用四章阐述作者所进行的理论思考。围绕媒介转型的问题和对策，作者展示了网络文学这一行瞄准市场蛋糕所进行的激烈竞争，类型化和 IP 资源开发所面临的瓶颈，侵权、抄袭与文本盗猎等暗流的涌动，政府为净化网络文学空间所采取的行动，网络技术和资本要素在促进网络文学变革方面发挥的作用。围绕媒介转型中的新文学诉求，作者分析了网络文学创作主体的身份变化，揭示了网络文学包括“金手指”“穿越与重生”“爱情最大”在内的游戏逻辑，以及近年来从认同虚幻到“反攻现实”的趋势。围绕媒介转型中文学经典的命运，作者将《红楼梦》作为个案，剖析了从原作上网、网络原创、主题论坛到跨媒体互动的相关现象，并考察了“红楼同人”（小说）的成因与特色。围绕媒介转型中文学形态的拓展，作者阐述了“超链接”、“多媒体”和“互动性”等范畴的意义（媒介拓展），将关注的视野从中国大陆扩展到港台和海外（空间拓展），阐明了读者或受众通过文学批评所发挥的作用（理论拓展）。

作为研究者，许苗苗在把握网络文学现象时显示了历史工作者的睿智、理论工作者的辩证；作为亲历者，她在体验网络文学变动时显示了“少年作家”的敏感、“写手中人”的贴心。在前一意义上，她娴熟地运用来自文艺学、社会学、传播学等学科的理论来解读文学转型的历史脉络；在后一意义上，她不时流露出自己对于网络文学界方方面面的感受，以至于为相关人员身份的转换、情感的变动而唏嘘。

“大江东去”，在诗人看来是“兴”的契机，在哲人看来是“悟”的缘由。回顾传播史，我们不难发现历次信息革命相距的时间越来越短，这意味着媒介转型的速度越来越快。从语言发明到文字出现，估计用了数万年（或数十万年）；从文字创制到印刷术问世，相隔大约是 1 万年；从印刷术萌芽到电磁波发现，相隔不过两千多年；从电磁波应用到电子计算机降生，相隔不足百年。如果按这一模式推算，那么，20 世纪末崭露头角的数字移动通信应该可以当成第六次信息革命的标志，与之相对应的是 21 世纪初风头正劲的移动文学。往下的发展目前还只能做粗略的预测，人工智能、量子计算等都可能成为下一次信息革命的标志，文学的媒体转型正未有穷期。如果以上述分析作为参照系的话，那么，或许可以说：许苗苗这部书稿是网络文学媒介转型进一步研究的新起点。预祝她取得更丰硕的成果，也祝愿网络文学创造更灿烂的辉煌！

黄鸣奋

2019 年 12 月 23 日

目　录

导　言

一　研究缘起及中国网络文学研究现状

本书所指媒介转型指文学作品突破原有载体向其他媒介传播和延伸的过程。网络改变了人们对媒介与文学关系的认识，作为文学在新媒介中的表现形式，网络文学的出现一方面将媒介问题引入文学视域，将文学的本质、样式、审美形态、接受过程等传统文艺理论问题再度推到台前；另一方面，它为文学、影视、动漫游戏等不同文化娱乐形式跨越媒介边界、相互融合做出多次有价值的探索。这里，我们将分析网络文学在媒介转型中的表现和作用，探索文学理论在跨媒介背景下的新动向。

（一）本书研究缘起

互联网的兴起分流了大量传统媒体如书刊、电视、广播等的受众，特别是印刷读物更受到不可避免的冲击。“文学”观念的普及基本与印刷媒体的普及同步。因此，印刷品作为主要传播媒介时，借助文字表达的文学与印刷品的联系被看作“天然”。印刷技术、编排样式、刊刻版本等媒介特性未受重视，而当屏幕和网络成为印刷媒介的替代品后，“网络文学”概念的诞生却唤醒了人们对媒介本身的关注。作为印刷媒介向网络媒介转型的产物，网络文学在形成和发展过程中，为突破媒介自身限制而进行的种种转型尝试显示出价值。本书拟从“网络文学”

这个文学与媒介结合的概念入手，分析其在媒介转型这一特殊过程中的表现，探索媒介转型背景下文学研究的新思路。

说起文学，人们往往从形式、题材、审美特质、文学性等角度出发，想到的是“文学作品”。传统文学理论从多个角度探讨文学，却很少涉及媒体。仿佛文学是想象的精灵，媒介则是精灵迫不得已的栖身之所。如果不是为了传播，这一精灵便与媒介毫不相干。对于强调想象、修辞、审美等精神维度特质的文学来说，媒介是一个被动的可有可无的因素。然而，果真如此吗？近年来，跨学科研究手段越来越多地介入文学，文学被放在历史学、社会学、传播学的交叉视野中予以观照，媒介对文学的影响也逐渐凸显出来。如果我们将文学看作语言文字的艺术，这一简单的概括本身就包含了“语言”和“文字”两种媒介形式。钱存训《书于竹帛》对汉字的发展演变进行了详细的溯源，从甲骨到青铜，从竹简到缣帛，从书法艺术到印刷推广，汉字的形态、构造极大地受到媒体影响①。文字是文学的主要表达方式，当文字书于竹帛，文学也自然带上了“竹”或“帛”的属性。刻在青铜器上只能是简短的铭文，记录在竹简上的则是记述国家事务的应用文“策”；而瑰丽又昂贵的缣帛与“赋”的华丽辞章辉映。印刷文学的发展同样经历了几个与刊刻技术和媒介传播手段紧密相关的阶段。随着大众传媒飞速发展，新媒体的需求更推动新文学样式的诞生和流行。如《申报》和《沪报》开辟我国日报刊载长篇小说的先声，《野叟曝言》《七侠五义》等都随近代报业的兴起为大众所识。为应付每日更新的副刊版面，吸引普通市民读者持续兴趣，增加可读性和吸引力，报上会出现“长篇小说连载”以填充内容。当办报者发现“小说与报纸的销路大有关系”后，报载小说便开始成为普遍现象。然而，由于当时作者有限，供稿不时出现问题，不仅常见断档、暂停等现象，有时甚至在连载中断后再也不见下文乃至影响报纸销路。这种不稳定性又促使报刊大力推动短篇小说的创作

---

① 参见钱存训《书于竹帛》，上海书店出版社2006年版。

和阅读。《时报》在短篇小说兴起过程中扮演重要角色，由于其长篇待刊稿遗失，他们不得不刊载短篇救急，还特地发广告向习惯阅读长篇的读者解释，“短篇小说本为近时东西各报流行之作”，篇幅虽短却同样“立意深远，用笔宛曲，读之甚有趣味”。《时报》《笑林报》等进而开启向社会征集短篇小说的序幕①。

除了载体介质本身，编辑、文选的收录也影响文学作品的传播范围。被称为批评史上第一部文学专论的《典论·论文》在我国传统文学理论中拥有奠基性的地位，作者也出身显赫。但如果没有《昭明文选》的有意识选择和留存，恐怕这篇文章终将与《典论》里其他篇章一起佚失，无法继续“经国之大业，不朽之盛事”。即便是工业时代的通俗读物，是刊登在每天更新的报纸上随日期渐远而丢弃，还是由出版社再次结集印刷成单行本，其形态、命运也都有所不同。以金庸作品为例，有学者对比早期《明报》创刊时的连载专栏和后来的多个编校、修订版本，发现最初报纸连载中为迎合大众口味的流行趣味被弱化，逻辑线索、人物形象等都在后期修订中获得完善，能看出通俗文学向严肃文学靠拢的痕迹。如今金庸的“经典”地位并非一蹴而就，而是一个根据不同媒体特色，在其间转换、整合、自我完善的过程②。以上文学与媒介之间的牵连，都将多少反映在网络文学中，并于下文论述涉及。

虽然我们谈论文学时强调它的想象力和精神特质，但它并不能完全脱离媒体，甚至可以说，文学和媒介的关系特别紧密，只是此前没有被发觉。麦克卢汉的“媒介即信息”理论如今成为传播学的经典理论之一，但麦克卢汉本人却是文学教授。对虚构的想象性文学的研究，使其能够以预言般的想象力对真实社会文化的发展做出判断。在印刷文化一统天下的时代，知识储备、教育传承主要依靠文字，大量印刷出版物成为文学的主流形态，而那些以语言为表达介质、强烈依

① 参见陈大康《近代短篇小说的复兴》，《光明日报》2018年3月15日。

② 参见高玉《金庸小说误读与武侠小说形象重塑》，《文艺研究》2014年第7期。

赖于艺人表现能力的口头文学则逐渐沦为边缘形式。到了网络文化兴起并日渐强势的时代，屏幕阅读开始抢夺纸媒体的主导地位，在适合视觉形象、动态传递的屏幕上，文字阅读不再是主流。当前最为流行的电脑、手机社交媒体如微信朋友圈、微博，国外的 Facebook、Instagram 等，主体形式为图片、视频加简短文字标题说明，在这类媒体上，讲究有理有据的长篇学术论文也被提炼为简明的段落概要。这种趋势体现在文学作品中，是散文式微，短小机智的警语、笑话流行；小说则呈现分化：一方面篇幅短小的“微小说”被广泛张贴转发，赢得了超高的知名度和眼球效应；另一方面，驻扎于文学网站的明星作者则以超长篇幅和持续更新建立了稳固的粉丝团队，从而找到开发后续产品的可能性。

媒介发展如何影响人类文化已不乏专论，这里仅做简单概述。本书从网络文学这一“媒介·文学”形式入手，考察在网络文化兴起之际，形成于印刷文化中的“文学”概念存续、变形、演化的过程。这里讨论的“网络文学”主要指中国大陆文化现象，部分章节涉及中国台港和海外情况。

（二）中国网络文学研究要点

新鲜活跃的网络文学现象，在国内研究界获得众多关注。研究者不仅各有侧重，还不断引导新鲜力量加入。与国外研究偏重于媒介不同，国内网络文学研究比较重视其“文学”特质，例如什么是网络文学，网络与文学两概念孰轻孰重，印刷与网络文学的关系、区别，网络文学对印刷文学特点的继承与改变等，总体来说，是在与印刷文学的比较中开展的。

1. 介入文艺学和文学史范畴的网络文学

国内最为主流的网络文学研究模式是从媒介环境的转变入手，依托文艺学、媒介学理论关注新技术、新文化对文学的影响，多数是从文艺学视野下的跨媒体文学理论展开。学者黄鸣奋在 21 世纪之初即涉足网络文学、数码艺术等领域，在集中发表于1998—2003年间的一系列文章中，对当时尚属新鲜的多媒体文学进行了介绍，认为网络文本的技术表现力将为文学带来巨大变革。他初步搭建起了网络文学研究的理论框架，重视网络媒体带给文学的新美学特征，尤其强调超文本性。欧阳友权一方面关注数字媒介下的文艺学和文艺转型，一方面针对以网络为载体的文学形式进行专门研究，在《网络文学本体论》[①] 中，认为网络文学通过迥异于纸介印刷作品的电子化多媒体文本，创造出新的文学范式。谭华孚[②]关注网络媒介带来的表达解放，他认为网络上已建立起一个比现实社会更加自由的文学场，但同时解构了传统文学所追求的超越性意义和隽永价值。单小曦[③]试图建构网络文学的批评体系，认为应当参照西方数字美学、数字文学研究成果，关注技术特色、突出文本分析。

在理论探讨的同时，一些研究者开始对网络文学这一新兴文学现象进行文学史意义上的记录、留存和评价工作，梳理网络文学发展史、评论重点作家作品及其影响等。

本书作者自1999年起关注网络文学研究。在出版于2004年的《性别视野下的网络文学》[④] 一书中，记录了网络文学诞生、发展中的相关论争，对网络文学的作者、读者、作品类型进行分类梳理，并在后续研究中，坚持对重点事件、发展趋势等追踪记录、点评，分析了网络文学发展变化各阶段的不同特征、重点人物和热点问题。中国作家协会网络文学委员会委员马季有多年长篇小说编辑经验，他长期坚持对类型化之后的网络文学作品进行细读、点评，其《读屏时代的写作——网络文学十年史》[⑤] 和《网络文学透视与备忘》[⑥] 及此后一系列追踪评论，以

① 欧阳友权：《网络文学本体论》，中国文联出版社2004年版。

② 谭华孚：《文艺传播论：当代传媒技术著作中的艺术生态》，海峡文艺出版社2004年版。

③ 单小曦：《媒介与文学：媒介文艺学引论》，商务印书馆2015年版。

④ 许苗苗：《性别视野中的网络文学》，九州出版社2004年版。

⑤ 马季：《读屏时代的写作——网络文学十年史》，中国工人出版社2008年版。

⑥ 马季：《网络文学透视与备忘》，中国社会科学出版社2010年版。

文学史的细致态度对网络文学的发展进行细致入微的记录与分析，尊重作品、细读并实践的研究方式更是赢得了众多网络作者的信服。周志雄《网络空间的文学风景》① 则从文学媒体势力转换的角度关注，指出当前已形成网络、传统文学期刊、出版社三分文坛的格局，网络媒介促进了文学的多元化发展。

媒介变革环境下传统文学艺术的转型也是研究重点：陈定家在《比特之境：网络时代的文学生产研究》② 中，从文学生产与消费过程入手，对包括手机终端在内的各种新文学载体都进行了考察，认为网络时代的媒介变迁带来文学生产的网络化问题，文学艺术的生产、消费面临新形势，文学经典也需要适应新媒介。因此，媒介变革与文学转型是当前文学理论研究的重要问题。何志钧在《媒介文化生态的剧变与文艺美学的重构》一文中，认为如今“全媒体”格局和文艺跨媒体运营的实践经验为当代文艺、审美研究提供了新的视域，文艺理论和文艺美学范式当前面临“数字媒介转向”。

以上研究者多依托文艺学学科背景，并抓住媒介转型时机，着重探讨媒介变化在文艺创作生产中的能动性，关注网络社会对文学、文艺学可能产生的影响，从理论上对网络文学在文学和文化中的地位进行探讨，探讨其源头、变化、潜力和发展依据。

2. 网络文学媒介转型研究成果

随着网络媒介影响的扩大和传播学理论向文学领域的跨界，学者对网络文学的关注也越来越多地涉及媒介转型这一话题。与本书相关的直接研究主要从如下两方面展开。

首先是错综复杂的网络文学现象与印刷文学的关系。由于早期网络文学只是一个新文学现象，在网上写作者也多是传统意义上的文学爱好者。他们为规避文学期刊、出版社烦琐的审核过程，转而投向网络。因

① 周志雄：《网络空间的文学风景》，人民文学出版社 2010 年版。
② 陈定家：《比特之境：网络时代的文学生产研究》，中国社会科学出版社 2011 年版。

此，他们对印刷媒体多抱有一份敬畏，在网络写作中带着玩票精神，有些人甚至把网络作为跻身印刷文学队伍的敲门砖。这一时期，对网络文学是否具备文学资格、是否成功的评判标准，是作品能否被文学期刊收录、能否出版纸质图书、能否受到成名作家的认可。因此，研究者的讨论焦点在于网络文学向印刷媒介转型的必要性和得失方面。“网络文学”概念刚刚提出时，就在文学领域内引起争论。一些知名作家、批评家——如陈村、王干、张柠、王宏图、葛红兵等——结合自身文学创作、批评经验发表了言论。陈村对于开放的网络大加赞赏，认为网络将为文学提供更大的自由空间，激活文学创作的生命力。而张柠（2001）则在阅读网络文学作品后，认为网络应与文学保持距离，网络作者应具有自由表达的独创性，不应抱有学生心态，放弃自身优势去模仿印刷媒介作家。到了网络文学声势渐长、类型化小说在文学网站中找到一席之地时，网络作家的名号又成为通俗出版物招揽人气的广告，形成网络与印刷捆绑之势。针对网络小说走上通俗化、类型化道路的现象，许苗苗（2004）指出网络文学是与网相生的鲜活文体，其魅力来源于网络特色，应警惕网络文学作者为迎合市场进行的纸媒化、印刷化努力。庄庸（2012）认为网络文学中最有价值的部分是阅读、体验、表达一体化的“新语体”，这种语体在脱离网络的媒介转换中可能失去特色。

其次是围绕全媒体运营（近统一称为IP①）的跨学科讨论。由于网络媒体日渐成为为大众媒体热点，越来越多的网络作品、网络话题、网络热词变成流行文化的主要来源，它们不仅占据通俗阅读市场、电视剧屏幕，也频繁获得电影和戏剧舞台的改编机会。因此，网络文学的多媒体转型、产业化、全媒体运营以及IP开发等研究成为新热点，这展示出文学研究在面对新媒介的过程中向文化研究的拓展。面对新媒

① IP是英文Intellectual Property的缩写，近年来主要用于讨论网络文学跨媒介改编中涉及的知识产权问题，本书将有专门章节讨论。

介文化现象，传统学科分野和研究方法都显得不够贴切，必须借助文化产业、传播、经济、法律等专业相关知识。要想关注网络文学这样一个多重技术和跨界知识的综合体，研究者也必须相应拓宽视野，广泛借鉴各个专业的知识。夏烈在参与《甄嬛传》转型改编之后，数次撰文探讨网络文学 IP 的转型。王祥的《网络文学创作原理》[①] 出版时间较晚，但其多年来参与网络作家培训，从创作实践角度对比印刷作者和网络作者的异同，著作具备后发优势，对网络创作的实践规律进行总结。

3. 网络文学研究团队及其成果

除此之外，网络文学研究团队力量也不容忽视。如中南大学网络文学研究基地团队，成立以来承担“我国网络文学评价体系的理论与实践研究”等多项国家社科基金、教育部课题，出版网络文学研究理论专著及“网络文学教授论丛”和“网络文学新视野丛书”等系列丛书[②]，在网络文学研究领域积累了丰硕的成果，其中：《网络文学发展史》（2008）对网络文学的兴起和发展中的大事件进行时序梳理，《网络文学概论》（2008）着重于向初涉此领域的研究者进行介绍，《网络文学产业论》分析网络文学脱离网络载体，转向影视剧的产业化趋势。另外，《网络文学论纲》（2003）、《网络文学本体论》（2004）、《网络文学的学理形态》（2007）等著作对网络文学进行总括性的论述，也打响网络文学研究的旗号。这些成果为网络文学重点案例留存、作品分析、数据库建设等方面做出切实的贡献。

北京大学邵燕君团队在中文系开设网络文学研究课程，在作品细读的同时，带领学生团队进行网络文学创作实践。青年学子以参与者身份做评论和研究，对网络文学产业中的打赏机制、粉丝文化、热门作品、

① 王祥：《网络文学创作原理》，中国人民大学出版社 2015 年版。

② 《我国网络文学评价体系的理论与实践研究》，http：//npopss - cn. gov. cn/GB409254/409801/，最后浏览日期：2020 年 3 月 13 日。

明星作家以及热点词汇等都有了基于真实数据和切身体会的新鲜论调。这一团队数年来收获了丰富的研究成果，不仅持续更新微信公众号“媒后台”，还与漓江出版社长期合作推出“年度中国网络文学”系列书籍，并有对话集《网络时代的文学引渡》、基于网络类型小说的评论集《网络文学经典解读》① 以及解读网络文化关键词现象及文化基础的《破壁书》。

2017 年底在杭州成立的中国作协网络文学研究院是一个网络文学进行跨学科、跨组织的研究团队。该院研究人员来自不同单位，其中：马季、肖惊鸿、王祥等来自作协系统，黄鸣奋、欧阳友权、邵燕君、夏烈来自高校，陈定家、许苗苗分别来自中国社会科学院和北京社会科学院，庄庸来自出版行业。不拘一格的组织方式标志着网络文学多元、包容的特色引起研究领域的突破。此团队在网络文学下一步行业发展的指导、作品评论与质量提升以及相关跨学科研究方面发挥着日益重要的作用。

以上研究团队有的将网络文学看作文艺学的新对象，对其文本的媒介特点、创作、传播、阅读过程进行史论或理论性探讨；有的将网络文学看作当代文学现象，进行作家、作品评论、资料整理的成果；有的围绕网络文学作者、作品进行访谈、批评、记述，分别从不同角度切入这一领域。由于网络文学研究尚处于起步阶段，专注于此的研究人员还不多，但以上几个立场不同却特色鲜明的研究团队已经开始发挥各自的作用。这是网络文学研究力量在组织方式上不同于以往文学研究的特色，也可以说是文学研究在新媒体语境和跨学科学术环境中的新发展。网络文学作品众多、对象不固定，涉及新媒体、文学、动漫、影视以及多个青年亚文化领域，需要详细的调查、广泛的阅读和宽广的知识面。横向联合的专题团队研究能够很好地组织力量，可以说非常适合网络时代的文学生产节奏，是一种很好的探索。

---

① 《2015 年度中国网络文学》，漓江出版社 2016 年版；《网络时代的文学引渡》，广西师范大学出版社 2015 年版；《网络文学经典解读》，北京大学出版社 2016 年版。

网络文学杂糅异质、瞬息万变且涉及不同学科领域，对其研究已经不是单一学者、单一学科能够概括穷尽的。面对这一活跃的新文学现象，研究者各自从不同学科视野入手，带领不同团队迅速搭建起了中国当代网络文学研究的框架。虽无分工，却形成了实际的协作效果，研究的多样化也最大限度呈现出了网络文学现象和内容的多样可能。

（三）推进网络文学媒介转型研究的空间、方法和价值

国内外研究界并未忽略网络文学的媒介转型问题，也已经积累下一定的研究成果，但对于发展如此迅速的文化现象，研究永远无法跟上其生动迅速的脚步。

网络文学已在媒介转型方面进行过不少探索，并积累下值得研究的丰富现象。本书以时间为线索，以专题为节点，讨论网络文学媒介转型的过程、其背后的驱动因素，辨析经济力量入侵和媒体技术发展对网络文学整体变革的影响。本书认为，网络文学的媒介转型昭示出文学发展的必然趋势。当前网络文学作品以通俗小说为主体，说明网络媒介为民众提供了介入文学的开放渠道，而与民众最相关的文学形式就是通俗文学。通俗文学领域是文学中最开放和大众化的部分，也必然是文学转变的起点。网络文学作品的生成、转变与媒介传播方式有很大的相关性。成功的媒介转型有规律可循，研究现有作品能够总结出相关规律，为文艺作品应对新媒体环境的挑战提供借鉴。

由于媒介转型是当前文学艺术面临的普遍性问题，本书从网络文学的探索实践切入，能够为看待这一问题提供新的视角。目前网络文学研究一般沿用文艺学或当代文学方法，以纸媒介文学规范要求网络文学。本书将文学研究与媒介研究相结合，参考传播学、文化产业的方法和成果，试图探索新的研究方法。由于网络文学本身是新媒介产物，研究者多半将其挣脱网络媒介的种种尝试视作倒退或归顺。本书认为在新媒介蓬勃崛起、传统媒介势力依然强大的环境下，文学应当在不同媒介中探索发展、变化和新生的道路。

二 媒介:网络文学研究不可忽视的角度

网络文学包含“网络” + “文学”两要素，是一个复合概念。既以“网络”标明载体的新鲜，又以“文学”建立与其他既有的媒体文化形式的联系。两概念的叠加听起来虽然宽泛，但胜在能够最大限度地包容。在网络文学中，媒介角度不可或缺，这不仅源于网络文学的媒介依附性，也源于网络媒介本身的变动特性。

（一）网络文学的媒介依附性

长期以来，在大众甚至网络文学从业者、研究者眼中，网络文学都是一个复合概念。在网络媒介刚刚兴起，印刷媒介仍占主流之时，人们无法预期新概念的变革。但随着互联网发展，它的范围已经不再局限于小部分技术和知识领先者。相比于网络概念本身，人们更熟悉的是各类新媒介应用。它们的用户越多，使用起来越简单，进入门槛也越低。所以互联网以及智能手机等人人皆可上手的媒介，真正使文学创作成为“全民的狂欢”。任何人都拥有了创作、发布和传播的权利。网络文学不再局限于设想中的先锋表达，也不再是依附性的权宜之计，而成为独立概念。

首先，网络文学是整体概念，割裂地从网络或文学两个孤立维度看都会影响其完整性。所谓“网络文学”“印刷文学”两种说法，区别在于媒介。这种指称方法最初囊括从印刷媒体因袭、从电子媒体借鉴以及网络媒体自身生发出的众多文学形式。但网络媒体日益突破了以往的媒介边界，无论显示器、印刷品还是各类智能终端，都成为网络文学的载体。因此，不再适合以单纯的载体作为界定和划分的标准。

其次，网络文学是独立概念。在媒介转型、新概念引进的阶段，人们倾向于将网络文学作品与各种印刷文学题材形式进行参照。但无论形式内容还是审美特性，网络文学中都难以找到与印刷作品完全对等的对象，其一致性远不如差异性，网络文学面对的环境是以往印刷文学未曾涉及的。特别是对于在印刷文化和网络文化双重媒介文化环境中成长起来的新一代人来说，网络文学与印刷文学泾渭分明，它本身就是丰富且自足的。

再次，网络文学涵盖广泛，具备异质化特征。这里所说的网络文学不仅包括那些产业化的文学网站、精英化的网络媒体专栏，也包含各类论坛、朋友圈、博客和公众订阅号中网民自发的创作；不仅包含带有文体意识自觉的创作，也包含偶一为之的语言火花；不仅包含单一作者、明星写手的作品，也包括佚名作者甚至集体传播中演化而出的网络文学现象。

最后，网络文学是动态发展的。网络作品形式体现出网络媒介多向传播的互动特性。它模糊了印刷媒体中原版、原创的思维模式，几乎每一个转发者、传播者都能够为作品贡献内容。越是社会影响巨大的网络作品越难以界定其原始形态，网络作者、网络作品不再是唯一固定的，而成为群体性的发展概念。虽然这些新特质难免使它在面对知识产权时产生问题，但也充分体现出网络的能动性和创造性。能动性和创造性正是最切合网络媒体特点的文化概念。网络文学属于民众，无论网络高手或文学精英都无法垄断，这是其源源不断的活力的来源。

（二）文学与媒介的辩证关系

网络文学的诞生和兴起离不开媒介发展，但关注媒介大环境的差异是不是仅在网络文学发展之初就足够呢？网络技术发展更迭迅速，网络媒体版本众多，对于那些不再流行，甚至已经淘汰的网络媒体形式，还有没有必要回看和关注？这要从网络文学发展与媒介的关系角度观察。

网络媒介技术的发展阶段，是研究网络文学不能忽略的时代背景，此前，文学媒介从来没有获得过如此重视。但互联网带来的不仅是文学媒介的更新，更是整个社会文化的大变革。以加拿大伊尼斯、麦克卢汉等人为代表的媒介技术理论以及互联网应用的普及使人们注意到新媒介为社会文化带来的改变。网络文学作为互联网时代计算机终端与盛行于印刷时代的文学概念结合的产物，其以文字为主要表达的形式正好提供了将同一“文本”放在不同媒介上加以类比的契机。从“网络文学”出发，人们争论的不仅仅是文学自身的发展和流变，更是媒介文化的延续性和变异性。因此，当前网络文学在数量和历时上虽然尚远不能与印刷文学匹敌，却可在某些时候与印刷文学互为参照。媒介是使这种参照得以成立并具有意义的根本因素。

互联网使网络文学成为可能，在媒介变迁视野下，媒体因素进入文学评价体系。作为印刷媒介参照系的网络同时具有恒定性和变动性。笼统地说，无线互联网技术在当前媒介时代可以说是相对恒定的元素，关注网络文学离不开对网络的认识。但基于互联网的各类媒介形式，如计算机软件的开发换代、终端硬件以及智能、便携式终端的研发等，却多样且更替频繁。我国大众最初所知的互联网应用是电子邮件和网页浏览，此后门户网站、虚拟社区等集成型网络媒体出现，网络文学就诞生在邮件列表以及电子公告板系统，也就是我国用户常说的 BBS 中。继在 BBS 载体兴起并获得繁荣之后，网络文学既曾获得多种专属载体，如电子期刊、文学网站等，也曾依托于其他媒体表现形式，如博客文学、微博文学等。随着互联网终端从固定的电脑向移动终端的笔记本、手机拓展，新终端上的集成软件如微信等自然向网络文学开放；同时，为商业化网络文学开发的写作硬件、阅读终端等也时有出现。

从技术上看，网络文学主要诉诸文字，其呈现、传播文字的需求继承自印刷品，这种载体的需求对于能够展示声音、色彩、动态影像的电脑来说简直毫无难度。但有意思的是，就是这样低技术含量的表达和传播要求，却引起网络技术竞相争夺，代代更替。日益降低的门槛使得竞争越发激烈。在互联网出现之前，任何一种媒介都是渐变式发展，印刷技术的提高、色彩的增加，逐渐提高了报纸、期刊的数量，电视媒体从黑白到彩色再到数码，增加了清晰度和尺寸。统领文字传播多年的印刷媒介因其恒定性、统一性而将自己排除在影响文学的相关因素之外。而网络文学中，读者的反馈和双方互动程度决定着作品成败。网络文学载体的吸引力，读者反馈的积极性和忠实度等，成为必须考虑的元素。因此网络媒介应用的便利性，作品到达目标作者的精确性以及不同媒体作者和读者的差异性都显现了出来。

由此可见，互联网虽然为网络文学提供了前所未有的舞台，使之一诞生就被放在了与拥有多年积累的印刷文学比肩的地位上，但其瞬息万变的不确定性也导致网络文学缺乏相对固定的舞台，欠缺积累，因而难以产生一致性对象的问题。网络文学蕴含着技术对文学的影响，将媒介与文学的关系摆在了台前，其自身得以成为举足轻重的概念。但当媒介特性成为考察多变网络文学现象的相对恒定且一以贯之的线索时，网络媒体快速淘汰的负面影响不应被忽略。虽然以互联网为平台的文学作品被称为网络文学，但这个平台不是隐形并居于后台的，它积极参与网络文学形塑，网络作品特点与其所依托的媒体有很大联系，因此它也遭受着新媒体变动性的困扰。

同样，网络文学研究也面临着媒介问题。脱离媒介特性单纯看文本的网络文学研究不仅不完善，且逻辑上无法圆融。在网络文学研究中，整体性、规律性的探讨很容易流于空泛。而数量庞大、质量缺乏保障的作品又使单一案例细读的研究过于狭窄。究其原因，并不是网络文学内容本身具备后现代多元色彩，而由于这一对象并非静态，它是一个跨媒介的变动过程。局限于单一媒介的阅读和评论容易遇上不同媒介标准的差异等外部质疑。所以，要对网络文学发展进行总体观照，离不开媒介变迁的角度。

总而言之，对于网络文学来说，网络特质不是一个强调延续和差异的外部因素，而是不可或缺的内部因素。网络媒介本身的变动性呈现为网络文学阶段性文本的差异，因此，在研究过程中，即便是一些已经消失或者很弱势的网络媒体，也有必要回溯和分析。媒介是讨论网络文学不可避免的角度。在充分理解媒介属性对于网络文学意义的基础上，本书拟回顾网络文学发展历程，从媒介转型角度划分阶段，分析代表性事件、作品，梳理媒介转型过程；挖掘对文学媒介转型产生影响的主要因素；对比不同媒介的特性，总结网络文学在媒介转型过程中的经验、教训和未来趋势。

生活不是科幻小说，文学也不只依赖虚构和想象力去揣度新媒介文化世界。在新旧媒体交接的时代，我们永远无法以过往媒介文化培育的视野和规律去面对新的挑战。本书将对媒介文化交替之际的网络文学发展历程进行梳理，将网络文学的媒介转型划分为文学上网，第一次纸媒介转型，第二次纸媒转型，影视、游戏产业转型，全媒体及技术转型五个阶段，着重关注媒介转型给新文化形式带来的影响。

第一章　媒介转型与网络文学的发展历程

“网络文学”的说法诞生之初，不过是将两个现成名词组合起来的权宜之计。对于20世纪90年代早期的公众来说，“互联网”本身都还是与大众无关的高精尖科技产品，带有浓浓的神秘色彩。当时个别有条件使用互联网的人，在程序语言和说明文字之外嗟叹两声，语句中的情感正好迎上懵懂大众窥探计算机世界的目光。对于陌生的互联网中可能生发的文化娱乐，公众需要一个通俗易懂的解释和桥梁，于是，“网络文学”恰到好处地获得命名，成为当时谈论网络文化最先想到的例子。

第一节　网络文学媒介转型的方向

文学的媒介转型可以看作特定社会历史环境催生的文化现象，因此，在梳理网络文学媒介转型的过程中，本书不仅回顾网络文学自身发展史，以标志性事件为节点划分转型阶段，还将结合特定时段的媒介技术条件和文化、经济环境，分析社会文化转型的历史动因，从网络文学入手讨论媒介与社会文化转型之间的互动。从媒介转型角度看，网络文学发展历史可以分为五个时期，分别是文学上网、第一次纸媒转型、第二次纸媒转型、全媒体转型和新技术转型。网络文学诞生时间不长，脉络清晰，相关数据、时点等也有专门研究整理，稍后章节会有部分涉及，因此本章不做史料还原，仅从总体发展趋势选取论证热点讨论。

一　文学上网

文学上网时期指从1995年前后到2000年之前的阶段。当前，对中文网络文学的追溯一般会回到20世纪90年代初。那时，一些北美留学生在中文BBS和邮件列表中发表文学性质的作品，开中文网络文学的先声。如1992年在Usenet建立的BBS新闻组“alt. chinese. text”被看作中文网络文学的诞生地。其他如《中国新闻摘要》（CND）与网刊《华夏文摘》（HXWZ），网上诗刊《橄榄树》与《新大陆》等，都不同程度在网络文学的诞生过程中发挥作用。其中，方舟子创刊于1994年的“新语丝”[①]、大型女性网络文学月刊“花招”（1996年1月创刊）等较具规模，是早期中文网络文学阵地[②]。1998—1999年，互联网还只是小众媒体，网络论坛BBS上登载的网友原创短篇小说，在为数不多的计算机群体和高校学生中流传。1999年底，中国内地两场分别由“榕树下”和“网易”举办的大型原创网络文学赛事，对提高这一名词的曝光率起到关键作用，是互联网媒体参与流行文化的一次大规模形象宣传。“网络”这个生硬的新媒体科技名词通过浅显易懂、清新时尚的“青春文学”方式迅速与大众文化挂钩，被广大民众所认识。在急需扩大知名度的网站、亟须寻找新话题的纸媒体包装联手推动下，网络文学成为火热的概念。到2000年前后，那些获得瞩目的网络作品和获得嘉奖的网络作者都包装出明星般的光环。网络写作的无限可能吸引了大批抱有作家梦的年轻人。以往苦于作品发表无门，如今却能够在网络上寻到知音。一时间，小型文学网站繁荣兴起，纷纷以拉拢文学爱好者、提

① 《好奇心日报》，http：//www. qdaily. com/articles/47153. html，搜索时间：2018年5月7日。

② 有关北美网络文学早期发展参见新加坡文艺协会网站《北美网络文学》系列文章，作者施雨，http：//sgcls. hi2net. com/blog_ search. asp，搜索时间：2018年5月7日。

供创作园地并拥有向报刊推荐的渠道为卖点。这一阶段，民间长期被印刷媒体严格审读体制束缚的创作和言说欲望被新媒体昭示的可能性点燃，文学爱好者们开始在网络阵地展开一次幻想式的狂欢。

表面上看，文学上网的支持者应该是诸多“草根”，也就是热爱文学创作却无缘在文学报刊上发表的文学爱好者。由于文学报刊版面的限制、审核严格、审读过程的漫长，一般人作品很难获得发表，就连知名作家在回忆创作历程时，也会有“收到一麻袋退稿”之类逸事。“投稿和退稿”成为界定作者身份的标准。网络作品的自由发表打破了这个流程，来者不拒的文学论坛也一时间吸引大量用户。但有意思的是，这些网络论坛虽然拥有互联网自由发言的先天优势，在组织内容发表的程序上却依然复制着印刷媒体的审核流程。一些较具规模的网站以严格的编选制度为傲，版主类似初审编辑，站长类似总编，对网站作品的编选原则也向期刊看齐，将向文学期刊推荐发表作为最高奖励和最终目标，俨然以网络作为印刷媒体的初筛。有些特别严格的网站为保持稿件质量，实行全面审读，人为扼制互联网即时发送到达的优势，将传统的投稿和编发流程照搬到网上。

虽然这种现象一定程度上源于早期文学网站的管理和定位思路尚不明确，但文学爱好者们本身的心态是重要动因。在当时文学商业化尚不彻底的社会氛围中，醉心于文学创作和发表的人，目标往往是纯文学，而并非大众阅读。二者的分野主要在于是否向所有阶层开放。纯文学之所以带有光环，成为大众阅读之外的“圈子”，就是精英化选择的结果。被审读、认可之后方能进入的特殊性，意味着圈内人共同的文化趣味和社会关系。因此，向往厕身其中的人们，往往乐意遵循这种遴选规程，拥有遴选能力或是已然迈过这道门槛者如编辑、作家等被尊为“老师”，写作而未获印刷媒介发表者则类似于学徒。与这些谦卑而狂热的学徒们比较，反而是“圈内人”即已然成名的作家深知三审制度对于灵感和激情的遏制，特定编辑口味对虚构类写作的掣肘。在印刷媒

体中，“发表”原本只是一个媒介转换过程，却由于媒介本身的稀缺性而成为脱胎换骨的仪式，其隆重程度使得媒介形式大于文章内容本身。

有一些拥有文化资本并经历过印刷媒介甄选和历练的作家，意识到印刷媒介的遴选是一个以媒介权力遮蔽和控制信息的过程。他们拥有甄别文学媒体资格的眼光，意识到互联网技术“即时发送、即时阅读”的革命性意义。认为网络之于文学，不只是发表速度的快捷和手段的便利，更牵涉媒介权力的转换。所以在早期文学上网过程中，最卖力的推动者并不是网民，而是已经成名的“体制内”作家。这种对媒介权力的挑战，是部分具有革命性精神的作家读透纸媒体权力机制之后的向往，而并不是所谓缺乏文学话语权和发表渠道的“草根”的愿望。因为对于纸媒体时代追逐文学梦的“草根”们来说，没有机会发表，就根本接触不到媒介权力层面的问题，他们大部分还处于希望被印刷媒介认可并跻身其中的阶段。

所以在早期网络文学论争时，一些论点把网络文学当作草根言论的解放，把互联网当作草根精神的解放渠道，这本身就是完全想当然的说法，脱离了当时的文学现场，由此也引起稍后将网络文学看作“言语垃圾”之类的攻击。

二　第一次纸媒转型——单向转型

任何媒介的发展都是连续过程的渐变，印刷媒体本身也经历了不断转变。只是互联网加速了这种转变的节奏，即便是些微的变化也能被加倍放大，与公众产生关系。

2000 年前后，刚刚接触电脑的国人还没有认识到媒介的意义。即便是前述那些很早就预言网络文学革命性意义的网络作家本身，也只是凭借敏感的天性在网上探索一种新的文学“表达方式”。依纸媒审核流程建设起来的文学网站，以知名作家的眼光和印刷体系中培育的“文学性”为评判标准，招揽对象则是那些谋求纸媒发表，不得已才转向网络另辟蹊径的文学青年。难怪这会造就早期网络文学的整体“印刷化”转型——网站作品积累到一定数量后，想要有一个“结果”或是“认证”，成功的标志就是通过出版社的编审，转化为纸媒体作品。原本应该被网络媒体突破的编审制度被援引为内容质量的背书流程。

自2000年到2003年前后，许多一度兴盛的个人文学站点关闭或被收购。以曾经最大的个人文学站点“黄金书屋”为例，它先是被“多来米”（myrice）收购，后又整体被网络公司“来科思”（Lycos）买下①；而由书情小筑、石头书城、小书亭、凝风天下四个文学书站联合而成的“幻剑书盟”也在多方探索未果后接受“tom. com”注资，变成“hjsm. tom. com”，开启商业化历程②。与它们相似，早期文学网站大多走过从个人站点转化为门户网站论坛的路径。以“FRONT PAGE”为代表的简易网页制作软件为大批尝新者提供了媒介渠道，对互联网技术的初步接触培育出了大批个人文学网站，这类网站界面简单、技术含量不高，却为个人创作提供了出口，“文学”的感召力吸引了稳定的内容来源。而随着网络文学知名度日益提升，文学青年星火热情引发燎原之势，但一时间密集的访问量却导致路径狭窄、技术含量低的个人网站服务器频繁宕机。虽然用户数量达到一定程度的网站会吸引来广告投放，但大多是尝试而非明确的商业行为。那个时代常常能够看到个人网站广告条下站长推心置腹的解释：由于人手不够、服务器租金、维护费用等原因，为本站继续生存，求各位点击广告链接……个别接受用户捐助的网站还会公布域名、服务器租用、数据存储等的费用。在文学“非功利”的光环下，人们羞于提及经营和盈利模式等问题，这无疑限

---

① 参见《曾经的中国互联网：多少巨头销声匿迹》，http：//tech. qq. com/a/20160122/010090. htm；《lycos以1275万美元完成收购多来米》，http：//www. yesky. com/214/163714. shtml，搜索时间：2018年5月7日。

② 参见百度百科《幻剑书盟》，https：//baike. baidu. com/item/幻剑书盟#2，搜索时间：2018年5月7日。

制了个人文学网站后来的发展空间。

个人文学网站被文学爱好者视作造梦之地，网民作品是网站唯一的财富，而“出书”则意味着圆梦。作品能否入选报刊、能否出版作品也被看作网站文化资源和“规范”程度的指标。不难理解，这里的“资源”“规范”依然是以印刷媒介为目标的。加之当时网络广告视觉效果很差、形式类似于街头小广告，低成本投放与低端内容捆绑，因此，多数文学网站并不看好网络媒体本身收益，还是将目标放在成果转型方面，而当时网络文学媒介转型也确实有不错的先例。《第一次的亲密接触》等个别标志性作品的纸质书确实在图书市场上收获可观的销量。因此，几乎所有稍具规模的文学网站都将纸媒转型作为必然成果之一，“榕树下”“黄金书屋”“逐浪网”“红袖添香”“幻剑书盟”等都以不同形式推出过站点品牌作品精选①。

然而，当时文学站点不曾看到的是，《第一次的亲密接触》等作品成功背后多样的原因。它更是一种借由网络文学而来的社会时尚和热点爆发，而热点自然是来得急也去得快。在网络媒体尚未大众化的当时，在文学已经遭到商业化挑战，但图书产业的公关、宣传和周边开发尚不完备的21世纪初，一群小众文学爱好者追捧的网站迅速以潮流先锋的姿态打开了知名度，但在短期纷起效仿的热潮过后，他们能做出什么样的成绩呢？其中最有名且向传统媒体转型经验最丰富的当属“榕树下”。但该网站纯情高冷的小众定位，也使它后期无论在文学爱好者心中还是经营者眼中，都处境尴尬。②

网络文学的第一次纸媒转型是网站等新媒体发起的主动行为。由于印刷媒介的强大地位以及公众心目中对“文学”的认识，这一次主动的媒介融合努力并未收获太好的效果。当然，当时网络文学本身作品还

① 叶惜波：《国内十大个人文学网站介绍》，引自站长之家，http：//www. chinaz. com/web/2007/0208/4836. shtml，搜索时间：2018年5月7日。

② 韩方航：《“榕树下”如何开启一个网文时代，又如何走向没落?》，《好奇心日报》2017年8月28日，http：//www. qdaily. com/articles/44533. html，搜索时间：2018年5月7日。

不多，每一篇质量尚可的作品几乎都能通过新媒体广为转帖，享有极高的网络知名度。然而，这些在网上赢得声誉的作品，转换到印刷载体后却表现不佳。既放弃了自身的媒体优势，又欠缺与传统文学分庭抗礼的独特内容。在这个媒介转换过程中，下网印刷对于网文来说，唯一的优势竟然是小开本纸媒体的便携性。因为当时互联网尚不普及，大部分人还习惯使用台式机。而如今我们发现，若论到达率和传播的便利度，印刷媒体远远不比网络。网络作品通过印刷媒介拓展传播的广度和便捷性，可以说是阶段性技术环境下的独特现象。可以想见，随着上网越来越便捷，个人电脑进化为智能手机，将印刷出版作为最终目标的网络文学转型必然以失败告终。

在成熟纸媒作者看来，网络作品内容尚嫌幼稚，表达形式也无甚优势。首次纸媒转型后，多数打着网络文学旗号的图书遇冷、作者退出、网站倒闭。这一次转型以个别网络文学在图书市场的热销开头，又以网络文学批量化转型后在图书市场的遇冷结束。但是这不说明网络文学的失败，而是清晰标志着两种媒介间的差异。纸媒读物的印刷、传播与精挑细选、多重审核相关，结果必然是少量的被挑选出来的作者获得媒介话语权；而互联网从信息源头将话语权赋予民众，必然话题新鲜多样、作者踊跃且芜杂，作品数量的庞大也是纸媒体无法容纳的。

第一批以印刷品为目标的习作型网络文学意欲从印刷青春读物市场切入，这是由于中国大陆的青春通俗阅读市场确实存在一定空缺。但那些定位于十几岁青春读物的作品影响力只能停留在青春校园，随着读者的成长，他们的兴趣点也飞快转移。随着网络技术的普及和网络文学流行的褪色，书籍形式的网络文学日益寂寞。

三　第二次纸媒转型——联动转型

比起第一次的失败尝试，第二次纸媒转型将重点放在与多种力量的联动上。从 2003 年开始，一些文学站点在下网图书遇冷时，认识到媒体特性的重要性。自身能够涵盖信息传递全部流程的互联网，完全没有必要借助印刷媒体的传播力。部分文学网站全力吸引印刷媒体的成熟受众，使之适应新媒体表达方式的做法，实际上使网络原本完整的信息渠道残缺不全。网络媒体的当务之急是发挥自身优势，将重点放在新生代媒体受众上。当然，这种判断在网络文化初起之时也是试探性的。在预期互联网速度不断提升，上网费、终端成本持续下降的情况下，文学网站开始着手尝试基于网络自身特点的探索，包括网络作品的表达界面、收费可能性和激励制度，不再将赢利点单纯寄托于纸媒体的市场和传统媒体评论界的认可之上。

对盈利模式的探索之一是在线阅读收费，在线阅读正版的标价为每千字两三分钱。即便价格低廉，但由于网络盗版成本极低，人们可以很轻易地从不同网站获得完本热门作品，因而极少人愿意付费阅读正版。最初对网络读者的付费习惯的培育，与其说是为提高网站和作者收入，不如说是一种对读者在何种程度上愿意进入付费流程的试探。正版还是盗版的选择在阅读方面没有太大差别，主要体现在尊重作者劳动和情感黏度方面，是早期的“粉丝经济”。付费阅读还有一重难度，即比起经济成本的付出，对网络支付的陌生和对病毒或诈骗的恐惧更甚。因此，当时付费阅读网文，更多表达的是读者的忠诚。这种读者忠诚度后期转变为粉丝对偶像写手的心理认同和情感联系，它比起单纯以博取关注度的点击量指标可靠许多。

在线付费的尝试从“起点中文网”开始，“幻剑书盟”也曾试图以手机包月方式实现网络文学营收。2005 年后，网络文学领域内出现了两三家强大的势力，分别是盛大集团的“盛大文学网”、中文在线旗下的“17K 小说网”、南京大众书网图书文化有限公司旗下的“逐浪网”、与盛大有合作的“晋江文学城”以及天涯网的 BBS“天涯论坛”等。其中，“盛大文学”是一个文学网站集团，吸纳了“起点中文网”、“红袖添香”以及“榕树下”等多家最具知名度的文学网站，其作者和原创作品数量也最多。盛大集团以网络游戏为主业，文学网站为游戏提供蓝本，其探索的付费模式借鉴游戏网站策略，而下游的游戏产业也为好的原创作品提供可预期的未来收入，因此不再单纯寄托于向纸媒体转化。其他网站如17K、天涯社区、逐浪等也不简单，背后或是依靠庞大的网络数字出版体系，或是通过综合网站繁荣的人气吸引大量作者，拥有庞大的作品资源。

由这一阶段发展可见，得以生存并谋得盈利的文学网站，大都已经有了明确的盈利方向构思，从而培育起成形的经营模式，为网站原创作品勾勒多种媒体拓展的发展前景。唯其如此，网络自身的优势和资源才得以发挥作用。

在实现线上收费的同时，网络文学也没有放弃向印刷出版的拓展。这一次纸媒介转型针对图书大众阅读市场。如果说第一次纸媒转型以作者为出发点，是为满足文学青年创作和发表欲望的纯文学青春写作；第二次纸媒联动转型则是以读者为出发点，是为满足通俗文学市场本土阅读需求的行动。由于网络数据统计的便利，网络受众的选择成为出版的重要参考数据，而它们所预示的市场前景往往令人振奋。网络文学针对我国内地书市类型文学、通俗文学的短缺，在题材和出版便利性方面做文章，类型小说成为本次转型的主流。在形式上，它们不挑战纸媒阅读习惯；在内容质量上，它们有传统媒体经验把关；在题材选择上，它们以网络受众点击和评论最热门者为依托。新的下网图书还借鉴西方通俗类型文学畅销书的运作经验：主题系列化、作者品牌化、轻薄小开本等面向读者的积极迎合拉拢了以往通俗文学的读者。类型化网络文学找到了网络创作和纸媒通俗文学的融汇点，这既有网络文学蓬勃的创作的基础，又是出版社积极转型和革新的结果。因此，第二次纸媒转型与其说是网络文学的探索实践，不如说是出版社在熟悉的领域内偷偷打开了通俗文学的窗口，是出版审核与市场定位联手的一次战斗。第二次纸媒转型有针对性地发挥了网络和纸媒体各自的优势。

在第一次纸媒转型阶段，由于对屏幕阅读效果尚不确定，网络文学作品大多篇幅短小，三五万字的中篇就已经十分难得。传统文学中，篇幅短小者最考验作者功力，唯有欧亨利的机关巧妙、莫泊桑的冷酷锐利、爱伦坡的精密独到才经得起反复咀嚼。而网络短篇作品虽然常见机灵俏皮的言辞，却缺乏足够含蕴，鲜有立得起的独立意象可令人反复咂摸推敲。因此，这一时期下网作品遭到的冷遇，除读者兴趣转变外，也有自身选择的原因。

而第二次纸媒转型时期，网络文学作品自身形式也已改变——从机灵短小变成线索众多、内容庞杂的超长篇。这一时期网络文学为博取更多在线收益，连载篇幅超长，角色众多，情节也难免拖沓。作者每天在网民的催促下快速完成写作任务，难免有错别字和逻辑缺陷等。为了增加作品容量，作者在写作中会尝试布下多种可能的线索，依据读者反映进行后续。因此，就常见前期埋伏的线索过多，后续无法完成的情况。网民们将类似布局称为“挖坑”，将未能连载完毕的作品称为“太监”。针对这类自身带有缺陷的长篇作品，印刷媒体高质量编审的介入，即可在一定程度上弥补原始版本的不足，提升作品质量。编审后的版本注重单本故事的完整和独立成章，各系列之间由于统一的主题又相互勾连，弥补在线写作时逻辑线索和情节断裂等欠缺，因此具有优势。作品的网络版本和印刷版本由于各具特色，不会太容易彼此替代，为网络文学赢得更大的空间。

这一时期最热门的网络原创小说已经摸索出与纸媒体分庭抗礼的渠道，但印刷文学悠久的传统和丰富的资源依然具有强大影响力。至此，网络文学通过媒介转型展示出了个性和独立发展的可能，但如果仅仅停留在这一步，网络依然是某种文学类型的载体，其实是对新媒体优势资源的浪费。

四　影视、游戏及全媒体转型

（一）网文改编影视的利与弊

文学作品改编成影视剧本并不是新鲜事，但由于网络强大的影响力，这种对网文的改编往往会突破载体，成为影响生活的文化现象。《杜拉拉升职记》火起来之后，不仅出书并拍摄了电视、电影，还带动了一系列职场书籍的热销。徐静蕾执导并主演的同名影片不仅在市场上取得了成功，更因其高调的网络同步运作、聘请国际知名时尚人士进行服装策划的推广方式等，突破了商业电影的本身。电影中的饰物、服装、手袋、化妆品等被网民一一罗列，成为消费社会中的一道时尚盛宴，以物质语汇对都市女性形象进行全新建构。穿越、架空题材的作品虽然没有如此明确的指向性，但一样能被网民们投射到现实生活中。《步步惊心》以现代人穿越呈现清代传说中的“九子夺嫡”悬案；《甄嬛传》原文设置在架空历史的“大周”，改编后则成为围绕雍正后宫争夺机变以及康熙身世展开的清宫剧。这两部颇富人气的网络小说改编之作，通过网络走向电视荧屏，赢得更多受众和广泛的讨论，一些“草根版历史”和民间历史的自发解读者也搭上顺风车浮出水面。宫斗剧里进退两难的人际关系、阳奉阴违的微妙情绪、牵涉复杂的利益群体等，更被网友们解读为“职场如战场，生活如宫斗”，一大批以宫斗剧映射职场关系的文章和书籍也应声而出。

影视剧改编是在网络文学概念初始阶段就被诸多文学网站和作者看好的媒介转型方式。比起单纯出书，影视剧市场前景更诱人。但早期网络作品以中短篇为主，并不适合作为剧本，且影视剧投资大、进入门槛较高、拍摄时间长、总体数量少，并不需要向网络寻找剧本资源。仅有个别几篇转型为影视剧，如试图进一步开发青春市场的《第一次的亲密接触》（2000）以及牵涉禁忌话题的《蓝宇》（2001）等。早期网络小说由于原作本身简单、改编幅度过大而很难赢得好评，《第一次的亲密接触》即如此。它是早期网络文学中获得最多媒介改编机会的天之骄子，然而无论在书籍上还是影视剧中，它都未能再现网上的辉煌。这种失败也一定程度上对后续网络文学的媒介转型造成负面影响，本书稍后章节将单独进行分析。总之，虽然自 21 世纪初就始终有将网络文学改编为影视剧的尝试，但数量不大，也未受业内看好，仅有早期搭乘网络热潮的不多几部。这种情况直到六六以脱胎于网文的一系列家庭伦理剧，如《双面胶》（2004）、《蜗居》（2007）、《王贵与安娜》（2009）等霸占电视屏幕才渐有好转。虽然后期的六六已经是职业剧作者，并同时坚持在线创作聚拢人气，但早先通过网络发布作品的经历却使她成为网络文学向影视剧转型的成功代表之一。

2007 年前后，文学网站扩大产业运作模式，对作品的出路也开始细分。有意识甄选部分情节完整、戏剧性强、主题突出的作品向影视公司输送。同时，由于这一时段大的文学站点自身也拥有媒介转化的渠道和能力，部分网站参与投拍影视剧。它们所掌握的那些踩准时代节奏、体现青年热点、贴合网民口味且知名度高的网络文学作品，成为影视剧本源源不断的供应者。这一阶段，网络在大众阅读方面，已经掠夺了大部分印刷媒体的市场，其所反映的青年亚文化议题、生产的年度关键词等成为标签式热潮，也日渐成为青年人群在新媒体使用中建立认同感的方式。因此，网络文学出现批量化踏上荧屏的趋势。

这次大规模的影视媒介转型与以往向印刷媒介转型的一个主要不同在于媒介转型的方向。这次转型的发起者是传统媒体（电视、电影），而不是网络媒体。虽然网络文学积极寻求改编，但毕竟投拍影视剧存在专业化的技术限制和较高的资金要求。影视剧占有、收藏网络作品的热情远远大于网络作者的期待。在网络题材热播电视屏幕之后，网络文学也成为影视剧本主要来源之一，这未必是像某些新技术乐观主义者所说的那样，连影视剧都试图搭上风头正劲的互联网的顺风车。因为毕竟影视本身的影响力更大，宣传实力更强，视听感受更好。影视剧向网络文学寻找剧本凭借的是自身强大的技术门槛和改编拍摄后不同艺术形式的特异性。虽然互联网本身具备多媒体呈现能力，但当时网络剧尚未风行，互联网所能够为影视剧爱好者们提供的不过是一个上传下载和分享的渠道，其合法程度都还有待考量。

对于影视剧来说，网络媒体的兴起确实提供了新的推广渠道，但负面影响也很明显。

首先是渠道替代。多数人看商业化影视，主要关注点在于故事情节、表演艺术、视觉效果，前两者与播放环境没有太大关系。特别是表演方面，在造星体制和粉丝经济的推动下，支持互动反馈的互联网更胜一筹，幸而影视剧在播出渠道方面依然拥有无可替代的垄断势力。当然，过不了多久，随着网速的提高和视频网站的普及，这一渠道垄断也将风光不再。虽然电影院因独特的播放环境和影音效果使观影在形式上与看网络视频显出差异，但很多人已经将看热播片和电视剧的选择转移到了网络。

其次是宣传效果不可预期。虽然明星网络公关能够招徕粉丝，粉丝经济确实规模日盛，但在与网络相关的方面，收获仍主要在于宣传声势。即便没有网络，好的电影照样有巨大的影响面。网络只是一个扩音器，扩大好的口碑，但差评的影响力更强。比起众口一词的称赞，吐槽、扒皮似乎更适合网民猎奇的心理。电影上网之后，可能为网站提供引发热点话题的契机，电影为网站吸引流量，但最后这个电影本身却未必获得真金白银的票房回馈。以 2005 年前后胡戈制作的网络视频《一个馒头的血案》对电影《无极》的戏仿和恶搞为例，从这一事件中获利最大的应是当时刚刚起步的互联网视频和网络自制剧。这些网民自制的质量低劣且破绽百出的视频，对经过重重艺术加工、美轮美奂的大屏幕电影进行戏仿，以大众化无厘头的拼接对电影清晰艺术美学边界进攻，以口语化草根俚语拆解追求深度和哲理的精英话语。砸向《无极》

的“馒头”可以说是网络草根对精英文化的一次围攻，也是基于网民和草根审美的网络视频对专业人士和精英审美取向的挑战，引发的网络狂欢一度重创追求精英品味的导演。可以想象，如果没有互联网短视频，《无极》不会遭到排山倒海的差评，它在互联网一片哄然中遭遇群殴的现实，向中国“大片”类电影提出警示。所谓“大片”即以高投入、大制作、大场面来换取预期中的高票房。而为票房买单的民众却未必有与精英情怀的导演一样的欣赏口味，一部影片是否够大应当由观影人说了算。而在《无极》的拍摄过程中，自影视文化中一路走来日趋精致和文雅的精英显然没有琢磨商业化电影的另一端——买单的观众。《无极》虽然不是网络电影，却成为一段时间内谈论网络文化时必然提及的对象。它不仅引发网络热点，为众多个人网络视频提供契机，也为习惯于单向传播的影视艺术作出警示：受众一旦掌握话语权就不再沉默。在互联网文化大环境中，任何媒介形式都无法脱离网络的众目睽睽，也必然要承受不同公众品味的检阅。

虽然互联网对于影视、纸媒存在一定程度的替代性，但它们之间的关系更多是共存和相互适应。对于当前的传媒来说，如何发挥各种媒介形式的优势，充分发掘话题性带来的知名度和关注度，使多种媒介之间联手而非掣肘和厮杀，是一个值得思考的问题。好的网络作品和影视剧相互利用，相得益彰，使热点话题从网络上的文字转换成多媒体成果，最后再回归网络变成红极一时的热点话题，才能带动多个媒体共同发展。

（二）应运而生的游戏改编

将网络文学作品改编成游戏的想法并不新鲜。可以说网络文学概念刚一出现，就离不开游戏性和游戏形式的评价。文学本身就带有游戏性，但文学和文学性的专业化研究，印刷出版发行机构的权力选择等，却使文学的游戏性越来越弱。特别是在中国严肃文学占据绝对话语权的情况下，文学作品中难觅游戏踪迹。国外和中国台湾的网络文学实验中，曾运用超链接、多媒体、情节的多项选择、话语的自动生成等多种技术表达形式，中国内地学者早期有关网络文学的想象也偏向新技术实验，近似电脑游戏，具体情况后文详述。总的来说，早期网络文学概念中，游戏性和游戏形式与网络文学密不可分。但由于文字网络作品在数量、营利性和阅读便利性方面都占据优势，那些带有多媒体、超链接或是多作者接龙形式的游戏式网络文学探索受到冷落。后来的研究中，将那些运用多种技术表达的作品，借用欧美“digital literature”（数字文学）指称；而完全凭借文字，除媒体终端外形式更贴近印刷作品的那部分，则继承“网络文学”这个名称。

尽管形式上脱离网游，但在线连载的文字作品也并没有彻底与游戏断绝关系，而是以另一种方式向游戏借鉴。它们为赢得收益，追求对读者兴趣的满足，对读者热情的维持，致力于提高读者黏度，其中成功者就既凸显文学的游戏性质，又借鉴在线游戏的读者吸附模式。大多数具有与网络游戏相似的模式：设定工作目标和各种障碍关卡、培养主角由弱变强、标注各角色的性格特征和在整个任务进程中的职责或特殊功能等。一些网文写作“教科书”如血酬《网络文学新人指南》、千幻冰云《别说你懂写网文》[1] 之类，也将这种游戏的模式化特点作为写作攻略。前文提到“盛大文学”所依托的“盛大集团”主业是游戏，而将热门网络文学作品作为游戏蓝本改编上线成为其最得心应手的媒介转化和开发模式。网络游戏的改编以 2009 年为标志，当年，我吃西红柿的《星辰变》一举创下百万天价出让游戏改编权[2]的纪录，其盈利轨迹对于网文作者和游戏开发者都是一个很好的启发。2010 年，忘语《凡人修仙传》、辰东《神墓 OL》、萧潜《飘渺之旅》、血红《天元》、说不得大师《佣兵天下》相继上线。而此前萧鼎的《诛仙》、天下霸唱的《鬼吹

① 千幻冰云：《别说你懂写网文》，黑龙江教育出版社 2014 年版。

② 《星辰变编年史：修行三年，精彩回眸》，http：//play. 163. com/14/0429/10/9R0AEBRV00314J6K. html，搜索时间：2018 年 5 月 7 日。

灯》，以及稍晚一些唐家三少的《唐门世界》《神印王座》等系列化单机游戏、在线游戏的开发，不仅极大提升网络作者的收入，也对新加入者的行业发展前景起到很好的示范。再晚几年，手机游戏的风靡更拓展了网络小说改编范围，降低玩家参与的难度，网文成为在线游戏的一大主要来源①。

网文与游戏关系的强化，是文学站点谋求媒介转型的推进渠道和目标成果。早期网络文学追求的是将文字、声音、图像、视频结合，且具有互动和反馈的能力。网络游戏不仅具备以上所有特点，且很早就培养用户付费习惯，解决了“收费模式”这一难题。网游需要故事文本，网文在这方面具有天然优势，它设定宇宙背景、推动情节发展，使游戏故事丰满生动，提升玩家对角色的认同情感。更重要的是，网游任务的完成基于个人对情节的理解和对角色的认识，这些因素全部因人而异，因而游戏角色的养成充满不确定性和个性化的吸引力，需要通过付出一定时长和精力来完成。而网游小说以文字建构的共同语境则更清晰，便于玩家达成一致，在完成任务的过程中建立彼此的认同和对游戏的依附情感。网游和网文具备天然亲缘，二者之间的关系是双向的。知名网文会有游戏版本，而知名游戏也多有玩家自发围绕游戏情节角色进行创作的故事，这类故事成为网络文学中一个新类型：游戏网文。

游戏网文中既有以游戏活动作为题材内容者，也有将游戏精神贯彻于写作者。网游题材是网络小说中一个特殊种类，当前读者主要来自相关游戏玩家。从早期的游戏攻略，到后来记录个人玩游戏的过程、心得、组队完成任务等，游戏已经从单纯娱乐上升为青年玩家的共同情感记忆。网络游戏也可以看作一种从物质到精神的转换或文化层次的提升。让我们一起回忆起当代作家铁凝在《哦，香雪》中塑造的青年形象——那个

① 参见《看网络小说改编的网游》，http：//news. 52pk. com/zt/xiaos/，搜索时间：2018 年 5 月 7 日；《网络小说改编的网游能否成为经典》，http：//games. sina. com. cn/zt/literaturegame/index. shtml，搜索时间：2018 年 5 月 7 日。

拿着鸡蛋换铅笔盒的小小身影——对香雪来说，铅笔盒是读书写字的代表，是先进文化生活的象征；比照当下网络文化语境中，年轻人省下零钱和时间付费阅读网文，在游戏里买装备修炼技艺、夺宝攻城的行为，就可以看出，打网游也是一种对流行文化的参与，一种对潮流和新技术的渴望。在娱乐性的网络应用中，网络游戏还带有探索性质。它具备情节设定、将声像合一、基于操作行为发展、将玩家的注意力甚至情绪充分卷入的特质。这是理解虚拟现实的最直观渠道，也是将科技发展呈现于大众的便捷方式。

从网游角度来说，知名网络游戏的故事设定吸引人，大型联网游戏更是在线组织起虚拟社区，玩家各司其职、相互协作，其魅力在于它不是单纯孤立的个人娱乐，而是在线交往、建立虚拟身份的过程。网络游戏是青年亚文化的重要组成部分，大型游戏的上线、公测、开服过程构建了共同的文化背景和身份认同，其中的事件也可以被看作构建网络文化时代主题的要素。它的影响力不仅限于玩家之间，也波及整个社会。2003年对于《魔兽》玩家乃至成长中的中国网络文化来说都是标志性、警示性的一年。那一年在《魔兽》工会中发生了“铜须”事件。青年人在线上游戏过程中建立情感和信任，却逐渐混淆虚拟与现实，导致虚拟社会情感影响现实社会关系，而现实社会中的暴力又反过来攻入网络游戏，使相关人员在现实世界中无所遁形。“铜须”事件在我国首次将网络情感、网络暴力等问题提上社会议程。人们意识到“网络”已经不单单是一小部分人的世界，网游也不单单是孩子们的游戏，它们共同建构起三维世界之外的另一个空间。随着虚拟世界层次日渐丰富，“网络玩家”“网民”以及其他虚拟媒体上的媒介身份，成为当代青年文化身份的必要构成部分。

就像随着印刷媒介的普及，“读书识字”被作为当代社会一项基本能力那样，互联网等新媒介的普及也将带来对人基本能力要求的改变。如今，网络语汇不再被看作脱离语境的插科打诨，而成为流行文化的风向标。不了解流行网络游戏、听不懂网络语言、没看过网大网剧，就很可能无法与青年人对话。若干年以后，缺乏网络文学阅读经验或是在线游戏经验的人，很可能将被看作缺乏相应“文化技能”而无法融入集体共同语境。

不同于网络文学向纸媒的主动转型，也不同于向影视作品提供文本的被动转型，网络文学与网络游戏之间的媒介转型是双向互动的，这一局势的基础就是二者都基于互联网。文学网站积极着手促成网络文学和网络游戏二者之间双向的媒介转型。这一行动的动机虽然源自商业利益，但实际也促进了多种网络文化产品的媒介探索，有助于形成网络文化产品间的融会贯通，对新媒体形成整体认识。由于青年时尚兴趣转移快，网络热点更新频繁，网络文学作品向网游的转型日渐加速，从完本后改编到边在线连载边改编，甚至还有部分作品是出大纲之后小说和网游同时上线，在游戏社区和网文社区之间形成粉丝互动。还有针对青年人情感需求设计的男生版游戏和女生版网文，为拥有不同兴趣点的青少年创造话题，将他们吸引在同一部作品周边。考虑到玩家和读者共同需求的定位使得网络文学赢得了更多的人气，网络游戏的媒介形式延伸使之突破了文字的局限和只能在社区问答的互动模式，成为真正的多媒体互动作品。可以说，网络文学百思而不得其解的那个难题——如何在不放弃网络表现和传播技术优势的同时，不提高网络文学进入和阅读门槛——在以网文、网游同步在线，共同营造大型网络娱乐社区的模式中得到了解决。

第二节　新技术与媒介转型

自 1998 年底“网络文学”一词进入广大受众视野，到 2018 年已将近 20 年。这 20 年正是网络媒介飞速发展，网络文化逐渐成形，“互联网”从新颖的专业词语到大众耳熟能详的工作娱乐对象的过程。“阅读”从曾经理所当然的读书看报到读屏媒体上“10 万 +”的点击量，与新技术相关的媒介转型为网络文学带来了改变和拓展。由于网络文学本身的定义就与新的传播媒介捆绑，其阅读也必然借助新媒介技术终端实现。网文阅读终端不像已经高度发展的纸媒体那样简单、经济并有独立性，而是紧密与传播速度和网络应用程序的便利性紧密相关。因此，一旦媒体平台更替，无论网络文学本身是否具备新技术转型的需求，都必然随之变动。在网络文学发展的历程中，驱动其转变的主要有以下几种新媒体技术。

BBS 论坛

在中文“网络文学”一词为媒体所关注伊始的 1999 年，其主要形态是 BBS 上的连载作品。据早期网络作者宁财神回忆，内地最早贴出文学作品的论坛是“四通利方”，即后来的“新浪 BBS”。这原本是一个体育论坛，一群青年人在上面聊球之余，开始编故事，并将彼此的网名写进故事调侃，宁财神的“网络鬼故事”等系列短篇就是这样诞生的。不过由于当时论坛较少、网民不多，这些故事停留在小圈子的同人娱乐上①。校园网上的“水木清华”、北师大“牵牵网”等学生 BBS 界面更简单，但人气却相对更兴旺，洋溢着青春气氛。1998 年前后，《第一次的亲密接触》在网上连载完刚一个月，“各大小 BBS 站里的各式各样版面，到处转贴”。痞子蔡在该书十周年纪念版序中提到，但由于当时能够接触互联网的人十分有限，“很多人将全文列印装订成册，到处传阅着。我学弟的桌上就有一本，另外我表弟也寄来一本说是要孝敬我……”② 虽然当时痞子蔡本人不乏接触电脑的渠道，但表弟还是专门“寄来一本”而不是敦促他去 BBS 找。可见当时人们依然乐于将“文学”与纸媒相联系，即便未曾出版也要打印装订成册阅读。当熟悉的

---

① 小黑：《跳上开往网络的马车：宁财神与李寻欢》，《南方都市报》2007 年 1 月 13 日。

② 原文见蔡智恒《第一次的亲密接触（十周年纪念版）》，台湾麦田出版社 2008 年版，转引自百度痞子蔡吧：http：//tieba. baidu. com/p/762055853/，最后浏览日期：2020 年 3 月 13 日。

文学形式在新媒体界面登场后，人们在观念中依然倾向于依靠习惯的技术，因而自发采取常见的媒介形式传播。在这种环境下，早期那种将网络和文学剥离，将网络看作单纯文章承载渠道的态度就在所难免。大众自发将网文打印成纸质本进行传播的方式如今看来虽然本末倒置，在当时条件下却刺激新技术的普及。由于两岸出版物不流通，虽然《第一次》很快在台湾出版了纸质版本，但大陆读者却无缘获得。因此，一些热心网友自发在内地校园的 BBS 上贴出网络版本。由于当时两岸文字编码转换容易出现乱码，还有人主动一字一字将繁体转换为对应的简体字。这种发自内心的对作品的喜爱和无私的付出，反映出新技术兴起时，网络文学受众对它的喜爱和狂热期待。从《第一次的亲密接触》上网和下网的经历可见：早期 BBS 催生了有条件进行新媒体写作的新作者；技术普及程度却限制着新媒体本身的传播范围和读者圈，由此引起读者自发尝试媒介转换；出版社在了解市场需求后，主动推进媒介转换——整个过程之所以能够流转，既是由于《第一次的亲密接触》诞生于 BBS 兴起的时机，且台湾拥有较成熟的通俗小说出版环境；也因为早期实验性质的网络文学已在台湾有了一定声势，当地著名文学杂志《人间副刊》等曾选载过一些网络作品，所以台湾读者对纸上发表网络文学并不完全陌生。本书将在稍后章节具体分析这方面情况。

邮件列表

BBS 虽然令“网络文学”一词为人们所知，但实际上在论坛出现之前，就已经有人自发创作文学作品并通过邮件列表传播。当前追溯中文网络文学创作起点，一般会定位到北美一些早期文学论坛如“新语丝”“花招”等，但它们是建筑在邮件列表形式之上的，即将每期内容编辑打包后发送给订阅邮件的所有用户。后来的论坛技术由于更具公开性、能够平行展示信息历史和对话情况，因此很快风靡。但由于当时网民稀少，上网条件要求高，用户只有较少的在线时间，有时甚至一星期一次，因此要求信息便于收集和备忘。那时论坛中网络文学活动的参与者基本就是邮件列表订阅户。由于论坛人少、帖子数量不多，注册用户通过浏览站内短信和邮件通知，不会遗漏任何一条与自己相关的消息。信息的全面获得在用户之间建立起亲切且紧密的情感，这种由全面阅读信息而产生的亲密感，对当前每日面对海量零碎信息的网民来说，已经不可能实现。虽然网络技术更新换代极快，但邮件列表却是一个特例，它生命力很强，仅从与网络文学有关的角度来说：从最初邮件列表小组发文，到 BBS 中小组帖子、回复以及特定作者发言提醒，再到一度以精美豪华著称的电子期刊等，它始终被网民用来订阅感兴趣的话题。邮件列表满足了在线通信的基本需求，形式上既可制作 HTML 内文或携带附件，也能以外部链接扩大容量；最重要的是，它技术极其简单，已成互联网基本功能，因此得以在网上保持长久的生命力。

电子期刊

网络文学第一次纸媒转型的失败使得理论上充满无限可能的新技术概念遇冷。虽然当时不乏宣称“网络文学已死”的冷嘲热讽，但投资者和技术领域却在反思探索。从形式上看，网络文学第一次纸媒转型遇到的挫折是由于转型过程中丢掉了自身优势，即多媒体的表达样式、超链接背后的庞大内容覆盖、即时互动的吸引力。尤其重要的是放弃了自身的网络传播平台，而试图介入发育成熟、竞争激烈且受到严格管控的印刷媒介领域。基于以上原因，2004 年前后，又一波与网络文学相关的新技术尝试开始了，那就是各类“电子期刊”的出现。虽然最后并未盈利，但电子期刊对在线阅读独立应用界面的探索却是一个很好的开端。在这一界面中，网络文学不再是文学与屏幕简单生硬的拼接。如何利用网络新媒介开发适合阅读的软件界面，如何为网民提供既不陌生又有新鲜感的内容并即时了解关注度和反馈情况等，都被纳入考虑范围。一方面，网络文学经营者不应放弃网络自身优势，陷入与成熟市场角力的混战；另一方面，又没有过度挑战公众熟悉的审美习惯，将大量精力投入全新概念的培育。

网络文学数年来经历多种形式的探索，虽然始终未实现经济收益，却成功地将这一概念的无限潜力和可能植入公众心中。

文学网站、博客和微博

这三类网络媒体共通之处在于全部基于在线支付以及粉丝经济的雏形。文学网站的成功一方面由于我国通俗出版市场并未完全开放，找到了传统纸媒文学的内容的缺口；另一方面正赶上在线支付技术的广泛应用，培育起读者的付费习惯。由于文学阅读是一种思想活动，作者和读者之间存在情感交流，付费习惯的培育也就不只是新技术使用那么简单，它通过金钱向虚拟价值的演变，增强情感联系、加深价值认同。早期简单的点卡购买中，人们为在线文学作品的情节和内容付费；而后期逐渐增加的虚拟财产则具有超越金钱数字的情感意义。以往免费的“沙发”“点赞”能够提升人气、表达态度；而在线打赏的虚拟“鲜花”“金币”等则更感性地表达对作品和作者的认同。再往后，网站的封面推荐，每日事实榜、每月热门榜等具有竞争性质的评比，则培养出黏度高且具有行动能力、愿意通过投入金钱支援作者创作，类似追星族或粉丝的读者群。

博客文学以个人博主为中心，理论上容易聚拢受众。但由于网民大部分是青年人，喜欢追逐群体，受潮流左右，因此，网络文化根本上是大众文化，并非围绕精英的声音。以博主为中心的博客相对独立，缺乏文学网站的群体效应和热闹的网络竞争氛围。因此，博客的热度对博主要求极高，博主本人需要有强大的吸引力和足够丰富的话题制造能力，以维系博客内容的吸引力。在博客中获得成功的，一类是知名度很高且自带粉丝群的影视明星。明星的一举一动都会受到粉丝围观追捧，博客可以互动，所以在新浪博客中，最受欢迎的就是明星博客。徐静蕾、姚晨等人不仅是影视明星，也是博客红人。徐静蕾的“老徐”长期占据博客点击榜首，主要展示照片、日常片段、书法才艺和萌宠，博客可以看作明星的互动写真集和粉丝交流园地。另一类有影响力的博主是学者、公知和记者。唐师曾、王克勤等知名记者既有独到眼光和信息来源，文章又具备直击社会热点的话题性。但由于印刷媒体选题限制，一些不适于报刊发表的文章就转而投放博客，为博客补充有分量的内容。学者是文化资本的拥有者和观点的生产者，他们的博客有源源不断的生产潜力。因而，李开复、易宪容等人也能在博客榜上排名前列，并成为多家网站争取的目标。博客引入中国，原本由于方兴东因文章受到删改，负气成立独立网站“博客中国”。因此，它早期主打知识分子、意见领袖自由言论业务。但与早期网络文学一样，博客一开始也没有盈利模式，而是作为与表达不自由、需要审核的印刷媒体竞争的新媒体出现，其权力意义、媒体意义大于媒体经济价值。直到“新浪博客”时段，博客被用作明星秀场，新浪这一门户网站又长于制造话题，这才使博客成为流行一时的媒体。但负面影响也显而易见。博客使意见过度曝光，部分网络媒体断章取义的转载，网络言论即时发送、未及周详思考的模式、网络大众多方面阐释的不确定性等，使博客日益背离最初的自由意见领域。特别是当前我国言论尚有不少敏感区，即便在网络上，可发挥余地也十分有限。早期彰显自由观点的博客，在新浪门户网站的大力推动和商业模式探索之下，一度显现盈利能力，最终却回归独立小众媒体领域。

像邮件一样，博客平台自身技术简单、使用方便，在某些方面填补网络媒体空白。因此，这种技术形式本身不可能很快消失。随着这一概念的热度慢慢淡去，在互联网信息过量、热门技术商业化过度的情况下，博客不充分的商业化反而为坚持写作者保留了发表完整言论的机会。在博客成为热点时，明星的光环遮蔽了大批“草根博客”的创作；而后期热点褪去，以陶东风博客为代表的学者博客成为代表性观点的生产场所。此外，众多普通网民的专题记录，如游记、育儿、厨艺等既需要配图又需要文字说明的内容，则作为网络日志形式凸显出价值，成为支撑博客的一类稳定且持久的内容。

随着网络媒体热点的转换，娱乐明星将阵地转移到了更加简短省事、互动性更强的微博上。微博虽然文字简短，却可以上传照片、视频，简单直观的视觉效果更适合小屏幕阅读。大 V 认证、自动选取的热点话题排行、明星与粉丝的互动和网络红人的竞争机制等，使微博成为一个充满活力和竞争力的平台。微博诞生的时机也很恰当，它幸运地成为智能手机上最流行的即时信息获取和交互应用之一。微博受追捧与手机像素的提高和自拍软件的出现相关，它讲究的是随时随地的简单视觉刺激，讲究看脸的“网红”就是微博催生的特有现象。微博限制文字消息的长度，与网站文章或者博客走的是两个方向。它的快与短更加适合消息传递，用户随手拍、随地传的模式，很好地开发了互联网公众信息源。而热点信息的自动抓取和方便群起转发的功能则最大限度地突显了互联网传播中的民众议程设置模式。网络文学雏形时代，从业者就认同短篇、微短篇作品是最适合网络终端的文学作品，超长篇类型网文的成功不在于作品本身，而在于填补大众阅读种类的空白。基于微博的 140 字微小说回归了早期网络文学的设想。比起短篇小说，微小说只能是一个个场景片段，信息不清晰、包容性高。微博原文只提供思路或者意境，不会因为情节方面的偏离而失去读者粉丝的热捧，因此拥有较大的改编潜力。微博是短时间聚拢人气和注意力的恰当媒体，因此，微小说作者自带光环。张佳嘉虽以微博写作为契机，但其后期发展基本依照网红模式全方位营销，他的形象既接近文学网站大神，凭借作品抓住群体注意力；又依赖微博本身即时互动能力，参考影视明星微博维持人气的模式，分享个人经历、写真图片和周边产品等，形成个人品牌效应。

微信订阅号和电子书

随着微信成为手机上最热门的即时通信和社交媒体，朋友圈和订阅号也逐步进入公众阅读视野，填充了都市生活距离制造的诸多碎片时间。比起 QQ，微信基于熟人社交，其中的文章发送和读者的阅读选择也具有强关系转发和阶层性分化等特点。在微信承载的媒体中，明星微信订阅号是一个特例。继徐静蕾占领博客、姚晨和诸多新明星在微博上获得热搜之后，影视明星也非常重视占领新技术媒体终端，如陈坤的订阅号就是明星通过微信进入新媒体吸引粉丝的尝试。他的订阅号一方面主打精良制作；另一方面展现明星公众媒体之外的另一面，试图与粉丝构建更加亲密的关系。按理说，全面展示个体的微信订阅号比起微博或是博客来说更有技术优势，但明星微信却并没有成功。从陈坤的订阅号来看，过早和过于明显的商业化目的是原因之一；另外，微信是社交媒体，而不是个人获取信息和自我展示的工具。社交媒体的特性在于双方对等关系，所以微信中围绕个人的明星微信订阅号不如一些新闻性质的订阅号那样普及。因为粉丝追星、与明星的互动是群体行为，他们希望公开表达对明星的迷恋；而明星如果对粉丝进行回应，个体粉丝也乐于向同好者炫耀和分享。社交媒体互动则是私密的，所以不适合粉丝追星。在个人微信公众号中，冯唐可算特例。他采取简单的语音发送和广告商品形式。传递声音信息是微信基本功能之一，而标榜风雅不羁文人气质的冯唐不像影视媒体明星那样追求大众普遍认同。因此，其粉丝能够在零散、孤立状态下维持迷恋。当前微信订阅中最普遍的类型之一是纸媒体公众号。它们以微信的短小、简洁、直观和快捷传达观点，作为讲究逻辑和严密论证的纸媒体补充。因此，微信订阅号可以看作一种更全面的电子期刊。新技术使它一方面具备良好视觉感知和声音效果，不受制于终端；另一方面弥补了早期电子期刊到达率低、信息接收不确定的缺陷。由于微信订阅号只是一个界面，本身展示形式很多，内容十分丰富，且随时可以调用外部链接，使它成为前景值得看好的新技术媒体。其缺点在于，基于熟人圈子的微信具有封闭性，比较适合稳定的阅读口味和稳固的社会关系；对 20 岁以下青少年来说新鲜感稍差，因此订阅号内容也趋于成熟。网络文学最大的收入来源，粉丝经济、情感性投入和虚拟礼物等，在微信中并不十分流行。

由微博、微信的兴起我们看到，在网络阅读中，阅读终端或者说阅

读界面不仅关系到作品呈现方式和阅读体验，也是作品传播范围、到达效率、交互程度的考量，可以说掌握了终端就掌握了最受看重的网络读者资源。由于互联网数据的智能统计、阅读内容的选择、注意力的转移速度、话题的偏好等，甚至网民的位置、性别、收入水平等都在阅读过程中回传，成为最宝贵的资料。网络文学收益初现、移动互联网崭露头角之时，就有嗅觉敏锐者开始考虑开发特定硬件。网络文学写作、阅读进入门槛都不高，为用户的繁荣提供了可能性，如果能够成为这一网络文化消费方式的特选终端，其经济利益是不可小觑的。但同时，也正因为门槛低、挑战性小、不具备需求的特殊性，这一市场的竞争必然非常激烈。一些文学网站由于自带内容生产，也着手开发独特的移动终端，不仅涉及阅读，还试图为作者提供即时更新服务。但从目前网络文学发展情况来看，对上传终端的要求与文章的篇幅相关，适合发送短暂篇幅的媒体功能已经由微博等提供，职业化写作要求的文章规模显然不能在移动终端完成，作者们进行网络文学写作时大多数还是传统的专注工作状态，而非想象中的随手写作上传。

与原创网络文学终端由特定内容提供商主持开发不同，还有一批专门的硬件开发者涉足网络文学阅读领域。在国外，智能手机应用不一定像中国城市里这样普及，但电子书却十分流行。国内也有多家公司尝试推出电子书，如汉王电纸书、掌阅 iReader、盛大 Bambook 等。这类终端主要针对数字化阅读和传统文学的媒介形式转化。在诸多电子书硬件提供商中，亚马逊的 Kindle 无疑最强。一是由于亚马逊本身拥有大量图书资源，不仅进行实体书销售，还进行电子版图书同步定制和销售，垄断了亚马逊读者的阅读视界。国内一些数码出版社也采取专用阅读器如 CAJ、PDF 等，但只是借用阅读界面存在。当平板电脑日益普及，各类 APP 书城上线时，多彩的界面和多样化的功能使得亚马逊的优势不再那么明显。毕竟，当前阅读很多时候是对碎片时间的利用，如果读者只能选择一个终端携带时，功能单一的 Kindle 常常被略去。

通过定制硬件可以实现阅读的垄断。在纸媒作品中，一个内容是一本书，竞争不在媒体而在于媒体制作者，也就是出版社、杂志社等之间。而电子书则是一个终端提供大量内容，阅读器技术终端的便利性和内容的多样化相互制约、依附。为硬件付出的成本使垄断阅读选择成为可能，因此这一领域争夺十分激烈。

2010年起，手机、电子书等新移动终端日益活跃。从网络文学阅读角度来说，移动终端也基于网络，阅读终端的变化不能算作转型，而是基于电脑屏幕的网络文学阅读渠道的拓展和增加。但从另一方面来说，移动屏幕阅读和基于PC的电脑屏幕又对阅读行为影响极大，手持设备转换了阅读空间，拓展了创作空间，更利于随机性和碎片化写作。创作中随时随地以手机记录，捕捉灵感，必然引起随之而来的文本特性，如表达形式的精练、短小，以及内容方面插入图像、即时信息和定位等多元外部元素，使文本更具开放性。所以我们看出，微博、微信文字与文学网站以及博客的差异。移动终端的引进促进了网络文学形态的多元发展。与前几次转型或是由名誉驱动——期望获得作家的称呼，或是由利益驱动——追求经济回报不同，网络文学的新技术转型几乎可以说没有选择的余地，完全由阅读终端的更新换代带领。网络文学本身就是新技术的产物，它的表现形式、互动程度等都依赖于新技术对阅读渠道的革新。

对于网络文学的经营者来说，更新换代虽然意味着新鲜感和注意力的吸引，但未必是好事。因为在新媒体中布局带有极大的未知性，前期技术投入、读者兴趣调查等都耗时费力。而后起者跟进又十分容易。技术无法垄断，互联网媒体的成功，很多时候不在于技术的先进程度，而在于机缘和创意。网络上不乏出色的新技术因为过于先锋激进，离网民认识程度和消费理念太远而未能成功，而短短一两年后，就有以同样的技术概念却赢得市场的案例。从零开始培育消费习惯不如在成熟稳定的读者群中改变话题热点。因此，新技术驱动和商业驱动既相互促进，也妥协纵容。技术的研发和创新需要投资保障，而互联网时代喜新厌旧的网民也使投资者需要你追我赶以抢占技术先机，二者相互刺激促进。

新技术引发媒介转型是网络时代的特色。不管是否成功，有无商业盈利，新技术转型都势在必行。有一些媒体技术因成为互联网的基本功能，比如邮件、留言板或者博客等，只是形式从主体变成附属。如 BBS 曾经是网站最活跃、产出最大的场所，如今却成为每篇文章之下附属的讨论区。除“天涯”论坛常有内部人士爆料而生命力强劲之外，很多已经不复存在。有些媒体技术如聊天室，由于形式更新而遭到淘汰；有些媒体技术却在发展中获得诸多变体，如电子期刊一开始是邮件列表附件，后来是专门的精品下载包或网络应用界面，如今则以微信订阅号方式获得新生。

第三节 网络文学媒介转型的多向性

新媒介文化的生成并非一朝一夕。虽然互联网技术迄今已有半个世纪的历史，应用也普及当代城市各个领域，但它依然被称为“新媒介”。仅从网络文学这一很小的领域来看，新媒介的变化也是巨大且惊人的。网络文学十余年来经历的各式论争、转换，行业内部一轮又一轮的洗牌，具备可观的社会文化价值和经济价值。从媒体技术层面来说，网络文学并无特殊和新鲜之处；但文学本就是社会文化最具亲和力并便于介入的形式，网络文学作为网络与文学的结合体，对于技术普遍化、应用性的拓展都起到重要的推动作用。从网络文学的发展历程可以看出新媒介影响社会文化的特点：网络技术的广泛传播使得一个点的微小变革放大为一个时代的整体特点，并引起青年人的效仿，就像时尚潮流一样一波波扩大，最终融化在社会文化的大潮汐中。虽然起始波澜不兴，却将无数孤立、零散、偶然的事件呈现到公众面前，离散的现象折射出社会文化新的整体性特质。

任何一种新媒介在人类社会的引介和使用都是长期过程，各类文化形式在不同媒介之间的转换和变化相互渗透。而互联网的兴起伴随着民众言说、个体经验公之于众，大众文化层面上的信息传递层级被削减甚至取消。虽然当前我们依然习惯于把互联网叫作新媒体，这个新媒体对世界格局和社会文化的改变却在某些层面远远超越传统媒体。网络文学诞生十余年内经历了多次转型，无论成功失败，如此高的频率和密度使它具有典型性。媒介转型是当前文学艺术面临的普遍问题，可以从网络文学几次转型的探索中得到有意义的经验。

早期网络文学概念尚未成形之时，自发在网络媒介上的文字创作，或是文字与声像等的结合产物，可以视作人们文艺创造力自发向新媒介的延伸和占领。在网络文学媒介转型之初，是纸媒体和网络媒介拓宽领域、进行内容转化的单向探索，着重点是议题开始争夺时，则成为两种媒介之间的较量，创造力的探索已然不是重点。印刷媒介和网络媒介之间开始概念的争夺和调试。考验文学是否可以原封不动地把文字从纸上搬到屏幕上，或者网络上的新鲜妙语换个环境是否依然耐读，不同媒介之间的双向转换是一个很好的尝试。然而，这双方的探索结果似乎都不理想。从“文学上网”来看，数字化是留存文学经典的又一方式，却并没有赋予经典新的内涵，反而因屏幕阅读的技术限制影响到印刷文学经典的阅读感受；从“网络文学下网出版”来看，比起印刷品受控制的出版发行，网络文学最吸引人的地方在于可以平等地把任何人的创作公之于众。但网络文学在纸书市场的失败似乎说明文学就应该是一个精英化的遴选过程，零散的民间智慧带来的只是一时的愉悦感，不必以印刷媒介固定下来。

网络文学的第二次纸媒转型显示出对分类媒介特点的重视，意识到媒介之间并没有相互对立，也不是替代关系。“文学”是一个创造性概念，具有无限延伸和多种表现形式的可能，而不是一个人无我有、非此即彼的标的。随着当前网络文学的发展，这一点越发清楚，网络文学与印刷文学可以并行不悖。在网络文学日渐占领畅销书流行榜的同时，一大批纸媒体和出版社倒下了，但更多传统的出版社也在积极拓展经营范围，进入多元领域。同时，日渐个人化、私密化的网络媒介“信息茧房”效应也显露出来，因此，网络文学和网络阅读的兴起对于纸媒体来说是一个淘汰和更新的过程。第二次纸媒转型中，出现了多种媒体联动趋势。互联网自身可以发布、传播、接收和反馈信息，与印刷媒体虽有新旧之别，却很难看出优劣之分。网络文学在积极谋求向印刷品等传统媒介形式找寻共同点之外，利用自身技术优势对概念的开发和探索更有价值。在新媒体大发展过程中，网络文学通过双向联动的媒介转向获得了一定收益。这些收益虽然看来十分可观，但其真正价值却不在经济方面，而是对文学概念的拓展和网络文艺层面的创新。

使网络文学引起全社会重视并获得知名度的，是以“IP”知识产权概念串联起的跨越多种媒介形式的影视、游戏及全媒体转型。网络文学因远离日常生活的沉重、及时把握流行文化和流行语热点、植根于青年的情感和视野中，迅速跃升为民间通俗阅读的主要来源。受众更广泛的电视和艺术表达语言更丰富的电影等传统强势媒体，都开始将目光投向网络文学。这次的媒介转型也具有互动性。一方面是影视向网络文学发掘故事资源；另一方面，网络文学也大量自影视剧中借鉴奇思妙想。除早期以戏仿手法对周星驰《大圣娶亲》等大众耳熟能详的剧目改写之外，一些网络作者还坦言自身想象力来自各类大片。同时，网络文学作品以突兀的情节和连续的悬念为特色，吸引在线读者追更，情节需要比一般文学作品更加戏剧化。二者在内容方面的共同追求越发使网文受到影视改编的青睐。网络文学与游戏之间更加荣辱与共。二者拥有共同的网络媒介基础，仅表现形式上存在差别。“游戏”本就是网络文学形式的一个层面，早期在线同题写作、限时写作、接龙写作等，都具有游戏性质。同样，大部分网游本身具有故事性，游戏脚本以文字写就，玩家使用文字进行交流，多人在线就共同情节进行交流互动的方式，也与网络文学的在线交流同质。

在前面网络文学的数次媒介转型中，一方面网络文学试图利用“文学”这一熟悉的概念，将文学和表意的文字捆绑；另一方面网络又带有媒介自身的特定性。虽然它晚于印刷品，某些方面确实优于印刷媒介，但却并不能替代印刷媒介。这种媒介技术之间的差异性导致网络文学在面对印刷文学时必须选取适合自身的媒介和题材与印刷媒体博弈甚至联动。网络文学的新技术转型与以上几次转型不同，虽然也表现为媒介表现形式的变化，根本上却是媒介自身的发展。在新技术转型中，网络文学是被动的。新技术媒介必然给予网络文学更大的表现空间和能动性，但一些基于早期网络表现形式的作品却不得不被淘汰。就像当代人可以通过微缩胶片阅读民国杂志那样，内容可以保留，与特定媒介形式相关的纸张、印刷效果等却不在微缩胶片保留的范围内。

通过多种网络文学媒介转型方向的分析可以看出，不同于以往的文学媒体是网络文学的特性。如果在转型过程中，依附其他既定媒体，丢掉自身多媒体的表达优势、超链接涵盖的庞大内容群落、即时互动的吸引力等，放弃优势网络传播平台而贸然抢夺其他媒介已然成熟的市场，势必得不偿失。通过对 BBS 留言板为基础的讨论区、电子邮件列表为基础的邮件组、博客为基础的个人页面可见，即便在新媒介上，坚持时间最持久的也是满足人们传播、沟通、自我展示基本需求的应用。

网络文学最初只是单纯、单一的概念，表现形式也比较简单，能通过屏幕呈现和传递基本文字内容就足矣。早期简单的网络文学界面受网速限制，连背景、图片等印刷媒介常见的表达形式都被省略。对文字的基本需求，对界面、表达方式和传播的宽容，导致“网络”在早期网络文学中似乎可有可无，以致部分人认为它主要是和文学相关，也就必然向强大的“文学媒介”——印刷品看齐。到了后期，网络技术发展出更多形式，网络媒介分化，网络文学也意识到了独特媒介的重要性。“网络”是网络文学概念的优势，网络文学要想区别于已经足够强大成熟且具备理论体系的文学就不要有独立的定义，这种差异性应当是通过网络技术和网络传播表现的。

而网络媒介自身发展过程中产生的诸多媒体也在相互替代。对于网络文学来说，不同媒体适合不同作品形式，在其发展过程中，网络文化逐渐诞生成型。适合文字的网络文学、适合影像的视频、适合声音的播客、适合图片发布的微博、适合知识获取的维基百科页面、适合在线互动任务的游戏等日益分化。不同网络文化形式通过技术表现各取所需，不会再像之前那样，期望网络文学容纳所有多媒体表达。但是不是每一种网络文化形式都必须运用所有技术手段，表达文化应当选择的是最恰当而非最先进的方式。

网络文学的成形和分化都处于变动和试探之中。在网络文学出现之前，印刷文学也曾面临向影视等媒介领域拓展的问题。由于印刷媒体长期以来就是文学的载体，二者在人们眼中是一体的，因此，传统文学研究看不到媒介的存在。而网络文学的兴起让人们认识到，文学并不一定依附于印刷品。从创造性、想象性并以文字为表达形式的作品角度看，网络文学是文学的一个分支，但它更强调媒介，并将曾经被忽略的传播过程、创作互动等问题集中展现出来。因此，网络文学研究天然带有跨学科、跨媒介对话的需求。

文学作品的媒介转型必然是多向的。文学以文字为主要表达手段，而文学性则可能超出具体媒介形式。作为新媒介的网络被用作文学载体和平台之始就伴随着一系列跨媒介创作的试探。因此，媒介转型并不是网络文学发展到一定阶段为适应产业化而采取的手段，而是无边界的文学自身拓展领域、吸引参与者的必然属性。如今正值网络文学活跃发展的契机，其诞生、发展等过程完全处于当代视野之中，具备现象的动态性和资料保存的便利性，并可能还原社会背景和文化语境，因此，以网络文学为对象研究文学艺术的媒介转型恰当且必要。

第二章 “第一次”转型：媒介边界的探索

网络新媒介的出现对于文学来说是机遇还是挑战？虽然相关讨论甚嚣尘上，但在网络还属于新技术范畴之时，这似乎并不成为一个问题。没有内容的互联网，就像一片沙地、一张白纸，看不出特别的价值。虽然那时的互联网上也有零散创作，但文学报刊才是创作者的终极目标。报刊和书籍是向互联网输出文学内容的源头。早期大多数文学网站都沿袭这种向印刷品看齐的认识，也沿用印刷品形式，不仅作品均以文字完成，媒介表现方式也十分单一。虽然个别网站在作品页面配背景图案、音乐，或者在阅读界面边角插入闪烁动图，但总体类似报刊版式设计。人们对这些网文的期望不过是模仿、复制并趋近印刷文学，为此前显露出疲态的文学市场注入新鲜动力。在这种期望下，《第一次的亲密接触》应运而生。从文学意义上说，这部校园言情小说无甚特殊，但其价值却不可忽视。它的意义来自其在网络文学概念发展历程中的位置。《第一次的亲密接触》是网络文学的标志性节点，拥有 BBS 网络版、杂志刊载版、印刷书籍版、电影、话剧、戏剧等多种媒介表现形式，其媒介转型充分且完善。

第一节 “第一次”的网络神话

谈起网络文学由一个生僻的“计算机概念”向媒体热词、大众读物转变的过程，台湾网络作家痞子蔡和他所作《第一次的亲密接触》是绕不开的话题。如今，虽然“网络文学”的内涵、外延都已经发生巨大转变，早已远离“亲密接触”时代，但由于《第一次的亲密接触》的开创性地位，以及它在网络文学领域中众多的“第一次”，这部作品及相关现象依然不容忽略。

一 故事模型与文本特色

《第一次的亲密接触》究竟是一部什么样的作品，它具有哪些与众不同的特质？这是早期人们对于网络文学的共同疑问，也是这部作品频繁被作为案例的原因。

故事讲述羞涩内向的博士生痞子蔡在网上结识一名少女并与之相恋的过程。主角痞子蔡是一名典型的理工科“宅男”：个子不高，相貌普通，没钱没事业，在单调又枯燥的科研中等待着毕业。他既没有和女孩相处的机会，也缺乏谈恋爱的资本和勇气，唯一的优势是贫嘴——以一种置身事外的睿智和无欲无求的洒脱，让言语在直率中显露出幽默。在隐去真实身份和相貌的网络环境中，言语的机智成为很大的优势。痞子蔡特色的语言在网上展示出与众不同的自己，从而吸引了一个姑娘“轻舞飞扬”的注意。两人由线上的调侃、好奇，到线下的期待和见面，总共不过短短一两个月的时间。两人刚刚产生好感，朦胧的爱情开始萌芽，可姑娘却骤然离世。小说之所以感人，在于男主角给人的真实感和亲近感，特别容易引发读者共鸣。这种共鸣，也就是后来我们谈论网文时常用的“代入感”。一个让人感同身受的“现实”的男孩，却演绎了一场唯美而虚幻的爱情故事。整部小说里，那个“轻舞飞扬”的身体都充满梦一般的虚幻色彩。她之所以那样轻盈，是因为一出现就带着向天堂飞升的欲望，仿佛从来不是血肉之躯。这一点，痞子蔡不知道，但轻舞飞扬知道，所以她“爱”的对象与其说是某个具体的男孩，不如说是对生命的留恋、对爱情的渴望、对自己青春的火焰尚未炽烈燃烧就要熄灭的不甘。

不难发现，如果以文学眼光来看，《第一次的亲密接触》确实是标准的“习作”，不仅情节简单，描写也十分粗略。这部在中国大陆掀起网络文学风暴的作品中，主人公相识的主要场所和最精彩的段落，大多都是在留言板（BBS）或聊天室里以文字对话方式体现的，推动情节发展的是一封封 e-mail。由于两主人公不是面对面交谈，而是通过看不见的网络，使主人公痞子蔡和读者一起对少女“轻舞飞扬”展开充分的遐想。两人见面之前，痞子蔡对遥远网线那一端的期盼是如此美好，他的紧张、期待和自我安慰又是那样真切，抓住了每个人的心。随着男主角一起，读者心目中也已经有了一个自己的轻舞飞扬形象，这正好弥补作者不擅长人物描写的弱点。文字相对于影视的具象表达，更长于激发主动想象。在第一次见面之前，痞子蔡心目中的轻舞飞扬就是长发飘飘、身材轻盈的模样，虽然也担心屏幕后面会不会是个性格暴烈的肉食性“恐龙”，但姑娘在留言里以符号拼出的一颦一笑却深深地抓住了他的心。因此见面后无须多费笔墨，读者就能够主动将自己心中美好的“她”与作品中的轻舞飞扬重合。

整个故事以少男少女相识—相恋—绝症—死亡为线索，没有跳出青春爱情故事从陌生到熟悉再到天人相隔，从没有爱到获得爱再到失去爱的套路，是一部最简单的言情小说。不仅无关真实社会生活，也不涉及更复杂的情感纠葛。甚至可以说高潮尚未展开，结局已在眼前。这与痞子蔡本身网络写作的业余性、实验性相关。作品始终以第一人称方式来写，对于轻舞飞扬的叙述极不完整且带有很大的臆想色彩。读者可以推测，痞子蔡的现实模板，应当就反映蔡智恒本人的生活状态。所以真实的蔡智恒对于女性也非常陌生，缺乏丰富而细腻的情感经历。作品中涉及女性的段落要么来自室友“情圣”阿泰的言论，要么就是单纯的想象和猜测。男主女角的接触通过 e-mail、签名和一次简短的见面完成，缺乏细节描写，几乎没有实体互动。可以想象，如果结局不是轻舞飞扬身患绝症骤然离世，而发展到两人相知相爱的细节，以作者当时构造故事的能力和对女性的了解程度，很难完成。所以，如果顺应当时的网络民意，让轻舞飞扬活了下来，结尾只能是童话般的“从此两人幸福地生活在一起”。而这部作品女主角的死去可以看作另一种童话构造策略——在各种棒打鸳鸯的戏码中，以简单决绝的生死相隔避免牵涉线索众多而稀释情感浓度，以悲剧的不可抗拒使爱情的分离成为宿命，从而更加悲壮动人。

《第一次的亲密接触》的最大特色是其语言，主要体现在语言的无厘头和对符号语言的运用两个方面。这种语言是幽默诙谐的，所以虽然是爱情悲剧，读来却依然轻松愉快，最后甚至给人泪里带笑的感受。

我们来看痞子蔡出场时，对其性格塑造起到重要作用的“PLAN”（签名档）：

> 如果我有一千万，我就能买一栋房子。
> 我有一千万吗？没有。
> 所以我仍然没有房子。
>
> 如果我有翅膀，我就能飞。
> 我有翅膀吗？没有。
> 所以我也没办法飞。
>
> 如果把整个太平洋的水倒出，也浇不熄我对你爱情的火焰。
> 整个太平洋的水全部倒得出吗？不行。
> 所以我并不爱你。

可见，痞子蔡的自我形象带着几分后现代的调侃戏谑，他对待崇高纯美的爱情充满怀疑。小说结尾处，轻舞飞扬香消玉殒，她留给痞子蔡一封信。这封信咖啡色信封、蓝色的信纸，咖啡色拥抱着蓝色——两人见面时，轻舞飞扬穿着咖啡色外套，而痞子蔡则是蓝毛衣——姑娘问"咖啡色的信封内装着蓝色的信纸……知道我的意思了吗？……）"，信是这样说的：

如果我还有一天寿命，那天我要做你女友。
我还有一天的命吗？……没有。
所以，很可惜。我今生仍然不是你的女友。

如果我有翅膀，我要从天堂飞下来看你。
我有翅膀吗？……没有。
所以，很遗憾。我从此无法再看到你。

如果把整个浴缸的水倒出，也浇不熄我对你爱情的火。
整个浴缸的水全部倒得出吗？……可以。
所以，是的。我爱你……

轻舞飞扬借用痞子蔡无厘头的语言结构，却以古典主义的纯美爱情将小说推向高潮，完成从现实到浪漫、从无奈的当下到理想的情感世界的飞升。

语言轻松虽然是这部作品一大特色，但更令读者兴奋的是其中频繁出现的符号语言。这在以往印刷文本未曾出现过，是《第一次的亲密接触》最令人耳目一新的网络特色。当时，互联网还不像如今这般光怪陆离、无奇不有，这部小说就像一部最时髦的网络文化集锦，第一次将许多网络惯习和网络流行语罗列出来。例如对女生戏称"美眉"或"恐龙"，将网友之间按时上线等待称作"制约效应"等。小说基本以留言、线上对话和 e-mail 完成，充斥着大量零散的断句，几乎一句一段。文中轻舞飞扬频繁使用“:)”“；P”等微笑、调皮的表情符号语言来表达情绪，并以多处省略号烘托女孩子欲言又止的害羞和俏皮。类似的这些表情符号跳出纯文字描写范围，以既高度抽象又十分具体的符号组合图形传递情感，突破人们长期阅读印刷品时被文字培养起来的对文字编码、解码的理性阅读习惯，直接诉诸视觉共情。符号表情在后来的网络文化中发展为“颜文字”等，已受到专门关注，但它的雏形却早已埋伏在 20 年前这部小说中。

《第一次的亲密接触》作品本身虽然简单，却因其诞生的时机和包蕴的早期网络文化形态而具有价值。与其相近的时间内，互联网上也有另外一些探索性文学作品，且质量并不亚于“亲密接触”。但《第一次的亲密接触》简单的故事，简单的主题，简短的篇幅，却造就了其标志性地位。喜欢它的人意犹未尽，会主动传播并寻找类似文本；不喜欢它的人，由文章轻松短小，尝鲜一读后也不会太过失望。故事正因简单，它完全不对读者阅读构成挑战。故事里爱情的浪漫以及幻灭，对象不可知所带来的期待等，都是文学作品吸引人的地方。而网络环境则将常见的爱情换一个地方展示，其中网络俚语、调侃桥段等，也紧密结合当下生活，带有时尚色彩。作品的潜在读者是大学校园里的青年男女，他们也正是早期互联网的主要受众；理工男和文科女也正是校园爱情的经典搭配。所以，这部作品就是典型环境中的典型人物故事，非常恰当地再现了早期互联网文化生态。

《第一次的亲密接触》篇幅不长，分为 16 个章节，每章 2000 字左右。这种长度和节奏非常符合过渡时期屏幕阅读习惯。在故事诞生的 1998—1999 年间，由于网络传输速度、电脑屏幕分辨率等技术限制，在网上阅读并不是一件舒服的事情。与如今许多人大部分信息获取自网络不同，当时读屏幕还是一项挑战身体和视力耐受度的行为。在屏幕上阅读上万字的作品是人们不可想象的。因此，网络文学篇幅的控制和节奏的掌握与受众的接受度密切相关。早期网络文学以篇幅短小为优，《第一次的亲密接触》放在印刷文学领域内只是小中篇，但在网络上已经是颇具规模的作品了。人们接受它很大程度上由于恰当的分段和疏散的句式。一句一段的分隔使文字不显得过于密集，标点符号表情的运用更让版面疏朗，不会引起阅读疲惫。

时尚是《第一次的亲密接触》又一鲜明特色。在这部作品中，反问、反讽和解构经典的语句时常出现。除前引“整个太平洋的水全部倒得出吗？不行。所以我并不爱你”的语言，还有室友阿泰对诸多女友以三围尺寸分类编号的行为等，都试图解构爱情的崇高浪漫。但整部作品最终却在维护纯美的爱情，在指向崇高的同时以幻灭揭示爱情的不可获得。后现代的无厘头与时代潮流搭车，真切反映出青年对个人能力的怀疑和对现实环境的悲观，对古典主义浪漫爱情的向往和疑惑。同时，小说囊括了不少符合青年时尚的标志性元素。例如形容轻舞飞扬用“卡布基诺”咖啡，表白爱情时引用星座箴言，行文中夹杂英文单词，约会时赠送DOICE VITA 香水、看好莱坞爱情片《泰坦尼克号》……一系列话题都是21 世纪初青年中最流行的时尚知识，散发着浓浓的时尚吸引力。

当我们在二十年后回看，《第一次的亲密接触》所具备的时尚特色超过其媒体特色和文学性。但正是这篇作品，被网络和书本的读者毫无异议地一致公认为网络文学代表作。这一身份的确立源于其诞生的环境和契机。1998 年，台湾成功大学水利系博士班学生蔡智恒和所有青春期大男孩一样无聊而苦闷。那时没有什么社交媒体，BBS 是和陌生女孩线上相遇的主要手段。因此在实验室上机的空闲时间里，蔡智恒通过校园BBS 写作消遣。他并没有什么作家梦，所以也不是认真地进行“文学创作”，只是采用网络符号语言将自己、同学以及卧谈会上的女生们编进故事。当年的蔡智恒如果能够预见自己将在多么大程度上影响未来中文互联网文学史进程，敲击键盘时也许会更加慎重。然而，互联网就是这样一个成就不可能的地方。《第一次的亲密接触》之后，蔡智恒本人以及其他众多网络作者相继炮制了一大批相似的文本，有的跟风、有的戏仿、有的解构，人们和网络有了第二次、第三次乃至第 N 次的亲密接触。毋庸置疑，比起不经意的“第一次”，后来者在各方面都有所提升，但却没有任何一个能够复制《第一次的亲密接触》的轰动神话。

二 媒介转型初尝试

《第一次的亲密接触》的示范性地位来源于诞生契机，也来源于不同媒介就其进行的尝试性接纳、改编和推动。这部作品不仅仅在网上获得众多点击，还走下网络，出版了纸质图书、有声读物，并被改编成电视剧、电影、话剧、戏曲等多种形式，因之具备前所未有的媒介探索性。在大部分人尚不知电脑里面有什么内容，以为它只是个新式信箱或者新型家电的时候，正是传统的三大媒体将新颖活泼的网络文学带入公众的视野。

《第一次的亲密接触》小说纸质第一版于 1998 年由台湾红色文化出版社出版，而内地第一版则在 1999 年 11 月由知识出版社推出。原作 1998 年在台湾网络连载完稿，1999 年传入内地，同年 11 月即获版权出版，整个行动十分迅速。据称，此书在内地“最初有 30 余家出版社争夺版权，1999 年知识出版社出版后迅速热销，从 12 月 7 日开始发货起，短短三天时间内销完初印的 3 万册，上海、武汉等地普遍供不应求，还有 2 万册甚至更多即将付印；更有人描述，该书一到成都，一开包，1000 册顷刻就被抢购一空。”出版后 15 个月内连续印刷 22 次，共印 40 多万册。连续 22 个月位居畅销书排行榜不下，盗版书超过 80 种，到 2005 年为止，已销售 100 万册①。

知识出版社第一版《第一次的亲密接触》的封底这样写着：“你还没有试过，到大学路的麦当劳，点一杯大可乐，与两份薯条的约会方法吗？那你一定要读目前最抢手的这部网络小说——《第一次的亲密接

① 周志雄：《回顾与评判——〈第一次的亲密接触〉与网络文学的发展》，http://blog.sina.com.cn/s/blog_60e98fa80100g0ys.html，搜索日期：2018 年 5 月 7 日。

触》。由于这部小说在网络上一再被转载，使得痞子蔡的知名度像一股热浪在网络上延烧开来，达到无国界之境。作者的电子信箱，每天都收到热情的网友如雪片飞来的信件，痞子蔡与轻舞飞扬已成为网络史上最发烧的网络情人。”① 这样的推介除了说明文章首先在网络上流传，并包含类似电子信箱、网友、网络情人之类当时新鲜的名词外，看不出任何独特性。网络在这里被用作时尚推介语。《第一次的亲密接触》纸质图书后来多次再版，如知识出版社 2003 年推出蔡智恒文、袁燕华绘的《第一次的亲密接触（漫画版）》、万卷出版公司 2008 年《蔡智恒文集》中的《第一次的亲密接触》以及 2010 年的单行本、长江少儿出版社 2014 年的精装《蔡智恒经典三部曲》中《第一次的亲密接触（完美彩插版）》等，台湾麦田出版社也于 2010 年再次出版繁体字版。这部作品被称为“网络文学史最经典作品”“感动一代人的爱情小说”等，海峡两岸总销量据称超过 350 万册。知识出版社 1999 年出版的内地第一个纸质版本，在豆瓣的页面共有将近五万条评论，其他各类版本也都有几十上百条的评论。

除出版图书外，《第一次的亲密接触》还获得向各种媒介形式改编转化的机会。2000 年，上海电影制片厂、台湾学者机构联合拍摄电影版；2001 年，北京人民艺术剧院将其搬上话剧舞台；2002 年，越剧《第一次的亲密接触》上演；2004 年，佟大为主演的 22 集电视连续剧版本面世。网络小说与网络游戏拥有同源的媒介场域，虽然从故事本身看单线的《第一次的亲密接触》并不适合对互动性和变数要求较高的游戏，但这部作品还是被改编成恋爱养成版本的单机游戏。媒介改编不仅拓展了网络作品的舞台，也为传统艺术形式注入新血。例如在越剧版本上演时，有人称网络题材“使戏曲这一古老的艺术形式焕发了青春和活力”②；而电视剧版本播出后，又授权乐视网进行网络投放，点击

① 蔡智恒：《第一次的亲密接触》，知识出版社 1999 年版。

② 吴丹娜：《越剧〈第一次的亲密接触〉昨亲密甬城》，http：//news. sina. com. cn/c/2003－12－01/08182247603. html，最后浏览日期：2020 年 3 月 13 日。

量很快逼近两千万次，其中移动占比 14%，PC 占比 86%[①]。游戏版本的主干情节虽然按照小说进行，但增加了原著没有的新角色，玩家可以根据自己的喜好进行选择。在游戏的介绍中写道：“一大特点就是有很多的支线，这会影响到结局的不同，每当玩家扮演一个不同的角色，剧情的发展就会变成另外一个故事，非常有意思。游戏里还提供了 ICQ 交友，就是网络社交的游戏，这样就可以跟在线的玩家真人进行聊天了。”[②] 多样的网络技术增强了小说的表现力，成功的媒介转型能够将魅力从网络拓展到印刷品、影视屏幕，同样也能从影视再度向电脑、手机等更多网络领域延展。

我们下面重点分析其话剧和电影改编版本的情况。话剧《第一次的亲密接触》主要有三种版本：1999 年底“榕树下首届网络文学大赛”颁奖会上，它首次公开亮相。按照广大网友的心愿，轻舞飞扬在舞台上复活，并与痞子蔡共叙心曲。该剧最独特之处就在于按照小说中的场景，为观众下了一场“DOICE VITA”香水雨，把网络尚不能传播的嗅觉因素也传递了出来，以芬芳的气味打通受众感官。2000 年 12 月，“70 年剧社”将这部作品编排成话剧在清华大学上演，许多摇滚歌手参与演出，并为话剧录制了一首主题曲。最为正式的是北京人艺 2001 年 3 月编排的版本。该版话剧不仅动用多种表达手段和实验手法，还以多媒体形式在网上直播。人艺版小剧场话剧《第一次的亲密接触》中女主角“轻舞飞扬”的扮演者即为中央戏剧学院表演系学生的陈好。扮演此角色时年仅 22 岁，在影视剧界尚未崭露头角。出演这个网民偶像的角色无疑为她表演生涯奠定了良好的基础，博得了大众的喜爱。2002 年 6 月，北京人艺重排此剧，女主角换新人后再次获得巨大成功，原定 5 场演出爆满之后又应观众要求加演 3 场，同样受到热烈欢迎。

---

① 数据来自乐视网，统计时间：2015 年 1 月 4 日。

② 参见百度百科资料，http：//baike. baidu. com/subview/22143/6087469. htm，最后浏览日期：2020 年 3 月 13 日。

比起舞台剧版本，电影投入更多、改编力度更大。2000 年 2 月，台湾学者电影公司决定投拍“第一次”电影版，全片使用许多电影特效和科技手段来营造原文中面对网络想象的抽象情景。这部电影曾在网络上发起征集女主角的活动，但最终，网络票选呼声最高的候选人却因故没有能在这部电影中出现。陈小春扮演痞子蔡，这个以古惑仔角色出道的明星虽然够木讷、痞气，却缺乏些内敛的才华；舒淇扮演女主角“小鱼”，虽然青春美艳、收放自如，但“第一次”这部纯情剧的女主角，原本应该是病弱的“轻舞飞扬”，而非健康性感的“小鱼”。在许多媒体的宣传中，这部电影由陈小春、舒淇联袂出演，连饰演轻舞飞扬的演员名字都没有。这让诸多因喜爱原著而为大荧幕作品买单的网民情何以堪！在整部电影中，轻舞飞扬成为一个侧面形象，她年轻生命的消逝成为激发另几个年轻人珍惜爱情和对感悟生命的教育启迪。

这几个改编版本虽然情节可能更加丰富，视觉冲击力更强，但却越来越远地脱离原有形态。“榕树下版”出现在颁奖晚会上，更有喜庆色彩，轻舞飞扬的复活代表着新兴的网络文学强大生命力。“清华版”是“70 年”剧社的自我宣传，虽然以免费形式在校园演出，却利用此次活动传达“自己所代表的是都市中最年轻、最有现代生活状态的群体”理念，为将来扩大影响。“人艺版”号称新世纪首部网络话剧，是传统艺术与新技术的结合，也是人艺开拓视野、拓宽演艺路线的一次尝试。每一次改编，都因各种各样的驱动因素而体现出不同的效果，且不论版本孰优孰劣，网络的原创性、任意性、无功利性等特色却荡然无存。①

由此可见，虽然《第一次的亲密接触》的网络声名为它带来诸多改编便利，但在“第一次”“网络文学”之类头衔背后的，却是种种不同目的。根本上说，它被比照传统畅销书来经营策划。与其说它经历了网络文学媒介转型的过程，不如说不同媒介以它为契机尝试探索网络时

---

① 参见许苗苗《性别视野中的网络文学》，九州出版社 2004 年版。

代转型的渠道和形式。

三 转型的偶然与必然

我们看到，《第一次的亲密接触》虽然只是一部简单的校园爱情小说，但诸多的“第一次”为它营造前所未有的历史机遇。

首先，它本身符合传统阅读习惯，又运用了网络新颖的符号语言，在新旧媒体读者中都有圈粉能力。其次在《第一次的亲密接触》之前，台湾校园 BBS 上就有不少纯文字作品：早在 1995 年台湾各大学就已有 BBS 互联，当时台湾交大研究生 Plover 曾作《往事追忆录》，是早期网络文学代表性作品之一，后来他还写过有《台北爱情故事》《风流手记》等①。遗憾的是《往事追忆录》“以一个人情感经历为蓝本，带有一定的情色意味”，难以在大众间流行开，未受纸媒青睐，就此止步于论坛。题材的合宜是一方面因素，《第一次的亲密接触》的成功还获得多方面合力的助推。

在媒介技术平台方面，《第一次的亲密接触》搭上了 BBS 的顺风车。它诞生于 1998 年，当时由于访问限制，中国大陆对台湾网络文学状况知之甚少，除个别研究者外，大众几乎完全没有接触过台湾早期以“数位诗”为代表的更具备网络特性的文学创作。因此，大陆读者将 BBS 作品看作网络文学的代表，并因其浅显易懂、转帖方便而自发推动传播。当时正值 BBS 文学在中国大陆兴起初期，这种系统带有互联网最为人所看重的互动性优势。中国内地第一代网络写手宁财神、邢育森、李寻欢等代表人物都是由 BBS 成名的，由于它参与门槛低，所以跟风而起的创作比较容易，类似的内容迅速丰富了起来：当时流行的 BBS 文学都是通俗作品，带有青春文学的痕迹。虽然夹杂了网络符号语

① 参见周志雄编《网络文学大事记：1991—2011》，载《网络文学的兴起》，人民出版社 2014 年版。

言，但它们并没有必须与媒介捆绑的特性，风靡网络之后，基本可以不做改动地搬到纸上，所以在投向依然占主流阅读市场的印刷媒介怀抱时不会有太大障碍。BBS 等网络媒体推崇快速阅读和即时互动，因此，短篇作品占据主流，甚至越短越受欢迎，大多数文学网站出版了作品精选集。出版的书籍多半是体量窄小、纸质轻盈、装帧精美的小书，对于出版投入和读者购买都不会构成挑战。

出版管理的逐渐放宽也为“第一次”的轰动提供了良好的环境。20 世纪 90 年代，市场化浪潮的冲击令许多传统出版社面临生死攸关的选择。严肃文学读者市场日益缩水，但通俗文学也没能摆脱基础薄弱、作品匮乏、管制众多的局面。大众文学阅读以《人民文学》《收获》《十月》等主流文学刊物上刊登的严肃文学居多，通俗阅读则主要以《故事会》《传奇传记》等期刊刊发的短篇、中篇为主。长篇通俗小说的空缺很大程度上以台港通俗文学来弥补，琼瑶、岑凯伦的言情小说，金庸、古龙的武侠小说以及新一代的席娟、黄易等都来自港台。在这种环境下，同样来自台湾，且带有网络时尚标签的“第一次”在大陆的出版获得了格外的优待。

当然，从作品本身来说，《第一次的亲密接触》文本上的诸多特点也与网络阅读存在一些契合，在早期探讨网络文学文本特色、审美偏好时，这部作品屡屡被提及。它的短篇幅、符号表情、跳跃句式以及反讽和自嘲的语调等都成为模板，不仅为后续青春写手跟风学习，也被研究者作为案例点评。在当时内容相对稀少的互联网上，个性化语言是其魅力之一——互联网第一次将个人的私语以文字形式保留下来，予以传播，并在公众语境中呈现。上网的大部分是校园男女，他们的机智与伶俐都表现在网络调侃和独白中，而这也是《第一次的亲密接触》语言的巧妙之处。另外，虽然如今人们读屏已成习惯，网络小说动辄上百万字篇幅，但每章也多以三千字为限，这是多年来网络作者们以经验历练出的接受域限。《第一次的亲密接触》每章两千余字的篇幅恰好在这个域限之内，这也许只是巧合，却恰好成就了它的流行。

可见，一部作品的成功，正是种种无心的偶然因素凑成了必然的结果。站在后来者的位置上反观其发展脉络，可以找到许多因缘，但这些因缘是否一定能复制同样的结果却很难设想。毕竟，网络文学虽然有技术的成分在内，却依然是文学，它不是一加一等于二的公理，而是与人们想象力的不确定性高度相关的。

第二节 “第一次”的示范效应

虽然“第一次”获得了图书、有声读物、影视剧等多种媒介改编和转型的机会，但其影响最大的依然是出版市场。作为文字产品，在跨越媒介平台转型时，首先被提及并最容易实施的就是网络向纸媒的转型。同时，印刷出版比起影视剧改编等，也是成本相对较低并更具时效性的。因此，“第一次”的示范效应主要是对于出版界而言。它不仅将大批热爱写作的青年吸引向网络创作，还引发了个人文学网站和文学类 BBS 的流行。

一 网上网下的“第一次”

《第一次的亲密接触》（以下为行文简略，部分称为《第一次》）为内地读者所识正是在 1999 年，那一年底，“榕树下网络文学大赛”和“网易中国原创网络文学大赛”几乎同时举行。这可以看作在互联网兴起之初，尚不为公众所识的环境下，商业网站利用文学青年、竞赛获奖等吸引眼球的元素，在千禧年到来之际给大家找的一个兴奋点，其中商业化炒作意图明显。但毋庸置疑，这一年里，一个故事——《第一次的亲密接触》，两项评奖——“榕树下”“网易”，令“网络文学”一词在中国大陆热闹了起来，网络文学作品从此进入人们的视野，奏起文学的新乐章。

在《第一次》最初转贴到中国大陆论坛时，由于文字编码不同，该小说被热心网友从繁体翻译成简体，通过校园网、虚拟代理服务器等绕开网禁和技术障碍进入大陆，先是成为校园网 BBS 热帖，之后又迅速在各大商业网站社区里蔓延开，成为网人必读的作品。它最初的传播和流行完全是一种网民的自发行为，却比许多媒体强力推介的作品还要引人注目，充分说明当时其强大的吸引力。虽然只是一篇三万余字的中篇校园爱情故事，但其以活泼、轻松、短小的风格和充满网络符号语言的极高辨识度成为大众媒体对于“网络文学”这一概念的最好诠释。许多人阅读“网络文学”从《第一次的亲密接触》开始。

在印刷媒体一统天下的阅读环境中，《第一次的亲密接触》由读者自发选择、自助传播的模式十分新鲜罕见，一些报刊社捕捉到这一文化现象的价值，选载、出版了部分与之类似的作品，使印刷媒体庞大的读者群开始接触网络文学样本。不得不承认，在网络文学概念诞生之初，互联网终端的到达范围很狭窄，大多数人与网络文学的第一次亲密接触都是通过印刷品，经由期刊和出版社发行的帮助得以实现。而这些下线的、印刷后的作品是否还能够被称为“网络文学”则有待商榷，也引发 21 世纪初学界有关“网络文学定义”的一波又一波思考与论争。但定义的模糊并不妨碍网络文学现象的勃兴。与其说这种兴起与普及是文学现象，不如说是商业现象。在网络新概念与文学老情结联手的背后，有一个庞大的，消费能力强且乐于为新事物、新文化产品买单的青年读者群。因此，网络文学尽管身份不定、概念模糊，但在潜在营收能力方面确定无疑。网络文学成为青春、新鲜的代名词，带上时尚阅读的标签。

从时尚阅读的角度看，《第一次的亲密接触》是当之无愧的时尚推手。这部作品汇集了诸多青年人关注的时尚消费元素，如咖啡、星座、香水、英文、美剧等。这些元素在当时台湾青年中颇受追捧，它们每个背后都蕴藏着庞大的时尚产业链。而在当时消费文化相对滞后的中国内地，则迫切需要找寻打开市场的契机。《第一次的亲密接触》提供了以时尚元素带动相关产业话题的机会。从轻舞飞扬咖啡色的外套，引申到咖啡的文化意义和分级；从主角各自依据星座猜测情感倾向，到星座解读中开运饰品的推荐；从香水到彩妆、护肤品国际品牌；从英文单词到“华尔街”“新东方”培训；从美剧到电影和明星产业……同时，痞子蔡本人的台湾、高知、单身汉等身份也有利于被打造为偶像作家。

所以，《第一次》效应很大程度上是新媒介技术、大众媒体、文化产业联手打造消费文化符号的结果。

二　复制、戏仿与跟风

《第一次的亲密接触》成功之后，一大批跟风作品出现，试图搭上这一顺风车，甚至其书名都不再是一个特定指称，而成为流行习语。然而，正因为它是“第一次”，所以受到了如此礼遇，复制者都不能再重现其辉煌。原本无心文学建树的痞子蔡在出版热潮的推动下不断推出新作，虽然后续作品在情节的复杂性、结构的设置等方面都明显更为精心，但均延续轻松爱情、淡淡伤感的老路，不可避免地自我重复并消耗着由“第一次”积累的人气。其他网络作者则对于“第一次”的话题更为敏感，有仿作、续作者，也有戏仿和颠覆者，在网民们纷纷加入“第一次”主题的行为中，酝酿着网络文化群体性、主题性、热点性的行为特色。

（一）痞子蔡和痞子蔡们

在《第一次》之后，蔡智恒成了明星作家。据统计，他以几乎每年一本的速度推出小说：《雨衣》（知识出版社 2000 年版）、《爱尔兰咖啡》（知识出版社 2001 年版）、《檞寄生》（中国戏剧出版社 2002 年版）、《夜玫瑰》（现代出版社 2002 年版，知识出版社 2003 年再版）、

《洛神红茶》（天津人民出版社 2003 年版）、《亦恕与珂雪》（新世界出版社 2004 年版）、《孔雀森林》（新星出版社 2005 年版）、《暖暖》（作家出版社 2007 年版）。其网络作家的名号依然能够带领他进入畅销书排行榜。如《雨衣》连续 12 个月位居畅销书排行榜，《爱尔兰咖啡》连续 8 个月位居畅销书排行榜，《槲寄生》预售阶段已列台湾图书排行榜之冠。《夜玫瑰》自 2002 年 11 月在台湾发行，从上市第一天起，连续 7 周在排行榜排名第一。2004 年 7 月，根据《新京报》的调查，《亦恕与珂雪》居畅销书排行榜第 7。《孔雀森林》《暖暖》也进入了月度文学图书销售排行榜。同时，蔡智恒还到各地演讲，签名售书，形成非常壮观的签售长龙景象，在各大学的演讲也场场爆满[①]，其小说也难免得到编导的青眼获得改编的优先权。但不容置疑的是，这些小说的质量却颇受争议，在销售量上也逐步下滑。

痞子蔡作品激活了此前一度疲软的出版市场，形成了示范效应和强大的场吸引力，一度成为网络文学的标志性模式，继之而起出现了大批跟风作品。早期号称“中国网络文学三驾马车”的“李寻欢”“宁财神”“邢育森”以及同期的俞白眉等人，在宣传过程中都有意无意复制痞子蔡路线，凸显自身与其相似性。这种一致性一方面确实源自作者自身。早期接触互联网者大半是高校学生或科研人员，教育背景十分相似：蔡智恒当年是台湾成功大学水利系博士班的学生；邢育森是北京邮电大学的博士生；俞白眉毕业于计算机专业；宁财神毕业于国际金融专业，从事期货工作；李寻欢毕业于经济专业，是中国第一批网络从业人员之一。他们都受过良好教育、工作在高级人才云集的新兴型产业，且爱好文学，也成为中国最早一批因网络文学出名的人。

在作品的题材和风格方面，他们之间也存在相互的启发和呼应。早期网络写作都从爱情出发。痞子蔡《第一次的亲密接触》纯情而唯美：

---

① 参见周志雄《回顾与评判——〈第一次的亲密接触〉与网络文学的发展》，http://blog.sina.com.cn/s/blog_60e98fa80100g0ys.html，搜索日期：2018 年 5 月 7 日。

男孩女孩，至纯至美的爱情，就像港台言情剧般赚人眼泪。宁财神《无数次亲密接触》则是现实风味：以明显的痞气和调侃的京腔彻底摧毁“第一次”里的校园爱情童话。与“痞子蔡”相对的是“胡同串子宁”；与“轻舞飞扬”名字呼应的是一个外表美丽心灵空虚、学着半生不熟的港台腔的平凡女孩，是胡同串子宁的情感“方便面”；与“DOICE VITA”对应的是“AMANI”香水，和“咱这个比他的贵”的台词。如果说“第一次”是校园浪漫爱情曲，“无数次”则是港台浪漫的终结和北京胡同人生的展示。邢育森《活得像个人样》和李寻欢《迷失在网路和现实之间的爱情》从网络情感步入现实生活，似乎要向人们证明网络和爱情都不是孤立的存在。

《第一次的亲密接触》更衍生出网络“亲密接触”系列话题。由于痞子蔡的原文发表在台湾的校园网，大陆网民不可能在原始讨论区（台湾成功大学 BBS）参与探讨。但该文确实引起广大网民极大的言说欲望，因此，系列衍生作品在内地 BBS 中蔓延开来。《第二次亲密接触》《无数次亲密接触》《汪和喵的三次亲密接触》等，其作者在阅读中衍生出自己的故事，从读者转变为作者，将网络话题引发的感想加入原始文本，修订原文，创出新作。宁财神就是从阅读原文和其他读者的留言中得到启发，开始反“纯情的、校园味的”网络文学，将真正的胡同味、痞子味融入“亲密接触”的网恋话题，引发了“第二次”“第三次”“无数次”的接触。更多无名的作者则默默地集结在“亲密接触”的主题之下继续创作，例如“轻舞飞扬工作室”主页、“第二次亲密接触”重庆唯美爱情网站等，可以看作对“亲密接触”的另一种追随、拓展或者致敬①。

（二）出版社的跟风推动

《第一次的亲密接触》开辟了网络文学下网出版的先河。从此，几乎每个比较有实力的网站都有了一两本纸质的网站作品精选合集。如网罗

① 参见许苗苗《性别视野中的网络文学》，九州出版社 2004 年版。

了“新语丝”“橄榄树”“美人鱼”等五家网站作品精选的《网络文学丛书》，“黄金书屋”的《我爱你的垮掉》等。业内人士指出：网络文学确实已经具备了一定的市场需求。虽然网络文学目前还很幼稚，但如果有出版商具有这样的意识和眼光，发掘、培养和包装具有良好前景的网络写手，助其“长大成人”，这或许比投资于传统作家更能获得效益。

以知识出版社为例，继1999年底在大陆出版痞子蔡的《第一次的亲密接触》创下数十万册的销量之后，又连续推出了一系列网络文学作品集。其中包括获网易第一届中国原创网络文学大赛小说金奖的蓝冰的《相约九九》，痞子蔡新作《雨衣》，以及台湾网络作家微酸美人的《敷衍》等，合称“网络社区研究资料丛书”①。

现代出版社于2003年推出“悦读e时代·台湾经典网络小说”丛书，收录了《夜玫瑰》《几乎错过的爱恋》《上海、台北双城情事》《夏夜奶茶》《9号球之恋》《邂逅麦当劳》等多部曾在网上颇受欢迎的爱情小说。编者认为，与内地作品相比，台湾网络作者的文字往往更具现代感和都市生活气息。由于小说写的多为“新人类”或“新新人类”的生活际遇和情感纠葛，并且引入了大学联考、诚品旗舰店、忠孝东路的SOGO、在淡水看夕阳、士林夜市等大量的真实场景，这就让大陆读者得以一窥台湾青少年的生活空间和处世态度②。因此，比起琼瑶的老套、席娟的古典来说，网络小说成为内地青年了解台湾当代青年人生活的纽带和信息渠道。

在网络文学印刷出版方面，出版社也颇下一番功夫。针对有读者批评纸上的网络文学欠缺网络特色的问题，“榕树下”第二届网络文学大赛的获奖作品集以光盘形式发行。2001年，痞子蔡的新书《槲寄生》也配合赠送由痞子蔡作词、张永智（《第一次的亲密接触》中阿泰原型）配乐的歌曲《红豆》CD光盘，刊登作者和“阿泰”的靓照，以多

① 参见许苗苗《性别视野中的网络文学》，九州出版社2004年版。

② 《关注“台湾经典网络小说”》，《文汇报》2003年6月27日。

媒体、声光色打开印刷品的二维平面模式。为给该书所属套系中国戏剧出版社的“小说e世代”宣传，痞子蔡与系列中另两位女作者王兰芬、微酸美人一起，开始“蔡智恒、‘阿泰’e动之旅大陆行”。有媒体报道痞子蔡这次是“依红偎翠”，将令读者大饱眼福。虽然类似行为可以看作印刷出版市场为跨媒介表达力进行的有益尝试，但文学作品的魅力还是源于自身，花哨的商业营销手段并没有为跟风作品赢得好评。有网友在新浪社区评价这次“e动之旅”时叹息，“轻舞飞扬时代已经过去，再多一句就是废话”。①

对于蔡智恒以及与其类似的后续写作，人们寄予厚望，却又似乎能够预见其不可复制的辉煌。蔡智恒对于后续出版物销量不看好的回应是：“我不需要杀进传统文学界，独立成为一个品牌，成为一个开山立派的掌门人，对我而言，我写的小说只是我写的小说而已。”他显得十分自信：“我的小说即使不叫‘网络小说’，它还是照卖。”实际上，《第一次的亲密接触》如果不是在网络上首发，这个故事几乎不可能在传统媒体上发表，更难获得这么多拥趸。而其他的“蔡智恒（而非痞子蔡）小说”，不论其作者自我定位如何，不论出版商多么卖力地炒作，都难以再创“第一次”的神话。在痞子蔡为其另一部新书《爱尔兰咖啡》进行签售时，许多读者手捧的仍是那本《第一次的亲密接触》。

在《第一次的亲密接触》最初发布的媒介环境中，人们的主要阅读载体是纸质书刊，这部作品得以广为人知依然是借助印刷媒体的力量。大多数人接触到的，是打着“网络文学”标签的纸书。它之所以具备示范性，能够吸引众多新人加入网络写作的行列，也正是由于这些新人怀有文学梦，希望通过网络这一新兴发表渠道，被传统文学界看见并认可。所以，在《第一次的亲密接触》身后，随之而来的网络文学“第一次纸媒转型”，其实是一场出版社主导的纸媒体拓展，基于多方

---

① 参见许苗苗《性别视野中的网络文学》，九州出版社2004年版。

寻找发展的出版社看好网络图书概念的前景。

无论“第一次”这本曾经风靡一时的小说自身“文学性”究竟有多少，在中国网络文学史上，它的重要性都是无可替代的，从网络文学研究视角出发，我们可以将《第一次的亲密接触》引发的以时尚阅读为主题的网络文学热潮称作“第一次”效应。这一效应对其后很长一段时间内中国网络文学发展有着极大的影响，也波及以青少年为主要目标读者的写作群体和出版单位。当然，这种风靡带来的不仅是网络文学的知名度和热度，也是其后一段时间内有关网络文学现象的偏见、争议的发端。

第三节　跟风继起：网络文学的第一次纸媒转型

当文学出版需要走向市场，而内地文学主流作品仍以鲜明的意识形态、严肃高雅的思想格调为重心时，市场的冷淡和转型的试探是出版社所面临的困境。大众阅读市场中的言情、武侠已由成名港台作者占据，如何在通俗阅读市场上开辟新的道路，发掘新鲜作者，是众多开始走向市场的内地出版社不得不面对的问题。从网络而来的热门青春话题是一个不错的入口，且此前《第一次的亲密接触》迅速从网络流行到图书市场并带动一大批类型小说的成功经验，也为看好网络文学发展的人们提供了可供借鉴的案例。因此其后很长一段时间内，成功的网络作品几乎都延续青春、时尚、爱情的套路，并最终走向印刷出版。前面提及的几位中国内地因网络文学写作受到关注的作者，或者是与痞子蔡等身份相似的理工科学生，或者是从选秀式网络文学大赛中脱颖而出的青春作者。他们带有明显青春期痕迹的小品式文章从网文变成了铅字，为早期网络写作时代留下了稚嫩的痕迹。他们得以出版纸质读物，与当时我国图书市场转型的大环境脱不开干系。

一 “实体书”与作家身份

所谓“实体书”正是网络文学概念兴起之后的一个特色新词，指那些获得出版印刷的纸质“网络文学”读物。早期网络写手大都将出版实体书作为最终目标，因为比起随意发送的网络文字，只有在出版社控制之下的“实体书”出版发行才有赋予作者“作家”身份的仪式感。

20 世纪 90 年代后期，市场经济之手进入文化领域，引发了“文学商业化”“出版市场化”“阅读热情消退”等一系列新状况，出版界正在经历从国家严格计划、管控书号，走向自负盈亏的市场化转型道路上。网络作品的流行搅动了出版市场，将在网络上赢得民心的作者纳入麾下，将网站的民间写作优秀作品整理出版，看似是能够提前保证作品人气和新鲜度的好办法。由于其“网络出身”自带话题性，审核流程被简化，出版和上架速度加快，打破了原本选题立项缓慢的节奏。这一系列创新行动使网络文学作品一度成为印刷出版界的宠儿，对于诸多有创作能力却苦于无缘被读者相识的作者来说，在网上写作、参加网文大赛更成为一个崭露头角、一鸣惊人的好机会。早期内地网络文学界的知名写手，无论是专栏写手安妮宝贝、木子美，还是文学周边工作者如教师尚爱兰、编辑宁肯，甚至原本无心文学，纯粹因为泡论坛阴差阳错涉足文学领域的宁财神、邢育森、李寻欢等，他们的“文学”身份得到认可都是在出版了“实体书”或文章入选传统文学杂志之后。

随着网络文学知名度的提高，一大批图书在“网络”名下得以出版。表 2－1 是对 1999 年到 2002 年期间网络文学出版物的不完全统计。从中可见，最早获得痞子蔡内地版权的知识出版社致力于保持并拓展这一领域内的优势，早早就慧眼独具地与多名网络作者签订了协议，短短三年间即出版了多本相关书籍，且均为个人作品而非选集合集。作家出版社虽然行动没有知识出版社那样迅速，但凭借自身处理长篇小说的优势和大社的丰富经验，独家出版了安妮宝贝、宁肯、龙吟等人的长篇力作。中国社会科学、花城等出版社也凭借自身在传统文学界的吸引力，出版了尚爱兰、安妮宝贝等知名网人的作品。可以看出，知识出版社选择作者和题材偏向时尚性和网络性，而作家、花城、中国社科等则更重视作者和作品与传统文学口味的契合度，安妮宝贝、尚爱兰、宁肯等人在网络写作之前都或多或少有创作和发表经历。天津人民出版社属于网络文学图书领域的跟进者，虽然出版了邢育森和李寻欢的作品，但2001—2002年已属第一次网络文学风潮的末期。即便是这两位早期网络文学的代表人物，此后也开始转行，投身文化出版行业。其他如时代文艺出版社、中国社会出版社等，都出版成规模的网络文学作品合集系列，作品来源是2000年开始的琳琅满目的各类网络文学大奖赛获奖作品以及网站、论坛精品合集。

表2－1　　部分早期网络文学图书

名称	作者	出版社	出版年份
《第一次的亲密接触》	痞子蔡	知识出版社	1999
《雨衣》	痞子蔡	知识出版社	2000
《相约九九》	蓝冰	知识出版社	2000
《破袜子》	霜子	知识出版社	2000
《敷衍》	微酸美人	知识出版社	2000
《边缘游戏》	李寻欢	知识出版社	2001
《极乐世界的下水道》	邢育森	知识出版社	2001
《积木之城》	何从	知识出版社	2001
《智圣东方朔》	龙吟	作家出版社	2000
《八月未央》	安妮宝贝	作家出版社	2001
《蒙面之城》	宁肯	作家出版社	2001
《假装纯情》	宁财神	作家出版社	2001
《告别薇安》	安妮宝贝	中国社会科学出版社	2000
《旧同居时代》	合集	中国社会科学出版社	2000

续表

名称	作者	出版社	出版年份
《永不原谅》	尚爱兰	花城出版社	2000
《性感时代的小饭馆》	合集	花城出版社	2000
《我爱上那个坐怀不乱的女子》	合集	花城出版社	2000
《蚊子的遗书》	合集	花城出版社	2000
《我的爱漫过你的网》	合集	时代文艺出版社	2000
《活得像个人样》	合集	时代文艺出版社	2000
《生活的原味》	合集	时代文艺出版社	2000
《女人心事，风过留香》	合集	时代文艺出版社	2000
《迷失在网络中的爱情》	合集	中国社会出版社	2000
《网事悠悠：闲趣长廊》	合集	中国社会出版社	2000
《寂寞如潮：网上情人》	合集	中国社会出版社	2000
《爱若琴弦：网上恋人》	合集	中国社会出版社	2000
《比情人更亲近》	合集	天津人民出版社	2001
《月牙儿指甲》	合集	天津人民出版社	2001
《当我再也无法离开》	邢育森	天津人民出版社	2001
《粉墨谢场》	李寻欢	天津人民出版社	2002
《网侠》	邢育森	文化艺术出版社	2000
《进进出出》	合集	生活·读书·新知三联书店	2000
《榕树下》	合集	上海文艺出版社	2000
《彼岸花》	安妮宝贝	南海出版公司	2001
《风中玫瑰》	合集	人民文学出版社	2001
《我爱你的垮掉》	合集	文汇出版社	2001
《一生最美一文》	合集	中国工人出版社	2001
《悟空传》	今何在	光明日报出版社	2001
《槲寄生》	痞子蔡	中国戏剧出版社	2001
《数字美人》	尚爱兰	陕西师范大学出版社	2001
《偏要是美女》	水晶珠链	经济日报出版社	2001

二　上网出名，下网出版

2000—2002 年期间，是中国网络文学通过纸媒转型为大众所初识的阶段。出版界和文学期刊、文学评奖活动等，使网络文学迎来了小高潮。民间文学写作力量通过文学论坛和出版得以展示，但与之相关的争论也不绝于耳。如网络文学是否就等于民间的文学习作，媒介的不同是否能成为降低文学标准的借口？凡此种种一时间甚嚣尘上。如果网络文学仅仅停留在网络媒体上，这些问题还不甚激烈，但当传统高姿态的严肃的文学出版社纷纷跟风网络文学，当变化多端的网络段子固定下来变成具有严肃性的铅字时，网络文学文本自身一些弱点也就暴露了出来。由此引发了随后2002—2003年间网络文学热度的退潮：一度为各界看好的网络文学出现了危机。大量在“网络文学”分类之下的实体图书滞留在架上。以早期网络文学概念带来的新鲜感日益失去吸引力，越来越多的人开始上网，屏幕成为阅读网络作品更加日常且低成本的消遣，人们不用再购买实体书尝鲜网络文学。

早期网络文学自身的特点也造成下网纸媒图书的缺陷，那些基于论坛的网络作品，以口语化、符号文字夹杂为特色，以短句、多对话推进情节发展，讲究篇幅短小精悍、结局出其不意。这些特点很大程度上源于互联网媒介发展初期的技术缺陷，如网速慢、网民少、计算机被看作技术工具而缺乏文化娱乐内容等。在这种情况下，人们乐于阅读带有文学性、字节少、占用内存小且对设备要求低的作品。而一旦进入原本已经高度发展的印刷文学领域，这些轻灵的小作品就显得过于浅薄，与笑话小品无异，经不起推敲。

虽然短时期内网络文学选题一哄而上，造成大量网络图书滞销，但这一时期的网络文学出版也具有积极意义。一方面，在传统文化体制序列中具有较高地位的出版社青睐并出版网络作品，有助于网络文学以及网络文化的普及，对更多青年学生以及文学爱好者投身网络文化，成为资深网民起到正向激励的作用，而这一批人即将成长为早期网络文化的建构者和内容的制作者和网络媒体的设计者。另一方面，当时的网络创作虽然大部分集中在青春、都市、情感等较轻的题材，但获得出版的作品却并不单纯以点击量为评价依据。出版社选稿标准较高，除了热门网络小说、搞笑段子，一些纯文学类的散文、诗歌也搭乘网络热潮获得出版。不得不承认，类似非著名作者的诗歌和散文等相对个性化、缺乏市场保障的作品，无论在此前印刷出版的“纯文学时代”还是在此后网络类型文学盛行的“第二次纸媒转型”时代，都很难获得出版的契机。而正是“网络文学第一次纸媒转型”这一段特殊时刻，它们凭借网络出身的便利，才相对容易地获得结集出版的机会。因此，网络文学的第一次纸媒转型虽然总体上是一次跟风新媒体概念的行动，但对于一些冷门文体和部分此前因复杂出版流程而却步的作者来说，依然具有相当的价值。印刷出版行业稳固而相对封闭的来源向网络论坛以及身份各异的创作者开启。

三　纸媒转型的得与失

总体来看，网络文学的第一次纸媒转型虽在后期市场上缺乏持续性，但却进行了非常有益的尝试。因为早期围绕网络文学的一系列讨论，从大众媒体到学术选题，无一例外源自“媒介”本身。“文学”究竟能不能跨越媒体界限存在，我们熟悉的印刷品及其生产的权威“书面语”，因出版而获得的“作家”身份，乃至因文字而来的线性思维方式能否在互联网即写即发的环境中继续存在？这些在网络文学兴起二十年后的如今看来毫无疑问的话题，当初却是纷纷扰扰，甚嚣尘上。将已得到公认的文学作品搬上网不能叫网络文学，如今我们将之称为“数字化”；而将网上写好的作品印刷出来还有没有人看呢？它们还能不能被叫作网络文学？文学“无功利”的梦想可以通过网络写作实现，但无功利是不是也就无动力？所谓网络文学终将成为自说自话、自娱自乐的消遣？这些问题在第一次纸媒转型的尝试下逐渐找到了答案。

首先是就无功利网络写作的动力和持续性来说，网络文学的第一次纸媒转型为我们提供了不少有益的例子。通过已出版纸质读物的网络作品可以看出，所谓网络“无功利”，只是不顺从既有纸媒体的编辑审核流程，但在网络作品走向出版为纸媒体的过程中，相关纸媒体的一些原则和禁忌仍然必须遵循，在部分热门网络小说及其“实体书”的区别上即可看出这一点。例如“奈何作贼”首发于猫扑网的《爸爸，我怀了你的孩子》，首个纸质版更名为《恋人》由上海译文出版社2005年出版，2013年由天津人民出版社再次出版，并将署名换成了“唐浚”而不再是“奈何作贼”的网名。当然，纸媒体的编辑也不仅仅是将带有色诱意味的书名改得毫无特色，通过对比网友“三十”在2005年由广西人民出版社出版的《和空姐同居的日子》的网络和纸质版本可以看出，实体书内部小标题更加整齐并有特色，体现出了编辑审读的慎重和纸媒体对读者的尊重、对市场的负责态度（见表2－2）。

表2－2　《和空姐同居的日子》网络、实体小标题对照

<table>
<tr><th>章节</th><th>实体书</th><th>网络版</th></tr>
<tr><td>第一章</td><td>夜半邂逅</td><td rowspan="16">1. 相遇　2. 变化　3. 再遇（上）　4. 再遇（下）　5. 艳遇（上）
6. 艳遇（下）　7. 亲密接触　8. 挡箭牌　9. “同居”　10. 同居！
11. 相处的开始　12. 最高境界（上）　13. 最高境界（下）
14. 象小贝　15. 女人的房门　16. 生病（上）　17. 生病（下）
18. 感动与哭　19. 过去的爱情　20. 见色忘友　21. 压力
22. 动力　23. 职务之便　24. 桃花运与桃花劫　25. “找小姐”
26. “澄清”真相　27. 又一个美女　28. 美女联手
29. 红花和绿叶　30. “家庭妇男”　31. 并购计划　32. 嫂子
33. 乐乐　34. 引狼的后果　35. 爱情重量　36. 天气预报
37. 家属　38. 惊喜 & 笑话　39. 格格　40. 失业　41. 就业
42. 冉静的病　43. 小宝贝　44. 我是她爸　45. 恐怖片的后果
46. 太上皇　47. 牵手　48. 相处　49. 校园行　50. 情敌
51. 惹祸　52. 艺术照　53. 工作　54. 食物　55. 同房（上）
56. 同房（下）　57. 名分　58. A片　59. 拒绝　60. 生米熟饭
61. 吵架（1）　62. 吵架（2）　63. 吵架（3）　64. 过节　65. 爱你
66. 欠债　67. 家　68. 醉酒　69. 前夕　70. 信（1）　71. 信（2）
72. 信（3）大结局</td></tr>
<tr><td>第二章</td><td>同居规则</td></tr>
<tr><td>第三章</td><td>野蛮主义</td></tr>
<tr><td>第四章</td><td>夜闯香闺</td></tr>
<tr><td>第五章</td><td>桃花相撞</td></tr>
<tr><td>第六章</td><td>家庭妇男</td></tr>
<tr><td>第七章</td><td>爱情砝码</td></tr>
<tr><td>第八章</td><td>突然一吻</td></tr>
<tr><td>第九章</td><td>自暴自弃</td></tr>
<tr><td>第十章</td><td>我是她爸</td></tr>
<tr><td>第十一章</td><td>关系升级</td></tr>
<tr><td>第十二章</td><td>同床共枕</td></tr>
<tr><td>第十三章</td><td>离别在即</td></tr>
<tr><td>第十四章</td><td>爱的誓言</td></tr>
<tr><td>第十五章</td><td>私定终生</td></tr>
<tr><td>第十六章</td><td>一封长信</td></tr>
</table>

其次，第一次纸媒转型一方面暴露了不同媒介的特点和区别，另一方面也为不同媒介基础上的文学提供了相互借鉴、取长补短的机会。确实有部分作者在网络上通过免费写作获得人气之后，转而成为签约作家，通过出版流程获得收益。他们的成功引发众多文学网站集结优秀作品，进行纸媒转型的潮流。但由于当时的网络写作仍属文学爱好者习作性质，整体达不到专业水平，不堪传统标准考量，这条上网出名、下网出版的路仅有个别写手能够走通。不少网上一篇成名的作者后继乏力，再无新作。连因《性感时代的小饭馆》获“榕树下”主办的“首届网络文学大奖赛”一等奖并被多位评论家看好的尚爱兰，也在长篇《永不原谅》之后无力继续，身份从“早期代表性网络女作家”转换为“网络红人”蒋方舟的母亲。早期网络文学的成名作者能够长期坚持创作的，仅有安妮宝贝和宁肯等。从写作经历来看，他们不是编辑、教师，就是立志创作的专栏作家。原本就从事与文字相关的工作，有写作抱负和创作自觉。结合本章表 2－1 统计早期网络文学纸质读物的出版情况来看，以长篇出版为特色的作家出版社确实在诸多一哄而上的网络作者中准确地选出了“作家”。可以想象，如果善加学习利用，探索跨越媒介分野的手段，在网络和印刷媒体之间都游刃有余并非绝不可能。但是，期望将文学能力运用于不同媒介之间，以网络写作获得纸媒的成功，只是人们对尚弱小的网络文学出路的乐观预期。在当时严肃文学占据出版主流的情况下，从网络到印刷品的跨媒介转变，意味着网络作者要与成熟的纸媒作者在既定的印刷出版市场竞争，意味着网络作者必须具备极高的语言敏感度和媒介掌控力，能够脱颖而出的少之又少。因此，随着网络和纸媒阅读趣味分化，后期网络文学并未延续这条相对艰难的道路。

转型为印刷品失去了网民积极参与的新媒介语境，到 2003 年前后，这些下网的“网络文学”陷入图书遇冷、作者退出、网站倒闭的尴尬境地，以至有人认为“网络文学”已经随着眼球经济概念的退潮而走到了尽头，但在普及“网络文学”概念方面，这一次媒介转型功不可没。正是它塑造的时尚、青春、纯净的网络文学概念，为此后的多次探索转型和发展打下了良好的基础。

第三章　早期网络文学的多媒体形态

网络文学价值的一个重要方面在于不确定性，它总是处于不断的探索和变化之中。它将印刷技术与互联网上的诸多文化现象和经济现象联系起来，并为诸多网民提供了普遍参与、广泛比较的机会。如同网络本身从尖端技术逐渐走向大众一样，网络文学也经历了由曲高和寡向大众狂欢的道路。《第一次的亲密接触》虽然被广泛视为华语网络文学早期代表作，但它实际上只是为大众认识网络文学提供了一个具体对象。在这之前，在北美华裔留学生网站以及一些学校、公司的邮件列表等中，文学已经数度探索网络表达方式，遗憾的是并没有哪一部作品被公众广泛接纳。虽然从理论上说，网络数据可以无限复制、长久保留，但由于网络资料的生产、传播和保持，是一个极度依赖媒介技术的社会化过程，早期网络文学诞生的环境难以还原，且当时缺乏数据留存意识，终端、硬件频繁升级换代，许多网站消失不见、服务器彻底清空，连个人保存在3寸、5寸磁盘以及VCD和DVD等介质中的数据，也随着软驱、光驱等配件从家用电脑上淘汰而难以调用。因此，早期网络文学的面貌成为近乎传说的现象，作品不像在印刷介质文本中那样可得到再发现。网络文学建筑在各专业共同发展基础上，其诞生与发展是整体的推进，而非依赖某个特定天才或个体推进的。正如当前谈及网络文学行业，常使用“有高原、无高峰”的说法，认为这是网络文学中存在的“问题”，但如果反过来想，“高原”的隆起恰恰是整体提升的标志。不确定和易变化的特质，使得在网络文学研究中，回顾阶段性节点，观察那些不再流行的案例具有特殊的意义。

本章关注网络文学媒介转型中的不同阶段及其表现形式，主要考察两种网络媒体，即早期个人文学网站和新型电子期刊。曾经，这些新媒体不仅决定着网络作品的形式和审美取向，也改变着网民的阅读习惯和渠道，受到普遍青睐。但因技术更迭等因素，这些曾经的新媒体如今已遭淘汰，人们讨论网络文学时不再想起它们。然而，作为一段时期网络文学的载体，它们的痕迹却并没有消失，甚至对后续网络文学的表现方式和整个行业的发展方向、收益模式都造成影响。

第一节　数位诗与个人站点

《第一次的亲密接触》自台湾流传到内地，引起网络文学风潮，第一次让这一文学形态进入公众视野，因此，大多数人对网络文学的认识就是带着青春趣味的校园文学。但在那之前，早有一些诗人和艺术家将目光投向这种崭新的媒介，开始机器与人、文字与屏幕的互动实验。“数位诗”就是其中颇具规模的一类。所谓“数位诗”，是台湾对于早期发布在网络上，以电脑技术创作的诗歌统称，可算如今网络文学视野中能够追溯到的最早的一类与网络和文学都相关的对象。虽然无论当时还是如今，“数位诗”都没有太大公众影响，但它的跨媒介探索性质具备开创性。个别作者利用个人网络空间将其在线原始面貌维持至今，一些台湾文学研究者也进行了文献保存。因此，从媒介形态角度着手观照中文网络文学，不应遗漏“数位诗”的存在。

一　数位诗：诗歌与网络的双向选择

如今讨论网络文学，对象基本是纯文字作品，然而早期网络文学的

面貌却并不如此单一。一度兴盛于台湾的“数位诗”，作为诗歌文体和互联网技术双方选择的结果，因观念新锐、形式新颖而值得关注。在研究网络文学媒介转型中，不应遗漏这一具备概念探索性和表现多元性的现象。从文体方面来看，诗歌本身表达先锋、注重形式，故而对媒体十分敏感。如果说叙事文体依靠的主要是对语言文字的意义理解，则诗歌在此之上还多了对形式、音韵的讲究。早在网络媒体出现之前，诗歌就已进行过多次形式和概念的探索，表现出突破印刷品二维平面的欲望。在一些理念超前的诗人那里，声音、身体、朗读过程、私人生活都是诗歌的有机成分。他们不断在已有媒体之外寻找更加多元的表达方式。互联网多媒体的强烈感受冲击力，网络技术表达的多样性，链接跳转的结构立体性等，对于诗歌来说充满诱惑力。因此，可以想见诗人邂逅网络的喜悦，他们迫不及待地放下手中的笔，开始尝试敲击键盘，甚至学习程序语言，以便掌控思维在电脑屏幕上显现的轨迹。在诗歌登上电脑的同时，电脑媒体也在寻找与印刷文化的交接点。在当时传输慢、界面单一的技术表现中，篇幅短小、以精辟词句营造丰富意象的诗歌成为电脑与文学结合的最恰当选择。

台湾东华大学学者须文蔚将早期台湾流行的数位诗分为“新具体诗”“多向诗”“多媒体诗”“互动诗”四类。新具体诗相对于具体诗（concrete poetry）而言，后者从视觉角度来安排字母、词汇、词汇片段或标点符号，进而产生特殊意象的诗体，因此也有人称之为视觉诗（visual poetry）。网络上的新具体诗结合文书排版、绘画、摄影与计算机合成的技术，强调视觉引发诗的思考。多向诗由数位先驱“Ted Nelson”（特德·尼尔森）在20世纪60年代创造的观念词“多向文本”而来，意指一个没有连续性的书写系统，文本枝散而靠联机串起，读者可以随意读取。这种展现形式可算是电脑表达不同于一般纸本叙述的关键。在这种叙事结构安排下，读者并非跟从单线循序渐进地思考阅读，而是可以从一个语境跳到另一个语境，其语意因跳转而断裂，是网页对叙述最革命性的贡献。多媒体诗指数字诗整合文字、图形、动画、声音于一炉，是一种接近影视媒体的创作文本。其表现形态为利用软件将文字或图画编写成动画，甚至混入声音，并利用类似电影剪接的技巧来安排播放的内容。互动诗即在数字诗写作中配合程序使用，使作品不仅仅是展示，读者也不仅仅是利用多向文本阅读，由于开放读者响应信息，开创出一种平面媒体无法达到的互动性①。

须文蔚在《信息科技冲击下的台湾文学环境——数位文学的破与立》一文中，还对数位诗的代表网站、诗人和作品进行概括："在这类网络文学实验创作中的代表作家有曹志涟（涩柿子）、姚大钧（响葫芦）、李顺兴、向阳、代橘、苏绍连等人。主要网站有 1997 年成立的'妙缪庙'以及 1998 年夏天陆续成立的'歧路花园'、'全方位艺术家联盟'、'台湾网络诗实验室'等。开创性代表作品有姚大钧的《可怜中国梦》《妈的！我的全唐诗掉到太空舱外面了……》，曹志涟的《40°诗》《观澜赋》等，以文字构成图画，或是肢解文字重新排列，创造出具有禅意、古典抒情与观念艺术兼具的数位诗，影响了许多后继者。台湾以 Flash 创作多媒体诗成就最丰富者，莫过于苏绍连，他的《现代诗的岛屿》与《Flash 超文学》合计百首创作，质量俱佳，无论在现代诗语言的掌握，或在文字、图像、动画与游戏装置的结合上，成为台湾数位文学相当重要的成就。诗人白灵的《金门人的告白岁月》和《乒乓诗》系列多首，集拼贴与游戏于一身，也传达出指涉现实的沧桑感受。"②

以上叙述基本可使我们得以一窥数位诗的面貌，当然，文学艺术各个门类总是相互联动的，除敏感灵活的诗歌之外，早期网络文学实验也进入了其他文学形式。须文蔚在《文学传播论：新科技与文学》文档

① 须文蔚：《台湾数位文学论》，（台湾）二鱼文化 2003 年版，第二章《数位诗创作的破与立》。引用时有删改。

② 须文蔚：《信息科技冲击下的台湾文学环境——数位文学的破与立》，http：//www. chinawriter. com. cn/bk/2013 - 01 - 25/67561. html，最后浏览日期：2020 年 3 月 13 日。

中，还列举了一些小说案例如“多向小说”等。《花瓣球》“是姚大钧利用计算机绘图软件与动画软件的复制功能，所呈现出的作品，在呈现的手法上跨媒体结合了更新的计算机技术，简化了绘画或动画艺术的手续，让精笔绘画或是具有立体质感的动画变得更简易”。曹志涟的《某代风流》中，则以多媒体形式表达了“汉赋的文字质感，方志中商贾适用的地图，《聊斋》式样的笔记叙事，烦琐精确的圣旨，古典的绘画与金石的影像投射”[①]。在保存资料的同时，须文蔚指出大多数“多向小说”的问题在于“推论者把心思放在数字形式的突破与独特，把多向文本视为了不起的形式突破；在成熟创作尚未出现时，就把网络小说接龙视为一个重要的文学现象和文学活动，例如《文学咖啡屋：多结局小说大竞写》，作者缺乏对后现代小说的叙事的理解，读者也缺乏识读能力”[②]等。这反映出多数早期实验性网络文学未能流传下来并为公众所认识的重要原因，即当网络应用还只能为少数人所接触的时候，这部分精英以脱离公众接受能力的审美品位，主导着当时新媒介的表达形式。不同阶层文化资源和趣味的不对等，导致早期数位诗局限在精英审美的小圈子，双方都失去了对话的机会。

须文蔚对数位诗、多向小说的记录和总结呈现出当时台湾文坛在新媒体文学领域的探索。内地学者论及台湾数位诗时在其分类基础上推进，并指出明确分类的不足：“（这些类别）不是绝对单纯的，实际情况是它们往往混杂在一起，共同组成电子诗歌的风景线，成为‘新空间美学表达形式’。”[③]如今的网络文学已在技术、审美、主体等多方面发生变化。反观数位诗，不难看出其探索并不孤单，我们可以轻而易举地将它与网络文学大家庭内诸多表现特征和审美取向相对应：新具体诗

---

① 须文蔚：《文学传播论：新科技与文学》，http：//wxs. hi2net. com/home/blog. asp? id =2922，搜索日期：2016 年 7 月 31 日。

② 同上。

③ 陈仲义：《“声、像、动”全方位组合：新兴的超文本诗歌》，《中国前沿诗歌聚焦》（第三章第五节），中国社会科学出版社 2011 年版。

文图并茂，以图生发想象；多向诗关注非线性结构，以结构拓展空间；多媒体诗利用多元技术；互动诗期待读者的即时反应，但其互动并非存在于诗人与读者之间，而是在程序与人之间。站在数十年后反观历史，我们的视野自然更加清晰，虽然数位诗并不独特，但它作为文学概念与新媒介的早期交融产物，其开创性意义仍然不容忽略。

二 数位诗站点及篇目举要

在数位诗网络站点中，如今可以访问的已经寥寥无几。由于这类实验作品对于回顾网络文学媒介转型仍有实际意义，此处综合引用相关研究叙述，结合在线可得的二手资料等，对其描述说明。

（一）李顺兴的“歧路花园”

说起台湾数位诗的探索性网站，中兴大学教授李顺兴堪称扛鼎人物之一，他的“歧路花园”[①] 是目前为数不多的尚能访问的个人站点之一。我们不仅可以从中了解台湾网络文学先锋探索者的实验主张，还能一窥部分早期实验作品的真容。李顺兴沿用印刷媒体概念，将其网站视作刊物，刊名“歧路花园（The Garden of Forking Paths）”，“摘自波赫斯（Jorge Luis Borges）小说篇名，内容涉及一座迷宫的建造以及一则多重情节路线故事的书写，概念类似超文本小说（hyperfiction）”[②]。可见，此网站灵感来源于博尔赫斯《小径分岔的花园》。

李顺兴在站点中阐述了其定义的网络文学：“指含有‘非平面印刷’成分并以数字方式发表的新型文学，学术上惯称超文本文学（hypertext literature）。非平面印刷成分的明显例子包括动态影像或文字、超链接设计（hyperlink）、交互式（interactivity）读写功能等。由于这些新元素的加入，扩张了文学创作的表现形式，同时也催生了新的美学向度……进

① 歧路花园：http：//audi. nchu. edu. tw/ ~garden/garden. htm，最后浏览日期：2020 年 3 月 13 日。
② 摘自歧路花园网页导语。

一步将网络当作创作媒介，把诸多网络功能转化为创作工具。”①

这座花园虽由个人制作维护，却为众多实验网络文学作品的花朵留出了空间。除李顺兴作品《城 v1.3》《文字狱·城之2》《蚩尤的子孙·城之3》《破墨山水·城之4》《猥亵·网络节选版》之外；还有苏默默作品，由《李白问醉月》《生死四道辩证·v1.1》《诗·尸》《归零》《本相》《吃·喝·拉屎》组成的组诗《抹黑李白》，由《金》《木》《水》《火》《土》组成的组诗《物质想象》；米罗·卡索作品《思想的运作》98/11/04、《名单之谜》v2.0、《心在变》99/01/07；以及翻译作品如 Jim Andrews《西雅图漂流》00/04/12、Jim Andrews《谜》01/07/03、Jim Andrews《文字温泉》01/07/03、Rick Pryll《谎言》02/12/04、Stuart Moulthrop《里根图书馆》08/05/04 等。以上作品来自不同国度的不同作者，却都为早期文学与网络技术的碰撞提供了案例。“歧路花园”中还存有网络文学的理论探讨文章若干，如李顺兴《网络文学评论》《制动文本评论》，和 Flash 作品《美丽新文字》《观摩作品联机》等，并在《网络文学精选目录》之下链接了很多外部实验性作品。

“歧路花园”是早期台湾网络文学站点乃至整个华文网络文学站点中为数不多尚在维持者，虽然久未更新，但其中保留的大量实验作品和原汁原味呈现的风格却具备史料价值。在如今的网络技术条件下，这些作品使用的程序语言比较落后，人们也早已对那些旋转、闪烁、渐变的文字视觉效果司空见惯。但在当时，亲手让文字动起来，让文本跟随读者选择转换，无疑是充满神秘色彩的灵感之源。在网站频繁倒闭、网络资料难以保存、对象变幻万千的网络文学领域中，“歧路花园”仿佛一个数位诗博物馆，将网络文学发展的履痕清晰烙印其中。

（二）涩柿子与响葫芦的“妙缪庙”

在台湾数位诗实验中，有两个无法绕开的名字，即台湾诗人、艺术

---

① 歧路花园：《网络文学定义》，http：//audi. nchu. edu. tw/ ~ garden/a - def. htm，最后浏览日期：2020 年 3 月 13 日。

家曹志涟（涩柿子）及姚大均（响葫芦）。他们共同经营的“妙缪庙”1997年创立于美国，后转移到台湾，是数位诗最早的代表性网站。与“歧路花园”依托校园网不同，“妙缪庙”一度拥有独立域名①，是更加名副其实的个人网站。虽然目前已无法访问，但有文献曾描述网站原貌：页面一打开，就是“妙”“缪”“庙”三个字不停跳动，点击后页面上出现一座庙宇，匾额上写着“华藏世界”，门上书有“僧人宿舍，闲人免入”字样，鼠标移向门环即变成链接，进入下一画面的是一个持手机通话的和尚，笑问“你怎么来了？”至此方进入网站引语②。台湾“国立”中山大学教师王国安曾以该网站为案例进行分析，认为姚大均、曹志涟二人虽为夫妇并共同经营网站，但创作观却存在本质上的不同。“姚大钧的创作观偏向于对达达主义破坏性的继承，而曹志涟虽然创作从属于后现代品性的数位网络诗，却在创作观上表现出对‘意义’与‘传达性’的重视，可说是对传统文学观的继承。”③

《虚拟曼荼罗》是能够体现涩柿子独特网络文学观念的代表作。我们可通过一名网络阅读者Mr6在2006年的记述进行了解：“看到了一个很旧的网页，让我跌进时空隧道。它叫做‘虚拟曼荼罗’（Virtual Mandala），探索着‘文学创作在虚拟世界中的新方向’，制作者要表示‘这是（他）上网一年半后的感想心得’。请注意，这里的‘一年半’所指的是从1998年算起的一年半后，也就是还不到2000年。”④ 须文蔚曾以这部作品为例讨论网络文学的“造景说”：将网络鲜活地形容成一张未来的“稿纸”，作者必须运用强大的想象力，以多感官的语言开启想象

① 姚大均于1996年获得域名www.sinologic.com以用于汉教推广目的，1997年2月依托此域名创立“妙缪庙”。见Michel Hockx，Internet Literature in China，p.178。

② 詹丽：《超文本文学的特征及其研究价值》，硕士学位论文，中南大学，2009年。

③ 王国安：《数位的缪思——试论妙缪庙》，（台湾）《人文与社会学报》2007年第1卷第10期。http://www.doc88.com/p-206516133869.html，最后浏览时间：2020年3月13日。

④ Mr6：《虚拟曼荼罗》，2006年6月30日趋势生活日志，http://www.yeslib.com/detail/146474，最后浏览时间：2020年3月13日。

的多重空间感。分空间感为两层面：一是视野所及的“景”，二是糅合哲思与多向文本形成的“隐晦、深埋”，从以上两个层次获得空间感的立体化。①

由以上记述可知，曹志涟的数位诗造景说主张类似将非线性和多重链接跳转的叠加行为，在构思层面体现了作者将文本层次立体化的主观意愿。“虚拟曼荼罗”的首页写着：“我非常怀念未来，如此怀念，我已在为它写作。”② 因此，我们可以将其看作作者对于文学与媒体未来的展望。曹志涟在浸淫网络文学探索一年半后，不再局限于将网络技术应用与诗歌文字单纯结合，而力求挖掘不同媒介之间融会贯通的企图。她将网络文学看作媒体之间导向新的思维层面的结合产物，是一种面向未来的探索。

（三）“数位诗”主要类型举例

内地诗歌研究者陈仲义曾根据台湾学者的分类，对几种台湾数位诗进行更加具体的描述举例，可为如今我们了解数位诗状态提供了有益帮助，引录如下，个别词语有修改：

新具体诗。姚大钧《龙安寺枯山水对坐》：画面上有 15 块方石，分别以 5、2、3、2、3 的色块符号对应——产生如题所说的“对坐”效果，翻页后见着奇石的投影图，却没有任何诗句，奇就奇在不着一字，尽得静观“风流”。苏绍连的《八阵图》，是反过来不出现图像，而有意制造杜甫原诗的错句，经调整再从最后的“遗恨”两字引出新诗句。多数作品是图文、静动结合：《春夜喜雨》（苏绍连）借助杜甫这一名篇，紧抓“雨”的诗眼，不断用图像变幻各种雨丝雨雾雨滴雨幕，来实施多重变奏。《遗著》（李顺

① 参见曹志涟《虚拟曼荼罗》，《中外文学》1998 年第 11 期，总 26 卷；及须文蔚《台湾数位文学论》，（台湾）二鱼文化 2003 年版，第二章《数位诗创作的破与立》。

② Mr6：《虚拟曼荼罗》，2006 年 6 月 30 日趋势生活日志，http：//www. yeslib. com/detail/146474，最后浏览时间：2020 年 3 月 13 日。

兴）也是，在主人公静态的怀抱里，展现2页移动重叠的诗句："这样一个人不居住在自己的历史里……夹死在历史课本里一只蝴蝶生卒不详"——既反映个体存有的悲哀，又寄寓台岛命运的茫然。其他作品还有：《精神牢狱》（苏绍连）——四幅铁窗后的人物剪影，同诗句形成图像与文字互补；《停止于此——9·11有感》（白灵）——利用双子星大厦大量图片配合，做真与假的时事辨证；《烟花告别》（须文蔚）——分别以淡蓝光、浅绿光、惨黄光、喧闹光，制造绽放的效果；等等。

多向诗：代橘的《超情书》（1998年），它通过单纯主线，循序渐进进入正文阐释和后设对话，其亮点是经由正文中6条划线的"加注"，即从"拖鞋""卫生""在上半身与下半身的交接处"等6个字词句的点击，引发读者去追寻、接获其他链接内容。《在子虚山前哭泣》，也是通过一滴水的行进路线，提供给读者至少三种链接，由此去思索水资源的充分利用问题并进而引申环保议题。还有《心在变》，它指向现代社会日益被牢铐的心灵如何释放，表面上是一首诗，实质暗藏另6首诗，如同变形金刚的组合玩具，可以转换。在灰与黑的色段间，用突出立体的金色心来连接，利用"跑马灯技术"（黑色来回跑动，意味现代上班族的奔忙）来促成意义的拓展。通过对不同——"心"的点击，读到心之外的其他作品。

多媒体诗：苏绍连的作品《诗人总统》：把一把花伞张插在诗人与总统的"基座"之间——不偏不倚。当你按左键，伞则左移，且花雨下纷纷。"下"出"诗人消失了人民生活在虚假里"的诗句。当你按右键，伞则右移，且花雨下纷纷。"下"出"总统不见了人民活得更真实"，借此二元对立的互动，挑明艺术与政治的关系。同样他的《水龙头》：当鼠标"拧"开开关，诗句便一滴（字）、一滴（字）朝下淌，随着涟漪的扩展，泛出一行行诗句：

“爱在静夜中/击打孤独的心/心是一面鼓/放在最寂寞的深处。”构思、场景、氛围、诗意都得到恰如其分的处理。李顺兴《玻璃杯跳桌》，是由三句诗“铸”成玻璃杯形状的，自始至终在音乐“打击”下，于桌面上做蹦跳状，最后跌落成碎片，碎片尖锐指向——谁害得玻璃杯跳桌自杀——你？我？他？狭义的是涉及到具体的“中兴票券事件”，广义的则指向多起无法找到真相的政治事件。此外，还有苏绍连《战争》，在某种程度上是游戏，点击文字时，能产生一连串爆炸效果，最后造成一片“残局”，在震撼中所造成的不知是恐怖还是快感。而《成住坏空》（须文蔚），是在圆形的时钟里，让圆形环绕的诗句做逆时针的“滴答”转动。《一首诗堕河而死》，干脆把整句诗（也是整首诗）投到旋涡里，做三维时空中的360度旋转。

互动诗：《人想兽》（苏绍连）：文字随鼠标上下左右移动，呈现不同组合，在不同组合的期待视野中，由操作者随机决定直、横、左、右的四种读法。《二十岁》（苏绍连）的阅读方式，是阅读者先要完成21块拼图的完整合成，取得“通关”后，方可读出诗句，这是对阅读者一次小小的挑逗。《沉思的胴体》：屏幕上出现10个词组，让你选择，然后填充空格，与作者共同完成“答题”。同类作品还有《蛛蛛战场》《小丑玩偶》等。2005年白灵创作《最新乒乓诗》5首，将各种字体“散装”——打乱字、词、句的有序排列，或故意重叠在一起，让读者拖动鼠标，自由组装成新的诗行，同样是对操作者智商的考验。《追梦人》（须文蔚）则不玩拼图，也不玩“诗想”，而是进行通俗的大众化检测——阅读者只有填完10个问题后，才有资格获得“准入证”。阅读的前期过程，制造一点阻抗，比起一溜到底的方法，无疑会增添兴致。更为复杂的，当属《小海洋（接合诗练习曲）》（苏绍连）总共24行，每节6行，分为血液、尿液、泪液、汗液四节。在互动中分左右两部分，原作24行在左侧，为

“不动产”作为既定条件，读者则从右边——可动式的“设计”中，寻找自己与左边需要的组合。①

三 链接的复活和数位诗的意义

李顺兴歧路花园②、向阳工坊③、涩柿子的世界④、妙缪庙⑤、须文蔚主页⑥、flash 超文学⑦、明日工作室⑧、诗路：台湾现代诗网络联盟⑨、台湾文学与传播研究室⑩、台湾网络诗实验室⑪、网络文学⑫、现代诗岛屿⑬、文学咖啡屋⑭、全方位艺术家联盟⑮、明日工作室⑯等，是早期台湾开展网络文学实验的主要网站。

尽管很多早期台湾文学站点基本已不能继续访问，但由于很多时候，互联网资源只是“不可获得”，而并非“消失”。虽然网络资源不易保存，链接容易失效，许多数据通过原有路径无法再查询到，却并不是像印刷品那样会从物理上消失，而是存在原景重现的可能。它们虽然从联网的节点“下线”，但只要将原始数据保存好上传，理论上说网站

① 陈仲义：《“声、像、动”全方位组合：新兴的超文本诗歌》，《中国前沿诗歌聚焦》（第三章第五节），中国社会科学出版社 2011 年版。

② 李顺兴歧路花园，http：//benz. nchu. edu. tw/ ~ garden/。

③ 向阳工坊，http：//tea. ntue. edu. tw/ ~ xiangyang/。

④ 涩柿子的世界，http：//www. sinologic. com/persimmon/。

⑤ 妙缪庙，http：//www. sinologic. com/yao/。

⑥ 须文蔚主页，http：//poem. com. tw/ART/须文蔚/index. htm。

⑦ flash 超文学，http：//residence. educities. edu. tw/poem/。

⑧ 明日工作室，http：//www. tomorrowstudio. com. tw/。

⑨ 诗路：台湾现代诗网络联盟，http：//www2. cca. gov. tw/poem/。

⑩ 台湾文学与传播研究室，http：//www. hello. com. tw/ ~ sun2000/。

⑪ 台湾网络诗实验室，http：//www. hello. com. tw/ ~ chiyang/。

⑫ 网络文学，http：//udnnews. com. tw/SPECIAL_ ISSUE/CULTURE/NETLIT/。

⑬ 现代诗岛屿，http：//residence. educities. edu. tw/purism/su2. htm。

⑭ 文学咖啡屋，http：//novel. udngroup. com. tw/。

⑮ 全方位艺术家联盟，http：//www2. cca. gov. tw/poem/ART/。

⑯ 明日工作室，http：//www. tomorrowstudio. com. tw/。

沉寂数年后有可能在其他服务器落脚，原样重现，重新“复活”。荷兰学者贺麦晓曾在《中国网络文学研究》中提到，虽然“妙缪庙”已经于2008年下线，但姚大均允许其保存了部分副本，并表示期待将来的某一天再次上线①。

数位诗曾在台湾引起关注，如1998年“《中国时报》”“开卷”版即曾推荐“虚拟曼荼罗”。类似实验性网络作品是先锋创作理念、新媒体接受度以及电脑程序语言结合的产物。数位诗站点的关闭、数位诗人的退场并不意味着网络文学的失败，而是作为先锋艺术的数位诗在早期网络文学中历史使命的完成。

第二节　电子杂志:一切皆有保障

电子期刊是网络文学的早期载体，虽然最终被淘汰，其形式的探索却可看作新媒体网络对印刷媒体的模仿、靠拢和致敬；同时，它也是互联网媒体经历早期野蛮生长之后自我规制和约束，摸索精品化道路的产物。

电子杂志是电子期刊发展到一定阶段的豪华形态。它兴盛于2005年前后，曾有很多个别名——数字杂志、多媒体杂志、网刊、e刊等，不论哪种别名都透露出先进信息技术和传统阅读习惯结合的诉求。这种结合意味着创新，也意味着可兼容各方优势，确实，电子杂志将动听的音乐、绚丽的色彩、精美的影像荟萃一堂，为网上读者带来全新的感官体验。

一　早期网刊与新型电子杂志的兴起

电子杂志的诞生几乎与网络技术的发展和兴盛同步。它是以计算机

① Cf. 74，Michel Hockx，Internet Literature in China，Chapter 5，p. 226.

技术、网络传播技术为依托编辑、出版和发行的一种电子读物。最早的电子杂志内容多与计算机技术相关，编排简单，通过电子邮件列表按期发送。这种定向发送方式限制了其传播和读者范围。随着互联网的普及，一些传统印刷媒体将部分内容发到网上，出现了传统杂志的网络版，电子杂志的内容得到扩展。“大道中文期刊网”是早期电子期刊中较有规模的站点，它通过邮件列表这种互联网早期重要定向群发工具来发送杂志。主要产品是《大道网络文摘》以及《佛山文艺》《打工族》杂志。这些邮件编辑用心、页面简洁、到达稳定，在很长一段时间内堪称邮件列表类电子期刊的代表。但如今该网站已不能访问。据《大道中文期刊网免费电子书刊资源及其利用》一文统计[①]，2005 年其网站提供 1348 种在线期刊和丰富的电子书资源。但从行文可知，其统计的数据并非大道期刊网独家资源，还包括“文学网”“青少年新世纪读书网”“黄金书屋”等外部链接，而此三网站在数据资料来源、读者定位等方面并不一致，因此，可推断，即便在全盛时期，其内容也缺乏独立性和明确的定位，除《大道网络文摘》可谓“原创”网络摘编之外，另两刊均为印刷刊物的节选。

“希网网络”是我国较早成规模涉足电子杂志的网站，它成立于 1999 年 11 月，主要业务也是通过邮件列表进行电子杂志发行，但从内容看，容量比大道中文期刊网更丰富。2004 年前后，它拥有 2000 多份电子杂志，内容涵盖 IT、新闻、证券、教育、生活、娱乐、体育等多个领域，也提供制作和生成在线杂志的定制服务。虽然一度成为国内最有影响力的邮件列表服务商[②]，但即便在当时，希网的电子杂志业务也并不容乐观。其开放注册电子杂志的做法吸引了个体网民入驻，在题材和形式上别出心裁。但除了较少数与传统媒体集团合作的刊物在质量和发

① 于新国：《大道中文期刊网免费电子书刊资源及其利用》，《科技文献信息管理》2005 年第 2 期。

② 希网网络介绍：https：//baike. so. com/doc/7160053 - 7384063. html，最后浏览日期：2020 年 3 月 13 日。

行周期方面能够得到保障之外，大多是网民一时兴趣之作，维持不了几期便销声匿迹。在本书写作的2017年底，希网网络由于服务器不稳定，已不能顺利访问。

这些通过邮件列表发送的网刊最主要的优势就是设计成本低、技术含量不高，且传播稳定性强。但其缺点也显而易见。一方面，由于其出现时间早，在定位和设计思路方面尚显保守，仅作为平面媒体的依附和补充，每期容量受邮件附件限制达。另一方面，这些早期网络期刊均依托邮件列表传递，随着网络上垃圾邮件的增加，其传播受到致命阻碍，人们对大批量发送的邮件不再感兴趣，一些网络邮局甚至自动过滤将类似邮件分类进垃圾箱。最重要的是，在盈利点方面，除页面带广告外缺乏有效突破。杂志无法到达，广告影响力降低，这些依托邮件列表发送的早期网刊逐渐走向式微。

发端于2000年前后的互联网经济泡沫对于国内网络媒体的影响直到2003年才趋向平息。互联网从“概念股”的包装中抽身，演变成具备实质内容和生产性的传媒。继电子社区、博客等引发关注后，电子杂志这个历史长久但发育尚不充分的媒体，也随着技术的提高获得了新的面貌，不再是邮箱里简单地群发e-mail。

电子杂志的变化以2002年为发端。首先表现为形式的突破。以往简单的“文字+照片”转换成更丰富的多媒体技术，读者可以听到配乐朗诵，可以欣赏Flash，可以实现模拟“翻页”，可以自如地在画面间穿梭，广告商也可以将宣传短片“夹”入杂志的页面间。其次是传播方式的改进。P2P（点对点传送）发行平台更新了以往大批量邮件的发送方式，使电子杂志的发行和订阅都具有针对性和目的性。第一是不再被当作垃圾邮件误判。第二是主动选择和订阅使发行方更明确地把握读者的阅读偏好和关注点，便于锁定目标客户。第三是数据互动和反馈的及时性。理论上说，在点对点下载和在线阅览等方式下，如有足够的数据处理能力，编辑发行方能够很好地利用读者反馈数据，进行内容个性化定制和广告针对性投放。第四是媒体内容的保障。变革的技术手段使电子杂志具备良好的观感，因此，一些传统高端畅销杂志以品牌、信息、人员等与有实力的发行平台联手，开发电子杂志的新领域。如《时尚》《瑞丽》等时尚类杂志，都推出了网络版。有传统媒体经验丰富的编辑人员和充足信息源的保障，电子杂志的内容更精彩，可看性更高。从最开始等待不确定的读者点击转变为吸引读者主动订阅，诱发阅读期待，电子杂志经历着蜕变。

由于此时新的电子杂志尚处于待开发状态，类似“大道”“希网”等沿袭邮件发行方式者没有新变，所以新的电子杂志领域内缺乏权威力量。涉足此领域者均处于试探阶段，其中较有规模的平台有 ZCOM、X plus、MagaBox、Vika 等。它们多从 2003 年、2004 年前后进入电子杂志领域，开发订阅平台、研制存储方式、更新导读路径，使一度沉寂的电子报刊概念变得时尚。

有了绚丽的外表、快捷的传送、强大的发行平台，电子杂志旧貌换新颜，以崭新的姿态占据了人们的视野。X plus 开始订阅机制后，仅一月内杂志发行量就超过 100 万本。ZCOM 平台经过 2 年的市场培育，注册用户更是已经突破 1700 万大关。据艾瑞网发布的①《iResearch——中国网络杂志出版业调查报告》调查显示：经过概念积累，电子杂志已经为较多的网民所了解。短时间内网络上已经产生了数百本较具规模的电子杂志，而众多零散爱好者和小范围制作的电子杂志更是难以数计，发行量也呈几何级数增长。电子杂志用户 2005 年已有 2000 万，占网民总数的 18%，预计 2006 年可达 3200 万。随着电子杂志概念的深入人心，其用户占网民比例将逐年增大，越来越多的人会尝试接触这种与众不同的媒体。到 2010 年，中国电子杂志用户数量将达到 8200 万，2005—2010 年为电子杂志发展的高峰阶段。

① 艾瑞网，http：//report. iresearch. cn/，最后浏览时间：2020 年 3 月 13 日。

二　比较优势与粉丝经济

电子杂志的历史比电子社区和博客更长，但以网易、新浪为代表的电子社区以及以新浪、博客中国为代表的博客一度在网络媒体的发展中独领风骚，电子杂志却因技术、发行、盈利模式等方面的限制而始终不温不火。与电子社区和博客比较，电子杂志有什么特点和优势呢？

（一）比较优势：权力与文化等级的回归

电子社区进入普通受众视野，归功于1999年末网络文学领域内的争夺。此前，虽然已有著名的四通利方（新浪前身）和一些校园BBS论坛，吸引了IT界、媒体界人士以及学生受众，但网络依然只是小部分人的工作、交流之所。1999年底“榕树下”网站、“网易.Com文学”板块大力推动网络文学概念，并先后组织网络文学大赛评比。一批人文学者经由“网络上的文学”注意到了“网络文学”这个原生文化领域，继而开始探究网络载体形式对人们文化观念产生的影响。当时不少网站的频道由各类BBS组成。这是在网络上向公共发言最便捷最基本的形式，而文学也是一个能够吸引公共讨论的话题，因此迅速普及。电子社区是依托多个主题BBS板块组织起来的平台，它的主要模式是吸引注册用户发言，在用户帖子中收集整理热点，归总成为精品库。精品内容不仅能吸引网络用户，在印刷刊发之后，也为传统的纸媒体带来了读者，提升了图书市场上网络题材的销量。作为网上目光的焦点，网络写手的明星价值被最大利用，后续产品的开发获得了相应商业效益，电子社区一度在短时期内为互联网赢得了大量新注册用户，但也由于无进入限制，随着网民数量的急剧增加，年龄的递减和文化层次的降低，其海量信息质量降低，个别有价值的言论也因话题更新过快而被无意义的“灌水”淹没。由此产生了“版主”制，即由一名或几名经认证的版主对发帖内容进行筛选甚至删除。这种做法虽然有助于保障版面内容质量和相关性，但无形中牺牲了网络媒体的革命性优势，即言论的自由。因此，一些人探求更能凸现个人思想的领域。2005 年前后，国内首个 blog 网站“博客中国”应运而生。

Blog 原意是“网络日志”，为网民提供个人空间，发布者独立负责内容更新甚至页面形态设计，其中文名由方兴东、王俊秀定为“博客”并被广泛接受。博客中每篇文章附带讨论区，读者可跟帖发表自己的看法，但不能发布或删改主题。博客和电子社区有很大的不同：电子社区强调的是社区般的交流氛围，人际互动，帖子以被阅读、吸引回复为目的。而博客则有强烈的个性色彩，它是个人空间，虽然向公众开放阅览，却不需要迎合大众的口味。比起话题纷繁的电子社区，单个博客信息相对单一，虽然面向全体网民开放阅览，但其主题和个性化内容往往会甄别阅读群体，作者本身和阅读对象都必须具备相近的兴趣点才能够建立长期关系。这种重个性、忽略表达方式的特点注定了博客的传播对象只能是一部分有着相似视野的“小众”，它虽然也可互动，但更注重的是个体的言说和知识的传达，是一种更偏单向传播的领域。首推博客概念的是“博客中国”（后改为“博客网”），最初定位为对抗话语霸权、支持自由言论的精神家园。后期博客在“新浪博客频道”等的参与和推动下，主推“明星博客”，成为明星粉丝围观偶像私生活的网络空间，在商业化上获得了巨大成功。

电子杂志在社区和博客之后，被注入新的技术力量，获得了更加精致和炫目的观感。但它与社区和博客最根本的不同并不在于技术的创新或内容的丰富，而是权威力量与大众话语的区别，是作者与读者相互关系的差异。电子社区虽然引进了管理机制，但基本依然是去中心、无权威，也无法分别作者或读者。“点击面前人人平等”，一切言论在无休止的发布与回复中生产又被淹没，是一个混乱的伊甸园。而博客则由作者自行决定话题的导向，选择保留或删除读者的评论，甚至关闭评论区。因此，读者不再具备以灌水、刷屏等方式颠覆作者话语的权利，主客体等级分明，是充分体现发言人主观意志的场所。

电子社区和博客的发展都经历过技术水平从低到高、管理程度逐渐加强、制作水平日趋精良的过程，而电子杂志也逐步推进这种趋势。它经由专业编辑记者策划撰稿，由美工技术高手协同制作，也有专门的发行和接收渠道，订阅者除了申请注册，还需要具备专门的下载平台。总之，电子杂志虽然是网络媒体，却设置了门槛，它并非一般人能制作，也并非随意就可阅读。高水平的制作者保证了高水平的杂志质量，高端的审美眼光选择着话题。电子杂志是作者和读者共同口味的圈子，相对复杂的进入程序过滤了过于随意的浏览和无意义的内容。高端或者说控制权的体现，是使电子杂志从众多网络媒体中脱颖而出的利器。

（二）向心媒体与粉丝经济的雏形

互联网上人人平等，没有社会级别的等级限制，远离现实生活的身份地位，这曾经被认为是网络媒体最具特色和吸引力的地方。网络媒体发言不受限制，可以“随心所欲、为所欲为”，这为它赢得了大众的支持和赞誉。但实际上，这也正是网络媒体的弊端。试想一个没有度量的世界，一切都将失衡；一场没有标准的比赛，选手难分高下。一切都需要发展，当一个卖艺人已经吸引了大批围观者看热闹，接下来的，就是显示真功夫而不是卖噱头了。目前的网民基数过大，有价值的目标受众读者容易被大批娱乐性的混乱群众淹没。如何能从众多好奇的看客中找到自己真正想要找到的对象，显示出自己的价值让对象选择自己，才是有效的传播。

电子杂志，是有经验的网络媒体运作者们在热闹之后沉淀的产品。它在适当的时机引入权力机制，在话语流于分散，各种思想相掣肘之时，以精英的水准、高端的品位、贵族化的气质和不容置疑的形式入主网络。而这也符合福柯对权力话语关系的判断：权力不完全是否定力量，也是制造话语的肯定性力量。话语不仅受到权力制约，也是权力的产物。电子杂志以权力创建了新的网络话语。在网络媒体中引入权力话语，网络的平等、互动和自主性是否会减弱呢？答案是否定的。在网络中，人们享有话语权力，电子社区、博客依然为人们提供自我建树的领域，同时，电子杂志也并非单向传播，在其内容的设置中，已有根据读者选择安排后续内容的先例，读者阅读情况能够为编辑者获知，而在线阅读、投票等方式更是读者反馈的有效渠道。

从这个角度来说，电子杂志虽然跻身于互联网，却在主张打破规则和等级的网络上重新建立起了等级秩序。这对于差异化、多元化的网络文化领域来说，是新一轮格局力量的显现，也是为后期阅读付费等做好了铺垫，对于整体网络文化产品质量的提高有着重要意义。它一方面具备知识的等级性，一方面也是个性化的和中心化的。在我国电子杂志兴起的过程中，有一个非常引人注目的特点值得关注，那就是此领域吸引了很多女性影视明星的加入。徐静蕾、杨澜、赵薇等当红女星的加入一时间让电子杂志领域吸引了诸多关注，它充分发挥了网络互动能力，将零散的互动沟通变成有中心、有目的、有产出能力的明星与粉丝间的互动。影视明星凭借广泛的知名度、良好的公众形象和吸引力，自然而然地成为公众的中心人物。电子杂志则为这些明星提供了一个以个人为中心向粉丝辐射传播的渠道。而女明星作为电子杂志中心人物的情况也不难理解。这是由于女性的家庭购买地位，以及时尚快销类产品等大部分以女性为目标对象，而美容、化妆、服饰、个护等用品的消费领域更广泛以女性为对象。

女明星中心化的电子杂志推广的不仅是文章和图片内容，更是一种与明星同步的生活方式。因此，一度兴盛的电子杂志虽然没有留下有名的网络文学作品，却留下了一系列网络互动的方式。这些与读者、粉丝保持交流、产生互动、促进周边产品购买的模式，很大程度上被后来网络文学借鉴。在产业化的网络文学中，以大神为中心，提倡打赏、购买虚拟礼物、组织读者粉丝线下见面会等，一系列盈利模式均可以从以电子杂志相关活动为开端的网络活动中找到踪影。

以徐静蕾主编的电子杂志《开啦》为例，此杂志于2007年4月创刊，至当年10月短短半年内阅读量突破1亿。我们可以通过其大事记看到它的拓展思路。

《开啦》大事记①

2007年4月16日，《开啦》互动电子杂志上线。

2007年10月10日，徐静蕾创办并担任主编的《开啦》互动电子杂志总阅读量突破1亿。

2007年11月30日，《开啦》手机版、移动视频版同步上线。

2007年12月10日，《开啦》SP短信通道开通。

2007年12月22日，500人读者参与的"《开啦》首届读者联欢会"在北京成功举办。

2008年2月1日，《开啦》二维码开通。

2008年4月16日，msn独家定制《开啦》娃娃机器人上线。

2008年4月26日，《开啦》创刊一周年"春季千人运动会"召开。

2008年5月12日，《开啦》系列杂志《开啦街拍》上线。

由此可见，在2007—2008年这首创的一年间，《开啦》主要进行了终端拓展，开展了短信、二维码等新技术订阅模式，并与MSN合作加入社交网络，同时举办运动会等线下活动。这一系列行动其实与杂志本身没有太大关系，也未见内容、形式上的突破，主要在于新媒体传播渠道、技术的应用以及着力于提高"徐静蕾""开啦"品牌在新媒体中对粉丝的影响力。将电子杂志作为一个明星个人形象的推广园地和广告平台，并在与粉丝互动中推广周边产品如衣服、饰品、美容用具等。

此前，徐静蕾已经用个性化的文字和萌宠在博客中独领风骚，获

① 《开啦》大事记：www.kaila.com.cn，浏览日期：2013年4月2日。

得“博客女王”称号，但博客表现技术上仍以文字和图片为主，页面稍显简单粗疏，电子杂志对于女明星多姿多彩的生活方式显然更具有表现力。

三　电子杂志的发展轨迹及其对网络文学的意义

网络媒体获得发展，一方面需要足够的技术条件支持，另一方面也需要必须探索出收益增长点。如电子社区的主要增长点在于制造话题并给网站带来诸多新用户，而博客取得成功的关键则在被用于作为明星与粉丝的交流场所。

电子杂志收入来源理论上有读者订阅、股东投资、广告三方面。读者订阅收费对于传统杂志来说是理所当然的稳定来源，但在新兴的电子杂志行业内却举步维艰。印刷报刊依靠邮局系统代为发行，电子杂志可以自行通过网络获取，但在中国，便利的网络支付却还需要几年的培育。在2005年前后，网络支付尚未推广，电子杂志面向分散在各地的读者收取订阅费几乎不可能。更重要的是，人们习惯支付拿到手中的印刷品的价格，却不认为网上信息具备同样的价值。因此，虽然精心编辑的电子杂志拥有不输于印刷报刊的精美内容和独到价值，但民众对于网络信息的看法仍是“免费共享、眼球经济”，认为注意力就是贡献。因此，无论从读者认识方面还是支付授权方面，电子杂志付费订阅这条道路都很难走通。

虽然付费用户不多，但电子杂志内容的提高和阅读感受的新颖吸引读者迅速增长，意味着一个庞大的市场初现端倪，广阔的前景博得了风险投资青睐。仅2005年一年内，就有多家电子杂志平台获得注资：POCO获得1200万美元注资，ZCOM得到1000万美元，宏碁、联想和招商局共同为X plus投资450万美元①。

---

① 熊彦清：《2006：电子杂志年?》，《中华读书报》2006年5月31日。

资金的注入增强了各大电子杂志平台的实力，但资本的目的在于增值和回报，电子杂志的增值点在哪里呢？依据印刷媒体经验，杂志是高端广告投放的上佳媒体，精美印刷的视觉冲击力，清晰放大细节的表现力都优于其他平面媒体，而静态可反复观赏揣摩的广告页对高品质商品的展现又较电视屏幕为佳。虽然影像、色彩、反复观赏等功能互联网都可提供，但最初的网络广告总给人以低端、杂乱、不可靠的印象。由于缺乏美术设计，网页刺眼的色彩、闪动的 FLASH 和粗制滥造的页面都给人不良观感。因此，早期互联网广告行业发育并不充分，特别是奢侈品、精密科技以及高端产品的广告不愿意进行互联网投放。调查显示，2005 年中国网络广告市场规模为 31.3 亿元，但其中电子杂志广告收入仅为 2000 万元，连 1% 都不到，电子杂志广告尚有无限发展空间。

电子杂志能够改善网络媒体的低端印象。它与“杂志”一脉相承的名称，很容易让人对其作为广告平台的表现报以期待，它定位高端，在内容形式方面最主要的革新目标就是提升视觉感受，改善以往网络媒体低门槛的印象。相应资金、设计人才的投入结合相应视频传播技术的发展，电子杂志有能力成为呈现在线广告的优秀平台，甚至有利于整体新媒体广告形象的提升。

同时，在连线阅读的电子杂志中，通过读者的阅读，发行商可以获得一系列行为数据，从而有针对性地根据受众喜好传递合适的产品信息，也就是本书前面提到的数据反馈为广告针对性投放提供的便利。以成立于 2003 年的知名电子杂志平台 X plus 为例，2005 年，X plus 单月杂志发行量超过 200 万本；2006 年 2 月改版推出面向个人用户的 MagA，实现平台派送、订阅、制作、上传功能于一体。这种面向个人派送功能的实现，使得读者每一次点击，在页面停留的时间，对不同链接的选择及互动，都被后台数据库记录下来①。经过分析，这些数据可以传达出读者对信息

① 雅虎科技：《X plus 互动数字杂志颠覆著名广告业内定律》，http：//cn.tech.yahoo.com/051128/555/27lx8.html，浏览日期：2013 年 4 月 2 日。

的关注情况，这样，终端读者的兴趣偏好一目了然，阅读效果便于掌握，广告的投放者能够很容易地找到目标客户群，广告效果也可大大提高，实现个性化广告推送。消费者不知不觉中受监控的状态则被美国学者马克·波斯特直接将数据库话语指称为超级全景监狱，并认为它是在后现代、后工业化的信息方式下对大众进行控制的手段@。由于写作时代限制，波斯特的分析仅限于信用卡消费数据，他不曾想到，短短几十年内，网民的一举一动都汇成大数据的一部分，流进了广告商的数据库。其实，人只要做出选择，行为便流露出蛛丝马迹。对电子杂志读者数据的分析，只不过充当了放大镜的角色，使蛛丝马迹更加明显。网络杂志编辑和广告商正是为了制作出更加适合读者口味的作品而利用这面放大镜。

既充分利用互联网媒介的所有技术优势，同时借鉴了纸媒体的编审制度，为论坛文学门槛过低、内容质量无法保证的问题展开了有针对性的诊断。一时之间杨澜的《澜 LAN》和《天下女人 Her Vilage》、徐静蕾的《开啦》等纷纷获得投资上线。同期类似的电子杂志还有陈鲁豫的《豫约》、赵薇的《天使旅行箱》、高圆圆的《缘来是你》、秦岚的《岚岚细语》和李湘的《相信》等。这些拥有响亮的名字、超高的颜值和精致多媒体表现的电子杂志，其精美程度即便放在如今的终端上也并不显得过时。但它们多半出版一两期后就销声匿迹，维持最长的《开啦》也在 2011 年停刊。它们的问题在于成本过高，入不敷出。

21 世纪初，互联网广告受众有限，内容大多简单低端。精美的网络杂志意在吸纳高端网络广告投放。电子期刊确实为早期高端网络广告提供了载体，但先进的设计理念与精美的广告特效导致每一期网络杂志都占用大量数码资源，甚至堪比电影。因此受到总体网络环境、传播速度、用户终端的制约，很多时候下载都困难，更何谈点击量？电子期刊作为一次精心策划的，技术、文案、编审齐动员的网络新媒体尝试，为网民带来了良好的网络试听体验，但对于依靠广告收入，还没有探索出其他有效盈利模式的互联网媒体来说，下载速度的制约是致命的。精益求精的质量和先进技术的研发意味着大规模不见回报的投资。随着这些弱点一一暴露，电子杂志的热潮也慢慢平息。

虽然作为网络新媒介的电子杂志并没有将杂志在印刷品界的地位转移到网络上，但它却对以后网络文学的发展造成了影响。

拥有资金保障和技术支持、精心编辑设计的电子杂志极大提升了网络媒体的观感，使读屏从简单粗暴的功能性交流、获取信息逐渐转换为具备视听享受的活动。尽管拥有以上不容忽略的优势，但在前述成本、网络传输能力、在线支付手段等种种制约因素下，电子杂志的热潮依然很快销声匿迹。截至本书写作的 2017 年末，X plus 等平台已经无法访问。电子杂志在 2005 年前后的繁荣是一次商业化风险投资的纯技术尝试，虽然是有目的的进行了市场规划的探索，但由于纯粹网络技术必然极大程度上受制于技术终端，在当时网络软硬件环境都欠发达的情况下，依然遭到失败。

电子杂志作为网络媒介一个发展阶段的意义远远大于其中发表的内容，因此，本节并未给出具体与网络文学相关作品的例子。网络文学向纯基于网络的电子杂志的转型中，文学因素并不是主要因素，但并不能忽略电子杂志对于网络文学的影响。具体表现为以下几点。

首先是对网络文学整体面貌的改观。电子杂志对网络阅读观感的强调带动了网络文学在内的网络文化形式从简短、粗糙、即兴而为的倾诉和表达转向增加修辞、重视文字质量、放缓阅读节奏等，这十分重要。在论坛的帖子里，网络文学更多表现为帖子的文学性，以纯文字、杂乱和未完成状态出现。其构思、修辞、人物塑造等多半只是发帖时的附带效果；而在具备高端杂志的形式感和媒体编辑审核的电子杂志中，网络文学则更偏向具有独立功能的审美和娱乐对象。

其次是有更多具备专业写作能力的作者和媒体人进入网络文学领域。为保障内容文字质量，电子杂志有意识邀请一些印刷媒体中已享有知名度的专栏作者入驻。这一行动与网络图书馆或一些文学站点曾经试图尝试的“作家上网”不同。后者试图借用作家的名气，将印刷模式的文学作品直接移植到网络上，作品本身没有新变，由于不同媒介阅读感受的差异，成名作家到了网络上反而显得水土不服。电子杂志邀请的则是一些报刊时尚话题的专栏作者，他们对网络媒体和相应的文化生态了解更多，对于网民中的流行语汇以及相应的青年文化有较好的把握，文字清新灵活，具有时代感，且自身也具备涉足新媒介平台的欲望。一旦网络媒体发出邀请、给出相应酬劳，适当的网络平台使得网络创作脱离无回报的杂乱状态，一批有能力的媒体专栏作者随之开辟了网络阵地，开始进行网络原创。如著名作家王朔、时尚编剧罗点点、媒体人梁文道等名字都曾出现在电子杂志的阵营中。

最后是较早地在网络上实践粉丝效应。如果能够预见读者打赏以及粉丝效应将成为几年后支撑网络文学这一庞大产业的关键点，那些电子杂志也许将不再一窝蜂挤在明星时尚的圈子内，适当减少图片和视频的插入，可能会在一定程度上解决电子杂志下载难和对付费阅读的忧虑。然而，这些都是后话，电子杂志风头减弱，但它对网络文学乃至整个网络文化行业发展的影响依然存在。

第三节　网络文学的多样呈现与自然淘汰

网络文学的媒介呈现受制于技术。虽然如今已经很难再看到数位诗主页或是电子杂志的踪影，但这些依托当时媒体技术的平台，却对后来网络文化和文学的发展方向起到重要作用。媒介的观察与探索反映出人们从读书报转向读屏幕的过程中，网络文学范畴内不同方向的努力。不同媒体形态的成败则影响着如今网络文学样貌的生成脉络。

一　数字图书馆与“网络原创”意识

在本章结束之前，有必要再对数字图书馆这种看来与网络文学关系更远的形式略谈一二。

我国数字图书馆建设远远早于互联网公众应用。早在 1997 年 7 月，由国家图书馆、上海图书馆等 6 家公共图书馆参与的“中国试验型数字式图书馆项目”立项，这是中国开始探索数字图书馆建设的标志；1998 年，中国国家数字图书馆工程启动；1999 年，国家图书馆文献数字化中心成立，扫描年产量 3000 万页以上。数字图书馆的扫描文档使早期对“数字化读物”的认识带有无法抹去的印刷品痕迹，这类阅读资源基本限于专用网络范围内。由于当时在线作品中，能为广大公众阅读并认可其文学性的并不多，经过扫描的这些文学书籍自然而然地充当着早期网络文学的角色。专有数字图书馆之后，在公用万维网上，也有一些站点如“亦凡公益图书馆”等，为充实内容、吸引用户，扫描并上传了不少书籍，其中以武侠、言情、科幻等通俗小说为主体。这些扫描的书籍在当时也被称为“电子书”，它们的制作多半属私人行为。由于网络条件限制，浏览量在当时虽然惊人，但如今看来却并不大。即便如此，这些扫描作品却为互联网贡献了最早的、成批量的可供阅读和消遣的文学性内容。

扫描后的数字化文学作品使互联网在作为传输、查询工具之外，又具备了作为休闲和娱乐对象的功能，它们也诱发了网民的言说和写作欲望。当书籍变成网络内容，读书转化为读屏，公众第一次获得了将网络与文学相联系的途径。扫描作品将形成于印刷媒介的文学转移到网络上，提供了对网络文学的具体感知，是在网上打开文学空间的实施者。由此可见，早期网络文学概念的含混，与人们最早在网上接触到的堪称“文学”的作品主体——来自数字图书馆扫描读物不无关系。当时人们普遍认为，电脑虽然将印刷品转移到屏幕，但引发人们阅读意愿的内容本身却并无差别。只有具有一定篇幅、采取书面语言、具备文体意识，且得到编辑印刷体系承认的对象才能称为文学作品。虽然带有神圣感的“文学”与网络共同孕育出“网络文学”概念，但这一新概念的“粗粝”“不成熟”之所以能够为文学所包容，正是由于其限定性的“网络”前缀。

网络文学早期主体内容扫描自印刷作品，印刷体系精致的“文学”对网络媒体的稚嫩“向下兼容”，正是这样的认识导致在2000年前后讨论有关网络文学定义时，“网络原创性”并没有被广泛提出。只是在网络媒体已经确实显现出独立性，并产出足够规模的原创作品时，网络文学才脱离与扫描印刷品的关系，“网络原创性”才得到重视并成为网络文学必要且基本的条件。媒介的发展改变甚至塑造着人们对世界的认识。

二 陈村的文学实验：论坛文学的另一面

BBS或者说论坛文学，也曾是网络文学的主体。在讨论《第一次的亲密接触》时，我们看到，论坛发帖的方式决定早期网络文学篇幅短小、格调轻松、目标读者为校园青春群体的模式。论坛模式酝酿了一大批早期颇具知名度的网络文学代表作。即便在人们已然将文学网站长篇连载的类型小说接受为网络文学的今天，各论坛的热帖中仍不时出现令人眼前一亮的文学作品。然而，即便是论坛文学这种被广泛接纳的形式，人们对它的认识依然存在偏颇。论坛文学不等于聊天发帖式的青春爱情故事，在其中，还隐藏着另外一些更具备革新性、更符合“网络文学”之名的作品，与“榕树下”网站和作家陈村相关的网络作品是其中翘楚。

曾在“榕树下”网站连载的“死亡日记”，虽然如今已几乎被淡忘，但中文网络文学发展史上却应当为它留下印记。陆幼青，1963年生人，毕业于华东师范大学中文系。2000年他37岁时，因患癌症而遭遇死神步步紧逼。当时正值网络文学兴起，这名受过良好教育和文学训练的壮年男子，决定直面死亡，将身体的痛楚和心灵的煎熬在网上公开

连载。这一记录生命最后时段的作品，被命名为《死亡日记》。一方面，将最后的日子记录下来，留给家人和年幼孩子一份回忆；另一方面，以文学史上少见的题材，为为时不多的剩余生命赋予更大意义。2000 年 8 月 3 日，陆幼青在“榕树下”网站贴出“死亡日记”第一篇。将“死亡”这一纯私人的、身体性的、背负沉重情感压力的话题公之于众，引发了纷纷议论。争论焦点首先在于病情的真实性。作为公共媒体，“榕树下”推出这样一个专题，不得不顾虑事件的真实性，避免被炒作利用。其次是将个人生死放在网上任人评说的行为，是否哗众取宠，缺乏对生命的敬畏。有的网民甚至认为陆幼青自残自虐，拿生命做赌注博眼球。好在当时网络讨论尚存节制，如今的“网络喷子”还没有成形，初期的惊奇日渐平息，陆幼青的叙述在平静和理性中坚持。无论文笔如何，“死亡日记”确实贴近生命的原生态，首次将癌症患者的真实状态不加修饰地、冷静而残酷地记述下来。他毫不讳言癌症对人意志的摧残：“它坚定不移、日积月累、聚沙成塔地对着你侵削剥蚀，从肉体到精神”，认为“这是一次生病与生命的对话，像一场优美的下午茶”……“死亡日记”文字朴实节制，并没有过度煽情，基本达成最初写作目的，即“以日记的形式记载这 100 天（天定，或短或长直至 END）的经历和生理、心理的变化；以我的行动呼吁这个社会对数百万的肿瘤患者给予更多的关爱，以自我的经历鼓励他们生存的勇气；以一个即将辞世的人的公正和冷静，以及尊严，借此谈一些我悟出的人生之道和讲一些个人的经历；给家人的安慰和给孩子的一份礼物”。[①] 在 2000 年方兴未艾的网络文学潮流之中，“死亡日记”独特的话题、真人在线连载同期反馈的方式，为新媒体所触及的社会空间和人性深增添具备说服力的实证。同期上海、北京等地还有部分网友围绕“生存和死亡”话题展开讨论。2000 年 10 月 23 日，陆幼青以一篇《谢幕》结束了他“绝境中的歌

① 《〈死亡日记〉作者陆幼青辞世》，http：//www. ycwb. com/gb/content/2000 - 12/12/content_73817. htm，搜索时间：2013 年 4 月 2 日。

唱”，并于当年 12 月去世。北京华艺出版社后将其连载篇目结集成《生命的留言——〈死亡日记〉》出版。“榕树下”网站创始人朱威廉称：“陆先生告诉了我应该如何面对痛苦和巨变，告诉了我即使面对死亡的时候也可以从容不迫，他还告诉了我，过好人生的最后几日有如书页合上，戏剧落幕，这样才有完全感与美感。我为今生有缘结识这么一位好老师、好朋友而深感骄傲。”时为“榕树下”总编辑的著名作家陈村在《悼念陆幼青》一文中说：”即便我们失去了所有的共同语言，还可能在死亡的话题前做一次最后的沟通。”①

勾勒中文网络文学面貌，离不开曾大力推广这一概念的知名作家陈村。陈村曾任“榕树下”总编辑，在任期间以其对网络文学的设想、期待和在文学界的影响力，参与塑造这一概念。2002 年，“榕树下”网站经历易主风波，陈村辞去网站总编职务。但他并没有离开网络，而是在反思前期网络文学风潮之后，于 2004 年挂靠网络书店“九久读书人”，开辟个性化论坛“小众菜园”。“小众菜园”坚持实名制，不向公众开放发帖，是一个典型的同人论坛。在其中，我们能看到陈村、吴亮、韩东、郜元宝等知名作家、评论家的留言和互动。更有意思的是，陈村将自己的网络文学试验在这一论坛中施行：设置专题、引发讨论，推进互动或是锁闭论题、删减内容等。他亦编亦写，在论坛中将言论控制的中心权力与交流互动的平等发表同时并用。其间操演的文字实验和言论权探索等，无论在拓展网络空间的可能性方面，还是在文学思维的交汇和碰撞等维度，都具备先锋意义。遗憾的是，“小众”毕竟难敌“大势”。2013 年，非营利、小规模、依附于其他网站的“小众菜园”关闭。但它所一度严格执行的同人论坛准入规则，成员认真探讨不灌水的发帖态度，以及带有话语试验性质的专题等，都构成中国网络文学史上独特的景观。

---

① 部分内容参见 360 百科词条“陆幼青”，https：//baike. so. com/doc/5657645 -5870296. html，最后浏览时间：2020 年 3 月 13 日。

数位诗、电子杂志、数字图书馆以及论坛文学等，这些如今看似已与流行网络文学概念不相干的形态，都不同程度影响到如今网络文学的样貌。随着网络技术不断发展，人们不再满足于单一形式的媒体，网络文学的包容性越发凸显。尽管不同时期有不同主流形态，但概念只有开放才能获得更大的生命力。

个人文学网站上的数位诗试验由台湾的艺术家们秉持先锋理念进行，率先使文字和文学动起来，为诗的呈现提供另一种可能。电子杂志在一众商业化媒体中起步，成为2005—2006年之际抢眼的新媒体。它一方面发挥自身高端优势，另一方面极力整合其他媒体表现形式，力争向完美转变，是精心打造的结果，是权力机制在网络媒体中的体现，故而在众多网络媒体的比拼更替中脱颖而出。除此之外，还有许多不同网络媒介不同程度上影响网络文学。由于各自把握住某种媒体先机，它们分别在各自的领域内引领风骚，但随即又归于沉寂。如果追究其中缘故，在数位诗是表达形式过于超前，艺术理念自身就带有间隔性的距离；在电子期刊是网络限制，当时的个人电脑与杂志下载包的容量尚难匹配；在陈村的论坛文学试验强调彼此理念的一致，追求个人话语权力的自由以及参与者沟通能力的匹配，本身就不面向公众。因此，这些形式并未与公众建立良好的持续性关系，也就自然从公众视野中淡出。

以上几种媒体中网络文学形式的式微，有其自身因素，也是网络公众的最终选择。在网络文学尚属新概念的时代，公众关注是其存续的依据，也是重要的收入来源。在它们开展探索的同时，另一种更具人气的网络文学逐步酝酿，并最终崛起改变了整个领域的生态格局，那就是网络原创、在线连载的长篇通俗小说。

第四章　类型化网络小说与第二次纸媒转型

中国网络文学经历了两次纸媒介转型。第一次成规模的转型以痞子蔡《第一次的亲密接触》为标志，在这一热潮之下，大量跟风而起的青春时尚小说打着网络旗号，搭乘新概念顺风车在出版市场赢得一席之地。虽然在图书出版市场赢得阶段性繁荣，但与媒介形式紧密相关的文体形式、语言运用的区别和阅读感受的差异等，也随即暴露了网络文学与印刷媒介之间的不适应。此后，上网便利度的提升导致网民基数飞速扩张，人们投入在互联网上的时间、精力更多，对互联网文化娱乐和情感的需求也越发迫切。甚至有一部分人沉溺在网络之中，以论坛、社交媒体和聊天软件为主要文娱和休闲场所。对他们来说，从网络获取信息、在网上抒发情感已经不仅是爱好，而成为一种文化习惯，成为日常生活的一部分。他们不遵循以往网络写手“先上网出名，后下网出书”的轨迹，对他们来说，满足感并非自出版而来，而是源于虚拟的网络声望。因此，他们写作不顾虑所谓“文学标准”，而是完全指向网络读者即时反应，追求好看和吸引人，追求点击量、转发数和网络人气。他们使通俗小说这种完全以读者兴趣和市场需求为导向的、以往内地文学界缺乏的作品形式得到壮大，并为后来专业化大型文学网站的兴起打下良好的市场基础。

自“网络文学”一词诞生起，有关其在文化、传播等领域内革命

性创新的讨论就从未缺席。但诸多畅想却没有哪一条能够猜中其后来的发展轨迹，即纷繁新异的网络创作很快被一种特定的文体扫荡，精英化的探索被通俗和套路淹没。通俗小说这种既为人们熟悉，在内地又十分匮乏的类型，出人意料地在网络文学中找到机会。从 2005 年开始，数年来默默在线连载，却处于野生状态、不为太多人认识的通俗类型小说实力凸显，引发网络文学第二次纸媒转型，并在这一领域内引发山崩海啸般的巨变。

这一时期，飞速膨胀的互联网娱乐需求已为网络文学开发出多种转化形式，纸媒转型不再是其唯一和主要的出路。第二次纸媒转型虽然极大提升了网络作家们的收益，但更重要的在于对网络文学概念的再次塑造，以及为网络写手正名，将其转变为偶像式大神和作家中的新群体。在一系列行动背后，“盛大文学”是无法绕开的主导力量。

第一节　类型化网络小说的兴起

类型化的网络小说虽然在严肃文学占主导的文学批评研究体系内地位不高，却是一种颇受大众欢迎的形式。打开文学类网站，映入眼帘的“玄幻”“仙侠”“盗墓”“同人”“穿越”“耽美”“二次元”之类标题，囊括了网络小说的主要类型。其中既有自传统通俗小说中演化而来的“总裁文”“都市言情”等，也有带着新媒介特色的“二次元”“丧尸末世”等。网络文学类型小说的兴起与其背后的资本力量以及互联网的多样表达手段分不开。网络公司“调动原已掌握的其他各种文化和技术媒介，特别是各类网络视觉产品，大幅度扩充文学的‘类型’及其跨媒介属性。以‘起点中文网’为例，其首页列出的 16 个文学类型中，大约有一半，是网络文学兴起以前的通俗小说没有——或不成一个稳定类型——的，亦有三分之一，明显超出了原来通行的‘文学’

范围：它们似乎是小说，但也同时是某种其他文化形式的文字脚本：动漫、电视剧、MTV、网络游戏……”①

类型小说优点众多，特别是在网络上，它们使作者集中力量专注于熟悉的特定题材领域，并尽快找到目标群体，尽快与趣味相投的读者建立起联系。但同时，类型小说也存在不少问题，网络创作甚至使这些问题越发恶化，主要表现在作品原创性的欠缺、作者创造力的局限、写作主体意识的丧失以及试图突破转型时可能丢失既有读者群体的顾虑等几方面。一般想来，网络为想象力肆意张扬提供了最好的园地，网络作品也应当花样百变、奇招迭出，然而，实际情况却并非如此。主流文学网站都以题材而非传统体裁为依据设置栏目，在特定题材门类下，大量相似故事重复上演。读者可以预期其起始模式、人物性格、情节发展甚至最终结局。为什么口味各异的网络公众会囿于既定题材的小圈子？网络小说类型化是偶然还是必然？类型化网文的兴起背后，蕴藏着又一次网络文学跨媒介转型的历史。

一　类型化网络小说的主要形态

早期流行的类型化网络小说题材有玄幻、奇幻、修真、同人、穿越、盗墓、情色、黑道等。随着自身发展和时间推移，有几类趋向合并，如前三种以练功、法宝、升级为主，从中外传说中征用部分资源，但情节发展和突破方式与网络游戏关系更加紧密，它们在如今的文学网站中基本被放在同一类目下；有几类因管理要求慢慢枯竭或者下架，如情色和黑道等。

玄幻修真类网文多半带有武侠色彩，是一种将传统武侠与玄幻结合的题材。它虽是武侠，却不讲究招式套路和宗派，而是背离传统武侠基于写实的虚构风格，以离奇曲折的冒险和不受拘束的想象力取胜。很多

① 王晓明：《六分天下：今天的中国文学》，《文学评论》2011 年第 5 期。

这类故事背景虽在中国古代，却融入神仙魔怪、异族君主等元素，主角不仅武功高强还有神功异能，使用的招式或法术更是匪夷所思，曾被陶东风教授称为“装神弄鬼”[①]。玄幻类网文本身带有文学和媒体杂糅的特质。其来源之一是以黄易为代表的新武侠，他认为：“武侠是中国的科幻小说……任由想象力作天马行空的构想和深思，与历史和人情结合后，营造出武侠小说那种独有的疑幻似真的小说现实，追求难以由任何其他文学体裁得到的境界。”[②] 网络玄幻文结合武打与幻想，由武侠发展为法力无边的仙侠。另一来源是网络游戏蓝本。许多网游的模式即修炼神功、寻找法宝、完成任务，武功与魔法、道具的结合水到渠成。由于网络创作者年纪轻，欠缺生活经验且多半带有理想主义色彩，他们倾向于以想象力的突破去填补逻辑的缺陷，以精神的正义无敌去应付来击败邪恶的细节。所向无敌、神功附体、百战百胜的主人公使得阅读体验畅快淋漓，因此这类小说创作十分繁荣。

“同人”题材指利用已有文学人物形象进行改编或续写的作品，如由“神雕侠侣”衍生的小龙女、郭襄同人，由“哈利·波特”系列衍生的哈利·波特同人等。传统经典四大名著中众多深入人心的形象更是网络同人小说的热门对象。如《红楼梦》同人有《梦红楼》《情丝万种续红楼》《跳龙门》等，金陵十二钗令人唏嘘的命运在网友笔下花样百出，曾经颇有知名度的网络作者安意如出版同人作品《惜春记》。《西游记》也是热门同人对象，其中最出名的是《悟空传》。该文于2000年在新浪网“金庸客栈”连载，成为早期网络原创作品代表作之一。在2009年由中国作家出版集团和中文在线主办、长篇小说选刊杂志社等承办的“网络文学十年盘点”中，《悟空传》这部将以往冲动、叛逆、行动派的孙行者演化为现代哲人一般颇具个性角色的作品，荣获“十佳人气作品”之一。与其命运颇为相似的另一部同人作品代表作，

---

① 陶东风：《玄幻文学：时代的犬儒主义》，《中华读书报》2006年6月21日。

② 曹继军：《黄易：给武侠小说一个新未来》，《光明日报》2009年4月14日。

是江南的《此间的少年》。这部金庸同人小说完成于2002年前后，以《射雕英雄传》《天龙八部》等武侠主角讲述当代大学生校园生活，在网络文学十年盘点中被授予“十佳优秀作品”称号。这两部作品不仅赢得网民和评审机制的认可，在商业方面也大获成功，转化为印刷小说、动画片、电影、游戏等多种媒介形式。有意思的是，它们的作者虽然都因网络写作成名并拥有大量粉丝，却都早早退出了网络创作行列，后来联手创建了“九州幻想世界”。同人小说使用已有人物形象，读者阅读新故事之前，心目中已有预设人物形象，这样既省略了绵密的铺垫，又可加快情节推进速度，同时还能搭上原作知名度的顺风车，既简化创作过程，又吸引公众的好奇心和亲切感，同人小说因之大行其道。

“穿越”小说是当代人回到古代，利用现代科学、历史知识揭开历史谜团或对史书上语焉不详的部分重新解释，参与甚至推动历史发展的故事模式。随着新编历史剧尤其是清宫戏的荧屏热播，人们对古代宫廷热情高涨，一时间康熙、雍正，格格、贝勒都成了公众口头的热点词汇。黄仁宇《万历十五年》将历史课本上的“起因、发展、影响、意义”还原为人在特定情况下特定的行为方式，平行的视角和细密的叙述把宏大的历史变成了引人入胜的故事。香港黄易《寻秦记》把“时空穿梭”与“历史是不能改变的”这一必然规律结合，既含幻想又合逻辑，使读者亲身经历秦统一六国的惊险与血腥。台湾席娟《交错时光的爱恋》中，将跨时空爱情从西方的“僵尸新娘”套路中解放出来，进行中国本土化，提供了平凡女子穿越到古代皇宫找到浪漫爱情的蓝本。这三类作品为网络穿越小说提供了基础。穿越在以女性为主要读者群的“晋江原创网”和“红袖添香”网中，“穿越”“清穿”等都是热门关键词。当代女学生、女白领们去到古代，有的成为格格、侠女，有的虽沦为仆婢，却能够利用知识优势赢得尊重，成为主人的贴心保护神。由于文化差异，穿越女主难免闹出笑料，却能利用现代知识逢凶化吉，邂逅王孙公子赢得爱情。穿越小说受女性欢迎的原因有二：一是当

代人对古时朝代更替、国运兴亡都有大致了解，穿越回去人人都是预言家，如果再带有“手电筒”“计算器”等工具，则更有如神助。再者，婚恋问题已经成为当代女性的主要压力之一，难免梦想穿到古代寻求具有超越性的爱情。

2006 年，署名“本物天下霸唱”的《鬼吹灯》一举成为当年网络小说中最红的一部，同时也引发了公众对“盗墓”题材的兴趣。其后南派三叔的《盗墓笔记》、根据纪实小说《关中盗墓贼》改编的电视剧《墓道》等，都取得一定反响，甚至有盗墓贼模仿其中手法犯罪。如果说“穿越”是主要面向女性的爱情幻想小说，那么“盗墓”类则可看作主要面向男性的恐怖推理小说。它内容丰富，线索众多，很有“知识含量”，较强的推理逻辑使盗墓题材看起来更接近现实。如《鬼吹灯》涉及历史典故、民俗风情，还逼真地描绘了湘西、滇南、西藏等地的地貌以及许多古城的来历。因此，在作者天下霸唱身世揭秘之前，有人猜测他是考古专家，也有人认为他是中学教师。但《竞报》的一篇专访①却揭开了天下霸唱神秘的面纱，他坦承自己学历不高，有关《易经》玄学以及异域风情、山川地貌等的描写“都是我东拼西凑的”。其本人现实生活中也对探险没兴趣。无独有偶，百度《盗墓笔记》作者“南派三叔吧”② 里，网友说“作者知识面很广……不知作者是否深究过风水学、考古学、旅游文化学……”而南派三叔却说，“（故事中有关盗墓的细致描写）实际上很多是根据旧小说改编的，也有不少细节是根据好莱坞电影想象出的”。③ 由此可见，网络创作拼凑内容并不鲜见。网上大量的知识碎片，给人们无限联想和解释的空间；非专业的背景则为作者构思提供了“大开脑洞”的余地。在对奇观、谜案的解释方面，网络作者们真正做到“无知者无畏”，怎么好看怎么来。

---

① 《天下霸唱：写作不是正经事》，《竞报》2008 年 7 月 11 日。

② “南派三叔吧”：http：//tieba. baidu. com/f? kw = % C4% CF% C5% C9% C8% FD% CA% E5，最后浏览时间：2020 年 3 月 13 日。

③ 刘臣君、肖杨：《南派三叔：“盗墓”情节是想象的》，《辽沈晚报》2007 年 8 月 6 日。

在早期相对宽松的网络创作监管环境中，上网者几乎能找到自己感兴趣的任何内容，一些争议性话题借此机会获得了探讨空间。社会生活中讳言的“性”在网上很常见，情色、虐恋、畸恋、同性恋、忘年恋、性倒错等题材小说的读者都不少。性小说经历口传手抄、油印小报阶段，虽然屡遭禁忌却经久不衰，终于借用网络技术的便利迅速建立起读者群，并有了产生“巨著”的条件。《金鳞岂是池中物》可以看作此类代表，它以一个出身市井的“海归”回京创业为线索，穿插起主人公与十数个男女肉体的交往。故事中夹杂大量真实地名、社会热点、经济案件、黑帮势力以及政治传说，构造出将近二百章的篇幅，以庞大的篇幅和较强的故事性成为许多成人网站收藏的“精品”。同样涉及禁忌话题的还有宣扬同性爱的“耽美”“百合”等类型。“耽美”源自日语，早期英法浪漫主义介绍到日本后被用以形容作品浪漫唯美的风格，后在漫画中转化为美少男之间的爱恋。耽美小说又称 BL（Boy's Love），虽写男同性恋，但作者和读者主要是女性，一般较少涉及肉体。与之相对，“百合”描写女孩之间的精神恋爱。网络小说读者年纪较轻，受日本漫画影响深，“耽美”“百合”等因他们的爱好而成为网络作品中的流行门类。

二　类型化网络小说的争议和局限性

特征明显、内容轻松、注重娱乐性的类型化网络小说逐渐从网络文学诸多形式中脱颖而出，成为其中最强势的一类。2005 年以后，在线收费运作稳定，以粉丝为主体的付费读者阵容庞大、跨媒体改编前景看好，种种趋势使得这一时段网上曝光率最高的类型化小说成为网络文学代名词。此后，网络文学作品内容和种类更加丰富，写作日趋专业化、运作走向产业化。但在这一现象整体繁荣的同时，其争议性和局限性也逐渐暴露。

首先是类型网文与传统通俗文学关系的争议。在类型文兴起之际，其中最兴盛的玄幻小说曾引发研究者和批评家的关注。陶东风教授在博

客发表《中国文学已经进入装神弄鬼时代》一文，阐述玄幻和武侠的区别，认为“玄幻文学与中国传统武侠小说最大的不同，是它‘专擅装神弄鬼’，其所谓‘幻想世界’是‘建立在各种胡乱杜撰的魔法、妖术和歪门邪道之上的’。相比之下，中国传统武侠小说（也可包括金庸小说）的主流遵守的是中国儒家文化传统，不轻言怪、力、乱、神。”此文在《中华读书报》发表后，“玄幻文学的争论拉开序幕……相当多媒体卷入了这个所谓‘陶（东风）萧（鼎）门事件’，其中包括《新京报》、《北京晚报》、《青年周末》、《南都周刊》等等，网站更是不计其数。也有不少批评家发表了对此事件的看法”①。这一事件说明对网络文学的讨论在2006年时已然涉及具体类型和文本，并牵扯到拥有虚拟声望的网络大神作家和掌握权威文化资本的专家教授两个群体。有关网络文学的讨论，不再受文学研究者、批评家的话语领域限制，也突破网络论坛同人评价的小圈子，开始在报纸、博客、论坛之间横向展开。围绕玄幻小说引发的轩然大波，是多种媒介相互渗透和对话的结果，意味着文学论争已挣脱媒体限制，大众开始借网络这一大众媒体，就自身的大众文化发声。

玄幻文学的跨媒体论争事件本身从一个侧面反映出类型网络小说的文化价值，并间接推动类型网文的传播，使之引起更多人关注。但另一方面，类型网文及随之而来的网络文学运作模式本身的问题，也随着产业的急剧扩张而益发彰显。

首先，在线阅读根据字数收费的计费模式，导致部分作品篇幅冗长、内容稀释。网络文学按阅读量收费，作者有意识拉长文章内容，而网民不专注的浅阅读习惯也要求网络作品必须节奏缓慢。打开起点、17K、红袖添香等文学网站，会发现小说动辄几十卷、几百章，一两百万字的作品在网上只能算中篇。如“晋江原创网”推荐的《穿越宫斗

---

① 陶东风：《回顾“玄幻事件”》，2006年12月31日，http://news.sina.com.cn/c/cul/2006-12-31/150510905002s.shtml，搜索时间：2018年5月7日。

之狐狸后》一文，连载超过三百章；《翻云覆雨1900》获“起点中文网”推荐时已连载至197章；“17K”网站推荐的《魔兽寄生者》也已有3篇上百章。网站主流作品都是长篇，以至频道无法按照传统依据划分，必须将长篇中各题材与其他文学体裁并列。这些超长鸿篇网文产生的原因并非被压抑太久的倾诉欲望需要发泄，也不是故事太过复杂必须依照“似水流年”的模式讲述，而是因为，只有足够的篇幅才能带来收入。如《穿越宫斗之狐狸后》一文，页面显示从第181章开始收费；《魔兽寄生者》则从第2篇起始的第90章收费。利益驱动下，作品越来越长，灌水现象严重，质量随之下降。正如网络写手起家的当红编剧“宁财神”所说，网络文学“商业注水严重”：“一个在网上写字的人，卖了一百多万字，收了好多钱，其实真正抖抖，可能二三十万能看。”除了与作者收入相关之外，网络上公众浏览而非细读的态度也使作品常有同义反复的情况。大幅度增加的话语数量稀释内容，也降低理解难度，使得即便是无心浏览也容易跟上情节进展。网上从来不缺无所事事、东游西逛闲看的人，他们只嫌资源太少，不怕故事太多。因此，即便是“10万+”的热文，总会有人没看过，稍微改动一下换个标题，就可以再次带来点击率。浏览导致阅读质量下降，读者每次可能仅仅关注到不同段落中的不同情节。但过于密集的话语和过于深奥的内涵在网络浏览中反而构成思维挑战。因此，用宁财神的话说，网络写作“差不多符合网络阅读的节奏习惯就行”。

其次，由于网络写作重视市场反应，并以读者投票、打赏等机制刺激创作，导致读作者关系错位。作者意图取悦读者，读者真正成为作者的“衣食父母”，他们对新内容的期待是超越一般作者能力的。在对读者所期望的更新速度进行的调查中，显示有45.65%的人选择每天更新一万五千字[①]！在这样的规模和刷新速度逼迫下，作者无力发掘新鲜的

① 投票结果统计时间：2009年2月19日，http://www.qidian.com/Book/AuthorSurveyResult.aspx?SurveyItemId=28500。

话题，只能陷入文本流水线般的制作程序。这种流水线的产物就是“类型化题材”，也即在套路的统一规划和安排下进行角色调配和情节转换。所谓“同人”“穿越”看似新鲜，实际却是在原有文学人物、历史背景框架下进行阐释和改写。在线写作虽然为网络小说的作者与读者提供即时交流的渠道，但网民本身就是素质参差、爱好不同的异质化群体。所谓众口难调，有些作者因负面评论而失去写作的动力，也有些作者在读者的催促下变异为飞舞在键盘上的机械臂。

同时，类型化要求题材内容向既定类型对位，因而也意味着作者发挥空间不大，选题的重复、原创性欠缺。看起来亦古亦今、令人眼花缭乱的大量作品，实际却缺乏足够原创的想象力，许多作品只求好看，不求合理，以“突破常规”为借口应对专业质疑和逻辑破绽，在放松、好读的基础上随意煽情。在主推穿越题材的“今一小说网”① 首页推荐中，我们能看到《穿越之王妃不好当》《穿越之代嫁丫头》《调皮王妃》《转世惊情——穿越清朝》《穿越大篇之拐遍古代美男》《穿越为契丹第一皇后》等高度雷同的题目。大量穿越文建筑在虚拟的历史朝代基础上，作者没有凭自己的想象创造新时空，而是借对古代场景的一知半解演绎现代故事。网络拓宽人们的信息来源，那形形色色的人和新奇诡异的事，原本都应当是激发想象的资源，“想象力”本应是网络写作最突出的优势。然而，速写速读的模式使网络阅读注重画面感和情节推进，网络写作也就此多用叙述、较少描写和议论，将需要思维转换和理解的段落替换成直观画面的营造。

类型网文的优势和缺点都很明显。如果网络写作依然是一个开放、平等的空间，那么类型网文的存在无疑增添了这个空间的妍丽。然而，网络文学与类型小说的相遇结合却并不单纯，背负太多市场需要和营销策略，也为类型网文招揽了拖沓、冗长、重复、浅薄等惯性负面批评。不得不承认，类型小说最初在网上流行起来开风气之先，

① 今一小说网，www. jinyi. org，页面搜索时间：2009 年 2 月 17 日。

使网络文学的风景更加生动亮丽。而后期商业化网文站点培育起来的大批量作品，其革新意义则逐渐淡去，变成商业利益驱使下生产文化产品的重复劳动。

第二节 民众的选择及盛大的塑造

类型化网络小说尽管存在种种问题，却赢得了人气，实现了线上收费和多元媒介形式的联动。由于类型化网络小说文本不再依赖多媒体表达，完全凭借文字连载，反而降低了转化为印刷品的难度，也主导网络文学从早期努力贴近编辑口味向后期争取读者追捧点击的转变。以类型文为主的网络小说主导了第二次纸媒介转型。

一 网民的选择

网络小说的通俗化、类型化打开了网络创作进一步发展的道路。类型化网络小说的繁荣离不开文学网站的成功运作，而网站的规模则取决于文本的存量和每日更新的速度。在主要面向男性读者、以玄幻著称并率先实现网络收费的“起点中文网”中，“收录20余万本原创小说，累计出版2000余万册简体图书，每年向港台等地区输出100余部作品，日页面点击量接近2.2亿”。[①] 而在专注女性阅读的网站中，“晋江原创网”早在2009年时就拥有“注册作者26万名，超过30万部线上作品，平均每2分钟有一篇新文章发表，每10秒有一个新章节更新，每2秒有一个新评论产生”[②]，转为“晋江文学城”后，网站介绍页面上赫然写着“拥有在线作品248万余部……上百万名注册作者和5万余名签约作者……出版作品的作者达6000人，每天有逾1万新用户注册、1000

① 关于起点：http：//www.qidian.com/aboutus/aboutus.aspx，最后浏览时间：2020年3月13日。

② 原网页已找不到，转引自许苗苗《网络文学的空间及问题》，《文艺报》2009年6月26日。

部新作品诞生、2 本新书被成功代理出版，上百部作品签约影视，过万部作品引入手机分销渠道……”[①] 如此大的规模令人咋舌。

网站将小说通过关键词和题材归类，以一系列预设的备选菜单，把丰富的作品资源囊括在几个大类中。读者可以通过页面搜索器进行条件组合，例如输入“同人 + 耽美 + 古色古香”表示想看古代小说男性角色演化出的同性恋故事，得到带相应标签的搜索结果如《当欧阳克爱上杨康》《西门吹雪与花满楼（夕花）》……每个特定类型栏目下也都会按照最新更新、最新完结或是最受欢迎等排列推荐。

网络小说要求生存，必须在众声喧哗的网络环境中脱颖而出，迅速吸引大众目光。这种目的明确、自由竞争的形式诱使大量良莠不分的作品倾泻而出，给人粗制滥造的印象，但问题的增长伴随着创作和阅读的繁荣。类型化网络小说彻底改造了中国网络文学的面貌和格局，它与此前有关网络文学的种种设想截然不同。从形式上，读屏要求文字简短、最好配以图像和音乐，但网络小说不仅全无影像，字数上也是连篇累牍，远远超过印刷作品。从题材和内容上，网络无疑提供更多自由发挥的空间，但网络小说却主动局限在几个高度相似的通俗类型中。所谓的革命性传播模式、全新技术水平之类网络新媒体的特性，在类型小说中都无法施展拳脚。这一网文的流行样式以庞大的作品体量、巨大的读者数量等无可争辩的压倒性数据，完全改变了此前人们对于网络文学的想象。对比此前刷新感官体验的数位诗、触发争议话题的“死亡日记”、强调精美品质的电子杂志作品，纯文字超长篇的网络小说无疑“简单粗暴浅白”，但它却在众说纷纭、竞争激烈的网络中脱颖而出，以野蛮生长达燎原之势。相反，那些由理念孕育，获得诸多青睐的探索性“高端”作品却仅限于小范围精英受众间，最终沦于沉寂。类型化网络小说诞生于网络民间，它是真正的“网民的选择”，也帮助网络文学概念实现了独立。

---

① 晋江文学城：《关于我们》,http：//www.jjwxc.net/aboutus/，最后浏览时间：2020 年 3 月 13 日。

类型化网络小说一方面贡献了大量原创在线作品和可供改编的资源，另一方面为网络文化生产出具有黏度并带有情感狂热的粉丝。网络文学呈现出稳固和可持续的发展态势，为多种媒介形式提供后续改变转换的可能，也就是再开发潜力，使人们不再将过多注意力放在文本本身，而转向其文化生产能力、对流行话题的开拓引领以及价值增值方面。这使网络文学摆脱在文字或者文学价值上与印刷文学的纠葛。理论上说，印刷文学、纯文学已经趋向完美自律，网络文学无法超越。因此，摆脱与传统文学的纠缠比较，不再在稳固的文学领域内争夺地盘，反而能够促使网络文学自身的价值凸显。网络文学因不再依附于传统文学而具备独立性。

在线长篇连载的类型网文很快替代了早期形式多样的网络创作，为一度式微的网络文学带来繁荣局面。但简单粗疏的类型、相似题材的重复等，也随着网络类型小说的壮大和走上商业化运作道路，而为后期发展埋下不少隐患。作者本身需在大量竞争者加入的环境中勉力保持创作速度和更新频率，导致疲惫不堪，部分作者遭遇健康问题；同时，作品题材、内容的设置，媒介转型开发过程中知识产权的明晰也是网络文学迎来的新问题。在作品知名度达到一定程度、作者拥有大量热情粉丝后，许多知名作品也惹上抄袭、侵权等官司，不同作者的粉丝群体站队对骂，或是制作文本对比的“调色板”以佐证抄袭行为之类，其实与网络作品类型题材的总体趋近，以及内容情节的无意识任意化用等脱不开干系。

但网络毕竟是包容的媒体，其吐故纳新、自我调整的能力极强。既然能够产生如此大量的文本，也便有了孕育精华的资源。随着网络文学整体的发展和创作水平的提升，作者群体内部竞争的增强，网络文学界内部也开始反思类型网文的问题并提升自我要求，向着更加健康、富有活力的网络写作生态走去。

二　“盛大”的塑造

“盛大文学公司”2008年7月成立，它在原有“起点中文网”“红袖添香网”等网站基础上，通过收购、参股等手段，将“榕树下”“潇湘书院”“小说阅读网”等多个知名度颇高且拥有大量原创资源的站点一举纳入麾下，并购入“晋江文学城”部分股份。截至2010年，“盛大文学”一举占领中国网络文学市场超过90%的份额。可以说，当今中国网络文学的整体格局依然离不开盛大的动态，连中文“网络文学”一词都因盛大的运作而由原本带有些许先锋意味的新文学形式转换为一个成功的文化产业范例。可以说，网络文学的第二次纸媒转型以及后续的系列发展都与盛大文学相关。本节以网络作家富豪榜设立的2012年内，盛大文学网发布的新闻动态内容，分析该公司对“网络文学”概念的充实、改造、维护和推广，以及大规模扩张垄断之下潜在的问题。

盛大文学网新闻动态栏目2012年所发布的新闻如下（截至2012年12月10日）：

表4－1　　盛大文学网2012年新闻动态

序号	标题
1	盛大文学获评“最佳商业模式成就奖”
2	盛大云中书城荣获“最受用户喜欢安卓应用奖”
3	盛大文学全面抢占“2011百度搜索风云榜”
4	盛大文学推出中国首套作家明信片
5	盛大文学旗下起点中文网与搜狗达成战略合作
6	手机阅读首选云中书城　十大应用市场排名前三
7	盛大文学总结审读工作展开打击“网络黑市”行动
8	盛大文学旗下《斗破苍穹》等小说系列位居中国移动互联网年度搜索……
9	盛大文学公布独家版权作品清单警示侵权风险
10	盛大文学去年共协助封停盗版小说网站89家，抓20余名犯罪嫌疑人
11	盛大文学十大明星作家微访谈受热捧，网友提问超过2000条

续表

序号	标题
12	唐家三少申请吉尼斯纪录背后的盛大文学商业模式解析
13	云中书城与微软、诺基亚结成深度合作伙伴百万招募白金书评人
14	侵犯盛大文学著作权，“小说5200”两负责人被判刑
15	云中书城付费订单数超900万　全平台发力移动互联网
16	盗版盛大文学五百余部作品，“读小说网”负责人被判刑
17	盛大文学维权案例入选国家版权局“十大案件”
18	尚雯婕发表新歌，风格融入网络文学元素
19	盛大文学“从网文到网游——网络娱乐时代巅峰对话”
20	盛大文学入选国家文化出口重点企业
21	盛大文学联手“牛顿”共促两岸文化交流
22	起点中文网白金作家唐家三少出演盛大文学官方微电影
23	盛大文学旗下百位作家关于搜索引擎应积极保护著作权人合法权益的……
24	360联手盛大文学维护正版版权
25	盛大文学推介五星级作品　网络小说改编影视成第二次浪潮
26	盛大文学与上海图书馆合作网络文学“登堂入室”
27	搜狗再推版权保护，盛大文学呼吁其他搜索跟进
28	盛大文学云中书城发布2011年度数字图书销售排行榜及无线分榜
29	盛大文学云中书城周年庆　移动互联网布局成效显著
30	若雨中文网被查处　盛大文学再战盗版网站
31	盛大文学打击移动端盗版　最空网负责人被拘
32	盛大文学与四大搜索平台签署反盗版联合备忘录

由表4－1可见，2012年度，该网站发布的动态主要是营销活动和维权成就，对新产品应用也略有提及。这三个方面正反映出“盛大文学”作为经济实体最为关注的三个方面：营销是进行商业推广的日常手段：维权是维护经济利益的敏感点；创新则是维持发展和扩张的源动力。

在网站所罗列的诸多颁奖、合作、庆典之类的营销动态中，《盛大文学推出中国首套作家明信片》① 这则消息略显特别。原文如下：

① 《盛大文学推出中国首套作家明信片》，http：//www.cctime.com/html/2012－1－18/20121181752489535.htm，搜索时间：2018年5月7日。

> 其中包括孔二狗、许常德、林夕、加藤嘉一等知名作者作家，还有像“我吃西红柿”“天蚕土豆”“猫腻”“唐家三少”“跳舞”等在网络上人气颇高的网络作家。其中最引人注意的是起点的这张明信片，选取的全部是在网络上备受追捧的作家及作品，比如“月关”及代表作《回到明朝当王爷》、“辰东”及代表作《遮天》、“跳舞”及代表作《恶魔法则》，这些作品在网络上的点击率数以千万计，很多作品常年位居百度搜索风云榜小说榜前十位。

这则消息短短百余字看似普通，却透露出盛大文学重新定义“作家\网络作家”的企图。说起“作家”，人们心目中想到的往往是古典“四大名著”作者，“鲁郭茅巴老曹”之类名家，最起码是几本著作在手、各类报刊留名的作协成员。然而，盛大文学出品的这套号称“中国首套作家明信片”，入选人物却都有些出人意料，如港台词人许常德、林夕以及热门网络作者“我吃西红柿”“猫腻”“唐家三少”等。这种“作家”选取标准很值得琢磨：在盛大文学所公布的“年轻的且从事流行文学创作”[①] 标准之外，还有一个基本要求，那就是他们必须曾被盛大文学推荐，也即与该公司有合作关系。盛大文学网与公共事业“中国邮政”联合，在被广泛转发的宣传稿中称“前苏联在1950年代曾发行过作家明信片，网络上可以看到这些明信片，虽然只有简单的作家肖像，但经历岁月洗礼，明信片也成为难得一见的历史影像，据说，国外为作家印明信片或邮票，是常见的事情。为作家推出明信片，是对文学的一种尊重”。[②] 通过宣传将盛大文学的商业行为与苏联1950年代发行作家明信片的国家行为并列。简单看来，这不过是一次把实质上的企业广告伪装成貌似权威、公允的行业评价甚至国家认证，实现以经

---

① 韩浩月：《作家明信片把作家推进更广阔公共领域》，http://book.163.com/12/0207/17/7PM6P4VF00923P3U.html，搜索时间：2018年5月7日。

② 同上。

济力量对文学身份篡改的商业营销；而如果放到网络文学的发展过程中看，这套明信片就不仅仅是商业推广，还是一次精心设计的意在混淆“网络”与“传统”作家之间媒介差别的行为。

在2012年，已有众多传统知名作家通过博客、微博等将自己的领地延伸上网，网络作者也在实体书出版市场上赢得了极高的版税和知名度，但在人们心目中“传统作家”和“网络作家”称谓仍有区别。与网络文学概念初现时写手剑走偏锋，凸显媒介优势不同，文学网站所依附的商业力量需要其资源为最广泛的大众认可。

2000年前后，网络文学概念为广大民众认识之初，在网上创作的人们为了凸显身份的不同，自称“写手”。当时，“作家”是一个含有权威意味的特定词汇，而“写手”则带着几分新鲜和不羁。它意味着对写作形式的探索、对新媒体和技术的熟悉，也意味着年轻和创作的非专业化、非功利性。那时“网络文学”“网络写手”都是新概念，有几分理想主义色彩，创作也多半纯粹出于个人爱好。然而，这种理想化的创作方式很快就随着个人文学网站的纷纷倒闭而销声匿迹。现在我们仍能在网上看到的仅有的几位早期网络写手，都已转型成文化名人。2003年以后，曾经蓬勃发展的非营利文学网站声势渐弱，取而代之扛起“网络文学”大旗的是商业化的文学网站，其中最有实力的就是“起点中文网”（“盛大文学网”的首批站点之一），试图以网站本身内容为资源开发盈利。此时，商业化文学网站的资源即原创作品和巨大的网页访问量，其预期收入来源在于以下渠道：一是作品在线阅读每千字2分钱的费用；二是与传统出版商合作，利用网络品牌销售实体图书，同时争取影视剧改编等。当时的网络环境下，大多数读者还不习惯为内容付费，对文学网站来说，看似最直接的方式就是以网络这一时尚媒体作为噱头，以青春作者、青春、言情、武侠类通俗读物为主推对象，进行线下出版和改编。一些在各类网络文学评奖中获奖的作品如《悟空传》（今何在）、《此间的少年》（江南）以及安意如所写的多部赏析文集获

得包装出版。这种探索不过是强化了早期痞子蔡时期网络作品的后续开发模式，即挑选人气作品出版畅销书、将作者包装为青春偶像等。以“网络”为标签，将网络文学导向通俗文学，将网络作者包装为文学领域的“新鲜人”“异类”等形象。

然而在大众文化领域内，特别是网络文学力图进入的实体图书市场上，文学依然是一个相对封闭的区域，“作家”称谓的含金量无疑远远高于人人都能参与的“写手”。于是，文学网站开始对旗下作者进行包装，开展“网络写手”向“网络作家”的过渡和进化行动。这一行动以2008年“盛大文学”成立后组织的一系列网络文学宣传推广为开端；以2009年与鲁迅文学院联合开办“网络作家培训班”为标志性事件。该培训班的授课教师有陈建功、蒋子龙、胡平、马季等知名作家、评论家和文学编辑，而获得培训资格的则是盛大文学重点培养的唐家三少、任怨、秋远航、张小花等。在这一培训班里，传统知名作家以导师形象出现，而网络写手则是文学爱好者和充满求知欲的学生。在培训后的结课感言中，网络作家声称更加“尊重文字”“开眼界、知不足”“将珍惜此次与传统文学精英探讨交流的机会，补充文学创作的基础知识”[①]。谦虚近乎卑微的论调，一再的自我否定，显示出网络作者缺乏自信以及对“写手”“作家”权力等级的认可。一旦得到机会，他们就迫不及待地试图摆脱“写手”的称呼，向着“网络作家”奔去。尽管也有个别人发出“我更喜欢‘写手’这样的称呼”的呼声[②]，但个人的否定完全被诸多网络作者向“作家”靠拢的热情吞没。

文学网站依靠商业力量推动，需要最广泛的大众认可其产品。推动签约作者从网络写手到网络作家的身份转变，无疑能提升网络文学声誉，为经营者带来巨大利益。因此，以“盛大”为代表的网络文学运营力量

---

① 吴雨、李舒：《鲁迅文学院首开“网络文学作家培训班”》，http：//news.163.com/09/0715/18/5E9LCR52000120GU.html，搜索时间：2018年5月7日。

② 庹政：《在鲁迅文学院网络作家培训班分组讨论的感想》，http：//blog.sina.com.cn/s/blog_5396d0f60100el72.html，最后浏览时间：2020年3月13日。

积极促进“网络作家”概念成形。2010 年，网络作者唐家三少加入中国作协，成为首个由网络出发而受到传统作家权威组织认可身份的网络作家；2011 年，他出席全国作代会并成为中国作协全委会委员。对作协来说，唐家三少的加入满足会员多样化的需求；而对于唐家三少当时的雇主盛大文学网来说，旗下作者的“作家”身份则无疑为其产品“文学性”“思想性”“权威性”进行背书，销售过程中也因此获得更有力的砝码。

通过积极促成作协吸纳网络作家会员，与传统文学机构联合组织培训班、讨论会等名为“文学”实为商业推广的活动，“盛大”促使“网络写手”概念升级为“网络作家”；而下一步的努力则是从“网络作家”到“作家”的转变。对于乐意进行网络技术探索的写作者来说，“网络”身份是他们不愿失去的特色和招牌；但对于“盛大”这样致力于经营文化产品的经济实体来说，在旗下作者作家身份已被接纳、写作水平得到认可之后，再以“网络”自称，则限制了目标市场。只有模糊作者身份，取消媒介差别，才能赢得包括网络猎奇者、传统文学爱好者等在内的最广泛受众的认可。因此，2012 年开春，盛大文学网策划的这次将传统作家和网络作家无差别收入明信片的活动，并不能简单看作一个企业的自我营销，而是网络文学行业着意模糊作者媒介边界，以达到融合并吸引受众目的的行为。

从“网络写手”到“网络作家”再到“作家”，概念的整合也并不是文学网站单方的商业行为。在中国网络文学发展的大背景下，它意味着“网络文学”所处文化、媒介环境的变迁，也标志着概念重构中多方力量的联手。网络文学不再强调和网络相关的媒介身份，而是以悄悄突破媒介边界的方式打开新的疆域。

第三节　媒介交锋与调试：网络文学的第二次纸媒转型

类型化网络小说除出版纸质图书，向传统通俗文学市场争取读者之外，也在积极谋求打破文学领域的媒介界限，为自身“正名”。在网文读者中虽然通行一套独立的网络术语和评价体系，但网络文学的运营者和作者则更乐于借用印刷媒体术语。可以说，在面对网络和非网络受众时，网络文学用的是两套面孔。在盛大文学的“作家明信片”发行、中国作家富豪榜评比等事件中，网络文学行业主动扮演着混淆媒介差异的角色；而一些以往由各大出版社、编辑部争夺的文学奖项将网站作品纳入评选、中国作协吸纳网络作家以及网络文学“十年盘点”等活动，则是以印刷媒体为主的传统文学向网络作者张开了双臂。通过这一系列事件，网络文学迎来了第二次纸媒转型的热潮。

随着互联网对文化生活的介入日益加强，各文化形式在媒介上的相互渗透也逐步增加。网络文学在作品规模、读者人数、关注程度等许多方面都逐步赶超纸媒作品。以其发展的第一个十年节点 2009 年来看，当年《全国国民阅读调查报告》数据显示，自 1999 年以后，我国国民图书阅读率下降十余个百分点，而互联网阅读率却急速上升。网络阅读已成为文学阅读中一种不可忽视的现象，许多原本购买书籍或浸淫于图书馆的人，如今转而成为网络文学的拥趸。

试图跨越媒介边界的，不仅仅是网络文学以及其他新兴文化形式，印刷媒体也在积极革新转变，探索吸纳新媒体元素。网络文学赢得的不仅是市场和读者的口碑，还有文学界的关注，如中国作协开始吸收网络作者入会、各地作协组织网络文学委员会或网络作协、鲁迅文学院开办“网络作家培训班”，各类奖项评选也逐步关注网络作品。传统文学界的接纳在一定程度上提高了网络作品的知名度，对网络写作的深入、规范、格调提升都有益处。另外，因其权威地位、审美取向和经年累月积累起来的完善批评体系，也某种程度上规定网络文学的方向，甚至对自由发展构成阻碍。早在网络文学初现时，频繁地与传统文学比较仅限于文体和审美层面；而当体制真正将其作为当代文学的一部分开始接纳“管理”的时候，愈演愈烈的“纸媒化”倾向则意味着约束的增加。以纸媒体审读的标准评价作品，以文学圈名家为导师，以获得传统文学界认可为归宿，以在平面媒体发表或出版为最终目的，在此之外佐以庞大网页点击量为参考数据，一时间想当然地成为衡量网络文学作品成功与否的标准。这种“纸媒化”倾向在各类网络文学评奖、评选中尤为明显。

一　文学评奖的导向

网络文学青春写作风潮过后，互联网参与者趣味的差异化得以显现，一方面是玄幻、仙侠、穿越等朝向读者的特色通俗作品流行；另一方面，不少在年龄、心态和写作观念上更贴近传统文学的作者依然坚持为网络输送着具备深度、厚度却相对艰涩的作品。由于共同的媒介领域，二者都被称为“网络文学”，后者规模和收益虽然没有前者声势浩大，但由于贴近传统文学习惯的接受领域，更容易获得纸媒体转载和编辑好评，也得到奖项的青睐。

宁肯的《蒙面之城》在2000年作为“全球中文网络最佳小说奖”获奖作品亮相后，又获得2001年“《当代》文学接力赛”总冠军，2002年第二届“老舍文学奖”。慕容雪村的《成都，今夜请将我遗忘》在“网络文学十年评点”中获得十佳作品称号后，作者又相继出版《原谅我红尘颠倒》《天堂向左、深圳向右》《葫芦提》等。另外，阿耐的《大江东去》获2009年“五个一工程奖”，是网络小说首次跻身国家级文艺奖项，但无论在其首发站点“晋江文学城”或是网络文学相关报道中，这一高规格奖项都没有得到很好的宣传，“阿耐”也始终是一个神秘的名字。她和她的作品真正为大众认识，要等到将近十年之后改编电视剧《大江大河》的上映。2010年第五届“鲁迅文学奖”评选时，参评1008篇（部）作品中，共有三十一部网络文学作品，而经过初筛进入备选名单的130部作品中，则仅剩“晋江文学城”报送的

《网逝》。虽然最终并无斩获，但此次事件却因“网络文学作品首次纳入鲁奖评选范围”而获得报道。金宇澄的《繁花》在网络首发后，先后获得“中国小说学会2012年中国小说排行榜长篇小说第一名”“中国图书评论学会2013年中国好书第一名”“首届鲁迅文化奖年度小说奖”，后又将“第九届茅盾文学奖”收入囊中。如果因首发媒介将其看作网络文学，那么这当是网络文学获得的最高文学奖项。2019年，这部作品终于在“网络文学”名下，被纳入国家新闻出版署和中国作家协会联合推介的25部“‘庆祝新中国成立70周年’主题网络文学作品暨2019年优秀网络文学原创作品”名单。

网络作品频繁介入传统印刷文学领域是双方积极努力、相互开放的结果。但是从以上几部作品来看，《蒙面之城》完全是一部没有媒介限制的作品，从构思到写作语言等都看不出网络痕迹；《大江东去》虽然首发于网络，由“晋江文学城”报送参赛，但转换为印刷品也丝毫不觉异样；而《网逝》则以网络事件为内容，反思“人肉搜索”和不明真相的网络暴民的危害，算是因网络现象而来，与网络有了一定的关系。总体而言，此类文学评奖的评委均为文学专业人士，如编辑、作家、学者等，他们的阅读习惯难免受印刷文学影响，评奖时的阅读对象也以打印版本而非网络版本为准。在当时的网络文学观念和评判标准之下，以上几部作品能够获得文学奖项，与其本身几乎不受媒介影响、游离于网络之外有很大的关系。

有各类奖项的加持和文学界的认可，所谓网络文学不再是博取眼球的新鲜词语，相关创作的丰富也为出版提供更多的选择。网络对于中国文学来说，曾经是激活民间创作欲望和对文学参与意识的领域，稍后是出版社发掘具备市场潜力的作者、影视界寻找跨界热点话题的资源，发展到一定程度时，则意味着一个自由跨界且盈利前景看好的产业。在这种大环境下，网络小说的纸媒转型似乎不再艰难，网络小说实体书的出版进入了爆发式增长期，成为各大书店排行榜名列前茅的畅销书，印数动辄数十万乃至上百万册。有媒体注意到，“短短10年，无论按字数还是篇计算，网络原创文学作品，已经远远超过当代文学纸质媒体发表作品60年的总和”。[①] 而2002—2014年则迎来网络文学纸媒转型的爆发，这期间中国网络文学转化作纸质图书共300余部作品，其中2013年、2014年网络文学作品转化纸质书数量大增，占总数的50%[②]。

二 “十年盘点”和“网文大赛”

从2008年底到2009年中，一场大规模的“网络文学十年盘点”活动引起人们关注。这次活动由中国作协指导，中国作家出版集团、《长篇小说选刊》杂志社和中文在线旗下的“17K”网站承办，一些权威文学期刊如《人民文学》《收获》《当代》等也参与其中，对1999年至2008年十年间的网络文学代表作品进行总结。盘点的选择标准有四个：“文本价值，是否在叙事语言上有创新和突破；记录价值，是否表达了时代或时代的某个侧面的情绪、动机或景色；边际学术价值，是否在人性探索上有创新和突破；娱乐价值，是否让你读得情绪高涨”[③]。从纸面文学角度讲，以上四个标准贴切到位，但遗憾的是作为一次对“网络文学”的盘点，相关评审条款中竟丝毫没有涉及网络在传播、表达、接受等方面的特性。此次活动在当时曾被称为传统文学界与网络文学界最大规模的一次交流，但从牵头单位、指导机构以及评委阵容等多个带有浓厚传统文学色彩的方面都不难看出，这一“十年盘点”其实是传统文学界对网络文学的一次检阅。

从盘点胜出的作品中能看出“纸媒”的影响。如《成都，今夜请将我遗忘》《脸谱》《无家》几部小说，除“网络首发”之外，很难看出网

① 杨鸥：《中国作协：培育网络文学茁壮成长》，《人民日报》（海外版）2009年6月11日。
② 《国内网络文学的现状和产业情况》，《中国新闻出版报》2015年2月9日。
③ 舒晋瑜：《网络文学十年：进步挺大毛病挺多越写越水》，《中华读书报》2009年2月28日。

络色彩，甚至可以说，也许印刷媒体更适合它们。其他几部也缺乏独立审美特色，仅仅由于其类型属于文学网站中比较热门的话题。如《此间的少年》属于“同人小说”或者“衍生小说”，《新宋》《窃明》《回到明朝当王爷》《家园》《琴倾天下》等属于“穿越类”“架空历史类”小说，《尘缘》《紫川》《天行健》等属于“玄幻”“修真”小说。这些作品虽然属于以往国内印刷文学中较少见的门类，但题材内容其实并不新鲜。“同人小说”采用知名文学作品中的人物作为故事主人公，增加新的想象性情节，有的与原著有一定联系，类似于“别传”“续写”，有的则根本只是借用人名作为噱头。名列盘点“十佳优秀作品”的《此间的少年》号称“射雕英雄的大学生涯”，借用金庸作品中郭靖、黄蓉、令狐冲等主人公演绎现代校园故事。“穿越”“架空”多是现代人因缘际会去到古代的奇遇。它们采用历史时段为背景，却更大程度上是对历史的虚构。盘点获奖作品《新宋》就描写当代大学历史系学生回到北宋，进行社会改革的故事。“玄幻”称呼来源于网络，其以萧鼎的《诛仙》为代表，能从传统仙侠或者武打小说里找到源头。“修真”小说写个人努力修炼终成正果，也多半带有武侠和玄幻色彩。虽说这些类型都是文学网站的热点，但除了分类名称，作品本身很难说与“网络”有何相关。

“十年盘点”在评审标准和获奖作品类型方面有强烈的“纸媒”倾向，而2009年7月开始的“网络小说创作大赛”从参赛者构成方面来看则离网络更远。此次赛事由中国文联、北京市委宣传部指导，北京网络媒体协会、北京文联主办，新浪原创、起点中文网、西祠胡同等网站承办。作为第一次由政府机关参与指导的网络文学大赛，它得到社会各界人士的热情支持和广泛参与。在参赛人员中，驾轻就熟的写手并不很多，反而是非网民占据可观比例——主要由地方作协成员、文学爱好者、被传统媒体拒绝的作者，甚至从不上网的人群构成。这些人参赛的原因大致有以下几方面：对于地方作协成员来说，他们受过训练的文字和相对较高的虚构能力在水平参差不齐的网络上有明显优势，网赛带给他们另辟蹊径的成名机会。文学爱好者原本就喜欢舞文弄墨，手头积压着大量自娱自乐的作品，提交网站、参与评选可以达到以文会友的目的。一些害怕被传统媒体拒绝的作者则试图在网上获得发表捷径，一方面从网络反馈中捕捉灵感，一方面则绕过传统媒体版面的限制。第四类是"从不上网的人群"，其中以老年为主，他们原本对"网络文学大赛"这类新鲜事物不敏感，但此次"政府指导"的背景却吸引他们。他们要求家人协助录入口述作品参赛，将大赛看作官方认可的一种记录过往、寻找知音的渠道。这四类人在进行创作时，都将电脑和网络作为录入工具或投稿渠道，连首选发表载体都算不上。

除以上政府主导的大规模评比之外，由网站、出版机构等组织的网络文学创作征文也都明确以纸书出版、后续开发为目标。如2004—2008年的"第一届腾讯网作家杯"原创文学大赛，自开赛起就直言"推出畅销书"方向，他们与图书出版品牌"悦读纪"合作，给一等奖作品开出首印5万册、版税10%的优厚条件；2009年，人民文学出版社与天涯等网站联手发起"商小说"原创文学大赛，更以传统出版单位作为赛事主办方，网络只是被作为征稿途径。2009年"盛大文学"的"首届全球华语原创文学大展"，投入以版权交易金为主、总额为1000万元的费用。将出版纸质图书作为网络文学的奖励要素，预示着网络文学又一次纸媒转型高潮的到来。

三　纸媒介转型与网络文学的纸媒化

发展十余年的网络文学依然离不开纸媒的影响，特别是赛事评比中广泛采用印刷文学标准等现象，已经不能简单地归为作者实现文学梦的欲望或者是文学与印刷媒体必然的联系，我们不妨尝试从多个方面追究其原因。

一是有关网络文学自身的争议。这个言人人殊的概念，即便是在研究者中也依然充满分歧，相关研究围绕不同发展时期现象划定对象。而在瞬息万变的网络文化中，新现象层出不穷，研究者因兴趣的区别关注这一现象的不同方面。因此，关于什么样的文本才是名副其实的网络文学作品并无定论。而既然号称“文学”，网络文学必须有对比、有目标，需要找到一个将自己纳入既有文学体系的途径。要想完全与传统断裂、创造全新的概念为时尚早，它只能谋求在传统概念体系中对位。那些知名的作家、批评家等，无论在资历、见识还是写作能力上，都高出普通网络作者，他们无形中为网络文学树立起了可供参考和依照的对象。

二是网络文学评价标准的不确定和不统一。在电脑上输入文字容易，许多成名作家也这样实践着，但全新的创作技巧、语言文字和电子媒介的融合却并非人人都能应用自如。如果将声音、图像、视频、链接等全新表达方式以及由此带给受众的全新审美体验作为网络文学的构成要件考虑，网络文学领域必然大大缩水，参赛作品数量会大打折扣，评比结果也只能见仁见智，很难达成共识。因此，采取单纯印刷媒介为对象的传统评价标准则相对易掌握、可操作。

三是出于网络文学图书促销的考虑，即向传统印刷文学中成功的先例靠拢。既然网络文学赢取收益的主要途径之一是将作品包装成纸质畅销书，而纸质书本的读者多半也是认“名家推介”“教授点评”的文学爱好者，那么书本腰封上标注的一两句名人评点，无疑会提升说服力。第一次纸媒转型受挫的网络图书，大部分还是由于自身内容不够丰富，达不到印刷媒体的标准，而后期经过磨砺最终获奖的这些网络文学作品，则完全符合印刷媒体标准，并有奖项光环加持，能够经得起纸媒体读者的审阅。

互联网是开放的，网络文学概念不断发展，各阶层人群对其抱有不同认识。无论何种文学，都应当在文学的共通性之下，积极探索新的媒介空间。因此，网络文学向纸媒转型，赢得专业人士认可，并斩获相应奖项总体是值得欣慰的趋向。然而，如果局限于“纸媒化”，则会构成巨大的问题。从各类网络文学赛事中，可以看出当时“网络文学”参与者的普遍认识偏差——丝毫没有意识到“网络文学”是否应与一般文学不同，需要具备自身独立特性。对于他们来说，“网络文学大赛”还是通过网络投稿，在网站发表，将参与门槛放低了的文学比赛。而网络文学在发展之初就能引起较强烈反响的原因，就是当时的参与者并未局限于“文学”框架，使作品呈现出超越纸媒体单一性、平面化的特色，在文字符号创造、句式语法活用、内容形式探索等方面都显露出多维度发展的立体欲望。稍后的网络创作中，部分作者以传统经典为模仿对象，吸收成名作家的创作经验，以传统审美体系为参考，反映出他们对网络文学自身的理解。然而，经过十年历练后没有被市场打垮、没有被读者遗忘而依然顽强生存的网络文学，却因未能树立起自身价值而几乎逐渐在题材、形式等方面沦为传统文学的附庸。

直至此时，一度围绕网络文学的有关文学和媒介关系的讨论依然适用。在网络文学第二次纸媒转型阶段，中国网络文学中出现两个主要潮流。一个是被各类主流文学评奖认可并扶植的，首发于互联网却符合印刷媒介审美标准的文学作品，逻辑清晰、情节复杂、追求深沉和多义性，从文本上看不出明显媒介特色。另一类则是专业文学网站运作下的在线连载通俗小说。与其说它在文学方面具备新特质，不如将其放在产业领域内来发掘，它的独特价值在于新媒介领域内，新兴产业文学、文化、传播技术、粉丝经济等多个向度的综合运作与开发。

在第二次纸媒转型过程中，网络文学虽然遇到类似以收入数据炒作、商业力量裹挟、纸媒过度关怀等问题，但随着作品数量和影响力的增加，越来越多研究人员精力的投入，其自身也日益壮大。由于领域内更多现象的出现，更多实际问题亟须解决，对其研究的关注点也不再限于纯理论探讨，而是采用跨专业的思维和角度。但无论产业、管理者还是研究者，均将媒介特质作为网络文学不可或缺的特性和前提。

此次媒介转型还产生一个值得欣喜的结果，即此前我国内地并不发达的通俗文学写作在以“起点中文网”为代表的网站中悄然兴起。这些对网络依附较大的在线文学，即超长篇类型小说在站点的引导下逐渐走上商业化道路。这一时期的文学网站如“起点中文网”等，比起之前出于业余爱好搭建的，将目标放在纸媒和电子媒体之上，缺乏可持续收入来源的文学网站，不仅在内容、收入模式上有自己的鲜明特色，也构造了特色鲜明的文化。它们并没有将太多注意力放在与传统媒体和文学概念的纠葛上，而是专注于通过在线内容充实来谋求生存，率先探索不依托其他媒介，从网络媒介本身赢得收益的道路。从对媒介的深度介入和对网民的把握等方面看，这一类文学网站更具备专业性和专注度。因此，在本书中，将“起点中文网”以及后期“盛大文学”收购后按照商业化模式运作的诸多网站，称为“专业性文学网站”，与前期诸多基于个人业余爱好的文学站点相对应。

在纸媒转型给网络文学带来的印刷化道路上，大量类似以往“严肃文学”的内容被作为“网络文学”出版。而专业文学网站中颇受欢迎且占据主体的类型文学，在图书市场上也取得了不俗的成绩，其销量甚至远远高于前述“类传统”的网文。因此，有些人在谈论网络文学时，甚至倾向于将其作为一种类型文体或者审美风格。这一点，在由网文转为纸书的《繁花》讨论中特别明显。2014 年 7 月 2 日，“传统文学网络化生存”讨论会在上海召开，“网络小说”《繁花》是会上一个主要议题。《繁花》最初发表在“弄堂网”，但与会专家对于其作为“网络文学”的身份却持保留意见。华师大中文系副教授黄平称：“我不同意以载体来定义网络文学。《繁花》尽管最先在网络上写作，但肯定不是网络文学，因为它不是类型文学，网络文学是高度类型化的故事会。”[①] 这种观点极大程度反映出专业文学网站商业宣传策略中，以类

① 石剑峰：《余华金宇澄谈网络文学》，https：//www.thepaper.cn/newsDetail_forward_1253973，最后浏览时间：2020 年 3 月 13 日。

型文顶替网络文学概念的形塑计谋。即在向传统纸媒体读者宣传时，选取“类传统”的作品；向网络读者宣传时，则以类型小说为主。将不同作品统一归纳在网络文学类目之下，甚至逐渐以数量众多的类型小说压制网上其他创作。类似做法不仅已经遮蔽并篡改了网络文学在公众视野中的形象，连部分研究者也难以跳出其话语圈套。比较而言，作家本人的触网经历更有说服力。余华曾以《活着》《兄弟》登陆中移动数字阅读基地，并由亚马逊发行《第七天》的 Kindle 版本，但销售数字均未达到预期。但他依然认为网络文学和印刷文学之间没有本质区别，“在将来，这两个概念的界限会模糊，在将来只有印刷文学和数字文学。”[①] 而金宇澄的发言更是充满细节，他说：“在网络上写作，你每天都要为读者着想，因为你写了以后贴上去就公开了，进程往哪里呢（都要考虑）。一开始我也不习惯，这有点像民国时代的报刊连载。写作中，如果读者没有回应我会警觉。某种意义上，小说在草稿状态就已经公开化了，以前是‘冷写作’——在家里冷静写作，这是‘热写作’。”[②] 虽然最初首发于网络，但印刷版本的《繁花》其实已经与连载版本有了很大不同，连书籍宣传时也几乎不用“网络文学”这个一度带动销售市场的噱头。由此可见，在这一时期经由大批类型小说普及的概念领域中，“网络文学”的重点已经从媒介特质转换为对内容、题材和写作风格等提出要求的审美特质。

至此，本书关于网络文学纸媒转型的探讨暂时告一段落。基本可以看出，网络文学与纸媒介之间始终存在着相互试探、相互介入的过程。互联网的声势兴旺并没有使印刷媒体走投无路，纸媒文学虽然经历了一段艰难的过程却也并没有消亡，而是越发积极地影响着网络文学。网络文学在模仿、因袭之后，也逐渐探索出独立发展的道路，呈现出不同审

---

① 石剑峰：《余华金宇澄谈网络文学》，https：//www. thepaper. cn/newsDetail_ forward_ 1253973，最后浏览时间：2020 年 3 月 13 日。

② 同上。

美情趣主导的不同形态。虽然当前娱乐化、类型化的网络文学声势正盛，但深厚、思辨性的文学作品并没有从网络上消失，反而获得脱颖而出的机会；同样，类型文学也不是网络专享，网络大神们的作品下网填补了长期以来通俗读物的空白，在纸质出版市场获得了可观的成绩。

纸媒转型是网络文学诞生以来，与之最亲密、伴随最长久的话题之一，甚至曾经被看作网络文学能否继续的生死攸关的问题。中国网络文学两次纸媒转型历程中的成功与失败经验，各方的态度和立场，多次论争的结果以及文学、商业、技术发展的探索等，始终值得深思。可以说，网络文学的纸媒转型是其发展过程中最值得关注并最具有理论价值的议题。

第五章　从概念到产业：媒介转换与产业繁荣

自2008年也即“盛大文学有限公司”成立起，其主体产品“网络小说”就完全替代或覆盖了曾拥有多种形式的网络文学。

2008年7月，以网络游戏起家、总部设于上海的盛大公司，斥资数亿元，一举收购了4家在大陆排名前列的文学网站，加上早就纳入囊中的“起点中文网”，合组为“盛大文学”股份有限公司，声势浩大地推出了一系列以“原创文学”盈利的新模式：从简捷原始的“付费再现阅读”，到各种令人眼花缭乱的多媒体——包括纸质媒体——推广，以及与作者的形式繁多的利润分成。

大资本的直接介入，其网上文学盈利模式的强力推广，从根本上改变了网络文学的基本走向。不知不觉间，“资本增值”的无穷欲望，取代“自由创造”的快乐精神，成了网络文学的第一推手。靠着对潜在读者的精准把握，“盛大文学”公司及其同道迅速将“类型小说”推上了文学展销台的中心位置……①

以上王晓明在《六分天下：今天的中国文学》一文中对“盛大”

① 王晓明：《六分天下：今天的中国文学》，《文学评论》2011年第5期。

在经营运作网络文学中的行动和作用总括得传神到位。从文学范畴看，以通俗小说为主的类型网文在文体上并无创新；从传播角度看，在线纯文字连载的方式也没有任何惊人的优势。然而就是这种大众化的作品，自 2005 年“盛大”集团介入网络文学领域起就迅速成为其中主流，并以超高的阅读量和收益证明了自己的实力——盈利能力。其后，这种表现形式毫不起眼的产品又以灵活多变的适应性参与并渗透到互联网上下多种媒介产品当中。这种灵活适应的能力，并不在于其文学本质，而在于经营者对其进行的结合跨媒介特质的开发。类型网文为网络文化产品收费打开了通途，也成为这一新型文化产业链中最早实现“粉丝经济”的产品之一。

对类型化网文的整体运作是网络文学发展道路上重要的一环，而在类型小说从一种文学界整体评价不高的流行大众文化形式最终发展为中国网络文学代名词的道路上，“盛大文学”对其进行的商业转化至关重要。“网络作家富豪榜”排名极大提升了作者的积极性，使网络创作变成一个值得投入的职业领域；全媒体运营、IP 转换等形式则拓展了网络文学的后续开发的前景。

第一节　从树下独舞到盛大狂欢

在第一次网络文学纸媒转型的热潮以大量网络图书滞销收尾时，人们开始想象互联网和印刷品应当是两个并行的媒介系统，试图将二者弥合的“网络文学”之类新概念只是一时热闹，最终的结局仍将是“网络的归网络、印刷的归印刷”。然而，事实却是网络文学不仅没有销声匿迹，反而再次壮大并走下网络。这一次它不再单纯以纸媒体为目标，却阴差阳错地挣到大钱，通过收益令世人刮目相看。这其中虽然有媒介文化发展的必然性，但绝不可小觑商业运作的主导性作用。“是在以产业化的方式大规模地经营文学了。网络作者的脑力、通俗小说迷的模式化的欣赏习惯、年轻网民的跨媒介阅读兴趣……统统成了生产资料。当别国的大资本纷纷涌入影视、建筑、音乐、美术、网络游戏等领域、大兴‘创意产业’的时候，中国的大资本却独具慧眼，到文学里来淘金。其第一步，就是以‘盛大文学’为先导，通吃整个网络文学。”① 由此，如今我国的网络文学已经是一个诞生在商业时代的完全由新媒介公司运营生产的概念。当然，这不仅源于资本的眼光，也由于网络文学现象在我国的诞生和发展变动迅速，早期形态模糊，相关管理措施和手段也都处于试探阶段。种种不确定因素使得网络文学成为互联网商业运作对象，从而在短短几年内就成功进入纸质图书领域并赢得市场佳绩。由于媒介差异的限制，对网络文化尚陌生的纸质图书读者最初并未意识到这一点，直到“中国作家富豪榜”连年开展作家收益评比排行，一些古怪的网名纷纷名列前茅，甚至将成名已久的知名作家挤下榜单时，这一点才开始受到关注。2012 年，由于网络作者的收入与印刷体系作者已经不在一个量级，榜单主办方不得不为其单独开设了专门的子榜单。直到这时，网络文学的市场影响力才赤裸裸地呈现在公众眼前。当年那个榕树下独舞着等待知音的网络文学，已然发展得欣欣向荣，为在影视媒体的声色冲击下略显寂寞的阅读市场注入了一针强力兴奋剂。

一　从无功利文学梦到富豪排行榜

“中国作家富豪榜”榜单自 2006 年创立，创始人吴怀尧意在打造一个超级文化品牌，通过“持续追踪记录中国作家财富变化，反映全民阅读潮流走向，推动全民阅读时代到来与文化产业繁荣发展”。② 最初该榜单不过是一个媒体事件，为走向市场化的中国文化阅读市场提供

① 王晓明：《六分天下：今天的中国文学》，《文学评论》2011 年第 5 期。

② 百度百科“中国作家富豪榜”词条，https：//baike. baidu. com/item/作家富豪榜/2988429，最后浏览时间：2020 年 3 月 13 日。

谈资。随着榜单连年排名的比较，中国文化实力和阅读市场的拓宽，广大读者的阅读选择也难免受到其影响。在国人的概念中，“作家”担负着启迪民族的精神使命，因此一向是清贫而寂寞的，而作家富豪榜这一商业文化品牌却将以往讳莫如深的作家经济收益公然罗列并张榜评比。虽然彼时出版业和作家已然在市场化道路上行进了一些年头，这一以商业效益评比作家的方式依然引发一定争议。但随着排行榜年复一年准时出炉，其关注度和讨论范围也日渐提升，不仅有榜单上那些知名作家新书的读者关注，连网民也开始为之呐喊造势。互联网强大的传播力使其从一个单纯的文化、商业品牌变成热点事件，真正做到使“中国作家群体和华语原创文学变得万众倾心举世瞩目”。其中很重要的一个原因，就是榜单上不仅有传统作家，还有网络作者。作家富豪榜的热度在2012年第七次发布时再次提高，这一年，网络文学有了属于自己的富豪榜单，且并不单纯是因为媒介或读者群不同，而是由于网络文学作者的收入量级已远远超过久负盛名的传统作家。截至2012年网络文学分列子榜之前，中国作家富豪排行榜历届榜单前五位排名、收入及网络作家表现情况见表5－1。

表5－1　　中国作家富豪榜（2006—2011年）

年份	榜单前五名及收入	排行榜前25名内网络作家名次及收入
2006	余秋雨1400万元，二月河1200万元，韩寒950万元，苏童900万元，郭敬明850万元	10安妮宝贝700万元
2007	郭敬明1100万元，于丹1060万元，易中天680万元，郑渊洁570万元，饶雪漫520万元	15安妮宝贝350万元，19天下霸唱280万元，22当年明月225万元
2008	郭敬明1300万元，郑渊洁1100万元，杨红樱980万元，饶雪漫800万元，马未都745万元	15当年明月230万元，22安妮宝贝130万元
2009	郑渊洁2000万元，郭敬明1700万元，杨红樱1200万元，当年明月1000万元，吴晓波750万元	24孔二狗115万元
2010	杨红樱2500万元，郭敬明2300万元，郑渊洁1950万元，当年明月950万元，曾仕强780万元	10天下霸唱420万元，14南派三叔285万元，20六六210万元，22小桥老树190万元
2011	郭敬明2450万元，南派三叔1580万元，郑渊洁1200万元，杨红樱1100万元，安妮宝贝940万元	8当年明月575万元，14桐华290万元，17小桥老树235万元

由表5-1可见，被称为“富豪”的作家，纳入统计的收入来源是印刷出版纸质读物的版税。早期榜单内位居前列的，主要以青春时尚、儿童文学等畅销又长销的书籍作者为主，如郭敬明、韩寒、饶雪漫、郑渊洁、杨红樱等。另外，马未都、袁腾飞、吴晓波、宋鸿兵等作者因一部书在年度内蹿红，但其榜上名次基本属于昙花一现；在榜单不太显眼的位置，还能看到一些编剧的身影。但总的来说，这种由跨媒体收入贡献的名次并非主流，也并不稳固。

网络作家中入榜次数最多的安妮宝贝也是以印刷书籍收入跻身富豪榜。作为内地最早出名、最符合传统文学界口味的网络写手之一，安妮宝贝早期作品大都由中国作协的“作家出版社”出版，她能够驾驭长篇，其作品风格既有都市、青春痕迹，也带有像严肃主题的思考欲望，可谓雅俗共赏，因此很受纸质媒体青睐。其余如当年明月、天下霸唱、南派三叔等网络作家，由于作品故事性强，出版了系列通俗读物，也在榜单上占据一席之地。总的来说，即便是公众耳熟能详的网络作家，计算收入也以出版实体书的版税为依据，在排行榜中名次并不突出。这种情况自2012年作家富豪榜分出网络作家子榜单之后开始改变，表5-2为2012—2016年作家富豪榜以及网络作家富豪榜前五名收入情况。

表5-2　中国作家富豪榜和网络作家富豪榜（2012—2016年）

年份	作家富豪榜	网络作家富豪榜
2012	郑渊洁2600万元，莫言2150万元，杨红樱2000万元，郭敬明1400万元，江南1005万元	唐家三少3300万元，我吃西红柿2100万元，天蚕土豆1800万元，骷髅精灵1700万元，血红1400万元
2013	江南2550万元，莫言2400万元，郑渊洁1800万元，雷欧幻像1780万元，杨红樱1750万元	唐家三少2650万元，天蚕土豆2000万元，血红1450万元，我吃西红柿1300万元，梦入神机1200万元
2014	张嘉佳1950万元，郑渊洁1900万元，杨红樱1850万元，刘同1800万元，江南1700万元	唐家三少5000万元，辰东2800万元，天蚕土豆2550万元，耳根2500万元，梦入神机2150万元
2015	江南3200万元，雷欧幻像2000万元，郑渊洁1900万元，杨红樱1830万元，大冰1800万元	唐家三少11000万元，天蚕土豆4600万元，辰东3800万元，骷髅精灵2800万元，高楼大厦2100万元

续表

年份	作家富豪榜	网络作家富豪榜
2016	郑渊洁 3000 万元，杨红樱 2550 万元，江南 2400 万元，大冰 2050 万元，刘震云 1950 万元	唐家三少 12200 万元，天蚕土豆 6000 万元，我吃西红柿 5000 万元，月关 4800 万元，骷髅精灵 4600 万元

两个榜单对比，数字差距惊人。作家富豪榜榜单五年情况基本持平，没有太大增长，而网络作家榜前五个名字后面的数字则成倍递增。其差异究竟是源于作者的勤奋程度，媒介受众的数量和消费习惯，还是源于收入计算的方式不同？

我们不妨仔细分析“作家富豪榜”的人员构成。在这份排名中，两次位列榜首，并长期保持在前五之内的江南曾经是“网络出身”的作者。他的《此间的少年》一文在由专家和网络人气双重评选的“网络文学十年盘点”中，列入“十佳优秀作品”。遗憾的是，成名之后的江南，与早期网络文学知名作者李寻欢类似，离开网络创作开启“印刷媒体生涯”，其后续写作和策划的“九州”“龙族”等系列作品颇受读者好评。除江南之外，南派三叔、当年明月、安妮宝贝等成名于网络的作者仍然散见于 2012 年以后的作家富豪榜中；后期又有《步步惊心》作者桐华、《芈月传》作者蒋胜男、《花千骨》作家果果、《何以笙箫默》作者顾漫等网络知名作家上榜。

虽然同为“网络作家”，有的被列入“作家富豪榜”，有的则进入“网络作家富豪榜”，其间的区别不在作品内容、目标读者，也不在发表阵地或首发媒介，而在于收入来源构成。蒋胜男、顾漫等虽然也是无可否认的网络作家，主要测算收入来源为偏向传统的媒介形式，即出版印刷、影视剧改编等，因此列入作家富豪榜。与主榜作家比较，获得单列的“网络作家富豪榜”收入计算方式则呈现另一种面貌。在 2012 年、2013 年间的两榜收益比较，虽然网络作家略占优势，但尚处于同一量级，没有太大的实质性差异。到 2014 年之后，网络作家收入迅速递增，那些奇特新颖的网名背后的收入数字远远高于作家榜，甚至领先数倍，榜首唐家三少的收入2015年就步入亿元行列。原因在于网络作家富豪榜收入计算方式中，既包括纸媒体版税、影视剧改编等传统收入，也包括在线连载、收费阅读、粉丝打赏、游戏改编、流量分成等。网络写作本身只是一个源头，网络媒介可以不断为其提供新的收入开发渠道，因此以往作家收入无法比拟其商业效益。

在作家富豪榜上，不乏网络知名作者的身影，这正说明两个榜单收益数字的差异与作品首发媒介、作者身份没有直接关系，主要在于后者收入来源更加多样。通过富豪榜的归类，网络文学与传统文学的分野似乎越来越多地表现在经济模式方面。

曾经，自发创作的网络文学由于网友喜爱、转帖、传播而兴起，写作和阅读都源于兴趣，“无功利性”是它最吸引人的地方；如今，产业化的网络文学与以往最大的差别，就是无功利性已经被远远抛在身后。但好在持续的互联网创作依然将诸多背景各异、兴趣相似的读者和网络上即时交流、自由反馈的环境延续下来。虽然网络作品质量良莠不齐，推广渠道各显神通，但读者的品位无疑会随着阅读量的增加而提高。他们不满足于简单阅读，而乐于发表评论和意见，以“赞”或“BS”（鄙视）表明态度，以稳固的订阅、慷慨地打赏和坚持对喜爱的作家周边产品的消费来支持网络文学。可以说，从无功利的文学梦到富豪排行榜，是网络文学发展道路上的一次重大变形。

二　网文排行与打榜：从聚光灯到无影灯

与网络文学相关的各类排行榜一方面激励从业者并促进行业发展和繁荣，一方面也使原本单纯的网络写作发展为多元包容、多样并行。网络作者为争夺榜上排名使出浑身解数，甚至有花钱购买评论和排名的情况。这固然是弄虚作假，反映出的市场激烈竞争却有助于网络文学写作、宣传、监管等整体系统的完善。

我们曾经说到，类型化网络小说的流行基于网民的选择，在中国内容监管相对严格的出版市场上，通俗读物供需失衡，读者渴求大量娱乐性读物。因此，网络上奇思妙想且及时交流的通俗小说迅速受到欢迎。即便有些水平一般、注水严重，依然能够得到网民容忍。网民在网上消耗时间的同时，将注意力、金钱和情感贡献给网络作者，其中有些甚至被奉为“大神”。他们是网络文学获利模式早期的开拓者和受益者，创造出“网络作家富豪榜”神话。然而，富豪榜前列诸如唐家三少、猫腻、辰东、我吃西红柿之类被网民们津津乐道的名字固然让无数网络写作者艳羡，却并不具备普遍性或代表性。在实际网络写作生态中，支撑在线作品庞大数量的，是更多尚未赢得知名度和稳定收入的写手。他们的作品收入可能连基本的生活保障都达不到，有些作者为保持更新，超量高速写作，过度劳累而患上疾病。直到2019年，还有网络作者由于得不到家人支持，也无法维持生计，不得不走上偷窃手机的犯罪道路①。

以低门槛著称的网络写作，一旦有利可图必然吸引大量新加入者；类型化的风靡又使写网络小说有了可以迅速上手的套路，因此，网络文学数量在短期内几何级激增。然而，每个网络作者都为了在浩若汪洋的网络作品中获得点击、阅读量不断付出努力。然而，真正能够脱颖而出让更多读者记住的却并不多。对于尚未成名的作者来说，除了提高作品吸引力、坚持稳定更新等手段，文学网站的排行榜评比更值得重视。排行榜名目繁多，有的以更新频率、是否完本为指标，依据的是作者进度；有的以点击数量、收获月票、打赏等为指标，依据的是读者的人气，如果能够得到“封面推荐”“首页推荐”或进入“最佳”“畅销”“热文”之类的榜单，作品就会在网站醒目位置标示，并在读者阅读时获得推荐链接，相应得到更多的曝光率和点击机会。

① 《网络作家得不到父母支持，离家出走偷窃》，澎湃新闻，2019年5月8日，http://dy.163.com/v2/article/detail/EEL8QFQM0514R9P4.html，最后浏览日期：2020年3月13日。

无论是“网络作家富豪榜”还是网站页面上的人气榜、畅销榜之类，其初衷是客观反映读者喜好和市场潮流，同时反过来引领下一步的阅读风向。它们是网民选择是否阅读一部新文，或者是否关注某个新人的重要依据。然而在激烈的竞争之下，网络文学界却出现了买榜、买票、刷名次的“打榜”行为：一些写手花钱订阅自己的作品，并频繁“送花、打赏”以赢得眼球，有的则直接购买推荐流量、榜单位置，更有甚者请营销公司雇用“水军”，大肆制造人气，使得网络写作的激烈竞争越发畸形。

以金钱打榜舞弊的推广行为某种程度上使得各类排行榜失去了反映网民意愿的敏锐度，这无疑是违背“排行榜”初衷、误导读者的作弊行为，也遭到了来自各方的口诛笔伐。但在另外的意义上，打榜的影响也不完全是负面的。

稍对中国“网络文学”有所了解的人都会意识到：当前已不应将这一概念与“文学”混同了。与其说它是一个文学现象，不如说它是一个由互联网上超长篇通俗小说衍生的网络文化产品，虽包含“文学”二字，但与市场的关系却更紧密。其作品推广、创作流程、盈利模式等完全遵循文化产业思路。网络文学之所以能够保持蓬勃的生命力并为越来越多的人所认识，并不在于对“文学”领域的贡献或思想、艺术、审美层面的拓展，而在于它与出版界、影视剧联动后创造出的热点效应和经济收益。这也正是“网络文学”在诸多新媒体概念纷纷倒下时能够存活并保持旺盛发展态势的成功秘诀。而“眼球”和“金钱”却从不是衡量文学作品价值的标准，人们也并未因一部作品大卖就断言它具有相应的文学价值。而在产业化的网络文学界，作品赚不赚钱，能否成为畅销书、热卖剧是决定网站重视程度及其生死存亡的首要依据。在这种背景下，网络文学与传统文学评价标准脱钩，借用打榜方式推广无可厚非。

说到媒体“排行榜”，大多数人最先接触到的是流行歌曲榜。歌手

推出的新专辑里必然会有一两首“主打歌”，说的就是打榜。歌曲播出的频率、知名度与唱片公司宣传造势的投入和力度极大相关，歌手们签约有实力的大公司也无须讳言。而电视热播的以“超女”“快男”为代表的选秀节目中，支持者组成“粉丝团”，投入财力物力有策略地“拉粉”“投票”也已成公开行动。类似榜单上的歌曲、歌手也不乏实力平平、争议众多者。可人们对这类事件在娱乐界发生已司空见惯，甚至觉得如果没有这些花絮，节目本身都会缺乏谈资，趣味骤减。如果同样将网络小说作为一种脱离纯文学意义的网络娱乐产品，榜单只是一种使行业更热闹的方式，对于网络写手动用经济力量打榜造势，提升自己和作品知名度的市场行为，就不必上升到道德层面过度苛责。

至于打榜本身，确实可能将一些质量普通的作品提升到不相称的名次上，造成“名不副实”的结果。但是，排行榜信誉度的降低却很可能会提升网民的判断和甄别能力。就文学网站的盈利模式来说，能带来最多收益的是那些已经成名的作者。为保持他们的品牌、扩大其号召力、最大程度发掘其经济效益，网站往往在政策上对明星作者有所倾斜：不仅给予较高的版税，也体现在积极推广、组织公关活动、增加曝光率等方面。网站首页的醒目位置往往用来宣传某知名写手的最近更新或签约动向，以吸引读者点击。而对于那些收益潜力尚不明朗的新人来说，推介机会就少得多，要被网民从浩如烟海的作品里挑选出来阅读甚至付费更是困难。如果能够登上排行榜，就意味着获得了优先阅读的权利。就像影视明星和龙套一样，只有混到“脸熟”，才可能吸引聚光灯，“打榜”就是花钱“捧角”。因此，运用营销手段打榜自我包装，从而对抗资源壁垒可以说是商业运营中的一种策略。

由于网络文学创作领域普遍存在的商业化倾向，作品受制于热门类型，几种网民热捧的小说类型最为网站看好，也成为新作者自发模仿的对象以及网站培训新人的标准。这造成网络作品严重的同质化。受利益驱动，文学网站往往乐于重复成功模式而非挑战新鲜话题，只有跟随并迎合市场趣味的作品才会受推崇，因此网站推荐语常见“又一穿越力作”或“玄幻类新人”等说法，意在以类型带作品，快速吸引读者。而那些在主流模式之外进行的探索，却常常会由于市场前景不明而不受重视，湮没在海量标题中。阅读的人少了，作者的兴趣也随之消减，最后变成无法终结的“太监”文。在这种天然不公平的竞争环境里，新作者“打榜”情有可原。因此，“打榜”可以被看作无名新人们对抗网站偏袒知名作者、筛选作品类型的一种手段，虽然不甚光彩，却有一定的积极意义。

网络文学打榜的确危害到某些人的利益，但比起网民受虚假排名误导付出的注意力和打赏费用，网站的损失更大，因为其推荐榜单的可信度以及操作的公平性将受到质疑。是排行榜衍生出拉票打榜。既然互联网票选有漏洞，就存在作弊的可能。因此，打榜行为也有助于敦促文学网站反思排行榜制度，进一步规范自身机制，积极开发更加透明可靠的评价标准。如果文学网站姑息虚假名次，其声誉也必然随之下降，甚至导致付费读者流失。

长远看，“打榜”对网络文学的负面影响是微乎其微的。网络文学作为一个年岁尚轻的复合概念，其内涵尚处于不断发展中，主要由几大数字产品开发集团和文学网站划定。虽然类型化小说风头正健，却也不能就此说类型化网文是网络文学的唯一形式，也不能将它视作文学在网络时代的必然趋势。类型网文只是各文学网站的“产品”，产量虽大内容却单一，本质上还没有跨越出通俗文学的领域。因此，个别网站遭遇的打榜行为不仅与整体文学进程无关，甚至对网络文学本身的发展也不会有太大影响。

“打榜”目的是争取点击，它如果为好作品提供进入读者视野的便利性，为新作者提供突破网站偏狭政策的捷径，那就发挥着积极作用。如果质量不过关的作品通过这种方式上榜，虽然确实会吸引大量新的点击量，但乐于此道的读者却不会保持沉默，不仅可以对作品“扔臭鸡

蛋”，还会在讨论区留言或在圈子里议论揭发。如此形成网络文学自身优胜劣汰的机制，读者的甄别能力、自我保护意识也随之提高。

有人以“放大镜”和“无影灯”① 比喻网络环境，认为互联网上有无数人提供资讯和意见。海量信息相互参照，使真相脱颖而出，谎言无所遁形。在“无影灯”下，网络文学读者也不可能长久受到蒙蔽。“打榜”暴露了当前网络文学发表、推广过程的漏洞，其结果将是网络文学的自我净化以及文章质量、反馈制度新的提升和超越。

第二节　媒介转换与IP神话

2012 年末，首届“中国网络作家富豪排行榜”出炉，上榜 20 名作家中年龄最大者不过 40 岁，前三名收入均过千万元。在网民们纷纷对网络写作收入如此之高咋舌时，还有一个更值得关注的现象，那就是这 20 名作者中，有 17 名与“盛大文学有限公司”签约，而其余 3 名则曾与这家公司有关。这一情况一方面是由于“盛大文学”已将当时大部分较具规模的文学网站纳入麾下，在中国网络文学领域内拥有无可置疑的地位，对优秀作者有吸引力；另一方面因为“盛大”擅长发挥网络文学的商业价值，其游戏产业的背景使得网络文学跨媒介开发具备天然优势。此时网络文学的收入来源早已不再局限于每千字 2—3 分的在线阅读收入，而由读者打赏、购买虚拟礼物、版权合作与分成、多媒体与周边产品开发等层次构成，关系到粉丝经济、媒介融合等多个领域。

网络文学发展经历了“概念辨析—现象芜杂—问题丛生—产业壮大”等阶段，其中孕育的诸多增长点及饱含的勃勃生机令人振奋。无论将其放在文学领域内还是大的文化产业中，都是一个值得探索且前

① 喻国明：《网络“放大镜”与民意“无影灯”》，人民网，http：//opinion. people. com. cn/GB/7577387. html，最后浏览日期：2020 年 3 月 13 日。

景看好的范畴。在其进一步壮大的过程中，曾经一家独大的“盛大文学”内部分分合合，行业内抢夺激烈，对相关收入渠道的探索也从未停歇。

对网络文学界来说，2015 年是一个值得欣喜的年份。这一年内网络文学“IP”大开发，不仅再一次扩大知名度，也吸引更高量级的资金和人力。“IP”这个亮眼的新概念成为年度关键词，它指的是网络文学通过向影视剧、动漫、游戏等下游产业形态转换获得知识产权的价值实现。仅以北京 IP 开发情况为例，数据显示，截至 2015 年年底，该地区网络文学作品出版纸质图书 7474 种，改编电影 118 部，改编电视剧 350 部，改编网络游戏 88 款，改编动漫作品 77 部①。在国家新闻出版广电总局组织开展的 2015 年优秀网络文学原创作品推介活动中，多位北京网络作者以及多家北京网络企业报送的作品，以差异化的作品风格、多样化的读者覆盖层次以及令人满意的作品质量斩获多席。在网络文学 IP 活跃发展的带动下，网络文学发展态势良好，在跨媒介改编、IP 价值增值、产业链拓展等方面均收获了喜人的成果。

下面将以 2015 年度网络文学 IP 概念兴起之际的产业发展情况为依据，介绍 IP 概念大发展的时代背景及其转换、变现的模式及影响力。

一　网络文学“IP”解析及其兴起背景

“IP”到底是什么？在英语语境中说起“IP”，指的是 Internet protocol——网际协定，是用来分配上网资源、进行网络身份识别、地址定位的专业术语。但在 2015 年中国网络文学话语环境中，这个词转而成为 Intellectual property 的代名词，也就是知识产权。强调知名网络文学的“IP”，看重的是其作为独特知识产权对象所具备的改编生产能力，或者说媒介转换能力。网络文学不是局限于网络或者单一媒

① 《北京网络文学渐成良性发展模式》，《中国新闻出版广电报》2016 年 4 月 28 日。

体的阅读文本，而是一种具有广泛适应能力的青年流行文化元素，它可以是在线文字连载阅读，也可以从单纯的新媒体文学作品被改编为书籍、动漫、影视剧、网络游戏、有声读物等，形成强大、持续的产业链。知名网络文学本身则成为一系列产业的鲜明标牌，不仅可以带动副产品的开发，也能够带动粉丝经济的发展。因此，网络文学跨媒介改编的潜在价值得到了重视。对于这种价值的开发和利用，此前曾有不同的说法，例如“全产权经营”或“多元开发”等，但 2015 年却统一称为“IP”，那些具有高知名度和强大粉丝基础的网络文学则被称为“大 IP”。

“IP”一词在 2015 年内兴起与网络文学行业一次重大整合事件分不开。2015 年 3 月，“阅文集团”挂牌成立。它是由原本已在网络文学界布局多年、拥有“起点”“晋江”“红袖”等多个知名文学网站的“盛大文学”，与资金雄厚、实力强大的新进入者，以“创世中文网”为主品牌，欲与盛大分割半壁江山的“腾讯文学”联合重组形成的。强强联合，可以想见无论规模或是体量，“阅文集团”在中国网络文学行业内都拥有举足轻重的地位。从其成立时的数据来看，旗下累计拥有 1000 万部作品的版权，作者近 400 万人。许多著名的大神级写手如唐家三少、天蚕土豆、猫腻、我吃西红柿等，以及诸多公众耳熟能详的改编作品《步步惊心》《甄嬛传》《裸婚时代》均归属于这一平台，集团体量已经占到中国整个原创文学份额 90% 以上①。

如果零散地看，以上数据虽然惊人，却不过是一些网络作家、知名作品、著名站点的罗列，与传统文化产业链各个环节没有太大差异。但从产权运营角度来看，它们都属于网络文学 IP 的构成元素，从整体上把握住这些资源，就等于控制住了网络文学产品创意开发的源头。当前网络文学产业的利润来源于“IP 整合”，就是要形成一条串联起电视

---

① 陈运文：《大数据对文学 IP 的三大作用》，http：//www. youxituoluo. com/78334. html，最后浏览时间：2020 年 3 月 13 日。

剧、电影、动漫、游戏甚至综艺节目等文化产业中的热门类型的产业链的整合型开发[①]。好的网络文学聚集大批粉丝，其号召力比单个明星更强；而对粉丝来说，网络文学 IP 的全面开发创造出全新的文化产品体验方式——从故事文本到动漫形象和影视剧观看，到带入感更强的在线游戏，甚至到亲身参与的编读互动和线下活动等，是一种全方位的立体多维度体验。

网络文学 IP 的强大发展潜能与后续产业链的整体开发分不开。对于拥有大量资源的阅文集团来说，全力推广网络文学“IP”概念，深入打造并拓展其产业链势在必行，采用简单好记的“IP”一词来替代此前“全媒体运营”“泛娱乐产业链”等较为生涩的术语，也是提高概念知名度的一个重要公关举措。因此，网络文学行业内的组织变动以及行业整合与网络文学 IP 概念的爆发有着直接关系。

二 “IP”价值运作及其影响力

虽然市场和公众都看好网络文学“IP”，但它的影响力到底有多大？它未来能否做到可持续发展？在新技术更新换代迅速的网络媒体时代，网络文学 IP 是一个有根源的价值增长点，还是可能像其他一些互联网概念那样被迅速替代？下文通过网络文学读者的数量、变化趋势以及阅读终端的选择来观察其发展潜力。

据中国互联网络信息中心（CNNIC）统计，截至 2015 年 6 月，网络文学用户规模达到 2.85 亿，占网民总体的 42.6%；移动端网络文学用户规模为 2.49 亿，较 2014 年底增加 2282 万人。通过移动端阅读的用户占网络文学总体用户的比例由 2014 年底的 77% 增长到 87%[②]。在

① 柏琳：《众声喧哗：IP 时代的网络作家只是“看上去很美”》，《新京报》2015 年 11 月 23 日。

② 中国互联网络信息中心（CNNIC）：《第 35 次中国互联网络发展状况统计报告》，http://www.chinaidr.com/tradenews/2015-07/63143.html，最后浏览日期：2020 年 3 月 13 日。

大众阅读领域内，互联网媒体对于印刷媒体市场的争夺甚至某些领域的替代是大势所趋，难以遏制。但是，互联网新媒体本身的地位也并非坚不可摧，存在更新换代快、可能被淘汰的风险。特别是网络文学阅读群体的主体为青少年，他们迷恋新技术、追随新事物，并不固着于某一特定的阅读习惯。因此，网络文学虽然兴盛并拥有数亿用户，但能否巩固这些用户群体，增加其黏度却是重要的问题。

当前网络文学阅读具有越来越明显的移动化趋势，移动阅读逐渐成为网络文学用户阅读的主要方式。这说明网络文学的阅读场所日趋开阔，不再束缚于固定的地点和电脑终端，而是成为一项可以随时随地进行的文化消费；同时，网络文学不仅在阅读用户总量上持续增长，用户所采用的终端以及对新技术和新软件的敏感度方面也很高；网络文学用户具有积极活跃和学习能力强的特征。在这种情况下，强调网络文学 IP 的整体经营和价值转换概念，挣脱单个网站、单个作者、单一媒介载体的束缚，将知名网络文学作品作为一个弹性大、包容性高的文化资源即“IP”加以运作十分明智。这样，网络文学才能从“基于互联网的文学作品”转变为一类具备网络、手机等新媒体优势的重要的青年流行文化消费品。其在乐于群体消费的青年中所拥有的强大知名度和示范效应得以保持，在信息流通快的网民中提高辨识度和文化传播能力。

第三节　唐家三少的“大神”之路

唐家三少可称诸多网络作家中的代表人物，以其个人品牌为例可看出网络文学 IP 的营销手段和盈利模式。唐家三少能够蝉联网络作家富豪榜榜首不仅是个人努力的结果，也与网络文学行业大发展带来的 IP 开发契机分不开，同时，其所在城市北京作为文化中心的示范地位，以及相关政策的扶植和导向也起到积极作用。

一　唐家三少：从普通青年到网文大神

网络作家唐家三少是网络作者中的大神级人物，这位生于1981年的北京青年在2015年实现了连续四年蝉联网络作家富豪榜榜首，首次收入过亿的惊人成绩。收入的大幅度增长一方面与网络文学IP大发展的时代背景有关，另一方面也与其成长的文化土壤，北京丰富的文化资源和示范性文化地位相关。

唐家三少本名张威，是当前最知名的网络作家之一。然而，如果不是遇到网络文学大发展的契机，如果不是成长于北京这一全国文化中心，很难想象这名文静的普通青年能够成为庞大的网络文学产业神话主角。让我们来看看他的创作成绩：2004年2月开始创作处女座《光之子》，同年5月成为起点中文网签约作家，此后以每天8000字，连续100个月不断更的速度创造吉尼斯世界纪录。截至2016年已创作16部超长篇网络小说，且每一部均有庞大的点击量和粉丝群。表5－3为唐家三少的网络作品名称、篇幅以及出版情况。

表5－3　　唐家三少网络文学作品①

唐家三少作品名称	作品字数（字）	开始创作时间	出版时间
《光之子》（处女作）	59万余	2004年2月	2007年5月
《狂神》	120万余	2004年8月	2005年12月
《善良的死神》	160万余	2005年1月	2006年6月
《惟我独仙》	180万余	2005年9月	2009年2月
《空速星痕》	200万余	2006年2月	2006年9月
《冰火魔厨》	220万余	2006年7月	2007年6月
《生肖守护神》	300万余	2007年3月	2009年6月
《琴帝》	330万余	2008年1月	2008年4月
《斗罗大陆》	300万余	2008年12月	2011年10月

① 表格数据为本文作者根据网络资料收集统计，统计时间2017年1月。

续表

唐家三少作品名称	作品字数（字）	开始创作时间	出版时间
《酒神》	280 万余	2008 年 12 月	2010 年 7 月
《天珠变》	280 万余	2010 年 11 月	2011 年 10 月
《神印王座》	260 万余	2011 年 11 月	2011 年 11 月
《绝世唐门》	530 万余	2012 年 11 月	2012 年 12 月
《天火大道》	192 万余	2014 年 12 月	2015 年 1 月
《斗罗大陆外传神界传说》	200 万余字连载中	2015 年 3 月	2015 年 5 月
《为了你我愿意放弃整个世界》（《光之子》前传）	连载中	2016 年 5 月	当前网络预售

从表 5－3 不难看出，唐家三少的创作速度和产出都十分惊人。除处女作《光之子》仅有 59 余万字外，其他作品篇幅均在百万以上，且多为系列作品，最长者甚至达到 530 余万字。通过比较创作时间和出版日期可知，自《神印王座》起，就启动线上连载和线下出版同时进行的模式。由此可以得知，从 2011 年开始，唐家三少及其背后的经营团队已开始尝试对其作品进行同步 IP 转换，只是当时尚没有“网络文学 IP”这样一个简单统一的称谓，这种模式尚处于探索中。

据统计，到 2016 年，唐家三少的粉丝已超过 30 万，总阅读人次达 2.6 亿人次。其作品《斗罗大陆》第一部的点击量是 6300 多万次，《酒神》的点击量是 3522 万多次，《天珠变》的点击量是 3037 万多次①，在规模和数量上为网络读者提供了多样化的选择。在网络文学界，唐家三少的作品被称为“小白文”，即浅近、轻松、不挑战读者。虽然内容简单浅白，但由于洋溢着乐观的正能量，因而成为众多青少年网络阅读的首选。而这些读者粉丝又成为其网络文学 IP 价值的强大后盾，正是他们的消费能力和青少年文化时尚的潮流性使得唐家三少收入连年居高不下。

唐家三少的创作和成名之路正是网络文学进行媒介转换、实现 IP 价值的过程。

---

① 陈梦溪：《靠写字赚一亿不是谁都行的》，《北京晚报》2016 年 3 月 26 日。

2012年以后，唐家三少就长期占据着网络作家富豪榜榜首的宝座。2012年，唐家三少的版税是3300万元，2013年是2650万元，2014年是5000万元，2015年更是以1.1亿元的收入将网络作家富豪的重量级提升了一个层次。然而，自2004年开始创作网文的唐家三少，早已是网络文学界的大神级人物，为什么直到8年后的2012年才实现了收入的飞跃呢？这要从其收入构成着手分析。网络作家最初收入仅靠为网站提供文学作品的工资、网络在线订阅收费、网站对明星作者的奖励以及实体书版税，表6中2011年《神印王座》连载时进行同期线下出版就已经是一个大胆的探索。但随着IP概念或所谓"全版权"运营理念的拓展，作者收入来源更加广泛。2012年，唐家三少参与一款手机游戏《唐门世界》的制作，他并不是简单地出售游戏改编权，而是以知识产权入股的方式参与。由于原著的知名度，改编游戏后月流水突破千万。为唐家三少带来了第一次登上网络作家排行榜榜首的资本，也是其IP开发尝试的良好开端。

作为代表性网络作家，唐家三少收入构成和IP价值的体现具有典型性和示范性。如今，网络作家的收入里，印刷图书出版收入仅占一小部分，而通过出售版权来开发游戏、漫画、影视作品和动漫周边，进行所谓IP整合才是最大的盈利点。以唐家三少的作品来说，《酒神》《天珠变》《斗罗大陆》等都已有单独的游戏版本，而《唐门世界》更是基于其《光之子》、《狂神》、《善良的死神》、《惟我独仙》、《空速星痕》、《冰火魔厨》、《生肖守护神》和《琴帝》等八部作品综合改编而来，可谓开发到了极致。接下来几年内，几部以唐家三少作品为原型改编的影视剧也计划开机，因此其IP价值实现所带来的收入必将继续保持高位。

稳定的作品产量、持续的创作能力、拓展的作品形式等不仅为唐家三少赢得了诸多读者粉丝、经济收益，更使他成为网络作家的代表，并获得诸多荣誉：2009年10月即受邀出席法兰克福书展，2014、2015年度两次入围福布斯中国名人榜，2011年11月当选为中国作家协会全国委员会委员，是"中国作家协会第一位担任全国委员会委员的网络作

家”，同时也是“中国作协作家维权委员会委员”，2013 年 5 月任北京作协青年创作委员会副主任委员，同年 11 月任北京市作家协会网络文学创作委员会主任委员。

由于其新媒介优势、“80 后”身份、北京市籍贯，特别是其作品多带有玄幻色彩，不涉及现实社会阴暗面，不牵扯沉重、敏感的话题，而是洋溢着青春气息和乐观主义正能量，因此不容易引起争议，也易于获得官方机构的认可，因此，唐家三少成为青年写作者、大众消费文学的代表人物，从而实现了网络文学 IP 拓展、个人收入增加与各方荣誉获取三方面的结合。

二　IP 升级路上的助力法宝

虽然爆发于 2015 年的“网络文学 IP”提法对公众来说十分新颖，但其本质不是一个全新概念。腾讯娱乐 2012 年提出的“泛娱乐战略”，百读文学 2014 年提出的“多元化发展”以及盛大文学的“全产权运营”等，虽然口径不同，但思路基本上是跨越媒介限制，打通出版、影视、互联网与移动网络等领域，全面发掘由网络文学创造的青年文化热点，使之成为具有经济增长力和文化影响力的大众文化产品。

总体来看，IP 现象的繁荣使得网络文学实现了丰厚的盈利，这自然是好事，但有利可图必然引发群体逐利，不少行业问题如作品盗版侵权、抢购囤积 IP 等也随之爆发。具体问题情况将在第六章详述，本部分结合网络文学 IP 发展和媒介转换道路中暴露出的问题，参考唐家三少事例探索网络文学 IP 成型、媒介转换之路上的有益经验，并期望为其他网络文学作者提供参考。

唐家三少的成功不是偶然的，在他背后，是明智的抉择和综合力量的运作。前文提到，北京是网络文学重镇，汇集了大量文学网站、大神级作者以及活跃的读者群。但在网络文学 IP 热潮兴起，诸多知名作品和作者纷纷陷入维权官司时，唐家三少却似乎并没有受到利益纠纷等问题的牵绊。通过回顾其创作发展历程可知，网络文学通过媒介转型走上大IP之路，在唐家三少这里是一个具有优势的增值过程。在唐家三少的升级之路上，少不了对专业团队的信任、亲身参与IP培育的责任感和与公司共赢的协作性这几样法宝。正是借助它们的力量，才能够较好运用IP优势，有效规避相关纠纷，获得收入连年增长的成绩。

（一）信任：借助专业团队力量

2016年初，由中国版权保护中心（CPCC）主办的“2015CPCC十大中国著作权人年度评选”结果揭晓，张威（唐家三少本名）名列其中，成为“2015十大中国著作权人”之一。我们知道，对于畅销书出版社来说，“侵权盗版”最令人头疼，而在早期缺乏付费意识和强调共享精神的网络上，随意转贴网络作品更是常见，这也导致许多早期出色的网络作者退出网络写作。知识产权是无形的财富，拥有者应当妥善经营、恰当培育，使之壮大并增值。然而，关注不等于擅长，每个人都希望自己手中的无形资源能够顺利转化成有形财富，但是否能够如愿，与个人的知识、能力和专业范围相关。成名的网络写手天分在于创作，在名声降临之后，从简单的作者转换成“著作权人”，从简单的码字转换为处理合同之时，能否胜任是一种考验。作为网络畅销书作家，唐家三少对于著作权的维护和开发，借助受信任的专业团队运营。伴随其收入大幅度增值，自2015年起，一个名叫“北京大神圈文化科技有限公司”的单位出现在的单位开始与“唐家三少”这个名字捆绑在一起。

北京大神圈文化科技有限公司成立于2015年3月，是一个主打网络文学大神作品、IP知识产权和版权开发的服务商。其名字的由来就是由于这家公司拥有诸多知名一线网络作家如唐家三少、江南、顾漫、匪我思存等的作品授权。由于这些作家在业内被称呼为“大神”，而该公司致力于围绕大神级作家的优秀IP进行运作，所以叫作“大神圈”。作家专心创作，而知识产权推广团队致力于提升作家的知名度和 IP 品牌的含金量，由专业团队开发管理著作权。各司其职的合作对于唐家三少成为一个带有网络文学特色的文化符号起到重要作用。随着对知识产权的重视和更多专业管理团队的出现，越来越多的著作权人成为文化品牌，成立个人文化公司，或是选择第三方代理方式管理产品 IP。

（二）责任：目光长远，参与 IP 培育

作品 IP 的增值和多渠道拓展对于提升作者名声和人气都是好事，活跃的市场和良好的投资前景令人振奋。因此，尽管当前网络文学 IP 市场开发模式尚不成熟，作者也应当积极参与新兴模式的探索，将目光从即时利益投向长远的 IP 培育和壮大方面。

网络文学的繁荣和网络作者收入的激增这种令人振奋的景象并非一蹴而就，还有很多网络文学作者在线上全心投入、苦苦挣扎，却并没有满意的收获。在 IP 前景看好之际，一些公司开始大量收购有升值潜力的 IP。为方便后续运作，倾向于采取“买断”形式，即以一笔可观的费用一揽子购买后续多种媒介改编权。一些作者就此将作品打包出售，短期内获得大笔买断费，却失去了后期对自己作品的控制权。而如果迟迟不进行 IP 转化，赌市场未来升值待价而沽，则需要极大的勇气、耐心和毅力。

在网络文学刚刚显露出市场效益的可能性时，不少作者采取打包买断版权的方式，将作品出售。以著名科幻作者刘慈欣为例，其科幻巨著“三体”系列如今已经成为世界级 IP，但其最初转让电影版权的费用与其当今知名度相比却极低。这是由于“这些版权开始转让的时候，科幻小说的市场还很冷淡，还是一个很边缘的事情，那个时候作为科幻作者来说没有多少钱，有人要就赶快送出去，《三体》就是在这个情况下卖出去的，等到这两三年改编市场火起来的时候已经没有东西可卖了”。[①] 而开

① 刘慈欣：《〈三体〉贱卖版权国内科幻片毫无经验》，http：//ent. ifeng. com/a/20141120/40371545_ 0. shtml，浏览日期：2018 年 5 月 7 日。

启网文盗墓流的《鬼吹灯》作者天下霸唱更是由于已将“鬼吹灯”全部版权转让给阅文集团，自己能否再创作续集都成了问题。据悉，早在2006年时，天下霸唱已将《鬼吹灯》系列包括可能撰写的续集、前传、后传、外传等全部作品独家转让给阅文集团。该集团表示，“其他任何公司或个人套用《鬼吹灯》的世界观架构，或者借用胡八一、王凯旋等耳熟能详的角色名字来拍摄电影、网剧的行为均可能构成侵犯著作权”。而天下霸唱回应：“抄袭自己不算侵权。”①

网络文学产业发展也经历了从新兴到衰落，从二次探索、不均衡发力到长期布局的多个波折阶段，因此网文作者在潜心创作并以专业团队保护自身利益的同时，有必要立足长远，积极参与IP形式转换和价值实现。唐家三少对于作品开发的多种形式都进行过积极尝试。无论是早期在线创作还是线下出版实体书，甚至网络与印刷同步出版，他都率先涉足。其“唐门世界”采取的是将多部作品形象以IP形式投资参股，全方位参与后续开发的运作模式。这种对网络文学IP亲身参与、亲手把控的方式，虽然不能即时看到大额收益，却保障了作者本人对作品后续媒介转换情况具有发言权。事实证明，唐家三少后续持续性收入增加的保障，则在于其对IP培育全程参与，而非以长期分成方式慢慢培育。这种方式一方面使即时收入变成了长远利益分成，一方面也流露出他对作品的自信和对开发团队的信任。这种为长远利益提供保障的做法正是来源于许多作者亲身的教训。

（三）协作：与网站结成利益共同体

创意产业是新兴行业，网络文学在其中发展蓬勃，面临的机遇和挑战众多。虽然网络文学界诞生了许多“现象级”的作品，也让包括文学、影视、动漫形象在内的整个IP市场更加繁荣，但这种好成绩是建立在互利共赢以及长时期市场培育的基础上的。2015年12月7日，在

① 《〈鬼吹灯〉著作权纠纷问题解读》，http://www.sohu.com/a/62282133_255368，浏览日期：2018年5月7日。

北京举行的第八届中国版权年会平行论坛上，出版社、影视公司、游戏公司、动漫公司和作者共同探讨了新业态下的IP价值发掘的思路，均认为发掘精品IP，将IP价值最大化，形成良性的产业生态需要各方开放合作，互利共赢①。一个产业链上各个环节都有自身的重要作用，培育并打造网络文学IP需要的是良性互动和协作精神。

提升IP价值的过程有赖于作者与相关专业团队、文学网站良好而亲密的合作。对于文学网站来说，作者是创意之源，是网站最大的资本，保护好作者利益才能实现双方共赢，因此，网站首先要担负起探索盈利增长点、保护作者权益的任务，与作者建立起良好的合作关系。从网络作者角度来说，创造一个独特的具有开发价值的IP固然重要，但在后续媒介转换中，长远的目光和将网络写作当作终生事业来经营的决心也是必需的。一些知名作者在转让IP的过程中，也出现了由于一时利益或是控制欲望过强，损害IP转换的情况。如南派三叔在转让《盗墓笔记》系列影视改编权后又收回的行为，使得作品后续开发官司不断，影视作品也很晚才和粉丝见面。

社会整体文化环境的推进、信息科技和文化产业大发展的趋势、管理机构的鼓励与规范、诸多青年的喜爱和加入都为网络文学进一步发展提供了良好的条件。网文市场IP大爆发带来了良好的连锁反应，下游后续媒介转换开发收入更上层楼：国产网文改编电影票房频繁突破十亿元，多部网络游戏月流水超5000万元，动漫市场也开始了高速增长。下游产业的高速发展带动上游网文作者收入水涨船高。2015年，在IP概念大发展之际，网络作家富豪榜版税数据如同市场预测那样，成为过去几年之和。而在其后的发展中，在作者和网站的共同努力下，网络文学的媒介转换之路必将协同发展，走上合作共赢的良性轨道。

① 《2015年IP市场大爆发：文学、影视和游戏等跨界成常态》，http：//news.xinhuanet.com/info/2015－12/08/c_134896138.htm，浏览日期：2018年5月7日。

第六章　媒介转型中的问题及外力导向

网络文学在2012年初次实现盈利，嗅觉灵敏的资本就紧接着展开动作：2013年竞争者纷至沓来，2014年IP抢夺开始，2015年IP转化集中……前后系列变动之间存在较明确的因果关系。盛大所遵循的产业化思路虽然给网络作家和网站赢得了收入，但它的内容资源和发展模式并不具备不可复制或不可替代的独特性。垄断者问题的暴露和竞争者的加入引发行业变化。在早期网络文学概念、对象、定义方式的争论以及商业力量参与后内容类型拓展、收费模式和产业发展的争论之后，从2013年开始，垄断者内部的裂变、技术新势力的加入以及成熟媒体集团力量的渗透等，标志又一轮新变的开始。果然，2014—2015年间，网络文学IP战役此起彼伏，不仅为当时收入的增长增添了注脚，也说明这一行业具备可持续的盈利模式和更为光明的前景。

在网络文学媒介转型蓬勃发展，网络文学企业、作者取得喜人成绩之时，我们有理由期待这一良好势头继续下去。但不容否认，网络文学的发展道路并非一帆风顺，伴随其盈利而来的，是诸多矛盾和纠纷。不少在前期蓬勃的行业发展过程中被遮掩、被搁置的问题此时登上台面。网络文学要壮大并持续发展，需要多方力量的推进和规范。各级网络文学组织之间的争夺即对此行业发展产生影响。本章着眼于网络文学IP热本身暴露的问题，检讨长期阻碍网络文学发展的侵权盗版等隐患，分析影响和制约网络文学的几方面力量，并探讨各自发挥作用的方式。

第一节　网络文学行业争夺迷局

网络文学 IP 价值凸显虽然时间不长，但其在多种媒介转换，网络和其他媒介产业的联动和交流方面都显示出实力。而在这一过程中，相关网络文学站点或媒介集团、权力意志机构等不同层级的单位，都早已在领域内布局并展开激烈争夺。

一　对比悬殊的行业力量分布

在网络文学收费模式逐渐显露但收益尚未成形的过程中，由于盈利前景不明，资源抢夺并不激烈，网络文学领域各方力量维持平衡态势。其中最主要力量是盛大文学集团。盛大文学 2008 年 7 月成立，当年营收 5298 万元，随后的 2010 年和 2011 年营收分别达到 3.93 亿元和 7.01 亿元。它将最早实现在线收费的“起点中文网”、行业历史悠久的“红袖添香”、名声最响亮的“榕树下”等七家文学网站纳入麾下。这些站点拥有丰富的作品资源、成熟作者、忠实读者，并在读者访问量、注册用户数、用户活跃度等各项指标排名中大都名列前茅，特别是“起点中文网”更常年占据第一的宝座。拥有这些优质资源，盛大占尽先机，轻而易举地在网络文学界赢得垄断地位，一度在网络文学市场内占有 80% 以上份额。

勉强与盛大文学相提并论的，是另外一些体量虽然较小，但来源多样、背景各异的文学网站，如以“17K 小说网”“纵横中文网”为代表的网络文学原创站点，“新浪读书”“凤凰网读书”等依托综合网站的读书频道等。它们有的是出版集团旗下新媒体部门，有的是综合网站原创频道，有的则挂靠网上书城。由于 2013 年是各文学网站组织架构变动、多家公司集中发力布局的时段，下文以此年度为例对国内文学网站的行业布局情况进行分析。

表 6－1 和表 6－2 为文学网站排名以及活跃用户情况排名。

表 6－1　网络文学网站访问排名①

排名	网站名	排名	网站名
1	起点中文	6	晋江文学城
2	小说阅读	7	凤凰网读书
3	新浪读书	8	红袖添香
4	17K 小说网	9	言情小说吧
5	纵横中文网	10	潇湘书院

表 6－2　互联网文学类网站活跃用户数排名②

排名	站点	活跃用户数（人）
1	起点中文网	1748.8 万
2	17K 小说网	693.4 万
3	小说阅读网	654.8 万
4	凤凰读书	510.3 万
5	新浪读书	492.3 万
6	书包网	463.5 万
7	豆瓣读书	408.9 万
8	笔趣阁	405.5 万
9	纵横中文网	405.1 万
10	言情小说吧	403.3 万

由表 6－1、表 6－2 可以看出：一方面，盛大文学的实力确实不容小觑，在网络文学前十位网站中，其旗下网站就占据六席。其中，“起点中文网”在访问量和网民活跃度上远远将其他文学网站甩在身后，始终毫无悬念地盘踞第一位宝座。另一方面，“17K 小说网”和“纵横

① 2013 年 7 月文学网站访问排名，中商情报网，浏览日期：2013 年 8 月 10 日。

② 2013 年第三季度网络文学类网站访问情况排名，中国报告大厅，http：//www.chinabgao.com/stat/stats/21665.html，统计时间：2013 年 10 月 16 日。

阅读网”等网络原创网站以一己之力紧咬起点中文网，在整体排名上始终紧随其后。“新浪网”“凤凰网”等综合网站也没有放松对读书频道的打造，并时刻探索着进军网络文学市场的可能性。虽然盛大文学已然以团体力量成为网络文学市场当之无愧的巨头，但来自“17K小说网”“新浪读书”等网站的威胁也不容小觑。出于竞争、发展等需求，其他文学网站还不时联手应对盛大的挑战。

尽管在规模和利润方面，盛大文学都已成为当之无愧的大鳄，且网络文学已是文化产业领域和新媒体界热点，但盛大文学财报显示，其直到2012年才开始盈利。2013年，盛大文学吸引到高盛、淡马锡及新华新媒公司的资金[①]，但同时，也引来诸多掠食者加入网络文学行业领域。

二　网络文学市场的抢夺变局

盈利就意味着掠食者行动的开始，在网络文学界唱了多年独角戏的盛大文学终于不再独孤求败。2013年，在盛大文学刚刚实现盈利之后，诸多对手和竞争者纷纷浮出水面，展开激烈的争夺。

最需要警惕的竞争者源出自身。“盛大文学”的发展并非一帆风顺，并在2013年度遭遇剧烈动荡。自成立以来的几年间，盛大逐渐完成行业布局，使网络文学从一个乌托邦式的纯文学理想逐渐落地成型，演化为文化产业中一支颇具产能的力量功不可没。然而，盛大文学大量兼并、快速壮大的发展道路也存在缺陷：下属七家网站模式雷同，展开内耗式竞争；作品贪多，追求量的增长，发展偏粗放；全产权的经营思路垄断了从网络原创到出版、游戏、影视改编的所有渠道，而自身开发能力的限制则在很大程度上阻挡创新的尝试……这一系列隐患在2013年集中爆发，表现为盛大文学总部与下属各网站管理者、编辑的理念、

① 韦夏怡：《高盛淡马锡1.1亿美元“输血”盛大文学》，《经济参考报》2013年7月10日。

财务冲突上。盛大文学旗下最大网站、当前国内网络文学界排名第一的“起点中文网”二十余名骨干管理人员集体辞职。6月初，这些曾经是起点中文网最初创立者并深谙其运作规则的辞职员工转投腾讯，并另起炉灶设立“创世中文网”，旗帜鲜明地站在了“起点”对立面。这一波员工的出走为盛大文学谋求上市的道路平添阻隔。

新的“创世中文网”网站不仅有原起点网的数十位编辑以及追随他们而来的白金作者，更熟悉盛大的成功套路及其弊病。因此，它具备不容小觑的竞争力。同时，“创世”的实力还来自其战略合作伙伴“腾讯”。当时，主营聊天软件的腾讯网实力迅速提升并跃居互联网站综合排名第一，但内容还比较欠缺。于是，在2013年内整合腾讯原创、腾讯读书、腾讯书城、腾讯阅读，成立“腾讯文学”频道，又迎来新成立的创世中文网。一系列举动成为其内容拓展的重要步骤。由于智能手机的普及，腾讯因其QQ、微信等软件能够随时随地直接将内容精确传送到个人终端，从而具备其他基于网页端的文学站点无法比拟的个性化阅读渠道。网络文学读者除访问网站主页面外，还能在腾讯网站、电脑终端QQ、手机QQ以及阅读器等多个界面看到推送内容，庞大的用户基数极大地增加了网络文学作品的浏览量。

同年，另一互联网界重量级角色“百度”也开始涉足网络文学。2013年2月起，百度多酷平台着手招募作者、编辑；4月底，百度多酷文学站上线并与手机版共享数据库；6月8日，多酷文学网宣告正式上线，链接悄悄出现在“hao123”搜索的快捷导航页面。擅长搜索业务的百度依据搜索历史计算并记录下用户的阅读偏好，进行个性化、有针对性的推送；同时，其搜索引擎精准的定位有益于获得网络文学优势资源以及阅读取向的变动数据。可以说，在网络文学领域竞争中，两大新加入者虽然内容略有欠缺，但在发布和推动渠道上却各显神通。

新掠食者的加入鼓励了那些早就潜伏在网络文学领域的力量。综合网络集团Tom旗下的“幻剑书盟”、完美世界旗下的“纵横中文网”都属实力派文学网站。它们由早期小型站点发展而来，虽然在原创内容的类型设置和选择上与起点中文网有很大相似性，但长期的发展历程却使之积累起众多忠诚的资深作者。同时，它们与盛大旗下诸网站一样有长期的运作经验以及稳定的读者资源；在被综合网站收购后，又具备雄厚的资金实力，能够发挥自身特色，为寻求突破和实现差异化放手一搏。与此同时，由于盛大集团要求旗下站点快速扩大规模，注重数量增加而降低原创内容的质量要求，盛大内部很多网站面临类型单一、模式重复的问题，作者为适应网站的绩效要求，疲于更新，不敢放手创新；而“17K 小说网”依托中文在线网站强大的数字图书馆和出版优势，在市场地位和规模方面紧咬“起点”，同时有目的地针对其不足进行新作品开发和签约作者培养。比较而言，其站内作者在写作能力提升、作品质量提高以及职业规划等方面，都得到一定保障，拥有较为清晰的前景规划和信心。

综合网站的读书频道则利用新闻拓展和博客的便利，牢牢把握网络文学阅读的高端读者。“新浪网”“凤凰网”当时虽尚未以网络原创作为主推项目，但长期以来形成了依托名作名家、结合史实时评的特色。其独家深度访谈、专业点评是综合大型门户网站与一般大众化、娱乐化的文学网站区别之所在。它们吸引了追求精品、深度和专业化的高端读者，而这些读者也是最有支付能力和话语权的群体。2013 年终，新浪对读书频道、移动阅读内容进行整合，注册了名为“果壳小说”的文学网站，透露出其在网络文学领域有所作为的欲望。

传统传媒集团中，也不乏尝试涉足网络文学的欲望。2013 年中期，新华传媒集团选择向盛大文学注资；而当年下半年，人民网则斥巨资收购主营玄幻、都市、武侠、言情等类型小说业务的“看书网”股份。两大传媒集团携印刷媒体美誉度、专业编辑、多元多层次读者群等强劲优势进入网络文学领域，也必将引起行业改观。

这些新涉足网络文学的力量并没有安于电脑终端、门户网站，还不约而同地将目光投向手机、电子书等移动领域。不难看出，在网络文学市场利润日益显现之时，多家网站也从跟风转而施展连横合纵，或是发掘并巩固潜力作者，或是提升阅读感受，各自有所动作。各方力量纷纷瞄准网络文学。一方面由于新媒体日渐抢夺传统阅读领域，媒体跨界经营成为大势所趋；另一方面也说明新媒体内容尚不成熟，未能满足技术平台的需求，存在巨大空缺。

行业内部看准盈利点变故纷纷，然而对于网络文学从业者如编辑、作者甚至研究者来说，这一时期都是令人迷惘的时段，缺乏明确的前景和新的特色作品。可以说，2012 年的盈利、2013 年的行业变动等，使原本局限在文学领域或网络文化领域的网络文学，开始面对新的迷局。

第二节　类型文学的突破困局

一　类型文学突破艰难

在“起点中文网”“17K 小说网”“纵横中文网”“幻剑书盟”等主要网络文学站点的首页上，“仙”“魔”“帝”“尊”充斥男频，而“美女”“王妃”“宠”“凤”等词汇则在女频高频出现。由此可见，2013 年前后，在以类型小说为主的网络文学发展数年间，作品形式日益固化，目标读者审美趣味也越发趋同。特点鲜明的盗墓类小说在《鬼吹灯》和《盗墓笔记》的辉煌后一度出现真空，强调宏大气势和真实感的历史类在《家园》三部曲和《明朝那些事儿》之后也缺乏亮眼的新鲜血液，反而是对作者知识背景和语言能力要求不高的玄幻和小白文盛行。

在作者方面，各网站引以为豪的“大神”们虽然收入上高居不下，但缺乏新鲜创举，唐家三少的《斗罗大陆Ⅱ绝世唐门》、天蚕土豆的《大主宰》、酒徒的《烽烟尽处》、梦入神机的《星河大帝》等虽然持续

更新，但都延续自身驾轻就熟的套路；部分擅长结构故事的女性作者则将更多精力放在影视剧作上。例如唐欣恬（小鬼儿儿儿）在《裸婚》改编电视剧大获成功之后，继续紧贴都市生活，延续现实题材创作，为影视剧改编衔接打下基础；《步步惊心》作者桐华也一连推出改编作品《大漠谣》《云中歌》等，对于其新作品“开拍”的关注度远远高于“上线”。虽然各大网站都注重新人培养与写手能力的提高，但由于因袭成功写手模式，很难见到独具一格的新人。这不由令人怀疑：以通俗小说、类型小说为主体的网络文学，在经历了“印刷出版—在线付费—游戏改编—影视进军”后，是否还有持续的生产力和积极的创新力？

在行业格局方面，由于此前相对平稳的文学网站业界变动频仍，许多网站涉水网络文学领域抢夺市场。作为创作的文学作品是个性化的，虽有流派、思潮的此起彼伏，但有实力的重要作家无可替代。而作为产业对象的网络文学则不同，占主体的类型化小说之所以在短期内产生令人咋舌的数量，就是因为大部分作品完全是迎合市场需求、抹杀个性的流水线产物，可以被当作若干元素进行分解和排列组合；写手也可以经由批量化培训而速成，导致网络写手虽然无论数量还是产出都远远高于传统作者，但也缺乏不可替代独特性的问题。正因如此，诸多新兴力量不惮于进入盛大已经布局、培育多年的网络文学领域，与其展开人员、资金、盈利模式之间的博弈。

二　拒绝探索规避风险

如果说作品类型的突破以及作者身份的转化只是一时现象，可能随着网络文学发展而慢慢转化，那么网络文学中的话题为规避争议而走向保守和浅层次的问题则更加令人忧虑。

前面提到过，类型文学不仅有玄幻之类，“成人小说”“耽美”“百合”等也一度在网上兴盛。但随着网络文化管理加强，涉及性描写的部分逐渐变成网络禁区，不少作品受自动检索程序的“误伤”，以至于谈性色变。由于通过数字监控，在作者感知中，对网络文学争议性话题的审查甚至比印刷文学还要严格。实际上，涉“性”不一定是淫秽色情。

以描写情色、畸恋最出名的法国人萨德作品为例，波德莱尔、霍克海默、阿多诺等人都曾受他启发。“性虐待”一词“SM”[①] 即由写作施虐行为的萨德和渲染受虐的马索赫名字首字母合成，由此可见其在文化史上的巨大影响。同样曾经被禁后来却备受推崇的纳博科夫《洛莉塔》则反复展示性偏好与社会道德规范的冲突，反映人在面对性困惑时压抑和尴尬的艰难处境，以及人际之间、代际之间不同的性态度。一方面是发自内心的无法抑制的欲望与被社会道德规范束缚住的成人心态；另一方面是漫不经心无所顾忌，天真无邪甚至动物般的性态度。类似写法不仅启发后来的许多作家，还成为诸多时尚大师的灵感之源。虽然与性有关，但无论萨德还是纳博科夫，他们的小说还包含着更为广博的内容。贯穿萨德作品中那对封建贵族身份、神权的挑战，对由美德和因果观念制成的麻醉剂的怀疑，揭露了当时法国权贵阶层淫乱的状态以及愚弄民众的诡计；而纳博科夫小说中成年人不断地试图挣脱精神和理性的束缚，却因理性为其内心欲望增添了美好的理想化色彩，小女孩对理性浑然无觉、毫不自知给她蒙上了精灵般的明媚。围绕着欲望和性爱的挣扎与苦痛，讲述感性与理性的对决。两位作家都善于刻画邪恶又真实的力量对善良的愚弄、对道义的挑战、对宗教信仰和怀疑、对等级和权威的鄙夷。他们对当代急于打破制度、挑战权威的年轻人有巨大的吸引力。在早期网络情色小说中，萨德的痕迹可以轻易捕捉到。当时，《淑女蒙尘记》《索多玛的 120 天》等曾经的禁书已为网络作者熟悉，他们将萨德贞洁的女主角换成名牌大学优等生，将神甫、贵族变成金融巨子、文化名人、神秘政要。随着都市青少年心理的日益早熟，性意识的觉醒，

① 维基百科“萨德侯爵”，http://zh.wikipedia.org/wiki/%E8%96%A9%E5%BE%B7%E4%BE%AF%E7%88%B5，最后浏览日期：2020 年 3 月 13 日。

媚幼心态的增长，“洛莉塔”也成为网民津津乐道的话题。另外，日益开放的社会环境不再讳言“同性爱”。在传统文学作品中，日本文学比较多类似题材，如川端康成《少女的港湾》、三岛由纪夫《假面的告白》等，而中国当代文学作品中涉及很少，反而在电影中较多突破，如《东宫西宫》《春光乍泻》《蓝宇》等都涉及这一领域。其中，《蓝宇》即根据网络小说《北京故事》改编而成。

选择成人题材反映出网络创作突破话语禁区的欲望。但如今平静安逸的社会环境、日益淡化的政治色彩以及消费文化的盛行，使得在相对富裕物质条件下成长起来的年轻网络作者不再具有父辈那样与生俱来的抗争意识和政治使命感。他们所面临的困顿多半是物质过度丰足后无所事事的精神空虚与麻木，所做的突破则是要在无奇不有的网络上，以被禁止的话题冲击网民们见怪不怪的目光。虽然作者力图走出题材禁忌，但对社会现实的关注和思想深度的缺乏却使性小说除篇幅增长外，仍然停留在视觉和感官刺激层面，仅限于简单的编造艳遇、吹嘘性能力，缺乏人性的关怀和思索的深度，无力对生活进行深入的思考，更无真正触及思想前沿或社会问题的内容。突破的欲望和思维深度的限制使这类小说所要表现的不羁陷入尴尬境地。

除性小说之外，一度在网文中十分流行的黑道、官场等小说也遇到类型情况。类似作品题材本身由于国内严格的审核制度长期受到禁锢，因而在早期相对开放的网文创作环境中，因开创性和探索性而受到读者欢迎。但随着网络文学整体发展读者量增加使得在作者之后，模仿者蜂拥而至，类似内容蔚然成风。在这些题材之下的作品也从开拓和探索沦为单纯的感官愉悦，性小说变成充满肉欲的色情文，黑道小说变得以暴制暴、嗜血成性，官场文则颂扬权势黑幕。类似作品给网络文学整体形象造成极其不良的影响，并在历次“净网行动”中成为首当其冲的处理对象。这导致有能力的作者举步维艰，很难将作品转化为收益，以至于不得不放弃自己擅长的类型。更多的写作者则为迎合通俗口味而抑制突破的欲望，为遵守规章制度而缺乏深度探索。作品写得文辞堆砌、不触红线，但也不再有开创性、探索性和必要的深度，遑论现实批判功能。这些问题也构成网络文学越发展，玄幻、穿越、爱情类小说越多，而涉及现实的内容却越来越少的原因。

三　IP 抢夺状况迭出

《鬼吹灯》《盗墓笔记》《明朝那些事儿》《橙红年代》《黑道风云》等网络作品成为热卖畅销书；《杜拉拉升职记》《山楂树》《后宫·甄嬛传》《小儿难养》等改编影视剧热播荧屏；《星辰变》《斗破苍穹》《凡人修仙传》等也成为受欢迎的网络游戏；且有不少平均年龄不超过 30 岁的年轻作者凭借网络写作登上了作家富豪榜……越来越多的网络文学不断刷新“文学”纪录。特别是 2015 年，《何以笙箫默》《琅琊榜》《芈月传》《花千骨》等一批改编自网络文学的电影和电视剧热播银屏，加上此前《甄嬛传》以及《步步惊心》等，网络文学改编剧不仅创造了票房神话还贡献了大量娱乐话题。“IP”成为谈论网络文学时反复出现的关键词，提起它，人们满是兴奋、憧憬和对网络文学行业发展的十足信心。但与这些消息同时暴露出来的，却是网络文学整体的困局。例如类型化发展的突破、IP 抢夺的后续开发等，网络文学的困局不仅在其自身，也波及了整个行业。这难免让人质疑，“网络文学”是一时热度，还是具备持续能力，它头上的光环是否名副其实。

从“IP”这一英文单词在中英语境中不同的含义可以看出，所谓“网络文学 IP”其实是一个中国特色文化概念。它根植于中国当前的文化语境大背景中，其形成和阐释与当前中国网络文学的发展状况、相关文化产业的突破以及网络文学经济实体利益增长点的探索与革新密不可分。由于网络文学作品广泛的人气，其开发出的文化产品天然具备接地气、深度扎根民众并融合于青年流行趋势的特性。产业的探索使得网络文学 IP 从一个专业行业术语变成了网络文化热词，一时间人人谈论 IP，企业争相抢购 IP。

继 2013 年网络文学行业内竞争者激增之后，诸多有意于涉足网络文化产品开发的公司又于 2014 年掀起抢夺 IP 的狂潮。当年就有上百部网络小说被购买影视版权。在已有知名 IP 被买光之后，不少投资者甚至开启预购模式，如 2015 年度热播的电视剧《花千骨》便是在同名小说连载期间被买下 IP。那些稀缺的，拥有高知名度、已经成为品牌的网络文学 IP 迎来了令人羡慕的前景，出现版权拆分、投资开发创新模式等情况。一些已经具备知名度并拥有大量拥趸的网络文学 IP，不仅版权费用能卖到几百万甚至上千万，还会由于买家竞争过于激烈而被拆分转让给多个投资方。例如早年网络文学“盗墓”题材的代表作天下霸唱的知名作品《鬼吹灯》影视版权被分别卖给了中影和万达[①]，以至于观众在不同渠道看到不同版本的改编作品。虽然不同改编者的诠释使得作品具备不同的面貌，使得传播渠道增加、曝光率提高，但角色定义的区别也导致 IP 形象的稀释。

与庞大的网络文学基数相比，已经获得大量粉丝和高知名度的作品毕竟是少数。随着网络文学 IP 的升温，针对有限资源的争夺也引发了一系列与利益相关的撕扯与纠纷。

首要问题是 IP 的开发模式尚不成熟。对于文化产品来说，高知名度似乎蕴含着更强大的盈利能力。但实际上，要想真正实现盈利并非轻而易举，特别是在网络消费群体中。由于我国网民习惯了互联网免费资源：免费阅读网文、免费观看网剧、免费获取网络信息等，互联网企业尚未培养起网络消费者的付费习惯，因此，网络文学 IP 实际收入多半来自改编作品，也就是说，虽然网络文学本身是概念和形象的创造者，是 IP 的源头，后续一系列改编都要由此发起，但网络文学自身的盈利

① 叶丹：《网络 IP 火热　巨头争相挖掘衍生市场》，《南方日报》2015 年 6 月 25 日。

能力是十分有限的。中国网络文学2015年产值规模达70亿元，单独看这个数字已经十分庞大，但处于其IP链下游的网络视频行业年度总产值达378.4亿元，动漫和网络游戏行业在2014年产值就已经分别达到870.85亿元和1126亿元①。可见，与游戏、视频、动漫相比，网络文学虽然同样属于创意文化产业且处于创意链上游，但发展速度，产业规模还很弱小，多半基于后续开发，例如改编为影视剧的广告和播放渠道收入、改编为游戏的流量以及点卡收入、周边产品的消费收入等。从网络文学作品本身的商业模式来看，在线阅读每千字仅仅能获得几分钱的收入，甚至还比不上热情粉丝打赏，因此，以IP为核心的新网络文学商业模式是大势所趋。而改编需要时日，改编成功与否，在改编过程中能否保存原著的精华，热情又健忘的粉丝能否保持兴趣等都是需要考虑的问题。

另外，一哄而上抢IP，导致囤积浪费资源也需要警惕。虽然对于诸多网络文学作者来说，行业的热门、作品IP的抢手十分值得振奋，但实际上，网络文学中积累下来的有价值的优质"IP"与庞大的作品基数相比却十分稀少，对于渴望IP的投资者来说也供不应求。对于那些尚不那么知名，却因特色内容和标志性话题而拥有一定粉丝，具备IP开发和转换潜力的网络小说来说，2015年IP大热未必是好事，很可能将它们的生命力扼杀在摇篮状态。由于大量资本看好网络文学IP，在哄抢氛围中，一些投资者将部分影响力相对较小的IP也囤入囊中。对他们来说，这些IP是潜力股，值得囤积，能够排除潜在竞争者争夺资源的隐患。但是，投资机构的这种埋伏布局行为目的在于积累长线发展的资本，他们短期内并不具备开发的能力或者没有开发的计划，只是根据市场前景伺机而动。在这种情况下，网络文学作者虽然短时期内获得了部分经济收入，但其原本有发展能力的IP却未能得到培育。在被买断转让后，甚至还会出现原本具备开发价值的IP资源遭到雪藏、错

① 韩元佳：《网络文学被开发被放大，也被陷入成长的烦恼》，《北京晨报》2015年12月30日。

过进一步增值机会的命运。

网络文学并非单纯的文学对象，而是新媒体与传统观念交流、融合、创新的产物，是一个与载体关联度极高的依附性概念，因此在谈及现阶段国内网络文学时离不开对其背后商业动向的捕捉。当前网络文学被塑造为以通俗文学为主的产业对象，这必将缩减那部分不能迎合市场的作品空间，形成创新上的困顿局面。然而，作为文化产业蓬勃的一支，随着网络文学盈利能力的显现，各方力量增加了资金和资源的投入，积极参与市场抢夺，使其陷入市场迷局。虽然竞争未免残酷，但从网络文学本身概念来说，竞争所带来的奇招迭出、灵活多变却是一件好事。在行业变动的迷局、自身发展和资源抢夺的困局之后，我们期待变局的展开。

第三节　侵权、抄袭与文本盗猎

随着网络小说改编剧热播，媒体融合时代受众的积极行动力和市场价值益发凸显，有关网络文学的话题也日益丰富：从最初文学发展和新变的专业讨论到触及通俗阅读市场和出版法规的试探，再到媒介融合时代粉丝行为的社会学观察等，网络文学为当代文化研究提供了新的领域。在网络文学发展壮大的过程中，有一个困扰始终幽灵一般萦绕在网络文学之上，甚至在最初文学作品上网时就存在，并在之后多种媒介转型中愈演愈烈，也成为网络文学价值实现道路上的主要阻碍。这就是网络文学中的侵权、盗版及其衍生出的抄袭和同人写作正当性问题。伴随网络文化整体进程的发展，相关话题已经不再可以由简单的是非对错判断。它集中体现出新旧媒介理念和制度的冲突，既涉及不同媒介产品形态转换方式中对被垄断的媒介产品制作权的突破，又涉及媒介制度的革新和知识产权保护的完善。

一 网络“无功利”，印刷“不共享”

网络文学一度被认为是“无功利”创作，在20世纪90年代末互联网刚刚进入大众视野时，就有一批文学爱好者在网上舞文弄墨。网络媒体提供了开放的语境，网上创作可以在网友的批评和意见中不断修改，网络作品则在互动和共享中日益完善。众多网民在网络上发布自己的创作成果，与网友互动、交流、共享。虽然只署名一个网络ID，但众多读者积极提供思路、素材，一部网络文学作品凝结着不少网民的心血。因此，网络作品的创作、发布和阅读都是免费的。还有不少文学爱好者为与诸多同好交流心得，将已出版的文学作品扫描甚至不辞劳苦地手敲上传，由于只是零星个案，上传的多是经典作品，且上传者和传播者并不存在盈利目的。

如痞子蔡的《第一次的亲密接触》、宁财神的《网络鬼故事》、李寻欢的《迷失在网路上的爱情》等，都在记录当时的网络社交日常，它们既是早期华语网络创作的滥觞，也一度成为网络文学的代名词。几乎在所有文学论坛中都能轻易搜索到类似“作品集”。作者没有向转帖网站收费，转帖和网友的认真评论就是最大的褒奖。这样广泛免费的转贴不仅没有妨碍作者的收益，反而在他们的成名道路上起到了很好的推动作用。这些作者开始网络创作时，还没有固定的“网络文学”概念，更不存在产业化的网络写作，网络内容较少，作者虽然没有实际经济收入，他们的名字很快产生了号召力，为作品后续开发打开了途径。早期网络文学作者与注册站点、论坛关系紧密。比起个别文学才能足够支持出版专辑的才男才女来说，更多人倾尽全力也许只有一部短篇。他们通过论坛获得了作品第一次变成铅字的机会，一些论坛还常有出版社和期刊编辑潜水，精品区成为印刷品选稿的后备库。一些网站为网络作品提供发布空间，有的还制作了专辑，因而理所当然地将站内发表的作品视为自己的资源，但其开放阅读的特性使得其他站点可以自由转载。

由于当时“网络文学”还只是初生的现象，不存在成规模的产业化写作，网络原创内容不多，所以乐于在网上创作并能够坚持数量、保证质量的作者很快产生了号召力，成为网络名人。他们所获得的荣誉和关注，对其文学作品的出版改编等后续开发打开了途径。如《第一次的亲密接触》印刷了单行本，改编了电影、电视剧、话剧和有声读物，“痞子蔡”成为纯情畅销书的一个品牌。宁财神发挥语言幽默优势，成为著名编剧，有《武林外传》等佳作问世；李寻欢利用与诸多网络写手交好的人脉优势，走上出版道路，是韩寒、郭敬明等多位著名作家的出版商，其真名“路金波”已成为出版界一块金字招牌；安妮宝贝在《告别薇安》之后就离开网络持续写作，有《八月未央》《春宴》等长篇问世。这些早期网络文学界的代表人物实践了一条新媒体成名之路，网络为他们提供了“无形资产”。由于他们并不以此为直接收入来源，所以不太在意模仿、因袭的后来者。而且他们的特殊句式、经典段落等，早已传遍各大论坛，成为与 ID 和作品紧紧相连的个性化特征，无法被抄袭。虽然当时也存在换个名字转帖的情况，但却未被看作抄袭，而只是作为早期互联网对原作者不够尊重的例证。这些知名网络写手后期纷纷离开网络，通过媒介转型开创新的事业以获得收益，如“安妮宝贝”这个成名于网络的 ID，如今印在纸质图书封面上，与普通笔名别无二致。也有作者在论坛连载中获得出版合同，但为保障市场销量，并担心抄袭、盗版等影响，选择中断在线更新，如《此间的少年》作者“江南”，虽是“网络文学十年盘点”获奖作者，且当前创作依然活跃，但后期已经脱离了网络，后续作品《龙族》等完全走向印刷市场。网民们虽有抱怨，却并非不能接受。毕竟，网络阅读本就是免费行为，读者还是乐于见到自己喜爱的作者在高产的同时也能够获得满意的回报。

与成名于网络的“写手”不同，来自印刷体系的“作家”对网络传播态度更保守，对作品的权属意识更清晰。2000 年前后，由于文学类网站内容还不很丰富，素质高的写手也并不多，为了增加质量较高的文学作品，网站通常的做法是将传统文学作品上传发布。这些由网站发布而未经作者本人许可的作品虽然有的已超出著作权保护年限，但是也有许多当代作家的作品。而在这些作家里，除了陈村大力支持网络文学，曾将自己的全部作品授权“榕树下”网站发布外，大多数人对网络还很陌生。面对网站打着分享的旗号随意将本人作品上网无偿传播的行为，一些作家联手维权。其中标志性事件是2003年被誉为著作权“网络维权第一炮”[①]的王蒙、张抗抗、毕淑敏、张洁、张承志、刘震云等6位作家起诉“世纪互联”网站未经许可，将他们的七部作品，即王蒙《坚硬的稀粥》、张抗抗《白罂粟》、毕淑敏《预约死亡》、张洁《漫长的路》、张承志《北方的河》及《黑骏马》、刘震云《一地鸡毛》上网传播的案件。经过北京海淀法院一审判决，该站停止网上传播6位作家的作品，公开致歉并赔偿因此带来的经济损失。“世纪互联”上诉，市一中院二审认定该网站未经许可、未支付报酬，在网上传播6人的文学作品构成了侵权，维持原判。虽然“网络维权第一炮”打响，但此后网络上类似行为屡禁不绝。2008年底，张抗抗、邱华栋、徐坤、卢跃刚、李鸣生、王宏甲、张平等七位知名作家联合起诉“书生网”并胜诉[②]。类似的事件一再出现，作家们屡次陷入被侵权—被动维权的境地，虽然侵权事实分明，类似官司大多能以胜诉告终，但诉讼过程却消耗了大量的人力物力，浪费了作家本应用来创作更多作品的时间。

由此可见，比起在“无功利”名下艰难坚持的早期网络作者来说，以文学创作为职业、明确自己责任和权利的传统作家们有更鲜明和强烈的维权意愿。由于印刷体系对抄袭、盗版等行为的清晰划定，传统作家和出版社勇于积极利用法律武器进行自我保护。

---

① 《中国作家频打维权官司》，新华网，http：//news. xinhuanet. com/newscenter/2005 - 04/11/content_ 2812794. htm，最后浏览日期：2005年4月11日。

② 张弘：《张抗抗等七作家起诉书生网侵权胜诉》，《新京报》2008年7月8日。

尽管如此，在中国网络文学发展历程中，网络盗版问题始终没有得到有效遏制，随着网络技术的革新，新的更加隐秘的盗版技术也随之出现，问题也越来越多，单凭个别作家的力量无法与日渐猖獗的盗版势力抗衡。

二　跟风、抄袭与同人：网络作品的原创性

当电脑成为工作、学习的标配，电脑娱乐也相应得到长足发展。面对屏幕的时间越长，对网络上优质休闲娱乐内容的需求也就越强烈。选择面广、成本低且具备可延续性的在线阅读成为常见的网络娱乐项目。网络阅读的兴盛要求大量作品，最初网络创作那对原创性的含混态度和开放、包容的心态使得借鉴跟风愈演愈烈，最终成为赤裸裸的抄袭。

（一）对模仿与跟风的包容

受到公众喜爱的网文作品难免引发粉丝跟风创作，且其中不乏皆大欢喜的成功案例。2006 年，天下霸唱的《鬼吹灯》引发“盗墓”潮流，而这一潮流中另一个著名系列：南派三叔的《盗墓笔记》就是跟风的粉丝作品。它的出现，不仅没有妨碍《鬼吹灯》，反而为这一原本稍带争议性的话题变成一时流行文化热门。在它们之后，根据纪实小说《关中盗墓贼》改编的电视剧《墓道》也赢得广泛的关注，甚至还出现盗墓贼仿照网络小说手法实施犯罪的新闻[①]。虽然盗墓题材变化并不多，到 2017 年此类型下值得关注的新作已不再多见，但它仍是灵异悬疑类网文中常见的话题，改编电影《九层妖塔》《精绝古城》的同名网剧和电视剧等也均在热映。可以说，是最初网络小说选择的话题带动了一系列后续媒介开发，把盗墓这个曾经相对偏门的领域开发成一股流行文化风潮。《鬼吹灯》激发了《盗墓笔记》，而《盗墓笔记》又联手

---

① 《盗墓贼模仿〈鬼吹灯〉挖宦官墓》，http://epaper.gxrb.com.cn/ddshb/html/2009-02/03/content_1412860.htm，最后浏览日期：2018 年 5 月 7 日。

《鬼吹灯》推动盗墓流走向壮大和辉煌。二者相得益彰是作者、粉丝和开发者都乐于见到的结果。这种包容态度来源于早期想象性网络作品的创作特点，即取之于网、用之于网的开放态度。

天下霸唱和南派三叔的灵感和想象力大多来源于网络，因此乐于回报网络：《鬼吹灯》涉及许多历史典故、民俗风情、考古和地理知识，内容之丰富令人咋舌。在作者天下霸唱身世曝光之前，有人猜测他是考古专家，也有人认为他是中学教师。但实际上，天下霸唱本人坦承自己学历不高，没怎么看过书，四大名著只看过《水浒》，关于《易经》的知识来自一本《易经杂谈》，异域风情、山川地貌等的描写更是东拼西凑，在现实生活中也对探险没有兴趣，在故事里却“怎么惊心动魄就怎么写”。[①] 而《盗墓笔记》作者南派三叔在接受采访时说，“（故事中有关盗墓的细致描写）实际上很多是根据旧小说改编的，也有不少细节是根据好莱坞电影想象出的。”[②] 他们的话反映出早期网络作者创作的普遍性，即灵感源于网络阅读，吸收了古今怪谈、天文地理、时政历史、时尚大片等大量信息。但由于相关浏览多半是浅阅读，各类消息形成了记忆库中的创作资源被写作时征用，并无确切引用，所以是一种开放的、糅合了外部资料与自身想象的似是而非的幻想。

两位作者从网络新闻、影视作品、各类书籍中获取灵感和资源并将之化入自身作品的过程，虽然缺乏足够的原创，却不属于抄袭。在这些作品中，常见似曾相识的段落，但又新意迭出。驳杂和不清晰的知识来源给作者无限联想和任意解释的空间。因此在解释奇观和迷案时能够做到“无知者无畏”。对他们来说，一切都是可以纳入创作的素材。由于本身写作就博采众长，且当时网络环境对“同人”“模仿”跟风也包容开放，因此，天下霸唱和南派三叔在题材和内容方面都比较大方，有共享意识。天下霸唱曾说“我赞成跟风《鬼吹灯》”，南派三叔的《盗墓

---

① 《天下霸唱：写作不是正经事》，《竞报》2008 年 7 月 11 日。

② 刘臣君、肖杨：《南派三叔：“盗墓”情节是想象的》，《辽沈晚报》2007 年 8 月 6 日。

笔记》脱胎于《鬼吹灯》同人，虽然后来发展成独立系列，但从不讳言两部作品的渊源。

（二）从善意借鉴到抄袭泛滥

随着网络文学日益向通俗文学领域靠拢，日益面向市场，类型化写作不强调原创性，而是遵循特定套路和轨迹，以满足读者期待而不是挑战新鲜感为目标。网络小说中充斥着众多对经典人物、段落的模仿和改写，甚至常见“山寨”版的重复、套路，更有甚者，竟连语句和段落都信手拈来，加以模仿甚至抄袭。

被网民讽为“边抄袭边道歉”的网络作者安意如在成名后，频繁暴露出抄袭丑闻。安意如是一位患有先天性脑瘫却始终坚持走文学路的年轻女性，因在网上发表诗词品鉴而被出版界看好，先后出版《人生若只如初见》《当时只道是寻常》《思无邪》《陌上花开慢慢归》《观音》等多部诗词曲鉴赏作品，是活跃于2007年前后网络上的知名作者。但其几乎每一部书都被指抄袭，根据热心网友统计，《人生若只如初见》《思无邪》两书竟与网名“江湖夜雨”的作品有1000多处雷同。直到2013年，天涯论坛上依然不断有人发文指出安意如的抄袭问题，对《当时只道是寻常》抄袭张秉成《纳兰性德词新释辑评》（2001年版），以及2012年新作《日月》涉嫌抄袭刘鉴强的《天珠：藏人传奇》（2009年版）[①] 的段落进行对比。对这种将他人文字改头换面据为己有的做法，安意如称“以我目前的学识，我不可能想出书里所有的观点，即便是我自己的观点，我也不能保证不和别人雷同”。[②] 通过其后期作品出版和被指认抄袭的情况可知，在多次因版权问题夹缠不清的掩饰与揭露、质问与回应之后，安意如并没有处理修改涉嫌抄袭的文字，也没有反思并致力于提升自身的创造力，只是在新书后面列明“参考书

① 《一本书全部是抄袭的，能出版吗？安意如告诉你，能!!!》，天涯社区，http：//bbs.tianya.cn/post－funinfo－4047072－1.shtml，最后浏览日期：2013年4月2日。

② 郦亮：《“网络才女”抄袭成瘾？安意如：只是借用了点文字》，《青年报》2007年4月12日。

目”，以“借鉴”和“引用”应对质疑。即便是这种做法，也是由于其作品主要依靠印刷出版，而出版社对内容审读相对严格、版权必须清晰，才不得已而为。

从书不错的销路可看出安意如在驾驭文字方面确实有独到之处，但诗词鉴赏就是他人的阐释，而非创作。诗词篇幅短小、含蕴广博，所谓“言有尽而意无穷”，经得起反复咂摸品味。原始文本已大概结构好作品框架和情绪走势，对其进行鉴赏只需要将简练包容的文言文以现代汉语的同义词进行替换和扩充，佐以一定的历史背景和情感抒发即可。安意如的鉴赏文笔细腻、体味敏感，但相对文字，她年轻貌美却命运多舛的身份更吸引人。这种纯文字形式的抄袭改写与《鬼吹灯》的借鉴、《盗墓笔记》的同人性质完全不同，但几部作品存在争议的原因却均源于原创性的缺乏和对现成资料的任意征用。

（三）同人：粉丝文本的创造力

同人作品是网民自由创作中十分兴盛的一类，如前所述，《盗墓笔记》就由《鬼吹灯》同人演化而来。这类小说借用原著人物关系、背景和结构，或依托原有线索发起新行动，串联新情节，或对原本着色不多的次要人物进行渲染和补充。它与传统文学续写经典不同，并不注重各方线索丝丝入扣，紧密贴合原著人物性格，而是在虚构的前提下尽情发挥改造，不需要对解释的合理贴切性负责。所以，一些挣脱原著逻辑束缚的“开脑洞”情节倒能获得出乎意料的效果，赢得读者的赞赏。一般认为，小说、散文、诗歌等文类属于创意写作，要在符合生活逻辑、社会规律、人物内心成长的情况下，创造出新的艺术形象。而网络同人小说却以他人创造为基础。网络作者拥有写作能力，也不乏细腻的文笔和敏锐的观察力，但过于狭窄的阅读范围和浅层次的思考却使他们无力开拓新的写作空间，由于缺乏原创能力，转而借用现成人物，因此往往由模仿开始，从同人起步。

同人小说的模仿与后现代“戏仿”不同。对致力于创作的人来说，

“影响的焦虑”始终存在。在资源丰富、信息便利的社会环境中，总有诸多烦扰因素不由分说地闯入人们的视野，然后在创作过程中不经意地显露。作者总是试图摆脱影响，超越前辈。在前辈精湛的技艺完美达到一个巅峰、难以超越时，后来者难免出现在原有材料基础上寻求新的突破，利用与原作相关的形式实现对前辈的颠覆和超越的情况。虽然在外形上利用既有材料，但其戏仿等行为本身以揭开艺术化面具、还原真实面貌为目的，其打破常规的创作方式本身具有原创性。我国古代四大名著在网上均拥有大量同人作品，本书稍后也将以专门章节对《红楼梦》同人进行解析。另外，曾获得“网络文学十年盘点”最佳作品的《此间的少年》和《悟空传》等都是十分出色的同人作品。它们不仅在形式探索方面带有原创意义，也赢得了市场的欢迎。同人作品最初可以看作粉丝对原著的喜爱和致敬，是典型的大众文化“文本盗猎”的产物。其价值是不能以经济衡量的，也由此，一旦涉及经济领域就会产生相应问题。由于我国网络文学的商业开发和多种媒介转型的需求，类似“半原创”在后期引发诸多争议和官司，同人类作品逐渐减少。

三　从个人行为到集体行动

至此，虽然有关网络文学内容粗糙、抄袭频现等的论调不绝于耳，但其发展形势总体向好，新作神作频繁涌现。收入的保障吸引了高素质作者加入网络文学创作行列，在屡屡创造市场佳绩的同时，相关维权意识有所提高。但是，在这一时段由粉丝经济和周边产业链支撑起来的网络文学中，抄袭已经从个人行为走向复杂的集体行动，一时很难说清是非对错。

比起经过严格审核、发行量有限的印刷作品，网络文学抄袭确实相对较难察觉和控制。另外开放的网络中潜伏着无数目光如炬的网民，一些粉丝自发组队，为维护自己钟爱的“大神”无偿贡献时间和精力。

其中为反抄袭采取的最见效也最理智的做法，就是制作“调色板”——以福尔摩斯般的细腻敏锐、孙悟空般的火眼金睛，对涉案文本进行细致爬梳对比——用不同色彩标出涉案文本之间相似语句，依据整段整句完全抄袭、将词语打散抄袭、调换顺序或改头换面等严重程度，对比调色以做证据。制作调色板的多属于精读党，他们本着负责任的态度为抄袭行为提供“实锤”证据，积极举报，既成为网站甄别作者的助手，也是原创者的强大安慰和后盾。

2008 年以后，类型小说成为网络文学主流，同一时期内，抄袭作品波及的作者增多，造成的影响也日益扩大。2017 年 8 月，唐七公子微博高调发声，称其所聘请的司法鉴定所和律师团队一致认为其作品《三生三世十里桃花》“对《桃花债》不构成著作权法意义上的抄袭”。涉事另一方，涉嫌被侵权者《桃花债》作者大风吹过发微博表示心力交瘁；稍后，著名畅销书作者匪我思存似心有戚戚，连发多条微博指《甄嬛传》作者流潋紫抄袭[①]，爆料其不仅有与匪我思存小说《冷月如霜》如出一辙的构思框架，连错别字都照搬。同时，大风吹过粉丝也对唐七公子声明的权威性表示质疑。在这两组看似无干又牵涉紧密的抄袭指控中，何为“著作权法意义上的抄袭”，何为“公道自在人心”，与数字版权和抄袭相关的界定，与“原创性”和“维权”相关的讨论，乃至大神恩怨、粉丝斗争等，都和同名热播剧一起始终保持着热度。

网文抄袭不再仅仅关乎个别作者，也不再是简单的文本问题，它与粉丝经济、网站利益、监管手段、媒介转换等多方面相互牵连。

从粉丝经济角度来说，网络文学创作日渐偏离无功利的初衷，表现为赤裸裸的“用金钱说爱”。在以点赞打赏买月票为表现的收益模式，以应援文化团结起来的所谓“真爱”死忠粉“护短”的情况下，抄袭与否已经不再是作者之间的较量或对簿公堂的结果，也不再是细心读者

---

① 《大神写手匪我思存怒怼〈甄嬛传〉作者流潋紫抄袭，连错别字都抄》，http://news.ifeng.com/a/20170811/51614169_0.shtml，最后浏览日期：2018 年 5 月 7 日。

有理有据的辩护和论争，而是粉丝们情绪化的对骂。网络人气伴随着“起底”和“扒皮”，创作中的错漏、瑕疵以及任何形式的“借鉴”和“抄袭”都难以遁形，作者也在口水战中培养起了强大的内心，无论是否真正构成侵权，基本都会抵赖并拒不认错。因为所谓“真爱粉”会对偶像的优缺点照单全收，作品无所谓、“人设”不能崩，如果承认抄袭，必然失去粉丝信任。

类似事件的处理中，网站的态度更加重要。如能及时处理，有助于遏制类似现象的发生。晋江原创网设置了抄袭举报功能，且处理非常及时，在其举报栏目中可见以“黄牌锁文，要求清理”“红牌，永久禁止上任何人工榜单”“删除作者 ID”① 等手段处理的抄袭投诉。他们也曾将大热 ID “vivibear” 除名，并判定《甄嬛传》作者流潋紫涉嫌抄袭，要求修改。后者因不服判定转投他站，并带走了一批粉丝。可以想见，知名作者的流失必然给依靠点击和阅读量赢得收入的文学网站造成损失。培育有名气的作者和作品不易，因此，对于人气作者变相的抄袭行为，网站是否采取严厉措施是一个很关键的抉择。像“晋江原创网”这样冒着减少利润的风险维护原创的站点十分难得，有一些网站甚至联合抄袭者打压原作者，拖延事件处理。

许多屡禁不止的抄袭案件背后，是网站、经纪团队、改编媒体等多个相关利益方的博弈，单靠个别作者及其粉丝的义愤举证无法解决问题，所以必须由监管部门进行干预。在具体手段方面，如果简单地对发表网站采取严厉惩罚，可能导致网站为避免麻烦直接锁文，使举报成为粉丝之间以破坏竞争对手为目的的频繁恶意举报。而如果缺乏惩罚措施，则网站与作者联手作弊、改头换面进行规避的情况也很可能出现。因此，相关监管、审读工作不能懈怠，必须保护在维护知识产权方面行动积极的网站，避免其责任心、道义感受到挫败，出现赢在道理、输在

① 《晋江原创网抄袭举报列表》，http：//www. jjwxc. net/impeach. php？ listall = 1，最后浏览日期：2018 年 5 月 7 日。

收益的情况。

低门槛、开放性、赋予大众言说的权利是作为新媒介的互联网有别于以往媒介的明显优势。但当前中国文化工业正在兴起之际，大量资本进入这一领域，使原本无功利的网络写作转换为文化产业链条上的一个环节。对于网络作者来说，虽然收入保障具备吸引力，但也引发诸多问题。尚未完善的网络知识产权管理制度在突然勃兴的网络文化产品生产热潮之中面临种种挑战。其中之一就是对于同人写作和粉丝创作的态度。由于大量资本需求，一些原本出于情感因素、不考虑收入的粉丝同人写作也被发掘、转化走上商业化道路，由此必然在一定程度上影响或稀释原作的市场收益。因此，民间创作能量的释放需求、资本对于大量新鲜内容的挖掘、知识产权管理方面缺乏可遵循的先例等因素，导致当前网络文学中盗版、抄袭严重，对同人写作的严格约束又限制粉丝生产的自由。因此从根本上说，当前社会环境对于互联网生产力的释放有所妨碍。

第四节　外部力量对网络文学的导向

网络文学从文学现象转变为文化产品，也从概念领域拓展到产业范畴，成为媒介转型的成功案例，并带动相关产业发展。网络文学转变背后的驱动力量来源于媒介、资本和制度三个领域。其中，尤以文化政策和制度的影响力最强，但作用方式也相对内隐。媒介技术的发展以及随"微"媒体出现的思想转变带来了网络文学形式上的突破。资本很大程度上主导着网络文学的趣味，使其从早期迎合编辑、模仿印刷文学，走向追随网民的大众化路途。文化政策的扶植、监管极大关系到网络文学的兴衰和类型的选择。以上三者力度虽然不同，但却在相互博弈和制衡中形成合力，共同驱动网络文学健康发展。

在新技术匆匆过时、新概念转瞬失宠的互联网环境中，网络文学历久弥新，从一个单纯的媒介衍生概念，演变为内容丰富、包蕴驳杂的文化跨媒介案例，甚而成为一个活跃的产业。其源源不断的动能来自背后的驱动力量。媒介、资本和制度是推进网络文学转型的三个强有力因素。文化政策和制度对网络文学的调控措施一般较为温和，但制度的监管实际上却是网络文学发展中非常关键的一环。以 2014 年为例，4 月到 11 月的“净网专项行动”中督办多起有关网络文学的重点案件；12 月国家新闻出版广电总局印发了《关于推动网络文学健康发展的指导意见》，相关管理机构在网络文学领域采取了较此前严格的措施。

一　政策、制度与网络文学的兴衰

在网络文学发展过程中，从业人员逐步增多，产业规模日益扩大，而这一领域中曾被遮盖、忽略的问题也日渐暴露。这些问题呼唤文化政策和制度层面对网络文学的干预，只有正确的导向、适度的管理，才能使网络文学健康有序发展。

（一）对网络文学的鼓励与扶植

网络文学的兴衰与监管力度桴鼓相应。我国新闻出版管理环境相对严格，但对于网络文学的管理却一度十分宽容，相关的监督管理并没有出台特别详细的管理制度。作为新媒体概念和新兴文化产品的网络文学在管理制度的包容和鼓励之下兴盛，而体制的友好和接纳也鼓励了众多爱好文学的青年将网络视为文学期刊之外一个有吸引力的发表园地。实际上，以往对网络文学的监管，更多的是鼓励和扶植，这主要体现在制度的宽容和体制的接纳两个层面。

一方面，当网络文学转变为以通俗小说为主体的类型文学后，就成了一种中国特色的通俗出版产业。由于我国出版业严格的内容审核，通俗出版市场并不发达。网络小说最初之所以能够以在网上自发写作、免费阅读的民间形式发展起来，就是因为填补了通俗市场出版的空白。一部网络作品只有先在网上成名，才能赢取出版机会。不难看出，这是在借网络文学之名，行通俗小说出版之实，甚至有出版社与网站联手，将拟出版的新书先伪装成“网络文学”，在网民间营销造势的情形。对这种情况，新闻出版管理部门最初保持宽容，容许网文在更加宽松灵活的环境下探索读者的喜好，填补出版市场通俗读物的缺口。可以说，在网络通俗小说产业发展的初期，出版管理制度较少动作，使其获得了相对宽松的政策环境和良好的市场前景，并由此带来了娱乐化网络文学及其周边产业的兴盛。

另一方面，体制内文学团体的态度极大提高了网络作者的社会地位。各级作协对网络作者的接纳、鲁迅文学院的“网络文学作家培训班”，主流报刊的关注和报道等，鼓励了网络创作的积极性。作为“党和政府联系广大作家、文学工作者的桥梁和纽带”的作协对网络作者的认可很大程度上透露出官方意愿。中国作协主办的《文艺报》以及新闻出版广电总局、光明日报社等主办的《中华读书报》等，也多次组织专题采访网络作家、评点重要作品。权威报刊的关注成功提升了网络文学的社会影响力和文学地位，很大程度上显示出制度的倾向性。这一系列举措意义非凡：以往被看作娱乐和商业行为的网络写作进入了文学体制，正当性获得了认可。网络作者不再是另类的“写手”，而坦然自称“作家”；网络写作不再是不务正业的游戏，而加入精神文化产品制造的行列。以上两方面的默许和包容鼓励了网络文学向通俗文化产品的转变和壮大。

（二）聚焦净网专项行动

虽然网络文学孕育了不少出色作品，但质量低劣、内容庸俗者也不在少数。“据不完全统计，目前在上传到原创网络文学网站的网络文学作品中，每三部即有一部含有色情、暴力、迷信等内容，此外还有大量内容无聊、格调低下的灰色作品”①。随着网络文学基数日趋庞大，色

① 郭紫纯：《三分之一网络文学包含色情暴力内容》，《法制晚报》2006年7月26日。

情、暴力作品更是屡见不鲜，甚至有愈演愈烈的倾向。2014 年，净网转型行动的展开在网络文学界引起较大的动荡，下文即以此年度事件为例分析。

首先是理论研究界对网络文学中存在的一些内容庸俗、格调低下的情况展开反思。2014 年 1 月，《人民日报》刊载中国社会科学院学者就网络文学的对话。针对色情与暴力文学在网上泛滥的情况，社科院副院长张江指出："有些人以为，创作自由就是随心所欲，就可以无所顾忌地挑战道德底线，挑战社会伦理，这是很大的误解。自由本身是有限制的，没有背离道德基础的绝对自由。社会生活如此，文学亦如此。"文学所副所长高建平指出："网络空间的虚拟性，增强着网络文学的虚拟意识，也带来网络文学的道德伦理问题。点击率诉求和与之相联系的付费阅读，更加刺激了色情暴力文学的生产。"文学所党委书记刘跃进也指出，一些文学作品可能腐蚀灵魂，败坏人心，诱人失足成恨①。

在理论界的先声之后，更为切实的监督执法行动逐步展开。4 月 13 日，全国"扫黄打非"工作小组办公室、国家互联网信息办公室、工信部以及公安部联合启动"扫黄打非净网 2014"专项行动，网络文学、网络视频以及游戏是行动的重点。到 13 日 18 时，已经有搜狐原创、言情小说吧、红袖添香网、幻侠中文网、晋江耽美站、红薯网、3G 书城、看书网、岳麓小说网、一千零一页、澄文中文网、翠微居、飞库、幻剑书盟、多酷文学网、凤凰读书、飞跃中文网等超过 20 家文学网站被关站清查整顿。经网友反映，除搜狐原创、凤凰读书等几家大门户网文站点外，超过一半的网站已经无法访问或显示正在维护中。此次网文界大规模维护整顿，与"扫黄打非·净网 2014"专项行动密切相关，大部分网站或因为听到扫黄打非整顿后关门自查②。

① 《文学与道德密不可分　"纯文学"不能"纯"掉道德》，《人民日报》2014 年 1 月 28 日，http：//gs. people. com. cn/n/2014/0128/c188868 - 20490306. html，最后浏览日期：2018 年 5 月 7 日。

② 《"扫黄打非净网 2014"专项行动开始　网络文学界动荡》，http：//www. admin5. com/article/20140414/542048. shtml。

文学网站对此次行动反应非常迅速，基本顺序见表6－3。

表6－3　　文学网站对净网行动的配合①

序号	时间	网站	行动
1	4月13日凌晨3点	看书网	关站升级自查
2	4月13日上午	移动阅读PC端好WAP端	访问屏蔽，下架敏感作品
3	4月13日下午	凤凰读书	频道关闭
4	4月13日下午	百度多酷	跳转纵横
5	4月13日晚	3G	关站维护
6	4月13日晚	中润飞跃网	关站维护
7	4月13日晚	一千零一页及一些小网站	关站维护
8	4月13日晚	逐浪网	全体编辑加班自查
9	4月13日起	创世、起点、纵横、17K等	开始处理敏感作品
10	4月13日起	腾讯云起、小说阅读网、潇湘、红袖、晋江等网站女频	逐步开始自查

可见，在行动的头两天，网站就积极响应，开始自查，但由于编辑能力限制，对行动目标、力度和内容的尺度难以把握，且此前并无明确规定和相应措施，部分网站表现得手足无措，为避免麻烦干脆关站或关闭了相应频道，还有部分网站则采取谨慎观望态度。实际上，文学网站如此迅速的行动更多来自新浪读书频道的前车之鉴。虽然此时公众还蒙在鼓里，但几天前对新浪的执法行动在文学网站圈内已经是公开的秘密。

2014年4月11日，新浪读书办公室内约17位编辑正在埋头加班——他们收到了关于新一轮“扫黄打非”行动的消息：因此连夜自查频道里的“小黄书”，力图在有关部门检查之前“毁尸灭迹”。当晚7点40分，公安执法人员毫无预兆地开始了行动，带走“顶风作案”的17个编辑。4月24日，全国扫黄打非工作小组办公室通报称，新浪网涉嫌在其读书频道和视频节目中传播淫秽色情信息，拟吊销新浪公司的

① 部分数据参见《“扫黄打非净网2014”专项行动开始　网络文学界动荡》，http://www.admin5.com/article/20140414/542048.shtml，最后浏览日期：2018年5月7日。

《互联网出版许可证》和《信息网络传播视听节目许可证》，依法停止其从事互联网出版和网络传播视听节目的业务，并处以5—10倍于违法金额的罚款。经调查核实，新浪公司在其开办的新浪网读书频道中，提供的《极品小村医》《山村美娇娘》《全村女人的梦中情人》等20部在线阅读的互联网作品，经鉴定为宣扬淫秽色情的作品；在新浪网视频节目中，登载了《女子交响乐团》《比基尼美女表演》等4部色情互联网视听节目。这些作品，有的长达500多章，有的点击量达数百万次。当晚，央视《新闻联播》报道了这则令众多网络文学编辑和作者感到震惊的消息。据称，4月16日和23日，北京市文化市场行政执法总队已向北京新浪互联信息服务有限公司送达了《北京市文化市场行政执法听证告知书》，拟对新浪公司吊销相关许可证，依法停止其从事互联网出版和网络传播视听节目的业务，并处以较大数额罚款，涉嫌构成犯罪的部分人员已经移送公安机关立案调查①，这就是前述新浪读书频道编辑被带走的情况始末。

净网行动的效果是明显的，2014年4月初，曾有网友截屏，网易云阅读男频首页的强力推荐名单有：《三宫六院：狠设美人计风流女市长倒追憨傻穷小子》《极品混混：重生成为风流全能屌丝用异术征服女人》《私密小区：小区保安猎艳笔记》……“净网”后，这些小说全部消失。一些主要网站链接大都失效，没有关站的文学网和无线阅读端口，也下架了不少小说……到5月，根据国务院信息化办公室公开消息，执法机关已关闭网站110个，频道、栏目250个，关闭微博、博客、微信、论坛等各类账号3300多个，关停广告链接7000多个，删除涉黄信息20余万条②。

（三）网络文学监管历程回顾

在相对宽松的管理环境下，网络文学发展壮大起来，但同时，灵活

---

① 记者罗提：《新浪读书涉黄被查　签约写手开始寻找“出路”》，《华西都市报》2014年4月25日。

② 记者季星：《为什么要屏蔽你？“净网”行动进行时》，《南方周末》2014年5月29日。

的机制并不意味着管理的缺位。十余年来，对于网络文学的整顿和监管并没有放松：

2002年6月27日，新闻出版总署和信息产业部联合发布《互联网出版管理暂行规定》，由新闻出版总署“对互联网出版内容实施监管，对违反国家出版法规的行为实施处罚”，该暂行规定引入了传统文学的出版管理规定，基本原则是图书里不能有的内容，互联网上也不能有，明确要求互联网出版机构实行编辑责任制度，有专门编辑审查内容，编辑人员接受上岗培训等。由于当时网络文学娱乐成分居多，众多站点处于朝不保夕的状态，这个暂行规定基本上被搁置。

2004年7月16日，全国“扫黄打非”工作小组发起“打击淫秽色情网站专项行动”。网络文学首次成为“扫黄打非”对象。中国成人文学城、成人文学俱乐部等网站被取缔；天鹰网、读写网、翠微居等因存在色情内容，被要求关闭整顿；起点、幻剑等网站展开自查，大量作品被删除或屏蔽。一些知名情色文学写手如从不乱、罗森、泥人、半只青蛙、秦守等从内地网络消失。

2007年4月，新闻出版总署发布紧急通知，要求全国网站立即下架十五部“有严重政治问题的网络长篇小说”如《重建帝国》《共和国之怒》《中国特工》《共和国士兵》《新中华战记》《共和国2049》等。8月14日，新闻出版总署、全国“扫黄打非”工作小组办公室联合发出了《关于严厉查处网络淫秽色情小说的紧急通知》，348家刊载淫秽色情小说的网站被查，或关闭网站，或删除作品交纳罚款。新闻出版总署还公布了《四十部淫秽色情网络小说名单》，要求各地按照“谁主管，谁负责”的原则处理。

2009年，国新办、工信部、公安部等多部门联合开展“整治互联网低俗之风专项行动”。10月19日，全国“扫黄打非”办公室下发《进一步查禁互联网上淫秽色情小说及相关内容》的通知，包括网络小说、手机小说在内的1414种淫秽色情和低俗网络文学作品被查处，20

家传播淫秽色情文学的网站被关闭，累计删除各类淫秽色情文学网页链接3万余个。

2010年1月6日，新闻出版总署再次公布197家登载、传播淫秽色情及低俗内容出版网站名单，查处淫秽色情及低俗内容作品195种，删除违规网页链接两万余条，对74家登载淫秽色情网络小说的网站进行了查处。由于此时文学网站已经走上商业道路，一些主要文学网站在监管部门帮助下，建立了严密的多级审读、监督制度，并启用关键词过滤来审查站内作品。

2012年7月，全国“扫黄打非”办公室再次开展“打击互联网和手机媒体传播淫秽色情信息专项行动”，受青少年网民追捧的黑道文学作品成为新的重点对象。由于较强的现实指涉性，这一阶段，网络小说中黑道、帮派、耽美、官场等容易触碰管理红线的题材逐渐从文学网站退出，只留下历史、玄幻、仙侠等纯娱乐性质的类型。①

可见，网络文学的扫黄行动并不是第一次，也不可能是最后一次。2014年的专项行动只是规范和管理过程中的一个环节。在此次“净网专项行动”中，关闭了“91熊猫看书网”“烟雨红尘小说网”“翠微居小说网”等用户众多的知名网络文学站点。而前述“新浪读书频道”则成为其中最令人震惊的标志性事件。这一方面是由于执法行动开展突然、措施严厉，另一方面也是由于“新浪”组织庞大、招牌响亮，许多如今当红网站的总编、副总编等曾经有过在“新浪读书”实习或工作的经历，可谓从新浪起步。虽然之后跳槽另谋高就，但情感依然深厚。这次事件也引发了有关网络文学站点向何处去，如何在盈利的目标下保证合理合法地发展等问题。新浪读书原以在线刊发授权印刷作品部分章节为特色，走高端知识路线，但近年来却为吸引读者而被裹挟进泛滥的“小黄文”潮流。这是由于在当前的网络红文中，制胜法宝是标

① 参见记者张英《网络文学“扫黄打非”十年记》，《南方周末》2014年5月31日。引用时有删节。

榜极致享乐和功利主义的“爽点”，部分“后宫”“种马”流小说则不时出现露骨的性描写。为了迎合潮流，新浪读书频道从高端纯文学路线转向了通俗化甚至低俗化。其命运不啻为文学网站商业化道路上鸣响的警钟。

从网络文学与制度之间的关系可以看出：网络文学脱离不了监督和规范，其兴衰与监管力度桴鼓相应。虽然2014年外部监督管理的日益强势使得网络文学无法像以往那样任性恣肆地生长，但却在这一年间不断自我反省，尝试探索出一条能够调和监管要求和壮大欲望之间矛盾的道路，这无疑是一种良好的倾向。

二 媒介、资本与网络文学的变革

网络文学的发展同样也离不开媒介技术和资本力量的推动。一方面，没有互联网新媒介的出现就不会有网络文学概念，网络文学的魅力来自媒介力量的凸显，每次媒介技术的更新都会带来网络文学形式上的新变化；另一方面，资本的介入维系了网络文学概念的发展，使之成为如今创收上亿的文化产业，资本主导了网络文学的趣味导向。

（一）媒体与网络文学形式的突破

网络文学不是一个简单的媒介衍生概念，人们对它的关注源于一个共同的前提——文学。有意思的是，网络文学的魅力却并非“文学”的更新，而是媒介力量的凸显。因此，关于“网络文学”的讨论始终离不开与印刷文学的对比和参照，也始终在新旧媒介的交接、融合中进行，是一种基于文学的共同认识之上逐渐突出媒介地位的过程。它之所以能获得文学爱好者、媒体从业人员和文学专业人士的共同拥趸，其根源在于越来越多受过教育的人群拥有表达意见的意愿，需要获得相应话语渠道。相对印刷文学那个稳定、日趋专业化且逐渐封闭的系统，网络传播为话语权放开提供了强力技术支撑。同时，“文学”这个经历过口传、印刷的大概念也对媒介极为敏感，欲以其极强的媒介包容性和适应性在新的网络媒介中找到一种表达形式。网络文学的兴起还伴随着学界对麦克卢汉“媒介即信息”理论意义在互联网语境中的确认。因此，文学自身发展的动能、公众表达意愿的伸张、预言式理论的印证相结合，在网络文学领域显现了出来。

虽然网络文学离不开“网络”，但并不特指某一类网络作品。网络技术发展迅速，淘汰频繁。在“网络文学”这统一称号之下，它的形式却并非始终如一，而是追随媒介不停变动。从早期邮件列表中小组成员转发的随感，到网刊形式的编辑群发，再到 BBS 论坛连载、综合网站文学板块专题，以及后期个人文学站点、文学博客、专业的大型商业化文学网站等，其载体和形式的变化紧密跟随媒介技术的发展。可以说，有一种新网络技术，就会出现一种新的网络文学变体，媒体的更新引领网络文学形式的巨大变革。在早期邮件和论坛中，网络文学推崇言辞机智的“极短篇”；在新媒体技术爱好者手中，多媒体诗歌突出网络技术，却给人形式大于内容之感；文学站点长篇连载的通俗小说吸引了大批拥趸，却又落入重复的窠臼。不同媒介技术酝酿出的网文形式各有优劣。从媒介技术对网络文学形式的更新上说，2014 年具有标志性意义，这一年，微博小说张嘉佳搅动了此前以长篇连载为主的网络文学市场。12 月 21 日，年度“中国作家富豪榜”总榜单在成都公布，作家张嘉佳以 1950 万的版税位居榜首，其主要作品《从你的全世界路过》由在微博上发表的 33 篇睡前小故事组成，这个系列的微博被转发超过 200 万次，共有超 4 亿人次阅读。实体书销售 200 万册，被称为出版界的奇迹；书中篇目《摆渡人》被著名导演王家卫看中改编成剧本即将开拍。可见，随着“微博”“微信”以及手机阅读终端的兴起，“微小说”“微童话”“微悬疑”等短小独立的阅读对象刷新并拓展了网络文学的范围。虽然当前它们尚不足与长篇连载抗衡，却已在抢夺读者的注意力，新技术为网络文学市场引进了强有力的新的竞争者。

（二）资本与网络文学趣味的转变

媒介发展不断推动网络文学形态更新，而在显性的媒介之后，另一股隐性力量也不可小觑，这就是资本。

最初，被称为“无功利写作”的网络文学蕴含着文学创作疏离审读体制和出版市场的理想。然而，早期由文学青年脱颖而出的网络作者大都带有对“作家”称号的天然崇拜，知名文学期刊、出版社依然是公众判断作品高下的主要依据，网络作者为获得出版，创作难免投编辑所好。出版终止了互联网无节制的复制、转发，确认了作者的著作权，还能带来稿费和版税，由此，网络写作彻底告别了“无功利”，使一大批文学习作打着网络的旗号被降低标准出版。然而，对高度成熟的印刷文学读者来说，这种对新概念的好奇和宽容不可能一直持续，短暂新鲜的热潮之后，网络文学出版市场遭遇了低潮。①

真正使网络文学从迎合编辑转向贴近网民阅读趣味，资本的力量不可小觑。2008 年以来，“盛大网络”悄然布局，收购众多知名文学网站，并在“起点中文网”创建的收费模式基础上探索出作品连载、订阅收费、“月票”、“打赏”等奖励机制，逐步将习惯免费阅读的网民培育为有付费习惯的忠诚用户，同时向周边的出版印刷、影视、网游等领域进军，越来越多的网人凭借文学创作和版权转让登上了“作家富豪榜”。“网络写作”从消遣走向职业化的过程中，商业性网站起到了至关重要的推动作用。

商业主导的模式保存了“网络文学”的称号，却极大限制了文体的自由发展。为获得尽可能多的收费章节，原本简单的故事被人为稀释、拉长；为赢得最广泛的网络读者，难免在趣味上通俗化甚至庸俗化。更可怕的是，“盛大文学”成立两年即吞并了多个知名文学网站，一度占有网络文学阅读市场 90% 以上的份额，直到 2013 年底，这一份额还保持在 70% 以上。

---

① 张志雄：《网络文学出版：喜悦中裹着忧愁》，《中华读书报》2001 年 8 月 8 日。

当网络文学市场趋向成熟、盈利能住稳步显现的时候，也正是资本竞争最为白热化的时候。诸多资本因看好盈利前景加入了网络文学市场争夺战。2014 年底，刚刚涉足网络文学一年多的“腾讯”一举将“盛大文学”收购。腾讯“创世中文网”2013 年由原“盛大”旗下“起点中文网”骨干人马出走后组建，曾被盛大视为对手甚至仇敌，但在资本的竞争中，却又一下子成为新的控股方和合作者。其中人员身份的转换、情感的变动难免令人唏嘘。

在竞争极其不均衡的市场内，垄断了主流站点，也就意味着对网络文学趣味的垄断。幸而，市场上从来不乏竞争者，只要有利可图，就会有无数创业者和投资者联手狙击，新鲜资本的注入为下一轮趣味的转变提供了可能。

三　文化政策对其他驱动因素的调节和制衡

文化政策和制度与媒介技术和资本共同作用，但以当前我国政府机构强大的行政管理职能来说，制度的力量却可能是最为强力的。它一方面要促进新技术的发展，鼓励资本的增值；另一方面，还要考虑到文化产品的社会责任，包括公众影响力的发挥、娱乐和宣教责任的调和以及精神文化品位等问题。因此，在网络文学的驱动力量中，制度对网络文学的总体调节和规范一方面是不可抗拒、不可避免的，另一方面也更加慎重和隐性。对于网络文学这一新生现象，制度规范总体保持相当的宽容，甚少采取强制措施，而是允许其自行发展，接受市场调节。但是有一些问题却无法指望行业自律达成。由于网络新兴现象层出不穷，相应规范、制度的出台存在滞后现象，针对具体事件的处理方式和态度就显得特别重要。甚至在后续类似事件出现时被作为先例来参照。因此，观察制度规范对技术和资本的调节和管控，宜从具体案例入手进行分析。

从“盛大网络”与“文著协”联手诉百度案件中，可以看到制度在面对技术泛滥时进行的间接调控。网络文学著作权保护经历了“网络著作权无意识时代”“自发网络维权时期”“组织化维权时代”。[①] 在相关维权活动中，2010 年“文著协、盛大联合诉百度”可称标志性事件。当时，盛大文学已建立起在线收费模式，站内签约作品成为其盈利之源。然而，有众多盗版站点在盛大原文更新后第一时间即将其作品转移到其他网站免费发布，招揽人气。由于百度搜索引擎采取收费推介模式，发布盗版的网站在搜索界面上常常排在正版之前。网民可通过搜索到达盗版网站免费阅读。另外，“百度文库”有一个由网民自行上传文档的功能，其中也收录了大量盗版作品。因此，虽然百度本身并未盗版，却通过搜索排名、网民自行上传等方式，构成了侵权。2010 年，“盛大文学”联合“文著协”反击。文著协全称“中国文字著作权协会”，由中国作协等 12 家著作权人比较集中的单位和陈建功等数百位各领域著名著作权人共同发起，是我国唯一的文字作品著作权集体管理机构，以保护著作者权益为职责所在。如果说“盛大”维权只是单纯出于商业目的，“文著协”与之联合则为这次维权行动赋予了非同一般的社会意义。非营利性管理单位的加入使网络著作权保护步伐的推进带上了范例性和公益性，标志着网络知识产权日渐受到重视，成为推动著作权法规完善道路上的重要一步。

如果说网络著作权保护的实质性推动极大鼓舞了网络文学的健康发展，相应的网络文学治理行动则意味着制度对资本不断膨胀的逐利欲望的遏制。在商业力量的主导下，一些文学网站编辑和写手受到资方收入指标的胁迫，不得不在作品中增加争议性话题以谋求付费和点击率。网络文学中最受欢迎的是简单直白口语化、推崇万物为我所用、极端个人化的“小白文”；而格调低下、不断触碰色情边缘的“小黄文”（又称“H 文”）也十分常见。在这种氛围中，大量伴随网络媒介成长起来的

① 时段划分及具体事件分析参见许苗苗《网络文学：无功利分享与著作权保护之争——以 2010 盛大诉百度为个案》，《首都网络文化发展报告 2010—2011》，人民出版社 2011 年版。

青少年难免受到感染。2014 年上半年，“净网专项行动”开始，这次行动最先触及的重点就是文学网站，如“烟雨红尘小说网”“翠微居小说网”“91 熊猫看书网”等非常知名且拥有众多用户的站点被关闭。其中知名度最高也最令人震惊的事件是“新浪读书频道”的关闭。“新浪读书”原本以刊发授权印刷作品部分章节为特色，走高端路线，但近年来却因在激烈的市场竞争中争夺读者而被裹挟进泛滥的“H 文”潮流。它的转化和境遇为文学网站走上商业化之路敲响了警钟。专项行动后，各大文学网站加强自查、纷纷改版，以进一步净化网络文学环境。“净网行动”使得网络文学发表不再毫无顾忌，逐渐增加的关键词、日益严格的审核和重重发布关卡也导致大量作品被限制在后台等待检查；不少用户也发现，之前保存的作品已经变成了无效链接。虽然有几分无奈，但很多作者表示，要让网络文学成为“自己家孩子能看”的文学，而不是“坑害别人家孩子”的文学。虽然在网络文学界，有关“内容分级”的呼声日益高涨，但当前的网络阅读主体依然是青少年，不应当以现象既成的事实来倒逼制度的建立。在社会组织、行政力量的引导和干预下，网络文学不再是单纯的网络商品，其作为精神产品所担负的社会责任日益凸显。在从八岁到八十岁读者都能随意阅览的互联网上，正视当前尚未出台相关分级制度的实际情况，加强内容审读，加大现有政策法规的宣传，对网络文学进行适当调节是必需且可行的，也是另一个方面对网络文学的规范和保护。

在网络文学发展的各个阶段，既有社会组织、行政力量对技术和资本的扶植与认可，又贯穿着干预和调节。当网络文学最初触及制度边缘的空白地带，显示出活跃的动能时，诸多类似“中国文化创意产业领军企业”“新闻出版‘走出去’先进单位”“出版业最具商业价值网站”的称号被赋予文学网站，这显示出制度对技术和资本创新的鼓励和包容。而当这一新兴产业已达到一定规模时，有关“互联网知识产权保护”“内容管理”等的规范化要求便被提上日程。网络文学盗版问题伴随互联网加密、解密和防盗技术产生，内容的庸俗化问题则是资本逐利的结果，类似问题无法由技术和资本内部自行解决，亟待制度的作为。同时，宏观的社会责任、公民文化品位的提升、媒介素质的教育等更宏观层面的考虑，也呼唤管理机构的介入和制度的完善。由此可见，网络文学的驱动力量虽诉求不同、能力各异，但根本上依然是媒介、资本和制度三者的合力。

中国网络文学二十年，从将印刷文化中酝酿的文本无功利搬上网络传播，到培育出一批对文化资源予取予求、任意化用的热门写手，再到打造特色鲜明、偶像化的“吸金大神”，已脱离印刷文学体系的参照，在文本特色、创作队伍、审美追求等方面发展出足够的独立性。快速的发展酝酿魅力，也制造问题。在网络文学研究中，回顾来路、厘清过程，不失为从根源上分析问题并提供解决思路的一个选择。

第七章　媒介转型中的新文学诉求

媒介的传播方式影响我们理解事物的角度和思考问题的方式，所以媒介本身而不是其传播的内容，才是真正改变社会文化的动能。这是加拿大学者麦克卢汉所谓“媒介即信息”的主要内容。这一说法在单向媒介中并不容易理解，无论报刊、广播还是电视都被人们看作传递信息的手段。但到了互联网时代，人们意识到了麦克卢汉理论的预见性。网络最具价值的不是其中某一条信息，而是其为众多信息源提供的发声场所以及信息之间相互质疑、辩驳的氛围。如果说失控、混乱、暧昧的“后现代社会”破坏了单向的、中心化的媒介所构建的那种整体感，零散、多向、动态的互联网则恰好契合了后现代社会特征。我们将互联网称为媒体，但与电视广播的节目制作、播出不同，网络上影响力重大的事件往往并不出自某个特定网站的具体作品，而是在网络传播中，在网民的议论、转帖中生成，是不可见、难控制的。

具体到对网络文学问题的讨论中，也带有这样的特点。最初的网络文学研究将媒介作为载体，重视文本本身，延续了印刷媒体时代看待文学的思路。以这种标准判断，大部分网络文学处于未完成状态，故事情节、人物刻画等十分粗疏，难以与完备的印刷文学作品相比较。然而，如果换一个角度，从作品整体的生成来看，网络文学的价值便凸现出来。接受理论认为文学是一个动态过程，意义在解读中生成。网络文学的价值就在于不确定性，它始终处于生长中。这种生长既来自读者的解读，也来自对原始文本的修订。因此，网络文学的文本生成是其与印刷文学最基本的区别。这种区别来自网络媒介的特性，如果延续静态文本分析的方法，则很难把握。

在网络文学兴起阶段，研究的焦点是超链接、图像符号语言等文本自身的显性特点，这些确实是网络文本不同于以往的新质，但它们都是可见的、明确的文本特征。只有“文本间性”这一说法，对于网络文学所具备的文化互联的特质有所描述，但并没有任何一部能够联系起所有作品的超级文本，因此，文本间性更像是对互联网虚拟构架的想象。实际上，网络的巨大威力并不止于此，它并不仅仅是一个可以任意调用的无所不包的资料库，而是一个可以即时生成的发动机，它的价值不在于已经囊括了多少，而在于源源不断的产出能力。

如今，越来越多的研究者将目光投向网络文学，研究视野也越来越开阔。除了像以往文学研究那样关注网络文学发展史，网络文学的新人新作，题材、类型等方面的发展之外，也有不少从媒介转型、产业发展等跨学科角度介入的。对热门网文的影视剧改编比较、对作品在中外文化语境中的传播研究、对网文的世界文化资源、对粉丝效应在网络创作中的反馈和体现等都有涉猎。这一切都从不同角度印证着网络文学的生产能力，它不仅生产网络文本、网语并波及后续文化娱乐产业，也生产网络角色如作者、评论员、自发传播者，还生产出源源不断的文化研究话题。

由于网络文学话题丰富，可讨论的层面众多，这里不做泛泛的概括。下面将从这一现象与传统文学的差异入手讨论这种差异对形成于印刷文化的文艺学理论提出的新问题。本书主要关注两个问题，第一个是“作者概念在媒体中的变迁”，聚焦于网络文学作者、创作方式等方面的争议，认为新媒介文学的需求孕育着生产主体的变化，作者由单个到集体、生产方式由个人原创到集体创作具备必然性和合理性，体现出新

媒介文学的需求。第二个是“网络文学的游戏逻辑”，从文本出发讨论网络文学所反映的新媒介文学的价值观以及权力表达方式。

第一节　“作者”的变迁

本节讨论上述第一个问题，它来自对网络小说创作过程中存在“代笔、流水线生产”[①] 等问题的报道。产业化的网络文学为持续吸引读者关注，必须稳定、大批量地更新，每个作者的工作强度和每日产出的文字数量之巨是以往写作无法比拟的。而网络作者能否在这种工作强度下保证质量和人气，他们背后有没有人代笔，那些大神熠熠发光的ID背后，是不是工作室团队产出等，都是值得探讨的问题。而更重要的是，围绕这一系列问题所产生的争议主要在于，传统观念中，文学创作是个人化的，它不是可批量生产的产品，而是与灵感、私人相关的，因此作者应当是独立、确定的个体。当前网络文学生产中的一些现象，却与确定性作者相悖。这是偶尔为之的“造假”，是文学在产业化胁迫之下不得已的妥协，还是新媒介文学的必然？下面我们就来追根溯源，讨论作者身份的界定、作者唯一确定性的形成，并剖析当下网络文学中的作者问题。

一　网络文学的“作者”问题

如今的网络文学充满了庞大的数据：动辄数百万字的长度，每部上百章的规模、每章千万量级的点击……这样的规模哪怕是以往作家中最高产者也无法企及。网络能够瞬间聚集关注，也容易迅速转换焦点，因

① 参见2012年初有关网络文学代笔的一系列报道，如陈杰《网络文学代写“隐形产业链”调查》，《北京商报》2012年2月3日；郦亮《“代笔”已形成产业链　“职业写手”月收入可达上万》，《青年报》2012年2月6日。

此，在海量作品、海量作者的网络文学领域，要不被遗忘就必须持续更新。流行的网络阅读收费模式通常是连载到一半，拥有固定读者后才开始设置 VIP 章节，所以只有达到一定长度的作品才能有收益。网络时代的缪斯法力大增，不仅赋予她的追随者奇思妙想，还给了他们超人的体力和意志——他们不再是普通作者，而是高产的“网络大神”，十八般武艺俱全，涉猎领域广泛、深谙流行趣味，且体力超群，在不耽误任何会议、参访、学习、工作的情况下还能维持每天上万字的更新速度！这样的网络作者，形象佳、气质好、灵感多、精力充沛，无愧于粉丝们口中的大神称号。然而，2012—2013 年间，有一系列文章透露，网络写作大神的 ID 背后并不是“一个人”，而是“一群人”！团队写作在网上已成心照不宣的事实：一群专业写作者分工协作：“摆渡的”负责将各段落穿插使之圆融，“捡漏的”负责完善逻辑线索，“润笔的”则进行言辞修饰。他们职责明确，形成了写作流水线！

有关网络文学写作中存在代笔的情况，始终作为一种传言在网上暗暗流传。2012 年上半年，韩寒因方舟子指其代笔而诉诸法律将“代笔”纷争推向了大众视野；同期，网络写手青姿抱病写作过劳猝死引发了人们对网络写手生存状况的关注，不少媒体采写了相关稿件：《网络文学除了流水线作业是否还有他路可走?》（2011 年 7 月 25 日）、《网络写手尝试“流水线”写作：只为多睡一会儿》（2012 年 7 月 3 日）、《“代笔”已形成产业链　“职业写手”月收入可达上万》（2012 年 2 月 6 日）等，具体可见注释①。其中所反映的问题如网文更新速度对网络写作强度的要求、网络写手的团队合作模式、大批量产出的网络作品中有

① 《25 岁病逝　职业网络写手生存状况堪忧》（2012 年 4 月 6 日）、《网络写手尝试“流水线”写作：只为多睡一会儿》（郦亮《青年报》2012 年 7 月 3 日）、《“代笔”已形成产业链　“职业写手”月收入可达上万》（《华西都市报》2012 年 2 月 6 日）、《网络写手的封神演义与步步惊心》（沈佳音、王鹏《意林》2012 年第 16 期）、《淄博一网络写手年入百万心酸网络也怕盗版》（李解《山东商报》）、《“代笔”已成三百六十一行稿酬千字仅三四十元》（谢正宜《新闻晚报》2012 年 2 月 8 日）、《商业流水线上的网络文学》（张书乐《中国文化报》2014 年 2 月 14 日）、《网络文学除了流水线作业是否还有他路可走?》（《文学报》2011 年 7 月 25 日）。

部分为流水线生产、大神背后存在对新人的代笔压迫等，也借此浮出水面，并迅速搭乘互联网的快车变成公众热点。

以上报道均默认这样一个逻辑，那就是：网络的媒体特性引起了网络文学的代笔问题。网络阅读特点——浅阅读、碎片化以及公众兴趣点的转换要求网文必须快速大量更新。而快速大量更新的要求一方面使得网络写作处于高压状态，成为“体力活”，进而导致内容粗制滥造质量低；另一方面则迫使网络文学生产者不得不联合作战，加入团队写作和流水线模式。这个逻辑的起点基于网络媒体的特性，在印刷文化中，“读书”被看作一种积极正面的爱好，但到了网络时代，“爱读网文”却似乎不那么理直气壮，甚至可能带有不务正业、不思进取的意味。对于网络作者的健康和工作状况，媒体舆论多报以同情，并就当前网文的收入模式、分配制度、青年文化需求等进行了多方面的探讨和反思，但其中对于“代笔”“流水线”写作等的谴责却无须论辩、毋庸置疑，正如一名网民所说“流水线出来的作品就跟韩国整容出来的美女一样不讨人喜欢”，媒体舆论的基本态度也是如此，不考虑作品阅读感受如何，从情感方面加以否定。

就此，围绕网络文学的“作者”出现一系列问题：在那一个个千奇百怪的ID背后，究竟是一双手还是一群人？代笔、团队和流水作业等是商业目的下的弄虚作假，还是也可看作新媒体内容生产的合理化需求？对作者身份唯一、确定的要求从何而来，又如何使这一词笼罩在神圣的光环之下？下文将从“作者”概念入手，以其在不同媒介中生成发展的历史变迁为线索，从文学史、文学理论、媒介转换等角度展开分析，讨论当前新媒体中的文学实践与形成并壮大于印刷文化语境中的文学理论概念体系之间的矛盾冲突，探讨新媒体环境下，文学理论的新问题。本章认为，所谓“个体作者”并非文学发展的必需，而是随着书面文字和印刷品权威的加强、知识产权法规的明晰而确立的。当前的文学理论概念体系均来源并形成于印刷文化中，自然会对这一体系的主张加以维护。它通过“风格”和“文学性”等观念巩固了个体与作者之间的联系，使得文学的作者成为一个“唯一固定”的对象。而在网络文学实践中，由于作品类型化导致的情节设置特点、由于读者阅读浏览习惯导致的对刷新速度的要求、网站对更新量的数据控制、盈利模式对作品规模的要求等，使得作者不再局限于个人，而是成为一个文学生产的概念。作者可以是唯一固定的，也可以是某种生产团队或组合。

二 单一作者的历史生成

文学创作的主体是具体的个人，这不仅是我们的习见，也是文学理论中通行的看法，甚至进入了权威的教科书，如“文学活动作为一种意识活动必然是个体的活动……否认作家、诗人的个体性，也就否定了文学创作的自主性和创造性……休谟把个体的自我说成是一些知觉的复合，荣格把艺术家归结为超个体的、普遍的集体人和工具，否定个体自我的实际存在，是错误的”。①

这种说法虽然为人们所接受，却并不符合文学史的实际，如果将“作者”放在文学发展的漫长的历史中就会发现，单一作者的出现竟是相对晚近的事情，越是久远的文学作品，可考的作者越多。文学创作的主体是一个在历史中变化的范畴。

其实在东西方文学史的尽头，我们几乎找不到单一的作者，如中国最早的诗歌总集《诗经》，我们只知道“王官采诗”，连采诗的王官是哪位都没有记载，遑论那三百零五篇的作者。当然搞笑一点的说法是许多乐府诗有一位伟大诗人的署名，他叫“无名氏”，这“无名氏”是否有点像古希腊的“荷马”呢？

“荷马”是谁？他为何能创作出《伊利亚特》和《奥德赛》这般伟大的作品？17世纪意大利哲学家维柯在其代表性著作《新科学》中，通过词源学考古给出了答案：《荷马史诗》背后隐藏着众多作者，是古希腊

① 童庆炳主编：《文学理论教程》，高等教育出版社1992年版，第160页。

民间诗人的集体成果。“荷马”一词是一个“诗性的类概念”，它源自“盲人”，指那些流浪乞讨的盲人歌者。《荷马史诗》流传于歌者的吟唱中，沉淀在歌者的记忆中，随着他们迁徙的足迹和传承，走过了不同的地域和年代，才能最终形成如此丰富的规模①。同样，莎士比亚究竟是不是如今我们所编辑的《莎士比亚全集》的唯一作者也尚存疑问。在他的时代，许多戏剧根本没有完整的剧本，表演很大程度上依赖剧团和演员的再创作；还有许多剧本匿名出版，很少写明由某个作家所作——除非这个作家非常有名。就算是署名的版本，也可能与作家没有任何关系，只是一种销售策略。因此，莎士比亚在世时就已经遭到将别人的作品冒充为自己所作的指责。直至如今，“经过几个世纪的筛选，我们仍不能认定哪一部戏或一部戏的任何一部分是莎士比亚的个人原创”。②

中国古典四大名著也笼罩着作者疑云。施耐庵是说书艺人还是落魄书生？他对《水浒传》是编写还是记录？这些问题虽还存在争议，但其中以“武松打虎”为代表的许多段落在当时的书场中广为流传却是不争的事实。如今我们仅能断定是施耐庵将当时不同派别说书艺人口中的故事细加遴选，从口头转为文字。由于说书主要靠艺人的表现力，所以谁来记录并不受重视③。从已明确的金圣叹评点《水浒传》并托古人之名改写一事看来，对文学作品匿名或假托他人之名改写、修订在那时十分常见。所以尽管如今施耐庵的名字已经和《水浒传》捆绑在了一起，但有关其作者的谜题却依然挑战着后人。类似的情况并不少见，《三国演义》由罗贯中在《三国志》《三国志平话》基础上，结合民间传说和戏曲、话本写成，又经清代毛宗岗父子改定为120回本④。《西

---

① 参见邱紫华《维柯〈新科学〉中的诗学理论》，载《外国文学评论》2002年第1期。

② Germaine Greer：《思想家莎士比亚》，毛亮译，外语教学与研究出版社2007年版，第165—166页。

③ 参见汪花荣《易德波教授访谈录》，载《文艺研究》2014年第1期。

④ 参见中国科学院文学研究所中国文学史编写组编写《中国文学史》（三），人民文学出版社1979年版，第838—841页。

游记》在吴承恩落笔之前就早有唐僧取经的民间传说和元末明初杨讷所作的杂剧等积累[1]。相比之下，唯有《红楼梦》明确为曹雪芹原创。但这也留下了更大遗憾：我们只能凭借脂砚斋片言只语的点评以及程伟元、高鹗的“细加厘剔，截长补短”[2]，从诸多版本中揣测原貌。其中种种的疏漏和不完美，是作者未及修订，还是遭他人改动，或者出于权力、亲情、避讳考虑不得已而为之？一切都为红学家和红迷津津乐道。

这些中外文学史上的名著，尽管作者的身份不够明确，但作品的艺术价值和社会影响力却并未受损，它们都不需要与唯一作者对应。因此从文学发生角度来看，唯一作者并不是必需的。一些有关“作者”的说法和认定，现在看来虽然毋庸置疑，却并非天经地义。对唯一作者的要求是怎么来的，它又是怎样不断加强自己的合理性，并最终成为权威观念呢？这或许可以从对创作过程的神秘化想象、不宜更改的印刷文字、产权观念的出现这三个方面来加以阐释。

将作品与个体作者相联系，首先源于人们对写作能力的神秘化想象。在古代优质教育资源垄断，以文章取士、诗赋留名的社会环境下，文学才能与人的命运前途紧密关联。那时没有“写作课”“作家班”等专业、系统化的训练，对文字的驾驭能力看似天赋的才能，与制造业、手工业甚至绘画、音乐等习得技艺有根本区别。所谓“文章本天成，妙手偶得之”（陆游《剑南诗稿·文章》），这双妙手的主人必然具有某种别人无法企及的灵性。像七岁咏鹅的骆宾王，七步成诗的曹植，其声名固然来自华彩文章，但灵光闪现的那一瞬却无疑使天才的形象更加生动。人们试图描述创作灵感，却无形中将其神化。它无迹可寻，陆机形容“来不可遏，去不可止”（《文赋》），刘勰说它“规矩虚位，刻镂无形”（《文心雕龙·神思》）；它倏忽即逝，李贺用“诗囊”捕捉、薛道

① 参见中国科学院文学研究所中国文学史编写组编写《中国文学史》（三），人民文学出版社1979年版，第902—905页。

② 《关于本书的整理情况》，曹雪芹、高鹗：《红楼梦》，人民文学出版社1964年版，第1—6页。

衡在“吟榻”上苦候；它近乎迷狂的酣醉和睡梦，所以李白“斗酒诗百篇”，张煌言“诗魔偏向睡魔生”（《梦中得句》）。总之，个人的创作过程无法因循。

同时，文学作品有移情效应，能跨越时空引起共鸣，阅读的虽是文字，却像在和真实的“人”交流。人们会将由作品引发的情感投射到作者身上，把创造性思维解释为具体个人的才华和灵感，从而将作品与作者一一对应。

其次，作者得以确定的前提是书面文化与印刷文化，包括文字版本的确定性和权力意志对统一标准的推行。

自从有了文字记载，书面文学和口头文学就被区别开。但这种区别在古代“经传”“诗词”中却基本看不出来，因为它们都是纯文人的文体，并不面向大众。即便是来自民间的“国风”“乐府”，也因其歌谣形式而区别于日常用语，且不断地被纯化和经典化。只有当话本和小说出现、流行以后，口头文学和书面文学的相互交融、影响才逐渐显现。在同时存有口头和书面版本的文学作品中，作者的身份问题就特别突出。有学者在研究扬州评话后指出：口头艺人的作品始终是变化的，即便同一个表演者的每次表演也都会出新；不同派别的艺人可以演同一个题材，在各自的诠释中再创作。可见，口传文学是开放、博采众长的，不同作者在演绎中倾注了自己的心血。而在书面文学中，一旦成为文字，作品固定下来，文本就完成了，其作者也随着文字版本固定①。因此，唯一确定的“作者”离不开文字，一旦将文学定义放宽，将评话等口头文学、民间文学收纳进来，在更宽阔的视野中突破文字和印刷的局限，唯一作者的说法就不成立了。

文字固定了作品，但早期书面文学并不强调作者，而是开放文本，任人探讨。在不同的记录和刊刻过程中，难免夹杂编印者的意见、态度

---

① 参见汪花荣《口传文学与书面文学：从扬州评话到〈金瓶梅〉——易德波教授访谈录》，载《文艺研究》2014 年第 1 期。

和选择倾向，不同刻本是秉持某种学说的标志。古代推崇“名正则言顺”，标志着根源的正统，认定的唯一性。对不同版本作者的明确和认可，从中选定权威，是对思想根源的追溯，是一个认同的过程，与文学艺术成就没有直接关系。中国国土辽阔，方言众多，南北方仅凭口语很难交流，因此，统一文字对古代帝王意志的准确传达有至关重要的作用。书写下来的文字以其官方效力、统一形式和确定性而具有权威意义。而随着印刷术的普及和发展，抄写、刊印如果不加限制，这种权威必将衰落。因此，版本的筛选需要一个标准，这个标准不论是对皇权还是大儒，都是唯一的。有了这种唯一确定性，才方便对文学思想统一控制。

至此，版本对“唯一确定性”的需求已经明确，但这种需求又是如何转移到作者个体身上的呢？既然任何作品都是人类文化发展的结果和结晶，且将作品放在一个开放的环境里能够去芜存菁的话，为什么要将文学作品的归属固定下来，为什么不将它放在一个开放的环境里去迎接社会环境的选择和历练呢？在这其中，现代资本的力量和由之生出的版权观念发挥了主要作用。

让我们再次回到1600年前后的英国，那正是莎士比亚声名鹊起之时，莎翁剧本也在这一时段走过了转变的关键时期：不少剧本最初印行时并无署名，“在当时盛行改变旧作和合写剧本的情形下，戏剧界的作者意识一般来说是比较单薄的……可是后来（1598年以后）的版本扉页却署上了作者莎士比亚的全名”。因为当时，“莎士比亚的大名已经成为出版商的一个卖点……但同时，如果剧团可以成为出版商的更大卖点，那么作者的姓名也就自然被隐去了”①。由此可见，当时出版物署不署名，署谁的名字，其实取决于书商。莎士比亚戏剧是大众艺术，不依靠官方赞助或门徒捐助，其剧本的印刷和刊行受市场导向尤其严重。在署名与否的问题上，完全由出版商说了算。那时，英国的出版权利由

① Germaine Greer：《思想家莎士比亚》，毛亮译，外语教学与研究出版社2007年版，第170页。

皇家授予出版商，相关法规旨在保护出版者利益，作者对不署名或任意署名的情况皆习以为常。他们无法预见，现代意义的版权制度还需要整整一个世纪漫长的历程才能建立起来！直到1709年《安娜法令》诞生，世界上才出现了第一部保护作者权益的法律。而它的诞生，也完全是利益的选择："在保护作者利益的现代著作权制度中，可以看到商品经济契约的色彩，法律以对作者权益的专有保护，换取作者源源不断的创作。"[①] 作为老牌资本主义国家，英国在对版权、专利的保护制度方面均走在前列，而我国"虽早在宋代就有类似近代西方版权制度的萌芽，却并未生成知识产权这一私权制度，一定程度上是受到儒家轻利取义价值取向之伦理法律文化的某种制约性影响"[②]。由此，在资本力量的需求下，作品的署名逐渐清晰、固定。可即便如此，"作者"仍然是多变的。如香港著名新派武侠作家古龙，其小说大量代笔已成公开。在"古龙"这个名字背后，不仅有得其神髓的弟子丁情，有武侠作家于东楼、司马紫烟，还有刘氏三兄弟联手合成的"上官鼎"。由于古龙约稿不断、粉丝众多，其人又放诞任性，连载其作品的报刊经常面临稿源断供的危险，所以便组织起了一个庞大的古龙代笔后备队。再后来，市场上甚至出现了署名"吉龙""台龙""右龙"的武侠书，分明是出版商冒用作家名声鱼目混珠。可见，版权意识是由社会资本力量推动的，对作者身份的明确、固定，很大程度上是商业经济发展对利益最大化要求。在署名背后，并不一定是亲笔创作。署名可以看成作者对其名称使用的授权。需要唯一、明确地固定下来的，并不是创作作品的人，而是由出版作品获得收益的人。

由此，可以说对于个人才华和灵感的崇拜、书面文化和印刷文化的出现、近代资本主义制度的版权观念的形成等三方面力量共同完成了对唯一的、确定的作者概念的形塑。

---

① 王晓先：《知识产权制度建立的历史必然性分析》，载《知识产权》2012年第4期。

② 胡朝阳：《论知识产权制度的社会适应性》，载《法学论坛》2007年第3期。

三 印刷文化的理论维护

把对作者唯一、确定性的要求放在整个文化发展的历史进程中看，它不是文学的必要条件，但是，从另外一个角度来看，这是不是文学的“进化”呢？我认为，应当将其看作文学的发展和精细化，但不能以单一的线性思维，将其看作替代性的进化。唯一确定的作者观念不是天然的和必然的，而是印刷文化这一特定语境的结果。

印刷媒介文化巩固了作者的唯一性和确定性，将单个的作者建构为文学的生产者，并通过高度抽象的文学理论使文学的个体化生产演变为一种文学的必然属性。应该看到，文学理论从萌芽到繁荣，从零散到体系化，完全处在印刷文化的进程之中。理论的探索和争鸣来自对文学文本的反复细读、阐释、再解读，也来自后续过程中形成的一系列相关文本。只有确认相同的对象，才能形成商榷和争论，而正是印刷媒体固定文本和大量复制的能力，才为文学理论提供了可重复、可讨论、可传播的同一对象。如今的文学理论在印刷文化中发展和繁荣，因此，它必然适应和维护印刷文化，推崇与印刷媒介相符的文学形式，以表明自身的合理性，同时维护自身赖以生存的文化土壤。印刷文化所要求的作者的个体性在文学理论中得到了巩固和维护。

在强调文学的个体化生产的印刷文化大语境中，“风格”概念的提出和其后的形式主义理论或许是其中最有代表性的理论话语。

说到风格，人们首先会想到法国的人文主义作家布封，在他入职法兰西学院的演讲《论风格》中，布封将文学作品看成作者本人的印记和标志，认为风格“是作者放在他的思想里的层次和调度”，“是当我们从作家身上剥去那些不属于他本人的东西、所有那些他和别人所共有的东西之后所获得的剩余或内核”①。因此“风格即人”，成为

① ［法］布封：《论风格》，载《译文》1957 年 9 月。

其风格理论最精辟的概括。可以说风格范畴的提出，是现代形式批评的开端，并把人们对文学作品内容的关注转向对作家作品独特品性的重视。其后歌德在其《自然的单纯模仿、作风和风格》一文中，把风格看成艺术成就的极致，认为作家创作须经由单纯的客观模仿阶段和主观表现作风的阶段，才能达到主客观结合的理想境界，即炉火纯青的风格展现阶段①。至此，关于风格的一切讨论都与文学的个人化生产紧密相连。

其实中国古代也早有“文如其人”的说法，如苏轼的“其文如其为人”（《答文潜书》），袁枚的“诗如其人”（《随园诗话》），还有“以文知人”② 的说法等，这些都将文艺作品和作者独特的人格联系在一起，故钱钟书在其《谈艺录》里，将“文如其人”与“风格即人”放在一起讨论，有了中西文论的贯通③。

“风格”也罢，“文如其人”也罢，不仅仅是个人品性、气质的流露，更显示出对文字运用和修辞表达的个性化追求。在印刷时代，文学创作就是用文字编码。那些对文字掌控能力强的作者长于此道，运用不同修辞手法把自我的个性从人类共通的情感中凸显出来，因此深入讨论风格，必然会进入文学作品的语言文字层面。

当我们从语言文字入手来看待作品，就不能不提到俄国的形式主义批评。因为这一理论流派的焦点就落在作品的语言文字上，或者说语言文字的文学性问题上。俄国形式主义批评家、语言学家雅各布森提出的“文学性”概念和什克洛夫斯基的“陌生化”理论，意在寻求文学的本质特性。这一派理论的主张者认为，文学性是一个语言层面的概念，正是个性化，陌生化、与日常用语不同的语言才使文学得以成立并区别于

---

① 参见蒋原伦《批评的自省与创造——批评心理研究札记》，载《文学评论》1988 年第 5 期。

② 参见吴建民《文如其人》，鲁枢元、童庆炳、程克夷、张皓主编《文艺心理学大辞典》，湖北人民出版社 2001 年版，第 377 页。

③ 参见童庆炳主编《文学理论教程》，高等教育出版社 1992 年版，第 375 页。

其他艺术门类。他们的理由显而易见：在音乐中，人们以旋律、节奏和力度来达成交流；在绘画中，人们以色彩、笔法、光影来传达意境。这些艺术形式所用的表达手段和材料并非都来自日常生活，而是经过提炼的形式语言。所以文学语言也应该具有自身的独特性，与日常用语保持距离。所谓保持距离就是关注语言的纯形式因素而剔除其日常生活内容，使话语的“组织、节奏和音响大大多于可从这句话中抽取的意义”，文学语言应该“系统地偏离日常语言”。对文学和文学语言的这一要求，实际上暗含着文学创作和个体写作的对应要求。因为所谓“陌生化”的语言，“改变和强化普通语言，系统地偏离日常”[①] 的语言，其能指大于所指，并非源于人类的共通经验，只能来自个体对语言的特殊运用方式。它强调词语的独特性，打上了诗人和作家鲜明的个体印记。

这种对文学语言独立的原创性的强调，把文学固定在了个人层面，排斥了明快的、通俗的、显浅的大众文化。因此，有关“文学性”的说法是基于文字的印刷文化发展到一定阶段的产物。

当我们强调文学理论对作者唯一性的维护时，不能只关注单一的理论话语，还要关注时代的理论语境。

应该看到，在形式主义文学理论发展的同时，也是西方各种心理学理论繁盛的时期，其中弗洛伊德的精神分析理论之所以最为艺术家和艺术理论家们看好，正是因为其强调了个体心理的独特性。这一理论后来成为文学理论的补充，进入了各种版本的文学理论教科书，并深刻地影响了现代派文学实践[②]。那些广泛使用独语、梦呓、自由联想和意识流手法，企图挖掘个体内心奥秘、还原心灵体验的现代派小说就是其产物。

---

① 参见［英］特雷·伊格尔顿《二十世纪西方文学理论》，伍晓明译，北京大学出版社2007年版，第2页。

② 参见张晧《弗洛伊德》，鲁枢元、童庆炳、程克夷、张晧主编《文艺心理学大辞典》，湖北人民出版社2001年版，第644页。

与同时期的“机能主义”“行为主义”等心理学派相比，弗洛伊德更关注个体精神的延续性，与后来发展起来的“社会心理学”相比，弗洛伊德则强调个体的人格特征。他关注个体的成长经历，认为人的精神状态源于个体独特的情感历程，特别是童年经验，因为它埋藏在深深的无意识之中。人的心理活动主要是无意识的，以性本能（力比多）冲动为原动力，但力比多却总是被压制、不显露。精神分析理论将文学创作看成作家力比多的转移或升华，也可以看成作家的白日梦。梦境是最神秘和最具个人色彩的精神现象，是不相雷同、无法分享的经验。由此，文学创作是极为个人化的。作家复杂的人格特征，受到无意识影响，表露在文学作品里，也带上了深深的个人印记①。

可见，印刷文化不仅酝酿了唯一确定的作者，还不断以文学理论对其加以强调和论证，使之合法化、体系化。

四　网络文学的作者需求

文学离不开媒介，无论其表达形式是口传、文字还是网页，都难免受到媒介文化的形塑。网络媒介展示出与印刷媒介不同的文化特质，孕育了新的文学样式、新的作者和读者、新的文学创作过程。因而，文学理论也需要随之发展，以面对文学的新诉求。

网络媒介时代，出现了不少新的文学形式。如早期的“数位诗”必须联机阅读，有的还能做出即时回应，显然不是以往书本杂志所能做到的。类型化网文虽然人物和故事情节安排方面与纸媒通俗小说没有太大区别，然而作为线上作品，它们依然具有印刷品所无法呈现的新质，网民喜爱的游戏小说、修真小说、名著、明星同人小说等，都更新了以往对文学的认识。这些新的文学形式呼唤新的理论支撑。网络文学“作者”与原有文学理论中对“作者”定义和要求的偏差就显示出这种

① 参见［奥］弗洛伊德《梦的解析》，赖其万、符传孝译，中国民间文艺出版社1986年版。

需求。不难看出，无论数位诗还是同人小说，都已不能为印刷媒介所承载，它们是网络这个新媒介酝酿出的全新文学形式，印刷媒介中的作者概念已无法涵盖网络作者。

创作早期数位诗的诗人原本就是印刷文化中的精英，具有超越印刷媒介的欲望。但是，他们先锋的探索却很快消失匿迹了。以台湾诗人李顺兴在曾颇被看好的“歧路花园”网站中推行的“AI（人工智能）写作”来看：它要求作者编写程序控制词语，生成具体诗句的任务则由电脑完成。这种做法虽然能更新形式体验，却对作者提出了技术挑战。其沉寂的原因，李顺兴分析说，“电子智能写作是一个吊诡的理论，毕竟，既懂软件编程，又有较高文学创作能力的人太缺乏了”。[①] 确实，以当前阶段网络技术的普及程度来看，只有极少数人能以一己之力达到网络诗歌实验对灵感、韵律、文学性、媒体性的综合追求。网络媒体的表现力、传播容量所需要的较高的媒介素质以及组织运作能力与印刷文学对单一作者的限制相抵触。在两方强大力量对作者苛刻的筛选下，网络上新文学的探索无以为继，早早没落了。

如今网络内容众多，“网络文学”一词也囊括了许多不同的形式。但快速更新的通俗类型小说是其中声势最大且具备盈利能力的一支，它还构成了文化产业中一个活跃的生产环节。如果结合网络媒体的浅阅读特点和海量内容的需求来看，类型化小说创作中存在的团队组织、流水作业的生产方式不仅能增加原创作品、扩充类型小说数量，其专业化处理在某些方面还有助于网络作品质量的提高，可以说实现了从小规模的手工作坊到现代化生产线的飞越，更适应媒介需求。所以，虽然网文界不乏天赋异禀、灵感不断且体力毅力超群的大神，但团队生产、流水作业等方式也未必是“欺骗”。

尽管类似做法已经被不少“业内人士”证实并广泛采用，却始终是媒体谈论的禁区。知内情者三缄其口，个别爆料的帖子甚至可能被利

① 穆肃：《台湾网络文学十年之感》，载《东莞日报》2008 年 11 月 17 日。

益集团动用公关力量删除。究其原因，就在于怕触碰到传统文学观念中对作品与唯一作者之间明确从属关系的认定。

然而，与媒体报道面对团队写作、代笔或者流水线生产时异口同声的负面态度不同，倒是一些与网文更亲密的读者更加豁达。他们在网络报道的评论区中发表了自己的意见。例如，“网络小说这类的，干脆明着成立创作团队，建立品牌和系列，更商业化的运作，我觉得没什么大不了”。“其实写书用团队写也没什么，那些大部头的有哪几本不是合作写的？关键是写出来的要让人满意，当然对于这个读者可以用脚投票。最后其实名字代表一个符号，如果他没明确说是一个人，那么变成团队也没什么。其实我更关心的是能看到什么，而不是它怎么写出来的。至于行业发展，网络文学大部分是快餐文化，写作团队的方式也是一个不错的发展方向”。“成立创作团队也没什么啊。读者只要看到精彩的结果就可以了”。“日本的漫画不都是工作室创作的吗？一个人干，早累死了”。显然，这部分读者更关注作品的阅读快感而不是生产方式。

由此可见，大众化、通俗化的网络类型小说蕴含着对新的作者概念的需求，而已经有部分读者意识到了这一点。一般认为，通俗网络小说是普罗大众的狂欢，写作进入门槛低，对背景知识、写作技巧、网络技术都没有太多要求。但实际上，网络小说的作者也带有印刷文化写作者所不具备的特质。他们打破了印刷文学对作者身份的限制，从起步阶段就将自己尚嫌幼稚的作品公之于众，在开放的网络环境中任人评说。他们的作品浅薄直白、漏洞百出，从印刷文学角度看十分欠缺。但正是这些笨拙的入门级网络写手激励了读者的参与，双方在“写作—阅读”“挖坑—捉虫”的过程中完成动态的网络创作。作者写作的同时，更是浸润在网络流行文化之中，对读者的喜好逐渐明确，从参与到把握。另外，在线连载的网络小说在思路的发展中完成，与印刷媒体中完整呈现的成形作品不同。这使孤单的个人创作，成为基于群体情感和交流的动态行为。越浅近的网络小说越能吸引不同层次的人参与讨论。在这类没有边界的讨论中，所有参与人员都成为延续话题的作者或生产者。

除呼唤新的作者外，网络文学也酝酿了新的读者、新的文本样式、新的结构等。目前，这些新质还停留在现象阶段，如果缺乏理论的自觉，不对其进行归纳、分析和定位，这些新特质在印刷文化强大的习见中就只能以零散的实验形式存在，甚至面临转瞬便淹没在网络浩海中的可能。

要使网络文学区别于印刷文学，当务之急是理论的创新，同时，对网络文学的价值进行审思。

现阶段网络文学以长篇通俗小说为主，以文字为主要表达形式，延续了不少印刷文学的特点。因此，人们少不了将二者类比，以印刷文学的规则要求网络文学，甚至出现网络向印刷看齐、写手向作家致敬的情况。但这种纯文字的通俗小说虽是目前的主流，却绝非全部。如果考虑到诸多实验性作品，就会发现使“网络文学”这一概念成立的，是“网络”，起决定性作用的是其媒介特性。

互联网打破了印刷媒体一统天下的格局，网络文学在学习、吸收印刷的基础上力图超越，发展出新的类型和特质。面对新媒介文学，以原有文学理论范畴去观照，必然遭遇不少盲区和模棱两可的议题。印刷时代的文学理论不适应网络，网络文学呼唤独立的理论体系。在建立网络文学理论体系中，当务之急就是改变网络文学试图向传统对应、靠拢、致敬，以求被纳入印刷文学理论体系的状况。作为新生现象，网络文学缺乏的不是存在的合理性，而是独立的勇气。如果从新媒介特性需求的角度看网络文学，像“多个作者”“集体创作”这样在印刷文化中巩固，新媒体创作者不敢触碰的敏感话题自然迎刃而解——文学媒介变了，文学作者必然会变。

谈论网络文学，要强调其与印刷文学的不同，这是其独立性的基础。随着网络文学现象壮大，瞩目网络文学的专业研究人员也逐渐增加，但他们的批评研究仍难免自觉或不自觉地以印刷文学为参照系，以传统文艺理论规则来要求和约束网络文学。这种情况在网络文学出现之初在所难免，因为人们看待新事物时，总会从自己最熟悉的层面出发予以定位和衡量。但如今，面对网络文化日益凸显与印刷文化之不同，面对越来越多青少年从印刷品转向屏幕阅读，如果还一味以网络文学作品追求印刷文学的规范，就难免有削足适履之嫌。

网络文学和印刷文学不同，不应当时时以旧观念约束新现象，但这也不是说印刷文学自此便被替代甚至消失。作为人类思维和情感的产物，文学的视域里永远无法忽略前人的建树。网络文学的意义，不在于排行榜上网络新手的收入超过了老作家，而在于它更新了印刷文化中的文学观念。媒介的发展不是线性、单向的更替，而是相互渗透、缠绕，相互影响和启发的，体现出不同文化的差异。

媒介的更新引起文化观念的更新。新媒介虽然还不能以整体撼动印刷文化，但已揭露出其不足。与其说网络媒介颠覆了许多旧概念，不如说它给我们提供了一个有关如何看待印刷文化的新角度：习见的来源只是习惯，没有什么概念“理应如此”，文学不一定是文字写出来的。网络创造了能与印刷文化相比较的新文化。正如印刷文学与口传文学不同，为适应新媒介，文学还需要身体、文字之外更多的表达方式。我们应当把早就习以为常的印刷文学观点放在媒介变迁的大环境中，意识到其阶段性，挖掘其媒介根源，明确其跟随媒介转换的趋向。

第二节　网络文学的游戏逻辑

网络媒介的阅读特点对网络文学的作者提出了不同的要求，这些擅长新媒体书写的作者，他们的作品在具备大众文化一贯的通俗易懂、意义明确等特点的同时，也呈现出一些以往印刷作品所不具备的新质。例如与时代紧密结合的网语和热点的借用，书写过程中跳出故事语境与预期读者对话等。除此之外，其行文中也呈现出一些新的特点，其中尤以任意征用神仙法宝，不受文化语境束缚的过度幻想为普遍。喜爱网文的读者对于故事中那种依靠虚假外力而非自身奋斗获取的成功全盘接受甚至倍加赞赏。而类似的虚构，在习惯阅读印刷作品的人看来，则是会引起质疑的，因为这类故事不合逻辑，所以曾有网络小说“装神弄鬼”的论断。我认为，网文读者和印刷文学读者对于玄幻类网文截然不同的态度，不仅仅是阅读偏好或者文学态度使然，更重要的在于不同媒介塑造了不同的思维方式。本部分将以网文中常见的一些手法为例，讨论网络文学与印刷文学在思维方式、理解问题和世界观方面的不同。我将这些手法称为“游戏逻辑”。

讨论网络文学的游戏逻辑，是和传统小说相比照而言的。当网络文学以类型小说的形式成为创意产业的宠儿之后，人们似乎有了充足理由把网络文学等同于长篇小说电脑版，并认为它难以跳出通俗文学的套路。的确，早期网络作者中有相当一部分是缺少发表机会的文学青年，他们将作品搬到网上，必然因袭纸媒文学的一些特点。然而，随着互联网逐渐成为当代文化强大的推动力，情形就发生了变化，网络小说和纸媒小说有分道扬镳的趋向，并呈现出一些新特色，其中最令人瞩目的就是对人造力量的崇拜和对游戏逻辑的认可。

传统意义上的小说在成为独立自律的文体后，尽管追求形式和内容的不断创新，但是基本遵循以下内在逻辑：如反映现实生活（现实主义逻辑）；如表达作者酣畅淋漓的情感（浪漫主义）；或记录芸芸众生和小人物成长的历史（小说叙事区别于历史叙事）。作品中的世界虽由作家人为创造，却贵在切近真实。当然，传统小说并非没有游戏逻辑或游戏成分，所谓的狂欢化叙事就是一种游戏逻辑。但是，狂欢化作为一种小说文体，即便情节再荒诞离奇、再娱乐化，追求的也是对现实的指涉，以游戏形式表达不便直说的想法。游戏在这里被用作隐喻和应对现实的策略。

而网络文学则强调疏离和架空。那种游戏性、玩笑性以及不合逻辑的情节，意在剥离与现实的关联，尽量避免唤起对日常生活的联想。所以它减弱细节描写，注重故事大框架的搭建。虽然网络小说也追求角色认同感，但取决于读者的主动身份替换。例如在开始阅读前就对将要扮演的角色（绝世高手、倾城美女）和追求的目标（权力、爱情）等有明确预期。网络文学力图构造一个人为的、认同幻想和超凡力量的虚拟世界，这个世界遵循游戏逻辑。

游戏逻辑是网络游戏世界预设的运行规则，美国学者卡斯的总结获得玩家的普遍认同："规则必须在游戏开始前就公布，参与者必须在开始游戏前认同规则，认同使得这些规则最终生效……只有在参与者自愿遵守它们时，规则才生效。"① 由于网文和网游受众群体类似，一些网游术语如"代入感""金手指"② 等被借用到网文体系中，网络游戏中的逻辑和规则，如以明文规定为前提，以可学习的技巧和可复制的路径为基础等也被采纳。这是网络一代对"客观理性"因果律的偏离和对游戏虚拟场景里受控且有机会全盘重来的人为逻辑的认同。遵循游戏逻辑的网文不追求创新，而将通俗小说的常见桥段如"废柴体质吃灵药喝蛇血功力暴涨""无名小卒遇机缘迎娶白富美"等转变为套路。读者在既定大框架下一次次复习似曾相识的情节，以熟悉关键节点、读懂网络暗语、辨别来龙去脉为荣。这种阅读不挑战知识经验，而提供基于熟稔的群体性娱乐。其重复不仅是情节需要，也是同源异质的网络文学参与者尽快融入氛围，表达对贵贱、善恶、爱憎等价值判断的捷径。这些

---

① ［美］詹姆斯·卡斯：《有限与无限的游戏》，马小悟、余倩译，引自腾云智库辑《游戏：未来的艺术，艺术的未来》，电子工业出版社 2016 年版，第 11 页。

② "代入感"和下文的"爽感"是玄幻类网文常见术语，指阅读时将自身置换为主角，在杀敌升级中的痛快体验。比起传统文学强调的情绪感染力，网文代入感更强调类似网游玩家扮演角色、完成任务的动态过程。"金手指"是游戏玩家用来修改后台数据的作弊程序，在网文中最初是用来弥补逻辑缺陷、解决矛盾的超级外力，后发展出自身实质功能。由于网络词语意义生产迅速且变化较快，不一定适用于权威固定的解释，本文中部分未标明出处的解释为作者根据网络百科、网友评论以及网文阅读经验的总结。

价值的选择虽然个体差异很大，却借助金手指、穿越、爱情等话题在网文套路潮流中稳定归位，在网民默契中形成鲜明的群体价值观。

一　金手指

“金手指”原指游戏玩家用来修改后台数据，以获得力量、武器、更高级别甚至续命的作弊程序。在网络小说里，无所不能的主人公随心所欲化解危机的方法也被称为“开金手指”。

网络流行小说虽延续熟悉的类型定式，但对情节吸引力的要求却比以往类型小说更高。在线连载时，作者着力铺陈、制造悬念，“挖坑”引诱读者深入。“坑”越大，关注度越高，后期在众多网友的瞩目下“填坑”就越有难度。常有开篇天花乱坠，胃口吊得十足，却虎头蛇尾甚至半途断更的作品，因为没有下半截而被戏称为“太监”。2004 年，知名作家马伯庸开始在网易连载《我在江湖》[①]：“五虎断门刀”弟子彭大盛下山闯荡，寄人篱下、乔装改扮、比武招亲，因袭了“传统武侠”套路。故事讲到第八章，武当恃强凌弱，慕容家拦路杀出，各方豪杰闻风而动势同水火，眼看一场激烈的混战即将开打，却突然没了下文。约两年之后，在网民连绵不绝的询问和对“太监”的讥笑中，“第九章”终于上传，说此刻天上突然掉下一个巨大火球，将方圆数千里内所有人一律砸死，“呜呼，虽我彭大盛独活，又有何用。自刎”。[②] 连同标点 209 个字符宣告全文结束。网友惊愕之余，创造出“陨石遁”一词，连同“停电遁”“入狱遁”“充军遁”[③] 等讽刺网络作者以荒谬借口停止

---

① 马伯庸：《我在江湖》，前八章见网易文化奇幻类目，连载时间为 2006 年 6 月 6 日—7 月 2 日，http：//culture. 163. com/editor/qihuan/040616/040616_ 89220. html，最后浏览日期：2018 年 5 月 7 日。

② 马伯庸：《我在江湖》，https：//tieba. baidu. com/p/81860270？pn = 2，最后浏览日期：2018 年 5 月 7 日。

③ 佚名网友：《网络小说十大遁法》，见 https：//tieba. baidu. com/p/109776680，最后浏览日期：2018 年 5 月 7 日。

在线更新、“遁地而逃”的行为。由于当时在线写作没有太多实际收入，很少人能不问前程地坚持免费连载，因被出版商看中导致“出版遁”或怕盗版而停更的“盗版遁”也不在少数。

随着网络文学产业化提升，它成为越来越多职业写手赖以谋生的手段，他们不敢随意戏弄读者，而是一边卖力挖坑，一边努力填坑。然而惊悚诱人的悬念容易设置，缜密严谨的答案却不好给出。为让作品结构完整，逻辑上说得过去，网络写手想出许多办法，第六感、通灵术、神仙法宝、外星人等都在关键时刻出来救命。在起步阶段的网络写手中，所谓“大神”比拼的不仅是精彩，更是规律上传“不断更”的毅力和有始有终“不太监”的责任心。网络玄幻不受国别和流派束缚，在无边界想象力名下征用各类资源，所以作品最多。那些武功、仙术、魔法、巫蛊等，虽不源于共同的文化根基，却早已深入人心。对它们的熟悉一方面能满足网文追求的“代入感”，一方面使“金手指”的法力来源毋庸赘言，从而快速搭建幻想和现实间的桥梁。

早期“金手指”多出现在情节简单、受众年龄偏低的“小白文”中——开了个好头却写不下去，又舍不得放弃时，就以金手指“作弊”弥补构思缺陷，解决依常理难以自圆其说的矛盾。如果从传统文学稳固的价值体系和清晰理性的逻辑思维出发，玄幻小说里予取予求、天花乱坠的“金手指”是“想象力受到控制”或“价值观混乱”①，但实际上，这种状况一方面是由于当时网络原创内容有限，网民对坚持连载的长文容忍度高、热情鼓励以求不“太监”；另一方面，网文参与者普遍年龄较轻②，其自身并没有稳固不变的道统观念，对网文里混合杂糅、东西合并、古今贯穿的世界并不觉违和。有些人甚至觉得环环相扣的严

① 从传统文学价值体系出发对早期玄幻类文学进行评价的代表性文章参见陶东风《中国文学已经进入装神弄鬼的时代》，http：//blog. sina. com. cn/s/blog_ 48a348be010003p5. html，最后浏览日期：2018 年 5 月 7 日。

② 《2015 年中国网络文学 IP 价值研究报告》，艾瑞咨询，http：//www. chinaz. com/game/gdata/2015/1230/490534. shtml，最后浏览日期：2018 年 5 月 7 日。

密逻辑不过瘾，莫名跳转的金手指才有“爽感”。因此，尽管一些写手有能力构造独立意象，也不愿抛弃金手指这种“缺陷技巧”，使它从“权宜之计”转为网络文学的特色元素。

金手指类型很多，外在的有法宝、神宠、功法和系统，内在的可能是禀异天赋、奇特血统等，其主要作用就是“填坑”以延续故事。如我吃西红柿的《星辰变》[①]，主角秦羽原是体质孱弱的“王爷三世子”，所练神功类似“铁砂掌”——“不断用双手铲入白沙深处。十指连心，疼得他心颤抖”。但当“流星泪”融入体内后，他就具备了自我修复和高超的领悟力，得以进入“星际升级”境界。由此，情节才真正走向玄幻，秦羽经历“星云—流星—星核—行星—渡劫—恒星—暗星—黑洞—原点—乾坤”十级，每一个级别乍看都高深莫测，而一旦逾越就迅速幻灭、不堪一击。这篇小说几乎为我们展示了玄幻法宝的所有类型，“流星泪”增强功力，“剑仙傀儡”提升招数，“姜澜界”转换空间，还有“万兽谱”“迷神图卷”“华莲分身”等。主角只需在恶战濒死之际，凭借运气、机缘或情义，便能获得某种法宝，从而绝地反击，胜利通关。法宝越多级别越高，但即便最后已突破宇宙，成为终极“鸿蒙掌控”[②]，秦羽所拥有的依然不是自身的能力，而是法宝的“法力”。通篇二百余万字并非讲述成长，而是探险、寻宝和收纳。

玄幻网文整体套路是讲述主角从弱到强、从无名小卒到多元世界主宰的历程。为营造神奇夸张的效果，时间上一般会延续成千上万年，空间上则穿梭于宇宙洪荒甚至不同“位面”。在一路积累经验打怪升级的过程中，主角还可能瞬间跳转到另一空间，换地图、换系统。这种危急关头抽身而出、全盘重来的写法也是金手指，以“随身空间”或“万能系统”为代表。玄幻小说篇幅长，又爱用极端大词，很容易

① 我吃西红柿：《星辰变》，http://book.qidian.com/info/118447，最后浏览日期：2020年3月13日。

② 级别梳理参见陈新榜整理的《“玄幻练级类”发展简史》，邵燕君主编《网络文学经典解读》，北京大学出版社2015年版，第362页。

写到技穷。这时就需新的级别、系统、地图或位面[①]——在凡人中强大后进入武侠世界，武艺登峰造极就与神仙斗法，法术和神兽用完后则开始宇宙游历，总之在完全不同的话语体系中层层递进，循环往复，打开后续情节。

作为网络小说常见元素，金手指自身也不断发展，逐步从物品或工具转变为独立角色，融合神仙、老妖、隐匿高人的“老爷爷”[②] 就属此类：唐家三少《斗罗大陆》中的“大师”；天蚕土豆《斗破苍穹》中的“药老”；《武动乾坤》中的“貂爷”；方想《修真世界》里的“老妖”；我吃西红柿《吞噬星空》中的“陨墨星主人”；等等，是大神们笔下最流行的人形金手指。老爷爷善讲故事，弥补主人公资历的欠缺；老爷爷心思细密，却对主人公这个“小孩子”掏心掏肺。他们武功高强，浑身藏着好东西，关键时刻甚至倾尽毕生修为舍身相救。

在传统想象性作品中，也有类似的长者角色，比如金庸在《射雕英雄传》中安排了好几位老爷爷向主角郭靖传授武功，但柯镇恶为打赌、丘处机为公平、洪七公则为黄蓉的美食，各有各自合理的动机。网文里老爷爷却毫无缘由，“大师”只因唐三特别有礼貌就青眼有加；陨墨星主人则可能寂寞太久，所以罗峰一旦误入福地就获传毕生绝学。网络老爷爷们从不试图自己征服世界，而是深藏功与名，辅佐主人公。他们本领神奇堪比《天方夜谭》，却绝不是一易主就翻脸的阿拉丁神灯。老爷爷这种强烈又忠实的情感既不来自血缘，也无患难与共的基础，依常理看格外荒谬，却有其媒介合理性。由于网文自由订阅，屏幕阅读常常是粗略的跳读，太严密绵长的因果伏笔容易被忽略遗忘，所以老爷爷一出现就得明确功能，与主人公捆绑结对。例如超过 300 万字的《武动

---

① 系统、位面、地图等也是网文从网络游戏中借用的术语。系统是网络游戏的操作系统设定；地图是故事的发展线索和环境条件；位面则类似不同宇宙空间，有相互不同的物理规则、神祇等。在网文中均关系到整个故事发生的背景、套路、规则等。

② 蘑菇子：《谈谈近年来我看过的金手指》，见龙的天空论坛，http：//www.lkong.net/thread－673270－1－1.html，最后浏览日期：2018 年 5 月 7 日。

乾坤》里，仅用3000字就完成了主角林动与天妖貂（貂爷）的相遇和配对，貂爷第一句话怀疑林动这个陌生人要伤害自己，第二句话就和盘托出了自己的弱点、身世、功力等生死攸关的信息，单纯得令人感动。《斗罗大陆》里大师和唐三的情感也在短短几句话间建立起来，两章之后大师就情愿冒着功力大减的危险给唐三疗伤。

老爷爷外形类似民间传说中的神仙，行为却大相径庭，既没有飘然出尘自成一体的超越性，也不具备以仙术挖井造桥造福大众的悲悯情怀，而是围着一个人转。这种予取予求的神仙大概只有在《没头脑和不高兴》或者《宝葫芦的秘密》之类儿童故事里才能出现。然而，童话中神仙爷爷的言听计从意在启发任性的孩子意识到自身要求的荒谬，带有教育意义，网文中的老爷爷却不具备超出主人公欲念的独立意识。他们可能偶尔“不灵”闹情绪，但即便增添情感和笑料之后，也仍只是一个综合了父亲、导师、保护神的功效，又如忠仆般完全受控的道具。传统故事里的神仙揭示超能力与凡俗欲念的不匹配，批判不切实际的梦想；而网文老爷爷则是主人公强大道路上的加速器，成就不切实际的梦想。传统文学中具有超越性、批判性的老神仙和网文里披着神仙外衣的金手指之间，因情感关系、行为动机和存在意义而截然不同。

网络小说题材上借鉴传统通俗文学，但又有根本区别。传统文学主张想象力在逻辑范围内“戴着镣铐跳舞”，网络小说则用金手指替代追新求怪所牺牲的常识理性。金手指是网文事先设定的逻辑前提之一，它并不源自科学理性，而是基于读者对虚拟世界规则的认可。金手指是人物命运的超级玩法，对它的认同源于互联网一代不愿将数码世界混同于现实世界，追求建立另一套话语体系的欲望。其实，人们对故事逻辑合理程度的判断也在变化：神造世界时，无辜的俄狄浦斯无论如何努力都无法挣脱神谕的命运；科学理性时代，人们通过学习科学技术改变命运；计算机网络时代，新媒介上流传着白痴天才、黑客英雄的传说，而浸淫于其中的网民难免梦想以强大的头脑能量开辟鸿蒙。

最初被用来救急的金手指逐渐具备实质性功能，承担起为不着边际的升级斗法赋予合理性，延续情节和丰富角色情感的任务，带给网民不受束缚的幻想力量。有些文学站点甚至以金手指属性和种族分类作品，供网民依据爱好检索。金手指有了自己的“粉丝”，痴迷某一特定类型的读者能够追根溯源，对其特点和演变路数如数家珍，不仅不觉重复，反而越看越上瘾，在写书评时还会自发归类比较，将金手指使用的合理度、创新度作为评判依据。虽看似简单，它却是网络时代创造出的独特文化元素。

二　穿越与重生

穿越与重生是网络小说主人公常见的命运轨迹，二者模式相似，都是时间失序导致的身份转换，前者穿越成别人，后者穿越回早先的自己。从根本上看，穿越也是一种金手指，它帮普通人修正生活中的缺憾，把现代人带往古代或异界体验显赫的身世。但穿越故事又并非完全架构在想象中，主人公虽然具备“后见之明”，但行动仍受特定历史时段以及人物身份的限制，虽能预见事态发展却无力阻止，认识的超前和行动力的滞后成为推动情节发展的主要矛盾。穿越满足人们对历史事件“再来一次”的愿望，以现代人亲历的视角填补古代大事件中的小细节。

有论者将穿越看作“展开故事的手法和叙述设定”，认为穿越火爆的原因在于“这一手法既充分满足了读者的 YY[①] 需要，也让写手在取得最大叙事效果（YY）的同时减少了‘合理性’质疑，在写作设定上变得容易……让读者的 YY 更真切自然、更有‘代入感’”[②]。结合本文

① YY 是由“意淫”拼音首字母演化成的网语，指不切实际、自我陶醉的幻想。

② 黎杨全：《网络穿越小说：谱系、YY 与思想悖论》，载《文艺研究》2013 年第 12 期，引文略有删节。

第一节论述可知，“简化写作难度、增强代入感”是“金手指”的功能，并不专属穿越。穿越文的流行主要源于当今科技发展带来空间萎缩之感，但时间仍是不可控、不可逆的，因此更具吸引力。穿越者虽然挣脱了原有时间限制，但他依然是普通人，在新的时段仍需服从时序，这就是穿越小说与神话的区别。在人类早期朴素的世界观中，时间和空间是区分人与神的两个维度。希腊神话里，暴虐的提坦遭奥林匹斯诸神镇压，尽管被流放、做苦役，却从不死去，而赫拉克勒斯等有人类血脉的英雄获得的最高荣誉则是超越时间变成永生的星座。中国古代鬼魂狐仙动辄修为千年，而普通人哪怕闯入神秘仙境，也最终会回到现世，像唐代的《游仙窟》、宋代的《刘晨阮肇》以及清代《聊斋志异》里面《画壁》《翩翩》《仙人岛》等，都将时空掌控作为人与神魔的界限。现代交通和传播技术缩小了空间，但没人能挽回时间，因此，腾云驾雾的异域见闻甚至星际旅行都不觉新鲜，不受掌控的时间则成为激发想象的主要来源之一。

穿越并不是网文的发明①，著名通俗小说家黄易、席绢都出版过风靡一时的穿越小说②。但在网文流行以前，穿越只是个别小说中的意外事件，没有成规模出现，也不具备担当主线的重要地位。网络穿越虽源于对通俗小说的跟风，却在潮流化创作中产生新变，通过故事矛盾的转移和形式的转变反映出当代青年面对现实问题的无奈，转而求助于虚空幻想的态度。

网络穿越小说的变化首先体现在故事主要矛盾从时间转向个体情感与理智的冲突。写穿越文的一个基本准则是不得更改历史进程，否则就不是穿越而是玄幻创世。早期穿越文有不少受黄易《寻秦记》影响，

① 有关网络穿越小说的发展脉络可参见黎杨全《网络穿越小说：谱系、YY 与思想悖论》，《文艺研究》2013 年第 12 期。

② 黄易《寻秦记》和席绢《交错时光的爱恋》被看作穿越类通俗小说的源头，前者讲特种兵项少龙穿越到秦代，后者讲因车祸意外身亡的杨意柳被身为“灵异界甲级女巫”的母亲送至古代展开恋爱的故事。

写现代人回到古代，试图在民族发展的关口力挽狂澜，如阿越的《新宋》、月关的《回到明朝当王爷》、酒徒的《明》等。在这里，主角对抗的是不可逆转的朝代更迭，虽然对重要事件结局了然在心，但使尽浑身解数也无力回天。幸运者穿成某个帝王，亲手促成霸业，但躯壳里的现代记忆终究是无处安置，只得“隐退江湖”，用故作潇洒的态度掩饰虚无主义的内心。这类穿越以波澜壮阔的大场面和浓厚的家国情怀受到各类奖项的青睐，但对读者来说，其“爽点”在快意恩仇的“热血”而非历史，因此人气并未超越将热血表达得更直白的军旅甚至黑道文。

女性穿越——一种将言情与花样穿越结合的新故事模式反而因矛盾集中、结构完整而影响面更大。“清穿三座大山”《梦回大清》《步步惊心》《瑶华》都讲普通女白领穿越到康熙年间，凭清宫剧里得来的历史知识与阿哥们展开恋爱，却各有各的精彩；《木兰没长兄》中女外科医生穿越成花木兰后，凭借现代医术赢得声誉，也在羁旅生涯中体验到边关将士的豪情，不同于一般的小儿女情怀；《女帝本色》里四位少女则更主动，她们团队穿越寻找爱情，终于在最适合自己的恋爱时段停留下来。女作家写女性穿越，故事环境虽是历史，矛盾却从宏大的家国抱负转向复杂的个人情感。乍看去两个人卿卿我我与外界无涉，但穿越身份却赋予恋爱更多内涵。以桐华《步步惊心》为例，穿越到九王夺嫡时代的女主由于熟谙清史，不得不趋利避害，放弃日久生情的老八，刻意接近未来的皇帝四阿哥。她的心结不是传统言情“我爱的人不爱我”或“棒打鸳鸯两地分”，而体现在对命运的清醒审度以及偏离理性的感情纠葛中。虽然谈论爱情，但女主进行的是无情的选择。现代女性穿回古代往往年轻貌美，她们有渴望被爱的小女人心态，有平等独立的自我意识，还有穿越带来的先知头脑。因此，既不缺选择爱的能力，也不缺逃避祸的机会。她们在多方受制的时代环境中尽力保全自己和身边人，哪怕是功利性的抉择也带着迫不得已的诚恳，比老套言情中等待救援的女主更加立体生动。

作为原创网络小说的重要一支，穿越文的许多特点源自其媒介特性，其中之一就是穿越者原生身份的弱化、矮化。在早期因袭黄易、席绢的穿越文中，主角常常是具备特殊技能、身家傲人的“特种兵”或“魔血美少女”，而后期平民化的网络语境酝酿出越来越多贴近普通人的穿越主角。除了穿越身份，他们一无所有，不得不凭借一些现代的基本常识如文史知识、数学物理、职场攻略等奋力谋生。他们原本只是低级白领、单身狗、挂科学生，在车祸、坠崖、溺水甚至对着电脑看小说时突然穿越，一下子进入别样的世界。即使个别人依然霉运加身、笑话连连，穿越也为平庸生活增添了色彩。这些凡人乍一穿越时的窘境难免让人产生优越感，幻想自己如能跌入时间缝隙，也将成就一番浪漫的传奇。

穿越提供了轻松代入的渠道，让人产生极大的自我满足。这种满足不仅来自与故事主角低劣原生身份的对比，也来自穿越后的“玛丽苏”效应。“玛丽苏”原是《星际迷航传奇》中一个过于完美而失去真实性的女战士角色[①]，后被网民用来讽刺网文里集天赋、容貌、机遇和异性缘于一身，带有作者自恋人格投射的女主角，相应男主角称为“杰克苏”。他们是全能人物，一出场便自带光环，他们拥有全部资本，所有情节都围绕他们展开。这样自恋自大的主人公在网文中受宠的原因，是由于“刷网文”[②] 多在通勤、排队、工作间隙，很难集中注意力；而网络小说却必须以超长篇幅换取收益，要求读者对一部作品长久关注，二者之间存在矛盾。在注意力延续与碎片化时间的博弈中，“玛丽苏”“杰克苏”这样强大、鲜明、关注度高的主角成为必需。在穿越中，一切都是发生过的，都可以改写，主角的当下感受和选择至关重要，而其他角色则可以随时替换重来。原生身份的卑贱和转换身份的高贵对比是

① 参看360百科“玛丽苏”词条，http：//baike. so. com/doc/5368796 - 5604626. html，最后浏览日期：2020年3月13日。

② 网民在阅读网文时，不仅快速浏览，还经常跳转，因此称作“刷文”，与印刷文本的细读形成明显区别。

穿越的魔法，诱使读者通过代入实现从卑微到强大的翻身，轻松拥有少年躯体、中年精力和百岁见识。

在角色扮演类游戏如《三国志》中，玩家选择赵云或张飞身份，就能骑白马或耍大刀对敌，网络小说对代入的强调也在鼓励读者扮演角色。屏幕显示突出视觉效果，表情包、视频和游戏属于网络主流娱乐，纯文字阅读曾不被看好。可为什么网络文学却终究在手机、电脑上流行了起来？并不是因为网络小说也借用了与网游、视频类似的多媒体手段。尤其是当前的长篇类型化网文，完全以文字写就，连表情符、超链接等都很少见，它们之所以流行，恰恰是源于不适合屏幕表达的文字。文字诉诸想象而非视觉效果，不长于精确的形象塑造，正是这种模糊性，为代入提供了更大的空间。网民依个人口味，在网络小说粗略设置的身份、性格和情节中拣选一款，作为自身形象的网络再现。比起固定的图像、精确的视频，文字更加自由，它的模糊和包容允许读者对作品角色自由整合代入，而不是整容削骨地依附于某个明星。

网文阅读不是静态孤立的行为，而是一场虚拟社群的互动。网民在线追文的同时，乐于积极点评、回复、打赏或是加入作者 QQ 群。某位大神或作品的粉丝构成一个虚拟共同体，在积极跟进故事发展的同时，把现实当下的自我与故事中的虚构主角相联系或者置换，对主人公产生高度的认同甚至依赖。他们通过网络互动在虚拟集体语境中展示自我，并生成一些只有特定社区成员才能理解的行话暗语，通过相互感染形成文化潮流。网文读者之间的网络对话既可实时交互，也可能因为共同主题而跨越时间限制，接续并影响到同样爱好的一类人。这种现象使私人的社交行为带上了虚拟社会穿越时空的神奇色彩，因此穿越主题在网络上比在其他单向媒介上更容易得到接受。

三　爱情最大

爱情一向是文学钟爱的话题，否则，帕里斯王子也不会以十年特洛伊战争为代价，将金苹果判给阿芙洛狄忒；罗密欧与朱丽叶的激情也不会超越家族世仇而焕发出永恒光彩。然而，在传统文学中，爱情是受限制的，与欲望、责任、伦理、道德等共同构架故事，坚信“爱可以创造一切，也可以毁灭一切”[①] 的言情小说不过是通俗小说中的一支。

网络小说依受众性别分为“男性向”“女性向”，依主题分为“玄幻”“穿越”“都市”“言情”等，虽然情节有异，但爱情话题却能轻松游弋于不同性向的所有类型中。爱情是网文里抚平一切伤口的灵药，无须自证即具备合理性，它是修炼、创世、隐退的动因，是权谋、黑帮甚至“种马”的终极救赎，它激励痞子走上英雄之路，也帮弱小者扭转乾坤……哪怕与具体情节无关，抽象的爱也常被用作行动的根源。以两部完全男性向、几乎不涉及男欢女爱的创世类作品为例：猫腻的《择天记》里，陈长生历经重重磨难最终成为掌握天上天下的教宗后便携爱人归隐——既然意不在治世，那么此前所有拼搏就都“白打了”；第二男主秋山君为爱“什么都愿意做”，哪怕是背叛信仰、放弃生命，最终衬托出爱的坚贞。辰东的《遮天》里叶凡修炼的动力最初是为救人和自救，但当情节演进，一个个次要角色都被遗忘后，他的目标就不得不转换成为爱修炼。纯男性向小说尚且如此，其他类型更难以跳出这种窠臼，制造《三生三世十里桃花》世代纠缠的，是“我爱他，他爱她”；帮《微微一笑很倾城》里男主走出创业阴影的，是爱的甜蜜。

连载时间漫长的网络小说需要不断添加新线索吸引注意力，却无暇以绵密的逻辑来连缀众多头绪。爱情既通俗可感，又具有黏合不同情绪（妒忌、憎恨、愤怒等）的魔力，还是青春期读者钟爱的热点，因此成为各类网文常用的解释，但网文中的“爱”又演化出独特的含义。在看待性关系方面，网文和传统言情小说不同。后者强调爱和性的排他性，男女往往是一对一搭配，谴责绝情负心和多性伴，维护贞操和血统

① 席绢语，参见汤哲声主编《中国当代通俗小说史论》，北京大学出版社 2007 年版，第 126 页。

观念；前者则认为身心契合、肉体欢愉甚至功利的性关系都可以纳入爱的范畴。例如吸血鬼小说中不乏因迷恋某种特殊血液而誓死守捍卫人类女孩，患难与共日久生情；《蜂巢里的女王》讲述穿越成蜂后的女孩被众多工蜂帅哥追捧宠溺；《择天记》中莫雨和陈长生睡在一起，原因竟是需要他的体味助眠。网文里不排斥从一而终，也接受情感转变，连对同性甚至跨物种、跨位面的爱（如丧尸、狐妖、虚拟爱情等）也持开放态度。特别是丧尸小说，由于角色形象丑陋恐怖，所以甜宠文颇多，如《末世中的女配》《我的男友是丧尸》《末世守护》等都是这一路数。从花样百出的对象可以看出，网民将爱情当作纯粹的故事元素，并不像传统言情小说那样试图塑造爱情关系的模板。传统言情小说中的青年男女往往遭受来自家庭、伦理、世俗成见的阻力，而网络小说里的爱情则跳出真实社会，不追求世俗圆满，是独立个体间的交互。

网语中的“爱情最大”源自电影《大话西游》。作为网络流行文化源泉之一，这部电影在无厘头搞笑和讽刺戏仿之外更受关注的是其跨越仙魔、人戏不分的爱情。网民们为角色（白晶晶、紫霞与孙悟空）与演员（朱茵与周星驰）的爱情唏嘘，并使之突破媒介边界，从完结的电影演化为开放的网语、多变的表情包和人人都能演绎的文化主题。《大话西游》初上映时票房普通，后期却在校园群体中赢得极高的声誉。青年学生是早期网络文化的制造和参与者，在他们泡网的过程中，这部电影不仅是虚拟社区里的一个话题，更提供了连缀青春世界、倾吐爱情宣言的机会①。

网民对爱情话题的热衷也贯穿中国网络文学的整体发展过程。最早期以网恋题材出现的，无论台湾《第一次的亲密接触》，还是内地“三驾马车”② 的《迷失在网络与现实之间的爱情》《活得像个人样》《假装纯情》等，爱情都以网络为媒介。彼时所谓“虚拟世界”近似科幻，

① 参见张立宪等《大话西游宝典》，现代出版社2000年版。

② “三驾马车”指内地早期网络文学作者李寻欢、宁财神、邢育森。

属意网络创作的人们只将它看作维系跨地域爱情的工具。随着网恋题材的流行，众多打着“网络”旗号出版的畅销书更是将网络变成爱情的背景，只要文中涉及在线聊天、使用表情符号，甚至主角在计算机行业就职都可以纳入“网络文学”名下①。

这种情况直到网络写作走向职业化才有所改观，文学网站丰富了网文“聊天加恋爱”的模式，但“爱”依然是必不可少的。在男性向小说里，爱情虽缺乏细节，却带有不容争辩的超越性和终极救赎的效力。以脱胎于角色扮演游戏，以练功饲宠做任务为主线的玄幻类小说来说，虽是纯男性主题，也以爱为根本动力。江南烟雨在《亵渎》中塑造了一个好色、残暴又丑陋的主角罗格。尽管他使用邪恶的死灵法术疯狂敛财、谋求权位，但仍在精神交流中爱上魔界公主，并不惜为之抛弃钱财，背叛教会和前途。爱使那卑鄙嘴的脸逐渐带上哲人般的色彩。“‘爱情’成为罗格唯一愿意捍卫的价值，并使其翻身对抗‘神圣崇高’的秩序体系……是主角最后的底线。”② 罗格的爱不是特例，整部小说虽然围绕练魔法、斗骑士、挑战教廷、背叛家族展开，但所有角色都与爱纠缠：光明骑士爱上黑暗公主，人间女孩痴恋死灵法师，公爵之子中了侯爷之女爱的圈套……各式各样的爱为各式各样的打斗找到理由。仙侠小说脱胎于武侠，增添了道家炼丹、运气、御剑等元素，而人物却往往身在仙班，心在红尘。类型开山作《诛仙》中，平庸少年张小凡拼死保护师姐陆雪琪，被其感动的师姐放弃自救与其一起坠崖，结下生死之恋；之后小凡与鬼王女儿碧瑶落入洞中患难生情，危急关头后者牺牲自己以厉咒解救小凡，结下人鬼之恋；对正派失望的小凡成为鬼王杀手，与身为正派传人的师姐决斗却不忍下手，再续爱恨痴缠。主人公忽正忽邪，每一次转变都伴随一次爱的抉择，危急关头也总是因爱而续

① 本文提到的早期恋爱题材网络小说可参见许苗苗《性别视野中的网络文学》，九州出版社2004年版。

② 王恺文：《奇幻：“恶人英雄”的绝望反抗》，邵燕君主编：《网络文学经典解读》，北京大学出版社2015年版，第56页。

命，“爱情是超越价值对立的桥梁”①。连妻妾成群的“种马文”也以“爱”为借口。禹岩的《极品家丁》里，“家丁”从当代大学生穿越而来，他运用现代知识改善古代生活，平内乱、定边疆、治理朝政，背后的动力是主人家两位小姐的命运和公主超越阶级的爱情。烽火戏诸侯笔下的“极品公子”是一个自恋到极致的纨绔大少，结党商战过程中以收集女性为乐，但其“最爱”却并非“最美”、“最亲”或“最有价值”，而是从误会、憎恨到最后生成的“真爱”。虽然“种马”毫不掩饰身体欲望，但奋斗的动力却设置为“真爱”，哪怕这“真爱”非常苍白、缺乏说服力，却是当之无愧的正能量。

女性向小说描写爱情更具体，态度也更复杂。不同于传统美丽、被动的“傻白甜”，网络爱情女主角更有掌控爱情走向的自主意识。在宫斗小说《甄嬛传》里，最初纯情的甄嬛因惧怕无爱的婚姻而将侍寝机会屡屡让人；之后由于被皇帝打动产生爱的幻觉，开始积极争宠、打压其他嫔妃；得知自己只是前皇后的替身后，她心灰意冷遁入空门，却与果郡王暗生私情；为保住爱人的孩子，她重新回宫并最终亲手杀死皇帝。为追求真爱，女主角经历了从一往情深到心狠手辣，从单纯善良到利用倾慕者达成私人目的的转变。她并不等待爱的施舍和救援，而是积极选择、主动把握命运。

其他女性向的类型小说中，爱情态度也十分新鲜：穿越把恨嫁的都市大龄女送到古代公子王孙面前；“禁欲系男神”以高颜值、高智商和孱弱体质提供忠贞情感的模板；耽美文则满足了女性转换地位、自由选择角色带入的幻想。流行的耽美文里见不到三岛由纪夫《禁色》式的压抑和耻感，也没有早期网文《蓝宇》那种在社会关系和权力网间的挣扎，而是以“二次元”思维方式赋予“爱”无关他人的独立性。耽美文不回避性，但多半采用动漫式的主角、童话般的恋情、轻快夸张的

① 王恺文：《奇幻：“恶人英雄”的绝望反抗》，邵燕君主编：《网络文学经典解读》，北京大学出版社 2015 年版，第 56 页。

描写。这种特点尤以“甜宠”类耽美为甚，无论是都市童话《惩罚军服》还是古风神话《花容天下》，主角的性别设置虽然为男，给人的感受却是忽男忽女、可男可女。耽美以同性爱去除了习见赋予男女的性别、主被动的差异，既不追求灵的超越，也不流于肉的重浊，只有一派撒娇卖萌。幼稚化的性描写冲淡肉欲，凸显双方在外貌、精神和趣味等方面的吸引。这样描绘出的爱情必然超越现实逻辑，因此何种性取向都没有悖谬感。如果说男性在“种马文”中体验着三妻四妾的美梦，那么女性则在耽美文中进行可攻可受的意淫。

由于爱情最大，网络小说中的财富和权力都轻如鸿毛，连生命都不再重要，拥有真爱就可以毫不犹豫地抛家弃国、死亡或重生。网络文学本身是一项边界模糊的互动行为，参与者、原创作品和衍生话题相互交织并彼此催生，因而爱情最大的信念不仅贯穿作品，还泛滥到写作和阅读交流中。读者点赞原本是随意表达，但在追文社区里就成为对作者的情感支持；粉丝群产生争议时，围观和点击都代表立场。追文“打赏”为网文作者带来了收益，却使“写作”一词的神性光环变得黯淡。为扭转国人历来认为“谈钱伤感情”的态度，文学网站发明了一套将金钱与情感相结合的升级制度：读者以票额和虚拟礼物表达支持，作者以收到的虚拟财产品第。作者毫不讳言“求点赞、求月票、爱我就来打赏我”——这种把经济和情感画等号的行为，被称为“有爱的经济学”①。爱统摄一切，当爱的程度与金钱数量联姻，文学网站的资本行为就笼罩上一层脉脉的温情。

四　从认同虚幻到反攻现实

“游戏逻辑”不仅是网络文学对电子游戏预先设定规则的借用，也

① 林品：《“有爱”的经济学：御宅族的趣缘社交与社群生产力》，《中国图书评论》2015年第11期。

是网文交互活动中网民所抱有的以低成本改变世界的幻想态度。网络文学以游戏逻辑构造虚拟世界，对游戏逻辑的认同一方面透露出网文爱好者在面对复杂话题（如逻辑冲突、灰色地带、琐碎日常）时的迷惘无力和试图求助于幻想解决现实矛盾的企图；另一方面，也预示着媒体技术、知识换代、潮流变迁对社会的推动，以及青少年、较低社会阶层渴望凭借自身对新媒介、新知识的优先接触，在固有等级秩序中寻求新的机遇。从这个角度看，网络文学虽不是当今阅读的全部，但其流行文化的特质以及庞大的数量却足以证明其所遵循的游戏逻辑的通行，这种虚幻的想象性态度投射在现实生活中，并反映出参与者对现实世界的态度。

许多网络作品信奉丛林法则，升级练功养宠物的目标都是打败更高阶的对手，完成更艰巨的任务。强者拥有世界、主张正义，而弱者的生存依赖于强者天然的正义感、同情心和对真爱的向往。在这种升级过程中，力量对比和胜败结果都是一对一、有因就有果的。金手指显示出网文世界对规则的建构方式：哪怕主人公作弊，只要遵循设定便能获得认可。它是君子协定般的透明规则，有意无意地疏离复杂暧昧的灰色地带，以回避现实社会中的“潜规则”，它不试图构建理想国，而是由最简单的幻想和爱憎支撑。

穿越则利用时间差，以当代视角和“后见之明”解释过往、改写命运，以缓解人在回顾时间长河时产生的无力感。时间的流逝不可逆转，穿越不仅赋予个体强大的能动性，更折射出人类挑战时间这一看似恒定不变的自然主题的欲望。网络时代个体的渺小要求网文主角必须完美强大，唯其如此他们才能延续想象，让故事具备可信度。

除了对生存和时间规则的简化处理外，网文对生命也有不同的看法。十来年前，当被称为“80后作家”的青春写作成为畅销书时，“流血”“死亡”等是他们频繁使用的意象，“盲目而奋不顾身”[①] 一时成为青春流行色。稍后的网络作者虽然也多是“80后”，却并没有延续

① 沈浩波：《盲目而奋不顾身的〈北京娃娃〉》，《华夏时报》2002年5月20日。

"残酷青春"的基调，而是着力于渲染生命的快感。他们向卑微的普通人展示现世的诱惑，并致力于以代入感模糊幻想和真实的界限。他们痴迷于基督山伯爵和盖茨比那样戏剧化的权力反转，让小人物成就大事业，却并不期待生命的升华，而是以获得具体的金钱、爱情、权力，以绝地逢生甚至长生不老作为反转命运的手段。生命在玄幻仙侠里可以长生千年，在穿越中可以死而复生，即便在不涉及仙侠等超能力并标榜爱情洁癖的都市情感作品里，人们也"一言不合就消失"。这里的消失并不是死亡或寂寂无声，而是换一种方式重来。如《何以笙箫默》《七年顾初如北》《寻找爱情的邹小姐》等作品中，主人公整容、出国、销声匿迹躲灾避祸，经历一定年限（多半是 7 年）的蜕变后，总是能够重新光鲜地出现在爱人或情敌面前。虽然相爱相杀，但他们的身体和精神都惊人地保持着一如既往的"纯洁忠贞"。网络小说将生命的细微情感无限放大成跌宕起伏的波折事故，主人公的遭遇比"残酷青春"更富戏剧性，但他们不再轻易抛弃生命，而是坚韧地应对一个个难题。不死的主角在网文中践行犬儒主义，这恰好与网络流行语中反映出的日常生活态度一致，在对美好情感、简单规则的向往之下，是对现实社会的服从和无力反抗的想象性戏谑。

游戏逻辑赋予网络小说某种抵抗性质。虽然"以弱胜强""普通人创造奇迹"等虚拟快感原型均产自大众文化工业，但网民通过评论、打赏等方式沟通作者，进而影响情节走向，使作品成为互动的产物。低成本的网络阅读让低收入群体以点击投票，如果说商业化运作使网络小说落入资本之手，那么低消费和廉价的复制传播却让网络小说本身无利可图。虽然网络盗版令人反感，但它具有开源代码般的效应，使更多网民获得参与机会，在阅读、转发中迸发灵感，成为参与构造网络流行文化的生产性力量[①]。这些力量有时顺应资本意愿，有时则对抗或者利

① 关于大众对文化工业产品的生产性消费可参看［美］费斯克《理解大众文化》，王晓珏、宋伟杰译，中央编译出版社 2001 年版。

用，它们实际上已经游离了资本控制。文学网站如果纯粹生产文本会无利可图，只有开发粉丝经济、进行版权运营、积极向付费门槛更高的影视等媒介形式转化，才能从网络文学中获利[①]。网文获得转化的依据是人气，而贡献点击量，使之具备人气的则正是低消费能力的网络大众。网民的选择通过媒介转型到达高消费能力群体，游戏逻辑也从而到达多种媒介受众，影响多个社会阶层。

网络文学与印刷文学经常被作为一对概念相互比照。读屏时代，印刷文学并没有在“新文明的号角”声中轰然倒下，相反，其确定的作者来源、审慎的编辑流程、深度的思辨色彩等优势在变动的网络阅读中日益彰显。稳定性使印刷文学具备强大的自律性和界限分明的话语体系。网络文学欲在这一权威话语体系之下谋求发展，与其探索一套对抗体系，不如突出自身与之相对的变动性。当前这种变动的结果，就是网络作品中体现出的对游戏逻辑的认同。游戏逻辑标志着网络小说已发展出个性风格，在强化并放大传统通俗小说某些属性的同时呈现出自身独有的媒介特色。

① 《侯小强揭秘盛大文学盈利之路》，《每日经济新闻》2011 年 9 月 6 日。

第八章　文学经典在网络时代的媒介转型

网络文学最初是一个颇为驳杂的概念，围绕它的定义产生诸多论争。随着越来越多网络原创的积累和当前以类型化通俗小说为主的炒作潮流的兴盛，人们对网络文学的认识逐渐统一在网络原创、首发和创意性等方面，并关注这些网络原创文字作品后续的媒介形态开发。网络文学及其相应的网络文化将媒介引入文学范畴，这一角度为反观传统文学经典、考察文学作品在不同媒介时代的形态转变以及新意义的生成提供了线索。本章以传统四大名著之一《红楼梦》为例，追溯其不同媒介中的流传演变，关注其网络传播形态，并对其在网络文学中的变体——由网民自发写作的《红楼梦》同人小说予以关注。

第一节　《红楼梦》的网络传播与媒介转型

作为一部成书于二百多年前的古代文学作品，《红楼梦》深刻的含义、庞杂的指涉性等，都与追求碎片化、浅阅读的网络阅读相悖。在互联网上，它将以何种形态存在？这部曾经令无数人为之倾倒的小说，是作为古代典籍被原封不动地藏进数据库，还是能够获得更多解读被赋予时代意义？在网络时代各种新异的解读方法中，它将被送返原始语境成为学术研读的对象，还是被纳入青少年亚文化的二次元空间？

让我们来看曾在微信里流行的一则名为《如果红楼梦有朋友圈》的帖子。文中李纨、王夫人、香菱、秦钟、贾琏等各色人物纷纷亮相，宝黛钗更是悉数出场，以贴近原著的口吻、网络时代的思维让作品经典形象活了起来：情痴宝玉不仅会为“不是一般人物”的姑娘发出“姐姐妹妹”“天上地下”的长篇大论，还勇于向“好基友”秦钟表白；情商颇高的宝钗是朋友圈“点赞狂人”，她的一张扑蝶自拍照赢得了上至贾母下至鲍二家的数十人点赞，更有憨直的湘云跟帖“宝姐姐美呆了!”；黛玉淡淡一声“唉……”引来了摸不着头脑的宝玉连发上百字赔不是，只有紫鹃在后面悄悄跟帖暗示缘由。帖子头像选用公众认同度极高的“87 版”《红楼梦》电视剧剧照，语言轻松诙谐又活灵活现，让人在阅读中不由莞尔，直到最后才发现：这是一则理财资讯的广告。它将软性广告的优势发挥到了极致——亲切耐读、辨识度高，且能引起受众自发传播，这些特点一方面与公众对《红楼梦》的熟悉和认可密不可分，另一方面也说明网络话题的广泛和强大的传播力。

以《红楼梦》为话题的广告成为刷遍朋友圈的网络热帖，自然离不开作品本身丰富包容的魅力，但在它保存、流传、承袭和典型化的过程中，传播媒介也积极参与了对这部作品的重构。追溯《红楼梦》的传播历程，可以看到不同时期各类媒介在《红楼梦》主题之下再创作的痕迹，特别是新媒介的积极加入，极大地推动了这一文学经典的传播和传承，将它由一部文人小说逐步改造、转型，直至成为渗透国民集体记忆的文化情结。

一　《红楼梦》的媒介转型

初名《石头记》的《红楼梦》成书于清代乾隆时期。那时，白话小说并不是什么受人尊敬的文体，这部作品没能为它的作者带来任何经济上的收益或声誉上的提升。虽然如今看来，《红楼梦》达到了古典艺术的至臻境界并具有超越性，但在当时，《红楼梦》只在小范围内供志同道合的朋友赏鉴。它采用小说形态，但作者边写边改、脂砚斋等边读边评的做法，却类似文人之间的往还唱酬，目的不在娱乐大众，而是自我消遣。这导致《红楼梦》前八十回成书后很长一段时间仅在曹家的亲友中以抄本形式小范围传阅①。抄录者的增删或笔误以及曹雪芹本人想法的变动和为回应评点的改动等，导致现存手抄版本有十余个之多，长度也参差不齐。比起脱胎于评书、话本的作品，白纸黑字的抄本有相对固定的形态，但各抒己见的手抄本依然带有作者身份混淆、真实意见不明等早期小说常见的谜题。直到曹雪芹去世近十年乾隆五十六年时（1791），程伟元才首次将一百二十回本以活字印刷出版，并于第二年修改再版②。无论续书是否偏离了作者的原意，但不容否认，相对完整的情节使公众容易接受，批量化的刻印使作品广为流传。这两点使程本成为后来的标准本。至此，《红楼梦》经历了从手抄本到印刷品的第一次媒介转型。

经由批量付印的印刷品之助，读红楼、品红楼成为社会时尚，以至于嘉庆年间出现了“闲谈不说《红楼梦》，读尽诗书也枉然”的说法③。人民文学出版社、中华书局、上海古籍出版社、北京图书馆出版社等都曾出版不同的《红楼梦》校点版本，横排、竖排、繁体、简体、校注、影印……真可谓琳琅满目。中国艺术研究院“红楼梦研究所”成立以后，原本零散、偶发的《红楼梦》研究进一步系统化、规范化，其校订注释的人民文学出版社 1982 年版《红楼梦》④广泛吸收了以往研究成果并多次再版，成为目前最通行的权威版本。该所编辑出版的《红

① 参见商伟《文人的时代及其终结》，孙康宜、宇文所安主编《剑桥中国文学史》，生活·读书·新知三联书店 2013 年版，第 307 页。

② 中国科学院文学研究所中国文学史编写组编写：《中国文学史》（三），人民文学出版社 1979 年版，第 1100 页。

③ 同上书，第 1118 页。

④ 曹雪芹、高鹗：《红楼梦》，中国艺术研究院红楼梦研究所校注，人民文学出版社 1982 年版。

楼梦学刊》展示红学研究的脉络和动向，发掘红学新人、奖掖权威成果，进一步拓展了《红楼梦》的辐射范围。在印刷品的传播中，出版社和权威审定机构扮演了至关重要的角色，而期刊的稳定性和连续性则纵向追踪不同时期的研究状况，显示出《红楼梦》跨越不同历史时期的强大魅力。

印刷和刊刻使《红楼梦》的内容固定下来，大批量的发行让更多人得以领略这部书的妙处。这是《红楼梦》传播上的一个飞跃，由此，它得以正式介入印刷文化体系，迅速占领并演变为尽可能多的媒介形式。仅在印刷文学领域内，就有红学研究者专业客观的校注、评点，也有一些作家带有主观化生发的解读、演绎；更有“红楼续梦”“红楼梦外编”等续写。《红楼梦》续书之多，在长篇小说中打破了纪录[①]，从清代至今源源不断。在印刷品《红楼梦》的传播和普及中，有两类读物不容忽视，那就是课本和连环画。在“人教版”中学语文教材中，列入了《林黛玉进贾府》《葫芦僧乱判葫芦案》《香菱学诗》等多个篇目。2000年起，人民文学出版社“语文新课标必读丛书”中也有《红楼梦》，并在封面表明概述为“教育部（普通高中语文课程标准）推荐书目”。纳入中学教材体系使阅读《红楼梦》不再单纯地关乎文学趣味，而是成为衡量个人文化素质的指标之一。同名连环画的绘制和发行则是印刷品传播推广《红楼梦》的又一次突破。特别是1981年上海人民美术出版社出版、著名画家戴敦邦绘制封面的一套十六册图书，其中有九册发行量均超过百万，第一和第十册印量甚至高达三百万册，创下了纸质图书的惊人业绩。伴随着简明的故事梗概、传神的图画演绎将文学经典《红楼梦》转变为雅俗共赏、老少咸宜的大众文化读物，提高了其作品人物的公众辨识度和认同度。

当然，拥有强大艺术感染力的《红楼梦》绝不仅仅局限于印刷品，

---

① 中国科学院文学研究所中国文学史编写组编写：《中国文学史》（三），人民文学出版社1979年版，第1118页。

而是转化成了多种媒介形式，如戏曲、评书、舞台剧、广播和影视剧等等，并成为绘画、剪纸、雕塑、手工艺品的常见题材。但印刷术却有惊人的功效，它几乎可以为各种媒介形式提供对应的印刷版本，并将之传播、推广。如以影视截图为画面的连环画书，辅以剧照的戏曲底本、海报、宣传册等，报刊文章更是将之作为评论对象。绘画更离不开期刊和画册，甚至登上了邮票、扑克牌、日历……在不同文艺工作者不断的改编和再创作过程中，《红楼梦》变得更加丰富多彩。

二 网络媒体中的《红楼梦》

在互联网时代，《红楼梦》这部已在印刷文化时代获得巨大声誉的经典作品又积极涉足网络，慷慨地为新媒体领域提供文化资源，孕育并孵化出更多新的红楼作品，基本可以分为原作上网、网络原创、主题论坛、跨媒体互动等几类。

（一）原作上网

小说进入网络公益图书馆，供更多的人阅读、查找是《红楼梦》上网最基本的形式。同时，将小说录制为声音文件，将已拍摄好的红楼影视、戏剧转化为视频，也是利用互联网多媒体功能传播较早且较常见的形式。

虽然是将已经制作成形的文字或声像作品上网，但却并不是单纯的搬运，而是为拓宽了现成作品的传播范围，并产生出以往不具备的功能。例如，读《红楼梦》小说是一个专门、连续的过程，其文本上网却将其打断，变成片段式的不讲究时间地点的阅读。网络搜索功能更方便了专题性阅读，可以专读“晴雯撕扇”或是“红楼二尤”等片段，也可以将大观园里起诗社的几章挑出来穿插阅读。以往只是特别迷恋的读者甚至研究人员才用的检索法，在网络上成为快速阅读的捷径。又如刘心武揭秘《红楼梦》原在中央电视台《百家讲坛》播出，由于讲述节奏较慢和播放时间原因，观众以中老年为主。成为音频进入手机软件之后，受众年龄结构却发生了完全的逆转，绝大多数是青年①。

（二）网络原创

在网民自发原创的《红楼梦》相关网络文学作品中，以原作人物为主角的“同人”文、现代人附身古代的“穿越”文、重新设定角色命运的“重生”文等占据主流。在自由开放、求新猎奇的网络创作中，能看到《重生于康熙末年》这样托身曹雪芹之父的想象性红楼诞生记，也能看到《惜春纪》《红楼重生之环三爷》《神棍贾赦》这样以原作次要角色另辟蹊径的生发，围绕故事主角林黛玉的作品更是数量众多。

弗洛伊德从心理学角度将写作称为作家的“白日梦”，“艺术创作就是以想象来构筑幻想世界，以卸下现实重担，换的幻想型的欣悦与欲望的满足”②。这一点在网络作者身上较之传统作家更为明显。因为网络写作者的专业素养和读者意识相对薄弱，不太关注读者的接受能力，更注重表达的快感和自我的流露。这种倾向从网上“黛玉同人”文中可以见出。不同于传统续书以作者身世、判词等为线索，力图趋近曹雪芹的“林妹妹”的追求，网络林妹妹属于网民。大部分“黛玉同人”为她设计了亲属：有林如海重生，有贾敏魂魄归来，也有身世神秘的姊妹、兄弟，其中尤以兄弟居多。如《红楼之黛玉重生》《林家嫡子》《伪黛玉和哥哥的红楼生活》《黛玉的新生活》《红楼之黛玉之弟》《穿越红楼之林家有儿》《红楼之姐姐不哭》《红楼之林家双玉》③ 等，都将兄弟作为改变黛玉命运的重要因素。在《红楼八卦周刊》里，因穿越而熟知情节发展的现代晴雯，甚至为保护黛玉设法过继了一个弟弟。

---

① 数据来自 App 软件“喜马拉雅”《刘心武揭秘红楼梦》专辑的 18556 个粉丝，统计时间：2014 年 8 月 15 日。

② 何向阳：《白日梦》，鲁枢元、童庆炳、程克夷、张晧主编：《文艺心理学大辞典》，湖北人民出版社 2001 年版，第 212 页。

③ 以上网络作品见“晋江文学网”，2014 年 8 月 15 日搜索。

网络写作中让林妹妹有亲兄弟的做法虽然与原著毫不相干，却可以从当前青少年心理状况中找到缘由。黛玉精神的忧郁、身体的孱弱，很大程度源于她“上无亲母教养，下无兄弟姊妹扶持”，而这种孤独感恰与占据网络写作主流人群的“80后”类似。这些具备写作才情、迷恋网络中的幻想世界，却惧怕实际人际交往的年轻人，很容易将其孤独感和沟通障碍归咎于“独生子女”的身份，并试图在网络写作中对现实缺憾进行想象性弥补。黛玉就是他们生活体验和个性的自我投射。

前文提到过，出色的网络同人常在商业转化时引起版权纠纷，因而有潜力的网络作者不愿意在同人文上投入精力，这导致网上原本活跃的同人文创作受到制约。但《红楼梦》等已过版权保护期的古代经典不会有类似的问题，故而成为网络同人创作中颇为活跃且不受市场因素主导的一类。有关这部分创作，将在下一节中具体分析。

（三）主题论坛

以红楼梦为主题的论坛更进一步显示了网络媒体与印刷媒体的区别。当前网络上人气较高的红楼论坛有“夜看红楼”、“中国红楼梦在线”、“红楼梦吧”、“红楼星语”以及“天涯网”、“搜狐网”等综合网站的红楼频道。在海量信息、自由选择、网站完全凭借提高用户黏度的网络环境中，这些特色各异的论坛以特色鲜明的栏目显示出网络媒体的独特性。如“夜看红楼”论坛照顾到红迷的不同层次，设置了“初涉红楼”、“品读红楼”和“红学研究”等板块，以高度相关的主题和明确的细分将自身定位为专业红迷网站。“红楼星语”则在醒目位置列出“红学史上的今天”条幅，不仅仅记录了红学发展的足迹，在一些尚无重大事件发生的日子里，还会提示并鼓励网友自发补充，很好地显示出红学普及的亲和力。“百度贴吧”下属的“红楼梦吧”比起前二者，虽欠缺规范和专业性，却为网民提供了一个“问答”“宣泄”“八卦”“吐槽”“评论”的园地。同时，作为国内主流搜索引擎，“百度”又有能力在网民搜索时，将其“红楼梦吧”中的话题以与搜索话题相关或

类似的形式进行推送。由此，“红楼梦”不是一部小说或影视作品，而是一个人人愿意参与、乐于插话，敢于提问、勇于提供自我见解的公众性话题。在公众间，即便是误读或臆测，一次次对“红楼梦”的重提，作品在不同场景中的重现，也很好地诠释了“红楼梦”已沁入国人文化血脉的渗透力。网络话题的随意性能够诱发寻常人对《红楼梦》的兴趣及话题的参与，在这里，“红楼梦”不是个别人的私享，它生生不息的力量正是来自大众的接受、理解和再创造。

（四）跨媒体互动

跨媒体延伸并不是网络时代特有的现象，《红楼梦》从小说到各类艺术形式的媒介转型已经证明了它艺术感染力和辐射力的强大。但由于印刷、电子媒体传播由唯一中心向外辐射的特质，互动行为却极其缺乏。如小说研究、赏析，影视剧评等均不能算作互动，只能称为反馈。在这方面，互联网的优势和对传播的革命性变革显现出来。网络最大的优势就是赋予普通网民话语权，同时，它在技术上综合了以往各类媒体的展示方式，所以，此前《红楼梦》几乎所有媒体都能在网络上找到对应物：电子书、绘画图集、视频、剧照截图……

同时，作为一种传播革新，互联网上还不断酝酿新媒体，《红楼梦》也随之进入博客、微博、微信朋友圈……仅就“微信”来看，其中《红楼梦学刊》账号选择一些深入浅出的专业研究成果上网，订户转发进朋友圈后可获得网友的点赞或转发，极大地拓展了学术刊物的读者群，使“红学”辐射更广。而公众账号“红楼梦精雅生活”则主要召集并展示与“红楼梦”中生活主题相关的线下活动，如“调香”“品茶”“联句”“祈福”等。随着如今“慢生活”潮流复兴，“有闲阶级”逐渐出现，“享乐”不再是一个罪恶的字眼，一些都市青年开始追求更高的生活品质。什么样的生活才能称得上精雅呢？《红楼梦》中清代贵族子弟的家庭生活正为如今的都市年轻人提供了值得憧憬和模仿的对象。只可惜，古代贵族生活中那些遥远而美好的侧面已经离开我们太久，寻常个人甚至无法想象，更遑论参与。于是，一些或民间或商业的组织，利用新媒体，在线下组织网民，了解并进入一种类似《红楼梦》的生活方式。这种行为虽然一方面含有商业推广的目的；另一方面也在传承和发扬古老文化方面发挥了作用。

三 《红楼梦》跨媒介转型的意义

对比印刷媒介和网络媒介时代各种《红楼梦》转型之作可以看出，前者追求权威、经典，注重作者意愿的表达，力求塑造出独一无二的、达到至臻之境的范例式的经典。虽然无论是小说的权威版本，还是戏剧中的典型形象，都凝聚着无数研究者和艺术家的心血，但目的却是找到一个“最”贴近、“最”符合、“最”像的。在这种对确定性寻求的过程中，难免会排除一些有损定义清晰明确的个性化意见。而后者在《红楼梦》的开放性、包容性方面十分大度，它是受众意愿的狂欢，充分尊重读者、观众、网民的自主性，鼓励他们发挥想象力，建构一个属于公众的“红楼梦”。但同时，也在某种程度上跨越并偏离了原始的文本。

（一）印刷媒介与确定性的寻求

《红楼梦》的生命力很大一部分来源于笼罩其上的模糊和不确定性。围绕这部小说，存在着诸多谜题：有关版本、作者、评点、人物原型……同时，宏大的结构、丰富的内蕴、广博的指涉、精心的比喻，也使其人物形象圆满生动，情节发展呈现复调格局色，结构脉络具有“草蛇灰线，伏脉千里”的特征。但是，印刷媒介的传播是单一中心、主张确定性的，与之相应，印刷文化体系中的《红楼梦》虽然样式众多，却大都在进行确定性的寻求，力求将其明确、固定。研究著作讲究权威，期望还原唯一、排他的文学和历史；各类续书，不论作者能力眼界高下，也都在力求贴近原著。即便是人各有异的舞台表演、绘画作品，也在试图将不确定的《红楼梦》确定下来：戏剧确定在神态、身段上，绘画确定在笔墨、线条上。一方面，它们为《红楼梦》开辟了新的艺术形式领域；另一方面，具象化、细节化的形象却剥夺了抽象文字所营造的想象空间。同时，出色的艺术家都是个性鲜明的，为达到艺术效果，配合特定艺术形式，不同艺术家都会根据自身理解对原作的人物、情节等进行放大、突出或是省略、裁切。因此，各类《红楼梦》解读和再创作都带上了艺术家和艺术门类自身的特色。同时，艺术家竭力淡化作品中“人”的因素，让角色“活起来”的意思是，艺术形象必须独立于任何个人之外。因此，这些红楼作品是既“像”又“不像”的。“不像”的部分源于艺术家本人以及艺术门类自身的特质和局限性，“像”的部分源于艺术家对原作超乎常人的理解、把握能力和对艺术手段的掌握。如，梅兰芳在京剧《黛玉葬花》中，以一米八的男儿身扮演十三四岁的较弱少女，其定妆照中“眼睛是如此之凸，嘴唇如此之厚”（《论照相之类》《坟》）即遭到鲁迅诟病，但排除这些个人因素，他却最大限度地发挥了其身段、扮相在舞台艺术中的优势，将黛玉颦蹙的神、缠绵的意表达了出来。又如，在颇受公众推崇和认可的戴敦邦所绘《红楼梦》图画中，人物眉眼仅以极简的笔法勾勒出线条，但公众并不追究，而是沉浸于那寥寥几笔中流露的风流袅娜和无尽萧瑟。

然而，受众的接受却并非建筑在细分艺术门类基础上，而是出于接受者总体的趋同心理，对“红楼梦”这个主题进行统一和总体性的认知。也就是说，不论是文字、舞台还是绘画，受众心目中的“林妹妹”应当有高度的同一性，比如聪颖、脱俗、敏感、瘦弱、忧虑等。这种同一性是一个符号化、简单化的过程。尤其是为了使更多人认识和了解《红楼梦》，出现了许多“横排本”、“简体本”，甚至“普及本”和“缩略本”。作为对名著的普及，它们是必要的，但小说的魅力源于细节，删去细节的版本在展示效果上无疑会大打折扣。有了这些普及版本，伴随着受众在“接受—认知”中的自动省略和突出，原本充满暗示、隐喻的谜语，“谁解其中味”的《红楼梦》变成人人都能简明扼要地总结中心思想和段落大意的中学课文。它从不含混到明确，繁复故事逐渐变成梗概——封建大家庭没落过程中，宝黛钗三人的爱情悲剧；复杂的人物性格也成了一一对应的符号：娃娃脸的宝玉天真多情，瘦弱的黛玉敏感忧郁，丰腴的宝钗温柔宽厚却真假难辨……

诞生并流传于印刷文化中的《红楼梦》不可避免地实践着单向且封闭的传播：研究者、编辑、作家和艺术家们共同构建起了一个力图消除差异的《红楼梦》传播体系。这个体系围绕着文艺精英构成的信息源点，利用各种媒介——无论是印刷品、舞台还是银幕——作为传播渠道，而其受众却几乎没有参与能力，只是被动地接受信源发出的信号，也就是文化精英选择并过滤过的相互趋近的视点。

（二）网络媒介与读者能动性

当互联网新媒体逐渐显示出其强大的挑战性，以全新的“多向—互动”模式革新甚至破坏以往唯一中心的单向传播时，“红楼梦”就显出了别样的面孔：它可以是“Q版”的，也可以很“无厘头”。柔弱的林妹妹可以上体育课锻炼身体、自强不息；慧黠的林妹妹也可以指导香菱积极理财，成为只靠自己的时尚“白骨精”。如果有关《红楼梦》的话题只剩下对经典手抄本和老照片中偶像的膜拜，那笼罩在这种精致趣味之上的光晕必将随着机械复制时代越来越普泛化的文化而日渐退却，成为怀旧记忆中保鲜的花朵。实际上，它不是文化精英赏玩的对象，而是一再被提及，总是有话题，是具有生产能力的网民—公众延续了《红楼梦》及其他伟大作品生生不息的力量。在言人人殊的互联网上，拥有超高辨识度和典型性的林妹妹脱离原著语境，披挂起现代装备，让互联网成全她的新形象。

《红楼梦》的媒介转型是一个积极的创造性过程，它并不是静态的，即便在印刷时代已诞生了许多被视为“不可超越”的版本，仍然不断有新形式出现。而网络时代更是如此，网民以极大热情积极参与，创造了网络《红楼梦》蔚为大观的成果。虽然民众的解读和同人创作多半随意，却在无形中应和了其他媒体的热门观点。

如刘心武在“揭秘红楼梦”时，充分发挥作家的想象力，将小说演绎成集阴谋（九子夺嫡）、凶杀（黛玉之死）、婆媳关系（贾母与王夫人对宝玉婚事的主张）为一体的通俗小说①。而台湾美学家蒋勋对于《红楼梦》的解读则无形中回答了“为什么网民对《红楼梦》情有独钟”这个问题。他认为《红楼梦》中始终洋溢着“青春”的基调，里面的各位主角，宝玉、黛玉、宝钗，都只有十三四岁，就连凤姐儿出场时也不过十七岁。蒋勋一再提醒读者，要注意角色的年龄，只有将人物还原为十几岁初中生的心态，才能理解宝玉对姐姐妹妹、对琪官和秦钟的爱——那是一种小男孩成长过程中朦胧的性觉醒；而黛玉好了恼了，反反复复的确认与失落，也正是情窦初开小女生的小心思②。互联网上人气超高的“红楼同人”小说，网民自发组织参与的红楼活动等，就是网民以实际选择对“青春红楼”的认同和支撑。我国网民构成中，学生占最大比例，这些在校的年轻人，正处在充满诗意且关注异性的青春期。青春的年纪、情感的话题是一个很好的诱因，将他们吸引到读红楼、品红楼的行列里，甚至不乏将自身与红楼人物对照，在虚拟世界里进行身份置换者。

同时，网络传播多中心、消解话语权威的特点与《红楼梦》本身也十分契合。网民具有强大的信息接受和包容能力。他们认可红学专家、意见领袖的专业学术观点，赞美明星艺术家塑造的人物角色；同时又以民众的智慧和普通人的视点对经典和偶像进行着戏仿、解构、重建。他们的行动，可以看作20世纪60年代出现的“接受理论”的鲜活注解。这一理论认为作品中存在着一种“召唤结构”，需要读者建构完成，没有读者参与的作品不过是“半成品”，代表人物是德国美学家尧斯和伊瑟尔。这种肯定读者能动性的观点在理论界广受推崇，但问题是

① 参见《百家讲坛》系列节目“刘心武揭秘《红楼梦》”。

② 参见《蒋勋说红楼梦》，上海三联书店2012年版。

并没有出现与之相符的足够的论据。在印刷传播中，虽然“一千个读者心中有一千个哈姆雷特”，但读者却没有渠道将他们的个性的哈姆雷特表现出来，因此只能处于失语处境。而互联网上对《红楼梦》争相建言、积极介入的盛况，是网民用行动在否认以往将读者视作单纯接受者的看法，他们为接受理论提供了强有力的回应。网络作品创作与阅读基本同步、修改与传播同时进行，《红楼梦》变成一个网民在传播中生产的多中心动态对象。这种动态性包容了《红楼梦》中模糊、不确定的部分，而这更能够使《红楼梦》的辐射范围越发扩大。

随着时代变迁，作品诞生的语境、历史背景渐渐远去，而媒介的更替更会带来语言、习惯、表达方式的改变。在媒介转型、文化变迁的大环境中，伟大作品不可能是封闭的，它必然会具有新的面貌，生成新的形式。《红楼梦》绝不能仅仅作为观望、研究的对象向后人孤立地展示“古代文学”成果，更要迎接新媒体，介入新传播过程，拥抱新的受众，参与新的媒介内容，担负起文化传承的重任。

第二节　从同人小说看《红楼梦》的网络接受

《红楼梦》激起一代又一代读者的个性化解读和再创作欲望，也在不同媒介平台上呈现不同形态。在孙温、徐宝篆的描绘下，是红楼人物图；在梅兰芳、王文娟的舞台上，是唱腔、身段和戏曲表现力；王扶林、李少红将它演绎为电视剧集；王立平则用音符诠释十二钗的命运。不同艺术形式的改编和诠释，加速了《红楼梦》从文字阅读对象向视觉、听觉对象的转换，展现了其超越媒介经验的魅力。

网络文化以审美情趣差异巨大著称，在电脑、手机的连线互动中，《红楼梦》是否仍受网民喜爱；在“90 后”甚至“千禧一代”眼中，那丰富的古典韵味将被如何解读？以屏幕为主要界面的阅读方式能否精准获取其文字背后的多层次内蕴呢？从一些网络热门话题来看，情况似

乎并不乐观。在广西师范大学出版社2013年发起的“死活读不下去的图书”调查中，《红楼梦》赫然名列首位，“四大名著”其他三部则紧随其后[①]；2014年和2017年，著名作家白先勇接受访问时两次指出台湾大学生“不耐烦看《红楼梦》”[②]。先不论以“是”或“否”为形式的调查是否公平，网民被数据贴上“不爱读《红楼梦》”的标签是否委屈，单从阅读愉悦感这一标准来评价文学经典就不够妥当。即便是最出色的评论家也会认为经典文本“给予的不是愉悦而是极端的不快，或是一个次要文本所不能给予的更难的愉悦”。[③] 愉悦的难度或者说挑战性源自经典的原创性所具备的陌生感，也是经典与通俗的分水岭。因此，虽然王蒙、白先勇等人先后疾呼读“红楼”的重要性，但如果形式是网络阅读，参照对象是“小白文”的话，那么再多专家背书也未必能看到真实的情况。欲考察网络时代的《红楼梦》生态，不如从其网络呈现形式和持续时段入手，关注网民参与相关话题的自发性和活跃度，特别是相关同人作品的数量以及再创作中体现出的结合媒介特色的网民文化心态。

一　网络文化中的《红楼梦》呈现

文学经典的价值不在于红极一时的热度，而在于层出不穷的意蕴和历久弥新的旺盛活力。从《红楼梦》在网络上的表现形态和话题参与人数来看，它具备持续性的吸引力，并在文本资源、资料整理、媒体适应性等方面均呈现自发性强、态度理性的特点。

在互联网上，《红楼梦》原文、续作文本、英文版以及相关研究文章的数字化形式较为完善，电子版下载渠道较多，为广大红迷和红学爱

---

① 王晶晶：《为什么还要读〈红楼梦〉》，《中国青年报》2013年9月25日，第9版。

② 罗皓菱：《白先勇：父亲的传写不尽　文学的梦尚未醒》，《北京青年报》2014年6月24日，第7版。

③ ［美］哈罗德·布鲁姆：《西方正典》，江宁康译，译林出版社2011年版，第24页。

好者提供了极大便利。这一方面得益于中国艺术研究院红楼梦研究所、《红楼梦学刊》、《曹雪芹研究》等专业学术机构和期刊有意识的文献保存和整理；另一方面也源于广大读者的热切需求。与之相应，网络媒体平台的多样也推动了“红楼梦”主题的扩充，“红楼梦研究”“红楼网”“红楼品茗”等网站从不同角度为《红楼梦》添加了漫画、动画、视频等新元素；百度“红楼梦吧”以高达八百四十余万条①的发帖量显示出网民谈论的欲望，由于管理规范，这庞大的数字背后并无纯粹灌水之作，其言论品质在众声嘈杂的贴吧中尤为难得；跨媒介平台也加入了《红楼梦》的拓展进程，2016年底“新世相”与“果脉文化”联合出版《青春版·红楼梦》，书籍面世同期上线手机应用，该版次虽因营销口径引发质疑，但阅读软件却显示出资本层面的信心。

社交媒体是网民进行私人沟通互动的工具，其热点均由数据自动筛选，较少人为控制，其议题相对更客观地显示出网民兴趣，也正因如此，社交媒体热点更新频繁，许多人气旺盛的话题因平台的更替迅速褪色，而《红楼梦》在微博、微信等均有可观的拥趸。微博中“红楼梦粉丝团”“红楼梦断三百年”以及多位红楼演员的界面从学术进展、演艺话题、粉丝互动角度丰富其形态；在微信上，不仅朋友圈中可见相关感悟，诸多公众号如“红楼梦学刊”“红楼梦赏析”“原著红楼梦”“红楼梦读书会”等也定期推送相关专题；红楼微信群则为读者提供了实时讨论、参与互动以及组织线下主题活动的机会。微博、微信议题均由公众发起，其内容的充实也是网民自发完成，能够很好地体现公众的阅读偏好。

蓬勃兴起的网络文学创作也以《红楼梦》为模仿对象和灵感宝库。不仅红楼主题在网络小说里高频率出现，原著的角色设置、人物形象及对话的语气、生活的细节等，也出现在多部知名网络作品中。如大热银屏的《甄嬛传》，最初是模糊历史背景的架空小说，与《红楼梦》相去

---

① 统计截至2017年2月24日，http://tieba.baidu.com/f?kw=%BA%EC%C2%A5%C3%CE。

甚远，后因电视改编成为清代宫廷剧，才算是和清人曹雪芹有了一个牵强的共同点。然而，无论电视观众还是网络读者，一致认为《甄嬛传》与《红楼梦》颇相似，甚至有多篇帖子进行对比，罗列二者相似的细节。如眉庄入选时称“略识得几个字”仿照黛玉“些许认得几个字”；甄嬛收集荷叶上的露水沏茶对应妙玉的梅花雪水茶；允禧向玉娆的表白模仿宝黛对话等①。天涯论坛则以《论甄嬛传人物与红楼梦的异曲同工》② 这篇长文从社会意义、艺术表现手法等方面讨论此话题。百度贴吧、电驴社区等更有好事者贴出图片，讨论《甄嬛传》人物对《红楼梦》人物的继承。对相关议论，《甄嬛传》作者流潋紫的回应是“看过《红楼梦》不下十几遍……是我写作路上的启蒙之作”。③ 知名网络作家雁九的处女作《重生于康熙末年》中，主人公一觉醒来变成了年仅 7 岁的曹颙。作者坦承，小说源自对曹雪芹身世的好奇，时代背景、家庭环境、人物关系甚至仆妇姓名等，均自曹雪芹研究史料和《红楼梦》情节中演化而来。当代网络小说《蜜蜡》的宣传语中也自称为“向《红楼梦》致敬之作”④。

互联网为读者和作者提供了身份转化的平台，许多网络作者笔下流露出与《红楼梦》千丝万缕的联系。他们毫不讳言名著经典的启发性，并以自身的创作拓宽了《红楼梦》的媒介领域，揭示了其作为灵感源泉和思想源头的地位。而网民的阅读和接受过程也无法绕开文学经典的影响。即便对象是当代流行媒介的产物，读者也会自动以传统经典为依据，通过向名著靠拢、对照的方式，寻找文化原型。与以上致敬之作相比，真正直接将红楼人物搬到网络时代的，是数量惊人的同人小说。

---

① 江离若素等人长帖《细细看甄嬛传有哪些内容来自红楼梦》，http：//tieba. baidu. com/p/2121770910，最后浏览日期：2018 年 5 月 8 日。

② 亦文：《浅论〈甄嬛传〉与〈红楼梦〉的异曲同工》，http：//bbs. tianya. cn/post – filmtv – 353967 – 1. shtml，最后浏览日期：2018 年 5 月 8 日。

③ 张晓媛：《流潋紫新作向红楼梦致敬》，《山东商报》2012 年 12 月 27 日，第 19 版。

④ 《长篇小说〈蜜蜡〉——（节选）》，http：//www. chinawriter. com. cn，最后浏览日期：2018 年 5 月 8 日。

二 作为网络同人对象的《红楼梦》

早在2007年，以在网上解读古诗词知名的安意如就出版了《惜春纪》，《红楼梦》中四姑娘惜春被写成秦可卿与贾敬的私生女，乱伦的身世成为其内向性格、冷漠态度与悲剧命运的根源，红楼梦中的人物关系遭到了令人耳目一新却匪夷所思的改写。在《惜春纪》中，惜春被指婚给两情相悦的少将军冯紫英。眼看一段美满姻缘即将缔结时，却因其身世不明而最终抱憾无缘。故事里全新的爱情想象虽与原著不搭界，但在背景格局、人物性格、言语风格等方面都有意依托《红楼梦》。该书出版时，类型化网络创作尚未兴起，相关术语也未有共识，因而被称为“红楼衍生”作品。以当下网络文学习用术语概括，《惜春纪》可纳入较早的“同人小说”范畴。

网络文学中所谓“同人小说”，指以知名文学或影视作品人物为主角，在原著的人物形象、社会背景、角色关系等基础上进行的再创作。同人小说与“续写”不同，虽借用“同人”，却并不揣测原作者本意，对佚失的部分也不打算求真复原，而是最大限度发挥想象力让作品满足情感需求。这里的情感需求，来自参与同人小说的作者和读者双方。作为一种自发的民间行为，网络同人小说的创作多半缘于与原著角色产生的情感共鸣，目的是要亲自着手“重新安排”人物命运。大部分同人文是“不平则鸣”的产物，对角色或“宠”或“虐”，以修改情节走向表达立场，而非追求作品本身的圆满。因此，网络同人虽以小说面貌出现，但其本质却是读者内在情绪通过网络这一媒介平台的交流和转化，它不是独立的文学作品，而是读者对原著内容的协商性思考以及创造性反馈。因此，一部作品网络同人文的多少在某种程度上可以说明其在网民中的传播范围、影响力和话题的受欢迎程度。

网络文学参与者以青少年为主，同人对象多集中在流行动漫、同期影视和网文上，如《名神探柯南》、《暮光之城》系列电影和盗墓类网文，都是同人热点，以传统文学作品为对象的较少，涉及古典名著的更是寥寥无几。在这种媒介文化背景下，《红楼梦》因何成为网络同人小说中一个热度持久且表现活跃的话题，其同人作品的主要类型和风格等，都是值得关注的话题，借此也可窥得网络大众文化对传统文学的接受、继承和创造性转化方式。

打开“晋江文学城”的“衍生小说”页面①，多种类型排行榜罗列眼前，而《红楼梦》衍生作品在各类榜单中均有出现，且频率极高：名列榜首的有“完结金榜”“新晋榜”；进入三甲的还有“VIP 金榜”“读者栽培榜”“勤奋指数榜”“出版封面榜”“言情榜”；在依时间排列的“长生殿”“半年榜”“月榜”等前 20 名中也多次出现并位居前列。尤其值得关注的是，《红楼梦》衍生作品不仅拔得“新晋榜”头筹，且以 780 余万作品积分高出第二位将近一倍，可预期这一榜首之位即便在动态网络数据环境中仍能保持相当长时间的稳定。此榜单中，“红楼同人”上榜三部，与《三生三世十里桃花》同人数量相当，但排位和积分均远超后者。“三生三世”本身自然不能与《红楼梦》相提并论，但它是网络原创小说，也是 2016 年影视和游戏改编的“大 IP”，且正值同名电视剧热播期间，网络人气、话题性、明星效应和宣传力度都处于强势。在这种情况下，红楼同人能够与之抗衡，更说明其魅力的持久强劲以及跨越媒体界限的强大号召力。除“晋江文学城”这样成规模发表同人作品的网站外，“17K 小说网”中《红楼梦》相关小说更多达 435 部，其组织的“红楼征文”活动更收获了高质量同人小说 235 部②。此外，“书香门第”“小说阅读网”“百度贴吧”“天涯论坛”等热门站点中，均可见《红楼梦》同人作品，还有网友自建的“红楼同人吧”，虽发帖量一万有余，但主题均集中在推荐和品评优秀同人作品上。

---

① 统计日期，2017 年 2 月 26 日。

② 统计日期，2017 年 2 月 27 日。

由于产业化写作、碎片化阅读和屏幕呈现方式等外部因素，网络小说演化出一些适合媒介需求的新特点。首先是“玛丽苏”式或“杰克苏”式主角，也就是集中描写极其强大的主人公，她或他必须是全文唯一拥有所有资源并参与所有矛盾的人物。单一角色的重复出现能够加深印象，以应对读者利用碎片时间阅读导致的记忆模糊。因此，网文很少将笔墨用在群像刻画上，连鲜明一贯的辅助角色都寥寥无几。其次是常见“小白文”，即浅白轻松，不要求知识储备，不挑战理解能力，以搞笑的语言、离奇的情节和连续的爽点为特征。网文不排斥套路重复和菜单式选择，但主线必须简单明确，主角在受到小挫折后必须迎来愉快的转机，总体保持胜利的上升趋势。这种结构方式降低了情节的挑战性，不仅笼络了最大数量的读者，还能使阅读始终保持轻松愉悦的状态。那些动辄数百万字的网文，无论如何上天入地、神奇诡异，实际都是“小白文”、轻阅读。流行网络小说这些以取悦读者为目标，顺应市场需求而生发出的特点，都是文学经典所排斥的。以《红楼梦》来说，它的内容不求离奇怪异而是静观历史、描画世情；角色则并非黑白分明，而是立体圆形人物；在塑造鲜明主角的同时，也点染出整体群像；在语言方面既流露出文人贵族的诗意和才情，也不回避仆妇的日常口语；尤其是在情节安排上，改变了传统小说惩恶扬善、花好月圆的大团圆结局。难怪鲁迅先生会说：“自有《红楼梦》出来后，传统的思想和写法都打破了。”①

产业需求赋予流行网络小说简单、浅显、轻松的特质，它的追求与传统文学经典完全背道而驰。将滋养智性的文学经典放在追求快感的大众文化语境中，以不加任何说明的“是”或“否”选项来排行，本来就是一种错位。在点击反映民意的互联网环境中，单纯点选只能表达网络阅读方式与传统经典深度内涵的水土不服。而需要网民自发参与并主动创作的网络话题、线下活动、同人小说等，其规模、质量以及言论的

① 《中国小说的历史的变迁》“第六讲：清小说之四派及其末流”，《鲁迅全集》第九卷，人民文学出版社 2005 年版，第 348 页。

理性态度，则更能说明《红楼梦》在以青少年为主的网络文学活动者心目中的位置和号召力。

三　爱情和事业：红楼同人的特色

《红楼梦》流传至今，因读者的眼光而获得多样的解读，“经学家看见《易》，道学家看见淫，才子看见缠绵，革命家看见排满，流言家看见宫闱秘事……”[①] 由此不难想象，网络时代的读者从中看到的应当更多。在参与人群广泛、意见即时反馈的互联网上，《红楼梦》既然是活跃的再创作对象，又拥有数量庞大的同人作品，就应当呈现更加多样异质的审美情趣。然而，令人惊讶的是，多元异质的网络文化语境并没有酝酿出异彩纷呈的红楼同人，来源驳杂的网络文学参与者阅读红楼同人的期待竟高度一致——那就是爱情圆满、家族复兴。

单从形式上看，网络红楼同人并不单调：王熙凤瞒过阎王重生进时尚私企大展拳脚，林妹妹回忆起绛珠仙子身份走上炼丹采药的修真之路，理工男被撞飞到红楼世界变成暴躁薛蟠……在网文穿越、重生甚至武侠、奇幻等类目下，都能看到红楼的标签，网络作者借流行大众文化元素来重新设计自己喜爱的角色，赋予他们重生的智慧、趋利避害的洞明、强健的体魄甚至是“原著不算，重来一次”的神奇本领。然而，尽管这些红楼梦中人们掌握了最脱俗的魔法仙术，他们在网络新生命中实践的却是最世俗的道路：无论主角身份嫡庶、位次尊卑、年龄老幼，故事均以趋利避害娶美女、建功立业谋复兴的大团圆结局为目标。原著那最具特色的创新性完全被排除在网络同人之外，诸多作品追求的依然是才子佳人小说的老路。

宝黛爱情是《红楼梦》最受青年关注的明线，也是其复杂主题中比较好把握且与每个青年切身相关的。关注红楼人物特别是林妹妹的爱

---

① 《〈绛洞花主〉小引》，《鲁迅全集》第八卷，人民文学出版社 2005 年版，第 179 页。

情归属，为角色指婚配对，是网络红楼同人中最热门的需求。百度“红楼梦吧”一名网友写道：“尽管原著结局肯定是悲剧的，但对我这个俗中又俗的人来说，如果能看到个非悲剧的红楼梦却也可稍稍慰藉我心。虽知虚幻，但若能看到晴雯、金钏未死，木石姻缘或金玉良缘得成，却也欣然。”这种出于对原作结局不满而期待改变的希求在同人爱好者中十分常见；更有甚者则希望连人物出身、时代背景和爱情轨迹都重新安排。网民特别乐于行使手中的再创作权利，去扮演红娘的角色，给作品人物一一安排对象。无论是着墨甚多用情至深的黛玉、晴雯，还是令人唏嘘的香菱、怒其不争的迎春等，都有为数可观的网络作者出手扭转其悲剧命运。在网络意见的驱使下，原文里一对对抱憾错过的青年男女都获得了美好姻缘。

作为博得广泛同情的红楼人物，黛玉是网民最钟爱的同人主角，以其为主线的作品数量远超其他主要角色。网络红楼迷想尽办法改变她的悲剧，在他们的键盘上，林如海、贾敏重生，不仅自己出面为黛玉安排好姻缘多生几个“兄弟姐妹”帮衬，如《数字红楼》《我的姐姐林黛玉》中，黛玉的情感有了强大家族后盾，晴雯、紫鹃、雪雁等人也发挥起得力助手的作用；《红楼八卦周刊》《紫鹃清吟梦》等中，就让贤惠丫鬟担任为黛玉出谋划策、打通关节的角色，连凤姐也是支持黛玉的热心人；《凤还巢》《王熙凤在私企》等让干练的链二奶奶亲自保驾护航，安排黛玉的姻缘走向。当然，黛玉本人更不得清闲，她不仅获得重生或穿越的新生命，还洞明世事、健康坚韧，凭借预见避开纷争。一边积极改善自己的命运，一边担负起留晴雯、救香菱的责任。在感情选择方面，网民也认为黛玉应该有更多机会。支持宝黛的认为“黛玉只爱宝玉”或“既然是来报恩，就应在一起”，《红楼之宝黛重生》《穿越之我是林黛玉》等即延续类似思路。有意思的是，黛玉虽在网民间颇有人气，“宝黛配”却不被看好。很多网友将当代人的情感态度加诸其身，认为与其为宝玉泪尽而亡，不如找个更好的——“水黛配”就是网友热心操持的结果。这里的“水”是北静王水溶，《红楼梦》里唯一可用“水”形容的男性。比起多情优柔的宝玉，网民们认为，家世、地位都远超其上的水溶才是林妹妹的上佳对象，《水溶玉心》《水培林秀》《水溶绛珠》《溶心擎玉画黛眉》《水怜黛心玉娇溶》等一大批“水黛姻缘”主题小说蜂拥出炉。水溶的“水”正可浇灌黛玉的“林”，北静王的高贵身份也与“世外仙姝”匹配。网民们全然不顾在原著中北静王与黛玉无任何交集，也不在乎那个历史时期他们有无相识的可能，只幻想着“他是不是比宝玉更专一”“他一定有能力保护黛玉”，一边臆想一边酝酿着新的故事。如果说以水溶配黛玉虽离奇却也还在原著语境中，那么另一位热门人选则是真让人感觉荒诞不经：“黛玉和宝玉？过时了！黛玉和北静王？你 out 了！黛玉和胤禛，泛爱中！”[①] 这一则宣言绝不是某个网人的零星呓语，《红楼之禛惜黛玉》、《禛心儇玉》、《禛玉良缘》、《雍帝禛情》以及《红楼之绛珠泪》、《绝黛无双》等一大批作品，都站在了这种无厘头混搭的队伍里。随着清代穿越题材在网络和电视上的流行，《步步惊心》《甄嬛传》等将登基前的雍正捧成网民心目中的大众情人；加上曹雪芹家族与清代王室关系、人物对应之类解密文章的流行，“禛玉”之说一时风靡，与黛玉配对的四阿哥胤禛还有了个网络昵称叫作“四四”。当然，这种“关公战秦琼”式的写法也会遭到诟病，有人称“怎么不提林妹妹和哈利·波特呢?”“真是全民皆‘狗仔’!”作品数量和网民评价的对比说明产业化的网络创作呈现极大潮流性，有限的灵感来源导致创作容易群起跟风。但即便在推崇奇思妙想、脑洞大开的网文中，读者也不接受打着“同人”旗号的小说无视逻辑随意瞎编。在娱乐搞笑之下，仍然存在节制、反思和理性的需求。

复兴家族是红楼同人文又一追求。远嫁成王妃的探春施展才干积极外交，迎春善用手段驯服悍夫援助娘家势力；鸳鸯、平儿都能把自己的

---

① 此发言及后续回复见百度红楼梦吧，https：//tieba. baidu. com/p/1501727731，最后浏览日期：2018 年 5 月 8 日。

新生命以及宁荣二府的姻缘家事操持得风生水起；老一辈的贾赦、贾敏、老太太甚至赵姨娘，纷纷还魂附体，励精图治，挖掘出成就红楼前因后果的最大能量。同人小说追求新奇感，不太讲究与原著的切合，如果是熟悉人物却跳出了读者的预期则最被看好。比如，谁都想不到年轻一辈男子中，最获网民同情并成为热门主角的，既不是宝玉、柳湘莲，也不是秦钟、蒋玉菡，而是贾环和薛蟠。如果说守寡母护弱妹的呆霸王身上除了纨绔还多少有几分萌蠢的喜剧色彩可供挖掘，那么贾环的吸引人之处又在哪里呢？从相关作品《贾环的自我奋斗》《红楼之庶子有为》《贾环从军记》中可看出，网民将振兴贾家的重任交给了贾环。网络阅读讲究“代入感”，即将自身置换进故事，强调对角色的情感认同。对比资源占尽的宝玉，同样生在钟鼎之家却处处遭白眼的贾环起点低，更贴近屏幕前百无聊赖刷网文的芸芸大众。如果熟悉当前网络小说最流行的“废柴喝蛇血捡秘籍终成武林盟主，屌丝救高人娶白美女出任 CEO”等套路，就不难理解网民钟爱贾环的原因：让起点低的角色扬眉吐气、功成名就，正是庶子上位、废柴成神之类白日梦的又一次实践。

除黛玉的爱情、庶子的逆袭之外，时尚的“耽美”“百合”题材也没有放过《红楼梦》这一巨大文化主题。“耽美”和“百合”均为网络小说受日系漫画影响演变而来的题材，前者指男男情侣，后者则为女女相恋。从《红楼梦》中宝玉、贾琏、贾兰、贾蓉等纨绔公子或是清秀少年引发幻想的有《宝玉新传》《红楼纨绔》《世家子的红楼生涯》；借小名“凤哥儿”的王熙凤那不让须眉的干练做派与平儿温柔明理的互补个性展开故事的有《凤平天下》《仰望》等。即便是同性题材，黛玉和贾环依然占据主角榜榜首，为同人爱好者们提供了巨大的想象空间：十二钗两位尖子人物“钗黛”是当之无愧的女性恋情焦点，《钗黛情缘》《红楼之蘅潇》《还魂》等完全无视宝玉的存在；而《谁家子弟》《穿越红楼之琅环》《环绕君心》等则又把贾环当成百搭人物。

四　情绪化代入：红楼同人的成因

未完成的《红楼梦》激发了诸多读者的期待，早在清代，就已有数十部续书如《红楼圆梦》《红楼幻梦》《复红楼梦》《续红楼梦》等出现。但由于大都以夫妇和顺、子孙满堂为结局，脱不去浓浓的“三圆律”痕迹。如果说这类续写受传统影响太深，那么如今，当《红楼梦》在艺术手法、社会历史价值以及思想深度等方面的创新已进入教科书，成为公认的定论之后，任何一位写作者都不可能再将其仅仅当作描写爱情和事业的才子佳人小说。那么，为什么在全新媒体语境中，在本应反映多元异质意见的互联网上，《红楼梦》的丰富内涵却不仅没有彰显，还被忽略和简化？那些形式五花八门、人物上天入地的同人作品，为什么跳不出通俗言情的老路呢？这要从通俗文化的类型规律、网络同人小说的创作动机等方面说起。

网络小说最初由民间自发创作，后经资本扶植，成为当前文化产业中活跃的一支。资本的目标在于增值，因此，其进入文学领域的动力也是拣选最有潜力、最吸引读者的文学形象进行再生产和通俗化，用以赢得更大的市场。网络小说写作发自民间，但当前环境下，某一类型的流行却是资本引导和公众选择共同的结果，欣欣向荣的网络文学产业中主体部分是通俗文学在新媒体上的变体。商业化运作使网文积极迎合最大数量的读者，关注其阅读感受和喜好。与严肃文学挑战读者、立意引领并提升公众品位不同，网络小说的目标读者没有教育层次的门槛，也缺乏独特审美品味，只是将阅读作为诸多低成本娱乐中的选项之一。要将丰富的文学经典大众化、通俗化，就必须找到能够刺激不同层次读者共同兴奋点的话题，在《红楼梦》里，这个兴奋点就是青春之爱和巨富家族的兴衰。从恋爱、挣钱这两个最通俗的角度出发，就不难理解红楼同人的热门主角和话题。黛玉、晴雯、香菱等美好生命的香消玉殒是原作着墨颇多写在明处的悲剧，而对宝钗、袭人等的悲剧则需要更强的理解力和同理心才能感受；同理，比起天生自带光环的“高富帅”宝玉，资质平常、嗔痴俱备的贾环显得更接地气，让他扬眉吐气也能够带来更具戏剧性的大反转。简化思路、煽情处理、完满结局等是通俗小说的类型特点，红楼同人虽在网上也脱不开流行大众文化的基本规律。

同人创作的动力来自对角色的认同，作品也多半是感性表达，以爱憎分明和感情强度为特点。在同人小说的介绍页面，作者通常会以几句话表明文章的设定和立场。“设定”就是网文作者预先设计的背景框架，包括时代、人物能力以及官职级别等，而名作同人的设定往往在于小说与原著的区别上，例如设定“林如海未死”“周姨娘有子”，或说明情节转换的手段如“随身空间”（空间转换能力)、“金手指”（法宝、魔力）等。立场则反映文章整体情感基调，挑明角色忠奸，如“本文黑宝玉、黑薛宝钗、黑王夫人贾政、黑贾老太太，不喜勿入”等。由于网络讨论相对缺乏理想，不同角色爱好者有时甚至站队对骂，所以提前表明立场招揽同好并规避争执的做法十分常见。

在网络阅读活动中，引发读者认同，诱使其将自我置换成角色，完成“代入”是重要的一步。只有高度代入的角色才不会在大量的网文冲击下失去魅力导致读者弃文。因此，网文十分关注阅读市场的细分，作品因预期代入者的身份而进行差异化设计，最基本的区分标准就是性别。所以，文学网站常见“女性向”“男性向”的分类标签，针对潜在代入者的性别阅读偏好设计版面、风格和内容。黛玉的才情、自负和纯真颇合当代性情，诸多女读者乐于想象自身是这一角色。当代女性独立的自我意识，开阔的爱情视野也就影响到“黛玉”的表现。红楼同人里的黛玉可以爱宝玉，但如果宝玉是姐姐妹妹夹缠不清的形象，那网民心中的黛玉也不会郁郁寡欢、患得患失，而是抽身投入尊贵地位“碾压贾府”的水黛恋，甚至穿越到其他时空享受更多裙下之臣的追捧。钗黛这一对女孩儿中的尖子，是女性“百合”之恋的主角，她们可以惺惺相惜、相互情钟，但如果是以宝玉为对象异性恋结构，则会有大批专门的“粉黛玉、黑宝钗”群体出现。“粉”指对偶像狂热迷恋，容不得一点异见，而“黑”则是将人物丑化、恶毒化。因为如今网络小说女性读者都有强烈的平等意识，她们决不接受共侍一夫、坐拥双美的传统男性理想。比起传统红楼续书以男性价值观主导下一夫多妻作为解决方式的爱情归属，当代女读者更注重自主。传统的男女配对、儿孙满堂并不是她们期待的唯一结局，如能悠然自得地过日子，独善其身也快乐似神仙，超越性别、脱离肉欲的“百合之恋”也可以很美好。

文学作品在网民中的接受情况可从其在网络媒体中呈现形式的多样性、公众参与的自发性以及话题的活跃程度等角度来观察。以知名作品人物为对象进行再创作的“同人小说”是网络文学中一个热门类型，“红楼同人”即在网民的活跃参与中诞生。作为一种情感产物，同人小说不讲究与原著情节或逻辑的契合，而突出情感和态度，因而《红楼梦》丰富且具有超越性的主题被简化为最通俗的爱情和事业。网民乐于将自我“代入”林黛玉和贾环这两个不同角色。林黛玉的爱情寄托了女性平等、自主和挣脱社会关系束缚的渴望，贾环的事业则反映出读者对平凡人扮演扭转乾坤大英雄的传奇性的期待。

网络小说以最广泛层次的受众为目标读者，作者及时收获读者反应，与之沟通情节走向，并最大限度地降低阅读难度，因此作品面貌虽与作者构思相关，却大体反映出网络读者集体阅读水平和情绪偏好。本书所选红楼同人的故事类型、主要人物排列等，均基于“晋江文学城”“潇湘书院”“红楼梦吧”“红楼同人吧”“耽美吧”以及百度、360问答数据。所获得的类型特点不是网络作者的单方面追求和有意引导，而反映了即时互动的媒介环境中网民的一致性想象。当前网络文学产业的主体内容即类型化通俗小说，言情和传奇是通俗小说经久不衰的两大类，拥有庞大的读者基础。网络文学就是大众的创作，同人小说更是以续写或改写形式体现出的读者意见。因此，越是受网民欢迎的红楼同人，其主题越是带有浓浓的通俗化言情色彩。

正如哈罗德·布鲁姆所说："一部文学作品能够赢得经典地位的原创性标志是某种陌生性，这种特性要么不可能完全被我们同化，要么有可能成为一种既定的习性而使我们熟视无睹。"① 对于第二种可能，布鲁姆以莎士比亚为例，如果他熟悉《红楼梦》定可从中获得绝佳的东方例证。红楼人物形象已脱离文学语境深入日常生活，林妹妹、凤姐儿成为人人都可自如使用的形容词；连"潇湘妃子"这样较为生僻的典故，也作为广东俚语"抵冷贪潇湘"的一部分，用来戏谑那些为显苗条而衣着单薄的女孩子。正是这种与日常生活的无缝衔接，使当代人对作为文化元素的"红楼梦"备感亲切，但也正因如此，部分文化水平和理解力较低的读者在阅读原著时会感觉不适应。

作为文学经典的《红楼梦》自身带有超越时代的魅力，流传数百年后，已成为公众认知度颇高的文化主题。在网络时代，它跨越媒介边界，超越文本范畴，转变为具有活力的当代话题，活跃在掺杂着感性和理性的讨论和再创作中，参与并见证当代青年运用传统元素，建构网络文化的过程。

网络上的"红楼梦"是印刷时代的有益补充。网民的话语实践延伸了接受美学理论，把《红楼梦》变成一个传播中再生产的动态对象。《红楼梦》具有强大的媒介适应能力，从手抄本到印刷品、影视剧等，这些媒介形式都力求形象统一，达到作者与受众的认同。在网上，《红楼梦》成为文化资源，不断孕育并孵化新作。互联网改变了以往对《红楼梦》这部长篇小说的阅读形式，拓宽其受众范围，还显示出读者强大的能动性。《红楼梦》不仅拥有众多专题网站和论坛、贴吧，在微博、微信群等公众选择话题的社交媒体中保持着热度，也是许多网络作者竞相模仿的对象。原创网络文学中的"红楼梦同人"虽看似偏离作者原意，却反映出时下青年读者的真实心态。而红楼同人的趋同套路一

① ［美］哈罗德·布鲁姆：《西方正典》，江宁康译，译林出版社 2011 年版，第 3 页。

方面与网络流行小说的通俗文学本质有关，另一方面也反映出网络读者的情绪强度和集体阅读偏好。《红楼梦》的不同媒介形态反映出不同时代读者的审美选择，显现出伟大作品跨越媒介的生命力。其文本的丰富性提供了可供不同文化群体发掘的契机，也为不同来源、不同性质的网络读者提供了不同解读的可能性和再生产的资源。

第九章　网络文学的拓展

随着网络文学的发展，其内涵和外延都发生较大的转变。本书前几章主要基于初始状态为文本形态的网络作品展开论述。但作为新媒介产物，网络文学并不局限于将印刷文学的疆界和表达拓展到新媒介界面中，其更重要的价值在于不断的创新和变动。当前，类型小说以其在文化产业链条中起始端的位置和可供开发的潜力受到青睐，以风靡的态势吸取从创作人才、媒介热点到政策倾斜等一系列优势资源，从而遮蔽了这一概念诞生伊始便引出的一些问题。虽然文化产业的勃兴，跨学科研究的兴盛，对于网络文学的研究与以往印刷文学研究不同。以往维度如审美价值、创新性、对社会现实的关怀等在当前网络文学研究中淡化，但仍需意识到，类型化网络小说毕竟只是网络文学发展一个阶段的产物，作品数量虽然庞大，但其作为文学、文化现象相对单一，在文体、内容等方面也具有较大的局限性，受市场的引导和束缚。因此，网络文学的媒介转型并非仅限于通俗小说、类型化小说作品。除这类作品之外，网络文学曾表现出在媒介形式、空间领域、理论自觉等方面拓展的尝试，当前这些尝试都或多或少被流行网络热点遮蔽，但却酝酿着推进网络文学向更广阔处拓展的可能。

第一节 网络文学的媒介形态拓展

在类型小说风靡之前，谈到网络文学常常涉及“超链接”“多媒体”“互动性”等特性。这几种说法虽各有侧重，但都指向网络文学依托计算机、互联网技术产生的与印刷作品的差异。网络文学能够突破印刷文学的单一结构、单一感知模式，也能挣脱人们所笃信的与文学天然联系的文字表达。麦克卢汉将与印刷文字相关联的理性思维方式称为“线性思维”，而突破了印刷文字的表达方式就是“非线性”的，因此，可以将“多媒体”“超文本”“互动性”等说法统一在“非线性”之下。

一 网络文学的“非线性”表现

关于网络文学“非线性”的讨论很多，这一特点逐渐固定下来，成为网络文学一个不言自明的特性。网络文学的非线性特征可归结为三点：从作品结构来说，文本中多重线索并列交织，独立成篇又相互联系，可通过超级链接到达不同部分；从感知界面来说，文字与动态图像、声音同时出现，文学作品如影视剧一般呈现；从阅读过程来说，读者可在线与作者以及其他读者互动，能够部分掌控内容的发展与走向，得到交互式体验。从技术方面看，网络文学能够实现“非线性”设想，也具备突破以往文学模式、给人全新感受的能力。

网上流行作品，不论是早期起源于论坛的网络故事，还是微博中的“微小说”，或者已经创造出巨大产值的“盛大模式”收费网络小说，大都以单一文字、线性叙述为主，命运也与传统文学殊途同归：或改编游戏、剧本、搬上荧屏，或在网上攒得人气后出版成为畅销书。那种兼具文字、图像、音乐，并能以超链接互动或转换的作品在如今的网络文学中并不多见。早期以“非线性”的种种新奇形态唤起人们幻想的那类网络文学实际上并没有真正实现，其原因主要在于两方面。一方面是人们对于文学作品的阅读期待不仅依然与文字相关，而且对阅读质感的要求还不低：文字的灰度、翻页的感知、批注的方便与否等。这些要求虽然遗留了印刷品的痕迹，但绝不仅仅是怀旧使然。对比亮度和精密度极高的屏幕，不能自行发光的印刷品对人眼刺激较小，因此 Kindle 之类电子书致力于研发更像印刷品的电子墨水。另一方面，2003 年之后以“盛大文学网”为首的文化产业集团兼并了大量拥有良好资源却仍在为生计挣扎的零散文学网站，探索出了网络文学产业化模式。这种强力运作的好处是它使许多优秀文学网站得以保存；而坏处也显而易见，那就是作者不再延续最为人所看好的“无功利”创作，转而走上通俗读物的收费道路，与之相应的创造力也随之枯萎。在如今的网络文学领域内，完全找不到那些能动的、能听的、能与作者互动的非线性作品。偶有个别试验作品，也因为过于先锋和小众、缺乏推广而不为大众所知。

从网络文学走向商业化开始，其创作状况就可以用张永清所说的“互联网技术特性不同于网络文学特征”① 来概括。流行网络小说可以看作通俗文学在网络载体上的延伸。而注重“互联网技术特性”的作品案例其实很少见，甚至可以说在当前中国被称为“网络文学”的这个领域内，几乎没有那种声光色兼备、挑战阅读经验的作品。

然而，是否可以因此断言中国网络文学作品不具备“非线性”特点呢？事实并非如此，国内网络文学已凭借诸多写手、各层次读者以及商业化开发力量培育出海量作品，虽然它并没有沿着精英们预期的技术路线前行，却呈现出想象之外的新特色。可以说在实践中更新了此前对“非线性”作品的预期，以其独特的模式赋予这一概念新的内涵。下文将列举并探讨非线性特质在网络文学作品中的新表现形式。

---

① 张永清：《互联网技术特性不同于网络文学特征》，《中国社会科学报》2010 年 11 月 10 日。

（一）超链接与阅读推广

一般所说网络作品“超链接”指创作时考虑到跳转要求，通过链接跳转到不同章节后，依然具有逻辑上的连贯性，实现结构的立体。孙健敏的小说《＊程序》即如此。它最初在网易“.COM文学”论坛连载，它被评价为“结构特异、极不适合印刷”。《＊程序》起始页面是类似程序说明“READ ME”文件的引言，下方页面罗列着以不同人名命名的不同章节，每个章节跳转为命名人叙述角度。即便不按照全书编辑顺序，只依据主人公姓名排序阅读，跳过中间章节，也有自成一体的连续性。超链接作品对作者的结构设计和叙述能力是一种考验，如果在写作之初没有精心的安排很难完成。即便是浸淫于文字的知名作家也不常见这类创作实验。孙健敏致力于小说革新，在面对新媒体技术时难免技痒，因此有了这部《＊程序》。结构的挑战性使得类似创作响应者寥寥，除孙健敏本人在10年之后发表的带有探索性的《消散之地》，以及《和莉莉一起跳舞的七个夜晚》之外，这种颇合网络时代的写作在网络创作中却很难看到。

虽然完全以超链接结构的作品少见，但超链接技术却在网络文学领域特别是文学网站里广泛应用。首先是同类型链接。网络小说被按照内容简化为以关键词标志的类型，如“武侠”“言情”“穿越”等，点读一部作品，能通过链接跳转到同类小说专题库里，穷尽该网站相同类型的所有小说。与其类似的是同作者跳转。一旦点击作者名就能列出作者所有言论，不仅有网络文学作品，还有论坛帖子、博客、微博等。这种“超链接”应用实现了对相关主题和人物的系列化汇总，方便了阅读，对作者全部创作以及相关作品起到了很好的推广作用。

（二）多媒体与阅读延时

在国内主流文学网站中，同时具有图像、音乐、文字的作品几乎见不到。那些具备制作图像精美、画面变幻、音乐动听的网络作品能力的人才，在最初奉献了几部实验体作品后，纷纷将注意力转投他处，最开始是“FLASH”，后来是播客、视频，如今则是微电影。点开一部网络小说，我们只能看到黑色文字、单一底色、个别带有信纸一样的简单花纹，有的同时播放背景音乐，有的则连音乐也省略。由于下载音乐和大图片影响网络速度，大部分网络文学的阅读界面十分简单，没有任何网络特色，其新颖程度远远不如一些设计精美的印刷品。如今的网络文本本身看不到多媒体技术的展示，但整个网络阅读活动却借助多媒体的纵深和延时能力拓展。如由网络起家的著名编剧六六，不仅可在线通过纯文字界面读到其所有作品，还能进入其微博浏览照片；同时，由于六六作品大部分已经改编成影视剧，网民还能在线看到《双面胶》《王贵与安娜》《蜗居》等的视频。相关视频又把我们带到演员的网络界面。如被称为六六戏御用女主角的演员海青，她的个人档案、大幅写真、生活爱好、参演的其他影片、其他影片的其他男女主角等也会随之呈现在读者面前。多媒体技术使网络文学与其他网络内容连缀成一个整体。作品的名字只是开始，开启了通向一系列纵深化阅读的道路。这使得网络阅读不像读书那样专注单一，而是延伸了范围、扩大了信息量，同时也拉长了浏览时间。

二　互动性与文化生产的能动性

网络文学媒介转型的动力源自互联网强大的互动性。网文中的互动一般指作者与读者的互动交流。但实际上作者在线与读者就作品即时就内容交流的情况并不多见，过多意见的参与还可能影响作者的思路。如今网络文学中，互动性主要体现在读者对作品的再创作、相关话题的发掘以及周边信息的拓展中，也就是网络特色的“同人创作”。如网络小说《星辰变》与读者的互动之路就由热门小说线上连载讨论开始，转化为读者对“同人小说”的创作和游戏的再创作。原作在网上发布后吸引了大批读者，有的赞许，有的不满，这在阅读传统作品时很常见，

不同的是《星辰变后传》的出现。这是一部读者写成的“同人小说”，它不是传统意义上的续书，不求内容的接续，仅借用人名，甚至作者名，如“后传”作者“不吃西红柿”与原作者“我吃西红柿”对应。由于在网络上利用他人素材改编或续写十分容易，因此“同人小说”在网上特别流行。它需要续写者（读者）有一定的想象力，却不需要构架完整故事的功力，相关背景知识可以通过网络搜索、链接来补充，一定程度上降低了创作的难度，因此网民纷纷动手创作自己的版本。

《星辰变》的流行吸引了大量同人创作，也将读者的注意力拓展到了其他媒介领域内。大批意犹未尽的读者开始将兴趣转向同名漫画和在线游戏。而“我吃西红柿”另一部小说《盘龙》不仅有文字、游戏版本，还出了“静态电影”《盘龙萝莉养成记》。这虽然只是依附于小说的图片推介，但将少女形象与这部较为男性化的小说接合起来，推广“静态电影”概念，在现有网络产品上进行了有益的探索。

网络文学中的互动不仅限于作品，还生产诸多流行话语。网上流行的段子、八卦和文化衍生物就是网民互动创造的表现。网络作家六六曾于2012年初在微博上对“小三”宣战，网友们立刻搜索出其先生的照片并猜测插足者身份。议论热潮从事件本身到六六态度是否关系新作营销；从对六六作品的咂摸到对第三者的道德评判；从六六作品中人物的婚姻态度到揣测公众人物公开隐私的真实意图等，同时还牵扯上几名女星八卦，形成了一个非常热闹的网络事件。网民们以极大的热情消费着由网络引发的文化现象。包括写手六六在作家豪富榜上的排名，主妇六六及其丈夫、儿子的家庭情感生活，编剧六六创作的各类热门角色以及房价、小三、医德、婆媳关系等社会问题。通过娱乐化的互动把这一系列话题从具体个案变成普遍社会现象，从热点事件变成了持续性话题。由此可见，媒介融合和跨媒介转型是网络文学的趋势。

一项新技术能得到广泛应用，说明它绝对不仅仅是为精英准备的。民众在对它的了解和利用过程中，并不是被动地追随；相反，他们积极筛选、创新，他们的使用甚至戏谑是一股巨大的力量，能够赋予技术应用以人文色彩，使之真正转变为文化的一部分。可以说，是普通民众参与创制了最流行且便捷的应用模式。因此，从实验室的技术产品到大众化的普及应用过程通常不会按照技术研发时的预设轨道前进，成功往往诞生于偶然。那些技术探索的先锋产物虽然具有一定意义，却由于曲高和寡而成为小范围内的小趣味。对于新的技术产物，公众在了解和尝试之后，运用自身的创造力将其推演简化。这一过程在人们对网络文学的预期和其实际发展中得到了体现。非线性特点并没有成为网络作者炫耀高超技术的工具，而是一个简化写作并扩大阅读范围、延长阅读时间的过程，是民众参与网络文学的途径。通过外部链接，它降低了对作者逻辑构思的要求；通过相关搜索，它为读者提供了更多值得一读的内容；通过强大的互动和沟通手段，它最大范围地将网民招揽到大众话题的生产过程中。

中国网络文学没有像网络应用之初人们所预想的那样带来技术和媒体的狂欢。它有过非功利的实验，也不乏全面革新的条件，但就其现状来看，它却成为很大程度上受商业力量制约并流于模式化的通俗文学类型。尽管如此，其所蕴含的新鲜的文化元素依然不容忽视。一种新文学形式的意义并不在于有多高的技术含量、吸引了多少知名学者或是孕育了多少先锋作品，而是它是否具有开拓性、是否更新了人们的体验、是否对建构时代文化起到了自己的作用。

第二节　网络文学的空间领域拓展

中文网络文学影响力的提升吸引海外读者的视线，一些热门在线作品经海外华人自发翻译，并转载到境外主要面向其他语言受众的论坛，“武侠世界”（wuxiaworld. com）注重“中文幻想作品和轻小说”，Gravity Tales 则以中国和韩国轻小说翻译为主要内容。类似网站聚集有语言

能力的网友专门追踪网络小说最新章节，翻译分享给英文读者。它们由民间自发需求起步，在网民的热爱中生存并壮大起来。其早期发展源于网民对网络小说民间引介、自发传播、无偿投入的行动，与当年网民将《第一次的亲密接触》从台湾大五码繁体字手打转换为简体贴上内地论坛的过程多么相似。难怪有人预测中文网络文学已具有与功夫片、日本动漫、韩流组合等流行文化产品类似的地位，成为中国文化产业出海的特色产品。不论是否夸大其词，都展示出网络文学庞大的空间拓展能力。网络文学出海自 2017 年启动，一年内阅文集团、中文在线等已经先后在海外投资布局，但尚未见大的成果出现。本节前半段主要回顾商业化网文的大规模出海行动之前，内地网络文学在港台的接受程度。后半段从翻译等角度，讨论网络文学在海外拓展中可能遇到的问题。

一　港台网络文学的发展

随着网络文学热潮，台湾小说再次成为内地阅读热点。痞子蔡、九把刀等人作品虽然由于获得出版社、影视青睐而引进大陆为人们所识，但总体来说，其通俗化写作倾向一定程度上代表了台湾网络文学创作主流。实际上，伴随 2003 年前后 BBS 论坛的衰落、网络热点和媒介平台的转换，台湾网络文学界也面临式微、转变与选择。台湾网络文学作者、研究者的态度产生分化，阅读偏好和读者构成也有很大不同。

（一）台湾网络文学界的态度和评价

在 2008 年内地的“网络文学十年评点”过程中，海峡两岸网络文学从业者和出版界人士进行了交流，一些台湾网络作家和研究者对台湾以及整个华语网络文学的发展和现状发表了自己的看法。记者穆肃的报道[①]进行详尽记录。

台湾网络文学领域创作繁荣，出现不畅销则上网、“作者比读者

① 穆肃：《台湾网络文学十年之惑》，《东莞日报》2008 年 11 月 17 日。

多”的状况。由于从台湾可以自由登录祖国大陆各大文学网站，类似新浪、天涯、起点、红袖添香等已成为台湾网友的固定去处，很多台湾的网络作家也在大陆的文学网站上进行写作，从一定程度上造成了台湾网络文学的分流。而台湾娱乐文化的过度发达导致台湾从事文学写作的人已经不多。另外，在台湾目前总共有出版社 2000 多家，稍微具有一些商业效应的网络小说，都会被台湾的出版机构纳入视野。与此同时，诗歌和散文的受众却很小，出了书并不赚钱，因此渐渐流落在网络上，成了网络论坛的主要构成内容。

部分台湾作者对网络平台转换有敏感的认识。从 BBS 到博客的转换影响到台湾网络作家写作。已经出版了 23 本书的台湾网络作家夏菲，是博客写作者，她善于利用博客进行网络宣传，其博客浏览人次达到 500 多万，并入围了 2008 年第四届华文部落格大赛。她经常把一些博客读者的名字写进自己的作品，并鼓励他们为她提供创意，时常举行有奖问答，并以她自己的名字命名了一个小型文学奖，并向一些写作的读者颁发奖项以集聚人气。但与大陆一些早期作者类似，她也在逐渐向电视剧小说转型。

台湾作家善于利用互联网的互动性。网络女作家夏木自费印刷了作品集《我的秘密集会》，但她却通过网络等渠道预售，并凭借读者预付书款将网络作品转化成实体书。网络作家张日郡总结出提升博客人气的绝技——网络作家要相互浏览、推荐培养人际关系。这样，才会彼此之间互相“顶”“赞”，才能维持足够高的人气。

台湾文学界对于电子智能与超文本写作作品的文学性和艺术性评价口径不一。前述“数位诗”代表人物、台湾中兴大学外文系教授李顺兴，其“歧路花园”是目前唯一能够访问的早期数位诗著名论坛。李顺兴主张的编程写作可谓将电脑网络与写作高度结合的探索，但却并未受到太多支持。全球华文学生文学奖组织单位《明道文艺》杂志社的编辑就明确表示对这种所谓“文学”的不认可。而主张“超文本”理

念的网络作家、《淡江时报》主任委员丁威仁“为文字搭配上图片、动画以及音乐，使文学变成一种视听的立体享受”的观念，却受到一些以博客写作为主的网络作家的认可。

在对网络文学与网络写作的认识和评价上，台湾相关人士抱有分歧。前林语堂故居执行长、台湾佛光大学文学系教授林明昌认为，网络使“全民文学”成为可能。只要你愿意写作，网络界随时准备刊登。几年前或十几年前，报纸副刊相继裁版，文学杂志陆续结束营运，有人悲观地疾呼“文学将亡”，但文学的魂魄却在网络世界重生，因此其对台湾网络文学持肯定态度。网络作家、台湾慈济大学东方语文学系助理教授张致胜则认为网络文学已经失控，称大陆文学网站中玄幻小说人物过于夸张，很多网络作家为迎合读者趣味重复单一的模式化写作将会导致网络文学的穷途末路。另一网络作家冯瑀珊针对网络作品内容松散、标点错误、段落不明现象表示，是烂作品连累了网络文学。

曾经协助筹办两岸网络作家座谈会的台湾东吴大学谢静国博士就台湾网络文学现状进行介绍：“网络文学的研究在台湾其实并不盛行，学位论文（都是硕士，而且文学系的迄今没有人进行相关研究）迄今只有 12 本，其中还包括了研究大陆的网络文学。至于学者对网络文学的研究也寥若晨星（如：李顺兴、须文蔚、林淇瀁——笔名向阳），而且集中在二十世纪末，网络文学蹿红之际。但是网络文学‘创作’在台湾却仍是颇为盛行的，大概是因为台湾红了几位网络作家之故（尤其是九把刀、藤井树、橘子和最早的蔡智恒），许多年轻人也热衷于尝试网络写作。加上网络这个平台很自由，又没有‘纯文学’或‘老师’的约束，套一句学生常说的：写给自己爽的。创作人口虽然不少，但这些网络作品在消费市场中也是仅由上述几位作家引领风骚罢了，出版社固然安排了很多星探在网络探询明日之星，迄今对书市乃至于大众文化工业产生影响力的却极少，仍是小众。我曾经协助筹办过两岸网络作家座谈会（在台湾），但几年后发现这些台湾的网络作家依然潜浮在地表之下，虽然在网络上写作的人数量上不容小觑，但他们的型态却比较'像'同人创作。台湾目前没有网络文学研究或发展中心之类的单位，我想可能跟学院派（尤其是文学院的文学类系）仍歧视网络文学有关，因此没有学者真正大力推动由官方建置的研究机构。"谢博士还推荐了台湾网络文学个人研究者沙丘的网站，认为他对于台湾本土网络文学的推动是不遗余力[①]的。

沙丘是民间论者，主要观点认为："台湾网络文学是一种有别于以往传统文学的型态发展，也是经由一种具有庞大网络写作群体，所共同发展出的新文学脉络以及多元化的力量组合。而'学术研究'将会是主导整个新文学发展走向的首要先驱；并且结合着'文学评论'、'诗人作家群体'、'阅读市场产业发展'以及'广大读者群体'等，有着建全脉络发展的文学体系。"其"沙丘文学学术研究独立中心拟大力鼓励台湾新文学初期诞生"，认为"一些资质优异的网络作家要以网络文学研究员之身份，来作为协助新文学学术力量的主要支撑"。[②] 但观察沙丘的言论，聚焦于进行"机制建构"，自称"台湾网络文学发展最高指导中心"领导人物，并未切实关注具体网络文学创作和作品，也无太强的学术价值。

（二）香港网络文学发展概述

比起台湾网络文学自成一体的特色，同为华语通俗文化重镇的香港在网络文学方面声息却小了很多。这是由于香港的通俗小说出版高度商业化，武侠、科幻、穿越、架空等内地网络文学界看来新鲜的类型，在香港早已有稳固的出版市场和收入渠道。香港作家倪匡、黄易等更是被内地网络文学作者奉为鼻祖，他们都是在印刷品市场有着稳固地位的旗帜型的作者。在大陆网络文学网站上，众多玄幻、穿越、重生等作品是对其模仿、因循的产物，因此可以说，香港的通俗文学极大影响到了中

① 沙丘站点，http：//shachfou8555. blogspot. tw/。笔者于2013年底赴台湾访问期间与台湾相关研究者建立联系，引文来自与谢静国博士之间的电子邮件。

② 沙丘网站：http：//shachfou8555. blogspot. tw/，最后浏览日期：2014年2月6日。

国网络类型小说的现状。但由于香港网络文学界缺乏像痞子蔡那样的原生代表性人物，因此，香港本土的通俗小说作者也没有台湾作者那样的动力涌向互联网，内地出版市场对其也比较陌生，出版作品并不多。

另外，香港也没有培育起大批从事网络写作的青年作者。因此有人形容香港的网络文学市场很奇特，一方面港人爱读网络小说，一方面却没有几个港人愿意写网络小说，以至于偌大一个香港书展十几万种图书中，真正属于香港本土作者写的网络小说纸质书只有寥寥几本。而香港的付费阅读网站更是凤毛麟角。据报道，即便是香港目前最前卫的作家，也没有书边写边连载，没有写完就拿给人看的习惯，同时，对于内地网络作者苦于更新却未必能有丰厚回报的现状，香港作者也不能接受，称很难适应熬夜写作的生活①。

香港网络小说中较为值得一提的有阿浓与三位花季少女合著的《香港少女日记》。这并不是一本自发的网络小说，而是一项有组织的续写成果。2004 年，香港教育城网站邀请知名作家阿浓在网上以《少女日记》为题进行网上故事续写活动，以一个女中学生父亲有婚外恋而自己喜欢上美术老师开题，引来少男少女的注意。由于该活动吸引了上千中学生参加续写，这次互动写作本身就成为香港中学生和教师、家长共同关注的事件，引起了香港教育界热烈讨论。在诸多续写中，鱼B、素凡、刘薏三位网络写手的作品被选中，在香港得到出版。其后在香港一家机构举办的 2004 年度“十本好读”评选中，香港学生从 188 种图书中选出这本同龄人参与续写的青春小说为“十本好读”之首。该书 2005 年引进内地，由中国社会科学出版社出版②。

随着盛大旗下起点中文网的壮大，庞大的内地网络阅读市场和新媒体的发行渠道也吸引了成名的香港作者。2012 年，香港著名作家黄易

---

① 郦亮：《香港读者热衷网络小说　香港写手不愿熬夜写作》，《上海青年报》2013 年 7 月 19 日。

② 庞永建：《热门香港网络小说〈香港少女日记〉内地出版》，http：//www.chinawriter.com.cn/2005/2005－05－18/15146.html，最后浏览日期：2020 年 3 月 13 日。

以新书《日月当空》独家中文电子出版与国内最大原创文学网站起点中文网签约。参加签约的除黄易本人外还有起点白金作家月关、香港彩业制作有限公司董事廖瑞贤、起点中文网副总经理罗立、著名学者吴学先、知名评论家兴安、资深制片人周林等。除了独家授权新书《日月当空》的电子版权外，黄易还将作品授权起点中文网，分批进行数字出版。《日月当空》将于中国移动手机阅读和起点中文网全球同步首发，这也是黄易作品首次登陆手机阅读平台。黄易以《覆雨翻云》《寻秦记》《大唐双龙传》《云梦城之谜》等为华人读者熟知，是玄幻小说开山立派的宗师①。这位在印刷出版领域十分成功的通俗畅销书作者此番入驻文学网站，也说明新媒体平台强大的吸引力。

比起文学，香港的影视业无疑更为兴旺，许多网络小说获得了电影导演的青睐。2014 年，人气网络小说《那夜凌晨，我坐上了旺角开往大埔的红 Van》（*Lost on a Red Minibus to Taipo*）改编的电影上映。原著是一部香港悬疑科幻网络小说，由 Mr. Pizza 创作，自 2012 年 2 月中旬起在香港著名网络论坛高登讨论区开始连载，其后出版成实体书籍，并由金马奖最佳导演陈果改编成同名电影。故事讲述主角游梓池坐上凌晨时分的红色小巴回大埔，当小巴穿越狮子山隧道后，仿佛进入另一个世界，除了车上十七个人外，整个世界的人好像都消失了，由此为开端展开一连串惊险故事。香港导演乐于从网络上挑选剧本，此前导演胡耀辉曾拍摄的《一路向西》也源自高登讨论区。《一路向西》作者为“向西村上春树”，原名“东莞的森林”，写作于 2011 年，是一个北上寻欢的故事，讲述港人 Frankie 与大学时相识的 James 到东莞召妓的经历，号称“史诗式叫鸡报告”。该小说还曾在 Facebook 上疯传，成为香港宅男的必备读物之一②。由于涉及敏感内容，这篇作品仅在一些论坛流传，

---

① 《起点中文网独家签约黄易〈日月当空〉电子版》，凤凰网读书，http：//www. techweb. com. cn/news/2012－11－02/1251841. shtml，搜索时间：2013 年 4 月 2 日。

② 搜索时间：2013 年 4 月 2 日，http：//www. kishd. org/forum. php？ mod = viewthread&tid = 37418。

并没有太大影响，电影在内地也没有得到宣传。

（三）从鲜网的命运看港台文学网站的经营特色

在台湾网络文学网站中，鲜网是其中颇具规模者，在多年的发展中，同样积累了大批有潜力和知名度的作者。鲜网的前身是鼎鼎大名的台湾元元讨论区和巨豆广场，聚集了上千名网络作家和数不清的网络读者，几乎每分钟都有人发表新的小说、杂文、散文、诗词……，也有众多的讨论区和留言板，甚至还有专业作家发言。众多的作者和读者是一个文学商业网站得以生存和发展的最重要的条件。但鲜网的创办者沈元也认识到仅仅依靠网络上的免费人气社群不能赚钱，所以其初衷是利用社群整理过有价值的内容开出版社。通过对网络出版社与传统出版社特色的分析得知：传统出版社存在由专家、编辑评选的文学竞赛，质量虽佳但大众未必喜欢；而在网络上出头的作家，经过读者评监机制选出的受欢迎的作品则一定能够赢得市场。鲜网的内容是以武侠小说、玄幻小说和科幻小说、耽美小说为主，纯文学性的内容占比较小。由此可见，鲜网是一个尝试将网络内容与出版机制相结合的场所，出版了诸多和传统书籍一样的鲜网“尝鲜书”①。

鲜网的总部位于美国，分部设在中国台湾，鲜网一度运营良好，会员人数超过一百五十万人，遍布海内外各地，每天浏览人次逾三十万，也促成了许多中国内地网络文学作品在台湾的出版。但 2014 年 4 月，却传出倒闭的消息。据传因过多敏感露骨内容被举报，罚金过高无法负担，同时拖欠大笔稿费，因此倒闭。

鲜网建立初期，正是内容的通俗、大胆和开放等特色促成了超高的人气和良好的运营，但看来其倒闭也正是源于这种特性。面对网络文学这一受众广泛的对象，如何拿捏把握，处理好通俗和低俗之间的度是生死攸关的大事。

---

① 360 百科“鲜网”：http：//baike. haosou. com/doc/2646040. html，最后浏览日期：2020 年 3 月 13 日。

（四）港台网络文学作者、禁忌以及接受情况

2013 年底，盛大文学公布了旗下作者群在国内、国际的数量、分布、比例以及排名。从中可见，台湾和香港的网络文学作者数量年度排名均已进入前 30，其中台湾排名第 26 位，香港排名第 29 位。对比 2010 年发布的数据中香港、台湾分别列第 68 位和 72 位的名次，均有显著提高。此次统计中，台湾占比“0.009077”、香港占比“0.008873”，以盛大文学 2012 年底公布的注册作者 160 万的基数算，则台湾网络文学作者达到 14523 人，香港网络文学作者达到 14197 人。考虑到两地总人口数量，这一数字值得引起重视。从 2010 年到 2013 年间，网络作者台湾香港地区排名和数量的显著提升说明两地网络文学的普及程度较高①。

随着内地网络协作队伍的壮大，出版行业未能有相应的快速反应机制。许多网络作家的第一本纸质图书是在台湾出版的繁体字版本，通过这一渠道获得了收益。因此，内地网络作者认为“繁体版是网络小说第一个重要的版权拓展渠道，早期的网络文学，如果没有台湾出版社撑着，很多作者早就改行了”②。由此产生的后续情况就是越来越多的内地网络作者向台港阅读市场进军。由于台湾网络文学有着较好的基础，大陆网络文学也受到台湾读者的广泛欢迎。在 2006 年台湾玄幻类小说销售前十名的作者分别是萧潜、自在、手枪、罗森（弄玉）、蓝晶（血珊瑚）、明寐、玄雨、端木、泥人。在这 9 个人里，台湾本土的作者只有两名③。据台湾地区 2011 年阅读习惯调查结果④显示，台湾地区公共图书馆最常被借阅的 TOP 20 中，就有 16 本属于奇幻、冒险小说，多本是以史实为底本，加入奇幻元素。盛大文学旗下起点中文网白金作

① 参见许苗苗《2013：网络文学上演“双城记”》，《首都网络文化报告 2013—2014》，人民出版社 2014 年版。

② 段伟（weid）：《关于出版影视等版权拓展的一些要点》，选自千幻冰云微信平台。

③ 千幻冰云：《网络阅读十年事》，选自龙空网，http：//www.lkong.net，最后浏览日期：2013 年 4 月 2 日。

④ 《2011 年台湾阅读习惯调查结果公布》，http：//www.redlib.cn/html/14203/2012/82683670.htm。

家月关的《回到明朝当王爷》《步步生莲》《大争之世》三部作品均榜上有名。

但是由鲜网的倒闭事件，也引出了一个不得不重视的话题，也就是港台网络文学的禁忌。台港网络上对涉及情色的成人内容包容度是比较大的。但内地网络作者也总结出了台湾对于网络文学题材方面的禁忌。由于台湾民众对历史的忠诚度远比大陆读者高，歪曲扭转历史的作品，台湾人不喜欢出，因此，架空及历史类作品不被台湾网络读者看好。同样，在对日本情感复杂的台湾，带有仇日情节的作品也难以出版。“在题材方面，台湾出版社不要武侠的，西方魔法的，都市言情的，星际争霸的，带黑社会性质的，带政治色彩和种族宗教歧视的，网游小说现在也很难。”

（五）有关港台网络文学的未尽话题

华文网络作品已展示出强大的吸引力，突破了台港地域的局限，超越简繁字符编码的差异。随着台港两地网络文学作者的增加，读者队伍的壮大，可以看出台港两地网民对汉语写作的认同度、归属感。更重要的是，由台湾兴起、由大陆网站主导的网络文学概念已经生成了一个在全球华语圈内颇有影响力的网络文化概念，在相关的亚文化群体内具备一定的吸引力和聚集力。

当前内地有关台湾网络文学的研究还非常薄弱，其原因首先在于技术层面：内地对台湾网站设置访问限制，网页编码、字体繁简等区别导致乱码时有出现，产生了阅读难度，因此两岸之间在网络文学观念的交流与更新方面存在一定障碍。其次，网络文学研究视野也还存在缺口：对于网络文学研究者来说，内地本身已经提供了为数众多的话题和有待研究的对象，无暇将目光投向台港。网络文学研究在文学研究的整体中依然是一个新兴话题，因此地位偏低，特别是内地海外华文文学研究者总体依然将目标锁定在严肃文学领域，即便是琼瑶、金庸等在通俗文学市场早已颇有口碑的成熟作者涉及也不多，更遑论尚处发展之中、对象庞杂且前途不明的网络文学。由于以上原因，内地对于有关“台港网络文学”的印象长时间以来始终局限在痞子蔡、《第一次的亲密接触》以及青春文学之上，相关报道和研究成果的数量十分稀少。

当然，进行台港网络文学研究本身也是一项有挑战性的任务，其主要困难来自以下几方面：一，网站访问限制，内地不能与之保持同步。二，网络文学对象具有动态性，样本难以保存。网站倒闭、改版等情况十分常见，且作者本人删帖也易如反掌，因此，许多早期作品在网上已经不见踪迹，网络文学一手材料难以保存。三，这一领域前期研究成果较少，二手材料本身就很不充分。在稀缺的二手材料中，论述对象和问题也不够集中，难以形成期间的相互印证。基于以上三方面的困难，本章节所做的只是在笔者个人一手材料阅读经验之上，结合网络报道、台湾本土研究成果，以及与内地和台湾相关研究者交流所得的二手资料进行的综合梳理。笔者试图勾勒出台湾网络文学发展的基本框架，并在此领域内提出一些具有共通性的问题，供同好者在今后的研究中选取并进一步深入。由于个人视野和文献获得能力等存在一定限制，本章对台港网络文学的述评难免挂一漏万，但不容否认，当前台港网络文学研究正是一片蓝海，有待更多有能力的研究者投入其中，进一步关注、开发。

二 “网络文学”译名的争夺

随着网络文学海外影响力增加，有一个现象特别值得关注，那就是对“网络文学”一词的翻译。由于网络文学自身定义就比较模糊，牵涉学科专业较多，从不同理解出发对其翻译，所用的英文译名也有六七种之多。“武侠世界”站长俞静平曾在接受 CRI 采访时谈到翻译网络小说的困难。其中既有中国阴阳五行、儒道学说等传统文化元素，又涉及西方的魔法巫师等系统，要想不偏离原味，必须探索打通中西文化的路径。而学术翻译与小说翻译又有不同，仅就当下常用的说法来看，译法花样百出，如“internet literature”“cyber literature”“online literature”“net literature”“network literature”“digital literature”……凡此种种，不一而足。

以目前已出版的网络文学研究著作为例：马季的《网络文学透视与备忘》（中国社会科学出版社2010年版）英文名是“*The Inspective Memo of Online Literature*”，而其《读屏时代的写作：网络文学十年史》（中国工人出版社2008年版）则叫作“*Network Literature*”，出现了前后矛盾；陈定家的《文之舞——网络文学与互文性研究》（社会科学文献出版社2014年版）英文名是“*Dance of Texts*：*A Study of Net Literature and Intertextuality*”，刘克敌的《网络文学新论》（凤凰出版社2011年版）英文名是“*A New Outlook on Net Literature*”，统一在“net literature”上；欧阳友权主编、中国社会科学出版社2011年出版的新媒体文学丛书中，禹建湘的《网络文学产业论》英文名是“*Industry of Network Literature*”，曾繁亭的《网络写手论》英文名是“*Writers of Network Literature*”，统一在“network literature”上；拙著《性别视野中的网络文学》（九州出版社2004年版），封面所选与“网络文学”对应的是“cyber literature”，《中国日报》（China Daily）在讨论中国网络文学的文章①中也用此词；本文作者硕士学位论文《网络文学的生成机制》（北京师范大学，2002年）的翻译中用了“internet literature”，这也是基于当时所阅读英文材料的选择；黄鸣奋等人2001年前后论及网络文学时说的是“digital literature”。由此可见，中文里简单的一个“网络文学”，在国人使用英文提及时却众说纷纭。

针对这种状况，笔者请教了研究中国网络文学的荷兰汉学家、前伦敦孔子学院院长Michel Hockx教授以及其他几位欧美大学教师，得到的

① “Challenges for China's cyber literature”，http：//www.chinadaily.com.cn/opinion/2013－03/21/content_16332022.htm，最后浏览日期：2020年3月13日。

答案是：从字面意义上说，这几种翻译都没有问题。由此，译名混用也就情有可原。

虽然从语言角度说得通，但值得注意的是，这并不是一个单纯的语言问题，其中包含着“怎样看待网络文学”的观念博弈。词语之间有微妙的差别，不同译名显示出对网络文学的不同认识，也会造成对“网络文学”理解的偏差。从目前专著、文章对以上不同词语组合的使用来看，“Internet Literature”偏重网络媒介上的文学，与“Printed literature”对应，是从媒介形态对照出发的，看重文学本身在不同媒介上的延续和差异。网络文学诞生之初，论者十分关注“网络文学与传统（纸面、印刷）文学的关系、异同、影响和挑战”等问题，在这类讨论中，使用“Internet Literature”较为恰当。“Cyber Literature”偏重虚拟世界的建构，强调虚拟网络世界中文化与现实的不同，从社会文化整体着眼，将网络文学看作网络文化中的一部分。因此，讨论网络文化、网络空间、虚拟身份等时常用“cyber”。“Digital Literature”指向很明显，它注重数码技术，强调的是电子文本的特异性，指使用多媒体、超链接等网络技术的文本。这一词语从媒介技术着眼，当前创收巨大的产业化网络通俗小说不能用此称谓。“online literature”指“在线文学”，涉及创作和阅读的在线实时互动，网络接龙等属于此类。严格说，这类作品因其开放的在线特征，应当是变动不居的。那些离开互联网出版印刷读物的固定文本不能用这个词。“Net literature”虽然从字面上完全对应“网络”“文学”，却依然与当前所说的“网络文学”有区别，使用这种翻译一般将网络文学作为传统（印刷）文学研究的客体，与其说是研究网络文学，不如说更注重文学的网络性。相比之下，使用最多的是“Network literature”，尤其是在当前网络文学由文学网站极力推动、发展而成为新兴产业的趋势下，这一译名不仅被若干研究论著采用，更因其“Network”将中文里多意的“网络”一词严格限定为“计算机网络”、指代对象明确而受到众网站青睐。许多文学网站的宣传、评奖等活动使用了这种说法，它强调了网站的地位，使之不仅扮演媒介、载体的角色，还突出了其作为组织者、策划人、推动者、概念引导者的作用。然而，这种说法却冲淡了文学研究者关注的文化层面的含义。

翻译其实是一个“正名”的问题。在早期网络文学初兴之时，指称这一现象就用过不同的词语，如“网路文学”“数位诗”“. Com 文学”“BBS 文学”等。在逐渐认可“网络文学”之后，围绕这一名词又有了如何对划定范围的定义之争，焦点在于“网络书库里的数字化的印刷作品能不能叫作网络文学”“是否必须首发网络”“是否必须在线创作并运用网络技术手法”等问题。那时，人们还没有看到更多的文本和内容，就提前对其未来展开了臆想，以印刷文化下因袭而来的文学想象去揣度网络文学，甚而探讨其根源和特性。

作为一种新的文学现象，网络文学尚处于发展之中，其内涵、形态、技术变化与发展趋势都难以定论，相关概念也应当灵活多变，对不同术语的选择、使用和讨论正反映出这一领域内思想的活跃交锋。按理说，只要没有语法、拼写错误，各位作者均可以抒发自己的主张。而且，在当前网络文学专著名称的翻译上，存在颇多编辑和封面设计者的意见。但考虑到目前学界日渐重视国际影响力，与外国学者的要求逐渐增多，封面上的英文字母就不能仅仅是为美观，还传达着作者的学术主张。所以作者应当亲自参与译名审定，务求使之准确。不恰当的译名不仅误导外国读者，还可能对著作内容掣肘，导致立场、论述重点的偏移。不过，许多书本封面设计使用汉语拼音似乎更无必要，学术著作的预期读者想必能将那几个大字认读出来。

第三节　网络文学的理性自觉与理论拓展

网络文学的兴盛使读者的需求不再仅仅停留在好看、紧张、脑洞大的层面，而是逐渐对情节的逻辑、内容和可信度提出更高的要求。历史穿越小说在网络文学中占据着很大的市场。为规避史实方面的错误，网络作者多半采取“架空”的方式。因此，许多网文穿越的目标是“古代”而非“真实的历史”。网络文学联手文化产业，积极迎合大众，以重复流行的模式化内容来谋求商业的成功。它如何才能挣脱市场运作的惯性是一个值得关注的问题。网络文学发展的动力蕴含在媒介特性赋予它的参与者交互行为中。互动促使网络文学参与者自我反思，走向理性自觉。网络文学面临外在规范和内在规范两方面力量。外在规范是政策法规的约束和文学经典的榜样，但更重要的是其内在规范。网民从简单的挑错、专题评论帖，到创作具有科普性质的指南著作，这种对网文提升的追求逐步超越了单纯的快感，是网络文学内在规范的体现。

对爱上网的时尚青年来说，历史似乎并不是一个令人钟爱的话题，但历史穿越类小说却有诸多痴情的铁杆粉丝，不仅“撒花”“砸钱”地追文，连生僻的历史知识都如数家珍。作为网络文学最兴盛的题材之一，历史穿越小说不仅为影视剧本提供了资源，其魅力也蔓延到了一系列文化活动中，热衷于汉服、品茶、“锦灰堆”的，多半是手拿智能机，时常玩自拍的时尚男女。网民喜欢“一觉醒来到古代”，但其实心中所想的是“古装”而非“历史”。所以，在网络上的唐朝，太监颁布圣旨时读出了明清才出现的“奉天承运，皇帝诏曰”；而穿越到春秋战国的谋士们竟把地图画在了汉代的纸上……大部分穿越小说和历史无关，写作目的是好看而非真实。

一　网络读者的自发批评

作为一种想象性创造，小说里难免有作家专业知识涉及不到的错漏，即便正式出版印刷的书籍里也难避免漏网之鱼，更遑论即写即发的网络小说。错别字、标点滥用和随意排版似乎成为网文的标签。在历史穿越类小说中，由于涉及特定朝代历史，更难避免硬伤。很多作者并不具备背景知识，他们脑海中的古代多半来自阅读同类网文或影视剧。网上错误多，所以网络阅读是一种典型的冷媒介阅读，读者积极调动情绪运作，自动填补漏洞、忽略错别字。他们期望不太高，容忍度却挺高，有时候还跃跃欲试、操刀代笔——一旦发现人气作品并非不可超越、作者也是平凡人等，很可能不服气地就此开始创作——带有挑战和尝试的心态。而在正式出版物中却截然不同，编读身份明确。编审竭力消灭错误，如果出版后依然有错，对于影响较大者，会有专家读者专文指正。创评双方都拥有某种话语权威，表达意见也都十分慎重，一个现象还会引起争鸣和对话。但在网络文学中，局面则大为不同。大部分网络小说很少受“批评家”关注，处在网人自娱自乐、自说自话的状态，没有与专家对话的机会。专业研究者接触到的更多是被出版社或影视剧遴选出来、面临改编的网络作品，看到的并不是原生作品的网络面目，错误少多了。而一旦专家们提出权威和不容置疑的意见，网络作者无一例外臣服和首肯。所以，当“清穿”“唐穿”们要脱离网络时，往往会进行非常大的修订。

而为数更多的依然生存于网络的历史穿越小说则产生了分化。一类突出游戏性质——主角有清醒的穿越意识；承认其历史知识来自追文或连续剧，所以记忆的模糊和细节错误在所难免，这不仅为故事发展埋下伏笔，也为作者修订留出了空间。如《皇后难为》：“清朝中晚期的皇后，我是谁？好歹还算是混过一段时间清穿文的，也算是比较靠谱地翻过一点清代常识的，清代的皇后……一个个皇后都是杯具！可以选择穿回去么？”另一类则“架空”历史背景——设计一个虚拟时代，作者自编官职体系、后妃品级等。比如《嫔妃这职业》在起始章节说明：“因为是架空文，所以嫔妃的等级是各个朝代杂合整理……”；《宫妃的正确姿势》推介文案中写道：“架空历史，考据党勿入；文笔小白，不要期待太高；最希望的事情是：读者帮忙捉虫……”

对网络文学内容方面进行指导和规训的外部力量主要有三类。第一类也是最无可争辩的，是体制的监管。文学作品当然不能触犯政策法规，但有些时候，网络文学内部反应的激烈程度却远远超出管理部门的预期。2007 年 4 月，新闻出版总署要求全国网站立即下架十五部“有严重政治问题的网络长篇小说”，这之后，政治类小说在网上就几乎再也看不到了，连歌颂热血男儿的军事战争类题材也受重创走向式微；2012 年 7 月，在国家“扫黄打非”办公室开展的专项行动中，重点整治涉黑涉暴内容，此后，黑道、帮派、官场等容易触碰红线的题材基本从文学网站退出，只留下历史、玄幻、仙侠等纯娱乐类型①。第二类是专家意见。前面提到，网络文学对专家意见往往是臣服和回避——专家指出穿越网文诸多历史不实，作者就回避容易查实的历史背景，选择架空。第三类是产业需求。一般认为，文学网站与网络作者是利益共同体，但实际上二者目的不同。对网站来说，首要目的是盈利，其次才是质量的提高，后者必须向前者妥协；而对作者来说则不然。但在实际操作中，网站确实为作者提供了谋生获利的渠道，所以网络作者对于产业需求是迎合态度。当前面对网络文学，专家意见和外部管理规范总体来说采取友善和扶植的态度。制度的各项行动意在规范，而担心遭举报利益受损的网站则会不由分说、简单粗暴地一举封闭。所以在网民和公众眼中，难免有网络文学频繁遭制度打击的误解。这里仅就网络作者对于专家意见的态度。

二　无疆界想象与实用主义态度

为什么大部分网络作者宁可冒着被指责为胡编乱造的风险去“架空”？这是由于相比一吐而后快的即兴创作，与专家对话甚至仅仅是对抗粉丝意见都需耗费很大成本和精力。一方面，业余码字的网络作者没有与权威专家意见抗衡的能力和兴趣；另一方面，快节奏将文字变现

① 参见记者张英《网络文学“扫黄打非”十年记》，《南方周末》2014 年 5 月 31 日。

（通过各种渠道获得收益）的欲望也迫使他们乐于遵从生存法则。在网上，与其恋战，不如退避，换个途径寻找机会。而那些赢得专家目光的网络作品都是有改编前景的，期待进入由专家所把持的专业领域，所以必须积极配合专家和市场策划。由此，网络小说并不是作者独立自主的产物，而是呈现未完成的迎合状态。网络作者信心满满——读者和市场需要什么，我就能写什么。这种信心并不来自已经完成的作品，而是来自对读者市场的适应性以及尝试新开端的勇气。他们自认作品并不圆满，所以安于处在有待改编的胚胎状态。比如著名网文《甄嬛传》，原本顺应网络生态，架空历史背景，发生在虚拟的“大周”。但拍电视时，要满足对历史真实性和视觉效果要求更高的观众，就不得不改写落实到清代。电视剧《甄嬛传》远离网络小说原型，将自己纳入了史书参考和专家意见的框架。

对专家意见退避迎合的实用主义态度成为网络小说的现实。而从文学创作的精神追求层面来看，则折射出写作中人文情怀和独立精神的消失。中国网络文学的发展，经历了从最初想象的乌托邦走向良莠不齐的乌有之乡的过程。早期互联网给人们一种“乌托邦”的幻象，以为网络终于使文学找到了支撑独立情怀的场所。在这里，作家终于能够不受编辑选稿的束缚，让所有人读到自己的个性化见解——一度被看作精神启蒙障碍的媒介权力终于不再坚不可摧！但这种想法却在实践中暴露出幼稚和片面性。网络媒介的革命性恰恰在于反抗精英话语系统，为大批并不具备个性见解的民众提供发声场所。媒介权力松动了，独特的声音却并没有响起来，反而被淹没在了无意义的喧哗中。乌托邦基于精英的想象，乌有之乡则是大众话语体系的现实，从这个意义上，网络文学走向商业化、迎合与媚俗并不是堕落，而是真正体现了民众的选择——最初的乌托邦期待其实过于理想化。

如果文学作品没有被意识形态特地改造成“高雅的”“清洁的”；如果仅仅由众多在消费社会、媒体社会成长起来，爱偶像爱名牌的青年，在他们最感性的年纪去生产和消费文学，那么大部分人选择与商业联手，走向通俗之路也就并不奇怪。因此，在早期网络文学中我们还能看到像吴过、元辰等偏重批评的作者，带着印刷文化的认真进入媒介交替时期的互联网，与“同道中人”批评和商讨。但随着网民的激增，“同道”的小天地守不住了，精心策划、以理服人的批评抵不过简单的“点赞”和“拍砖”以及粉丝们毫无理由的个人崇拜和金钱打赏。当网络写作作为一门职业迎来辉煌之时，那些具备专业素质、完全立足于网络的评论人却消失不见了——“网文大神”们都在接受作协、鲁院的专业化教导。网络文学作品研讨会上，仍是印刷体系的批评家坐在发言席上。这既令人遗憾，又让人反省。信息技术的发展就是填平数字鸿沟的过程。我们既然希望人人都有发声的权利，就要忍受它走过一段个性和理性的声音被埋没的时期。所幸，这并不是终点，网络文学强大的生命力不仅推动大量作品的产出，更是对参与者能力和鉴赏水平的提升与历练。

三　基于对话的网络原生批评

因此，不必就此悲观，认为网络技术越发展，就越是纵容思想的匮乏，甚至导致文学理想的丧失。对新媒介文化的认识有一个过程，憧憬和悲观之后，更理性的做法是观察、评论和积极参与其建构。仍以历史穿越类网文为例，痴迷网文并不必然缺乏专业知识，爱好是自主学习最大的动力。滋养网络文学作者和读者成熟壮大的一个重要因素就是网上帖子的互动。

相比专家批评，帖子随意琐屑，却更有针对性，其跨时空对话的功能尤其值得重视——虽然网络刷新快，一些真知灼见难免被忽略埋没，但由于以文字形式保存在网页上，它们也可能在沉寂数年之后被挖掘出来并重新讨论。以晋江清穿文《皇后难为》为例，第三章《养女名兰

馨》里，穿越成皇后的女主角听到"容嬷嬷""十二阿哥""老佛爷"等称呼，开始猜测自己穿越到了"乾隆"时期。该章节首发于2010年1月，当年3月，有读者指出"老佛爷是慈禧时候开始叫的，百家讲坛有讲过"，又有人称"乾隆晚年也被称为老佛爷，这其实是对皇帝的称呼"。文章作者采纳了这两条评论意见，所以，我们可以看到3月底有了这一章的修订，故事主角钟茗想起"'老佛爷'这个称呼，似乎是起自乾隆的自称，慈禧想称老佛爷还是费了好大劲儿才如愿的，万不能是从乾隆的娘开始就有这称呼的"。这一改动平息了当年的争论，但话题却并没有完结，两年半以后的2012年9月，又有读者这样写："错离谱了有木有，清皇帝的特称叫'佛爷'，老佛爷是康熙和慈禧叫的……满清建国后，将'满柱'汉译为'佛爷'……多么大的误区啊"，2013年5月有人表示附和；2015年2月，又一条发自手机的评论说"老佛爷是康熙和慈禧的自称，乾隆没有"①。一个网文中并不关键的小小词语，竟在网络上引发了来自各地的读者前后五年多的争论，而且类似的探讨在各种热门历史网文的论坛中并不鲜见。

网络批评帖子形式随意，带有个人意见和协商性质。它们不如印刷出版物里的权威发言那样严肃，却也并不都毫无价值。虽然其影响力不能一下子凸显，却在网络环境中赢得了尊重。除了单独作品论坛中三言两语的评判，还有旁征博引、资料丰富、专门挑错的主题帖。那些友善地指出作品中知识谬误的行为被网民贴切地称为"捉虫"。这里既有《开贴总结一些网络小说中常见的错误的历史常识》《抓虫，那些穿越小说中的错误》等汇总相似问题并征集意见的帖子，也有针对单个大热网文的长帖如《步步惊心的错误之处》等。帖子可能是对作品的纠错之作，也可能是针对纠错的纠错。这类简单快乐的批评长帖主要是借题探讨，在知识方面，并不要求确实可靠的唯一性。读者虽然也能有所获益，

---

① 我想吃肉：《〈皇后难为〉评论》，http：//www.jjwxc.net/onebook.php？novelid＝642861&chapterid＝3，最后浏览日期：2018年5月7日。

但参与论坛不是发表论文，本人无需对发言负责，所以即便是态度认真的网络发言也未必可靠。看到问题随手发帖，甚至简单归纳，征集讨论，都是为满足倾诉欲，实际上与网文创作和简单短评没有太大区别。

只有带有问题意识，有对某个问题提出排他性观点的时候，网络言论才算是超越了本能的表达欲望，呈现出批评的自觉。2011 年 5 月，当历史穿越题材在网络上如火如荼之时，网名“森林鹿”在天涯“娱乐八卦”板块发表了系列长帖《唐朝穿越指南：别装纯了，请我吃晚饭不就等于一起过夜么?》[①] 获得了推荐，收获了上百万点击和一万余条回帖。此后，其“脱水版”和“出书版”又分别于当年 6 月和 2013 年 1 月在天涯“煮酒论史”“舞文弄墨”板块发布。这一系列帖子以带着读者穿越时空、去唐朝旅行的方式结构，针对穿越小说中主人公可能遇到的各种场景以及常见的各种知识谬误进行纠错。最后一次更新时，这个热门系列已经由北京联合出版公司出版，副标题也变成了《长安及各地人民生活手册》。作者自述“不断被错误百出的历史小说、电视剧进行精神刺激，一怒之下埋头读书奋笔写作……各种知识，全都来源于考古文物、史料和专家学者的研究成果”。自然，实体书出版“除增加了很多内容外，还修正了原网帖中的不少错误”。此后，森林鹿还再接再厉地写出了另一本《唐朝定居指南》，在网络口碑和图书市场上也获得了不错的业绩。

最初《唐朝穿越指南》是网人自发、网络原生的产物，带有理性的自觉，其新颖的形式也受到追捧；而与出版社联手策划《唐朝定居指南》时，最初那些让人不得不一吐而后快的想法已经消耗殆尽，所以在后记中森林鹿担心“以同一种文风絮叨题材近似的东西，看文的人和写文的人都不免审美疲劳”，明智地决定“见好就收”，但同时又写到“据我所知，秦穿指南、汉穿指南、南北朝穿指南、清穿指南目前都已经开始创作……”一方面，作为一名能够跳出感性的故事情节，

---

① http：//bbs. tianya. cn/post - funinfo - 2649726 - 1. shtml，最后浏览日期：2018 年 5 月 7 日。

审查并梳理穿越文知识弊端的作者，我们可以相信“森林鹿”已经具备研究者的清醒目光，有自省能力和判断力，意识到题材重复必将陷入语言泡沫的恶性循环，因此产生了抗拒。另一方面，出版市场的良好收益和颇具诱惑力的前景促使其与出版社联手，竭力发掘未尽话题，创作出了《定居指南》，并在文后为其他类型的穿越指南打广告。虽然我们说“穿越指南”从动机上是网络文学批评上升到一定层次的产物，但内容毕竟不比学术研究，只是依据史书和科考结果的历史知识普及读物，意在指出弊端，澄清错误。这类写作虽然形式独特，也具备独立性，却并不是独创性的。因此，也是最容易被模仿和复制的。这恰好又反映出个性化的网络创作、评论在商业力量和文化市场的裹挟下不得不顺应现实。

四　理性自觉与网络读者的进阶

虽然任何人都能够成为网络文学的读者，但如果不甘于被动地阅读接受，而是参与其中，就会发现网络文学对读者的要求甚至比印刷作品更高。

当前产业化的网络文学主体是通俗小说，以取悦最广大的阅读群体为目标，受重视的网文读者是那类积极的行动者。他们中的一部分慷慨地以金钱打赏，另一部分则以有用的意见做贡献，从物质和精神两个方面共同参与甚至干涉网文创作。当读者的金钱或者观点足够影响作者时，其意愿就能在文本中体现出来——“代入感”在网络小说中发挥了效力，网络文学成为一个“普通人也能改变世界”的梦境。因此，相对于文本自足的印刷作品，网络文学读者的能量更大。越是成功的网文，论坛里越热闹。这种情况绝不是一边倒的赞扬，而体现出观念的差异性。所谓好的作者必须具备在读者和作品角色之间建立起强烈情感依赖的能力，激发读者的行动欲望。

有足够数量的读者积极贡献意见，才有独立网络批评的生存条件。从简单的点赞激励，到三言两语的维护和争辩，再到为喜爱的网文发表专题长帖，以至网络“野生历史爱好者”们抱着文物、史料、专家成果“埋头读书奋笔写作”……网络文学批评一步步地发展。虽然各种形式始终相互掺杂，并非简单线性前进，但质量的提升、精品数量的增加以及批评氛围的形成却在积累中相互影响。这一过程体现了网络文化的自我修复和成长：经历了随意言说的畅快、理性认识的自觉，个别论者产生了树立权威话语的欲望。类似“穿越指南”之类由资深网民创作，戴着嬉笑的网络面具，讲着研究界的话题，从确定事实里找依据讲道理的作品，不可能在网络文学初始状态出现，而必须是其发展和修正到一定阶段的产物。比起传情达意的故事歌咏，文学批评和历史解读无疑是具有超越性的，它们指向的不是快感阅读，而带有更高的理性追求，是读者智性唤醒的表现。

当然，对于当前网络上大多数定位通俗、强调娱乐的穿越小说而言，故事好看最重要。只要逻辑完整，情节自洽，就能满足读者。但是，如果同时符合历史，使读者在消磨时光和和浸淫娱乐之外收获教益，则是锦上添花。所以，即便是穿越，也要尊重朝代限定，消除背景知识错误；即便是架空，也要用符合逻辑的构架去说服读者。在网络上诸多穿越小说中，甄别优劣最关键的一条标准就是作者的构思必须既出乎意料又合乎情理。想象力源于现实的认知，即便创造一个史上不曾有过的朝代，也必须借助一些原有知识体系里的历史文化符号，与当代生活区别开，让读者通过联想在脑海中创造出一个虚拟的古代社会——这些符号是将当代网民带入“虚构古代”的桥梁。

网络文学不断自我修正，其发展轨迹呈螺旋式上升。当网络作品遇到争议，先期反应是规避、是架空，以蓬勃的创作热情和庞大的作品数量淹没异议，使自己成为不容争议的事实。在生存之后，才是发展和对理性的重视。对网络文学来说，外部的规训指导和内部的自我完善共同

发挥着作用。一方面，新闻出版管理机构多年来针对网络创作日渐出台的各项规定划出了不容触碰的禁区，限制了“黑道”“军事”“官场”等题材，无形中也有助于历史穿越、架空玄幻等空想、娱乐类作品的壮大。同时，各级作协、报刊编审和文化产业也在很大程度上以文学经典的规范和审美品位为网络文学提供了模仿对象。另一方面，网络文化正走在自我修正的发展之路上，网络文学内部酝酿着从自发创作到自觉提升的力量。从穿越架空到穿越指南，就是网络文学自我发展、自我完善过程的体现。

结语　写在网络文学20年之际

网络时代，媒介的作用前所未有地凸显，高度专业化、学科化的文学研究开始考察媒介带给人类社会文化的变迁和影响。作为新兴文化现象，中文网络文学的诞生、发展、转型各个阶段都处于研究者力所能及的范围内，从媒介转型的角度考察网络文学，是探索文学、文化在新传播媒介环境中发展变化的合宜角度。

媒介转型的成功带来网络文学的繁荣，但由之也暴露出当前相关文化领域的诸多问题，如抄袭、盗版、团队写作等，引发新媒体时代知识产权的重新思索；网络小说独特的文本、传播特性以及交互方式呼唤研究者不单关注网络文学现象，也将目光投向作品自身；网络文学话语领域向拥有知识话语能力的网民开放，使得网络文学评论话语呈现多元异质的复调特色，都为研究者提出了新的课题。

本书结合网络文学实际发展，力图呈现网络文学媒介转型的动因、效果、存在的问题和应对方式。由于网络文学是一个正在蓬勃发展的多变的领域，许多现象处于变动过程中，难以定论把握，因此只能截取相应时间点予以分析概括。

本研究自2013年前已开始着手，到2018年，持续五年的研究终于接近尾声；同时，2018年对于中文网络文学也具有标志性意义。2018年被看作“中文网络文学20年”，各类评比、总结纷纷出台。其中，

由中国作协网络文学委员会、上海市新闻出版局、上海市作家协会、阅文集团联合评选的“中国网络文学20年20部优秀作品”尤为惹人注目，具体获选名单如下：1. 2009猫腻《间客》；2. 1998痞子蔡《第一次的亲密接触》；3. 2000今何在《悟空传》；4. 2009阿耐《大江东去》5. 2003萧鼎《诛仙》；6. 2007辛夷坞《致我们终将逝去的青春》；7. 2008唐家三少《斗罗大陆》；8. 2003萧潜《飘邈之旅》9. 2005桐华《步步惊心》；10. 2007酒徒《家园》；11. 2012金宇澄《繁花》；12. 2006月关《回到明朝当王爷》13. 2006天下霸唱《鬼吹灯》；14. 2015 wanglong《复兴之路》；15. 2009天蚕土豆《斗破苍穹》；16. 2015血红《巫神纪》；17. 2006当年明月《明朝那些事儿》；18. 2008我吃西红柿《盘龙》；19. 2011蝴蝶蓝《全职高手》；20. 2006辰东《神墓》。①

这一评选基本反映了20年间网络文学不同发展时期的面貌。榜单20席大部分授予类型小说，但这种状况与类型小说庞大的作品基数和繁荣的创作局面相符，并已综合作品的开创性、独特性、影响力等因素反复斟酌。从这部榜单上，也能看到知名度、潮流性和市场之外的考量因素。如《第一次的亲密接触》因首次将网络文学概念带入大众视野入榜；《繁花》则是面向自身的传统长篇创作与面向外部的互联网思维结合的产物，展示出网络媒介对文学观念的突破；其中6部现实题材作品也反映出当下主流机制对网文创作的导向。20年榜单虽经专家提名、网友票选、不记名表决等多项程序，但基本体现出对网络文学这一现象较为温和、包容的态度，是一份意图满足多方（读者、论者、作者等）的答卷。网络文学20年榜单的出炉标志着这一曾经带有强烈草根色彩的文化现象已稳步踏上经典化路程。20年前那急于以“无功利”“纯文学”等说辞论证自身合理性的弱小概念如今成为庞大收入数据加持的文化巨鳄，也成为各类产业竞相追捧的宠儿。公众目光的聚焦使榜单上

① 《中国网络文学20年20部优秀作品揭晓》，《新华日报》，http://xh.xhby.net/mp3/pc/c/201803/30/c462867.html，最后浏览日期：2018年5月10日。

20 个名字越发灼热。

确实，类型化网络小说的兴起使网络文学从一个相对生僻的媒介文学概念转变成大众耳熟能详的通俗文化现象，并以其灵活多变开放的优势串联起多种媒介形态，造就一个产值高、动态性强的文化产业链，可谓功不可没。因此，本书虽着眼于网络文学整体的兴盛与发展，但由于类型化网络小说庞大的数量、积极的媒介转型尝试、丰硕的转型成果，不可避免地将大部分篇幅放在类型化网络小说之上。类型网文也的确酝酿出诸多精彩的作品、惊人的产业效益和多样的社会文化议题。当然，随着类型网文的发展壮大，它的一些问题也日渐暴露并影响到网络文学今后的发展。类型网文还有多大的容量和动力，中文网络文学下一步将如何发展？这些话题暂时不予讨论，留待今后进一步研究。毕竟，开放和变动是网络文学两大优势，我们有理由期待这一领域今后拓展出更大的空间。

附录1　贺麦晓（Michel Hockx）教授访谈录

网络文学研究：跨界与沟通
——贺麦晓教授访谈录

贺麦晓（Michel Hockx），1964年生，荷兰人。曾获荷兰莱顿大学博士学位，现任英国伦敦大学亚非学院中文系教授、中国研究院院长，英国汉学协会会长。研究范围包括中国现当代诗歌、新诗诗学以及文学社会学。曾进行民国期刊研究，最近关注中文网络文学。专著有：《一个飘雪的早晨：通往现代之路上的八位中国诗人》（1994）、《二十世纪中国文坛》（1999）、《风格问题：现代中国的文学社团与文学期刊》（2003）、《当代中国文化》（2006）等。中文文章发表于《读书》《学人》《诗探索》《现代中国》《社会科学论坛》《当代作家评论》等杂志。本刊特邀英国伦敦威斯敏斯特大学访问学者许苗苗博士对其进行访谈，在面谈、邮件基础上改定本文。

许苗苗：麦晓老师好！上次在伦敦大学亚非学院见面后，转眼一年多过去了，真没想到在北京再次见到您。我在英国时，虽然是在威斯敏斯特大学的中国媒体研究中心访学，跟您并不在一个学校，但短短半年之间却见到您三次。第一次是听您进行有关“中国网络诗歌”的讲座；第二次是伦敦书展期间亚非学院邀请莫言讲座，您担任主席；第三次是得知您研究网络文学，就约您见面，给您送去我的专著《性别视野中的网络文学》（九州出版社 2004 年版）。那本书出版时间早、印数也少，没想到您以前在中国查资料时竟然看过，真让我佩服！那次还向您请教了有关海外学界对中国当代文学、网络文学的研究、翻译情况，以及中英学术交流现状和发展等。对我来说，这三次见面都可以说是“标志性事件”，分别反映出您对中国网络文学的关注、对中国当代文学的熟悉和对来自中国的青年学人的热情。

贺麦晓：你好，很高兴在北京再次见到你！其实我和中国的联系很密切。我时常来中国参加学术活动、查资料，还有很多研究生来自中国。另外，研究汉学离不开中国的社会文化语境，所以只要时间允许，我会尽量多来中国。

网络:新媒介与新空间

许苗苗：您研究汉学，汉语又说得这么好，能介绍一下最初涉足汉学的经历和方向吗？

贺麦晓：1982 年到 1985 年期间，我在荷兰莱登大学（Leiden University）学习，老师是汉乐逸（Lloyd Haft）。他研究中国现代诗歌，是《卞之琳研究》(*Pien Chih-lin*, 2011)、《周梦蝶与意识诗》（*Zhou Mengdie's Poetry of Consciousness*, 2005）等书的作者，还在 2010 年出版了中文版的《发现卞之琳：一位西方学者的探索之旅》（李永毅译，外语教学与研究出版社 2010 年版）。这自然影响到我。我最初做现代诗、社团和期刊研究。1986 年，我来到中国继续学习语言，后来又在北大学习了两次，每次半年。第一次因为研究诗歌，跟的是谢冕老师，我也对“比较文学”感兴趣，所以同时受教于乐黛云老师；第二次我已经开始做杂志研究，关注民国时期文学史，主要听陈平原老师的课。

许苗苗：可我接触到您的研究成果却是网络文学方面的，后来您的

研究兴趣为什么发生了转变？您是出于什么原因选择研究中国现当代文学，进而涉足“中国网络文学”这一本土研究者都觉得新颖、陌生的领域呢？

贺麦晓：近些年来，对于中国现当代特别是当代文学的研究是西方汉学界的热点。中国近百年来社会变化剧烈，各种文学流派、现象变动活跃，提供了丰富的研究对象。在做期刊研究的过程中，我发现在1917年前后的现代中国，期刊是一种新媒体，极大程度上影响到当时的社会文化。在现代中国的诸多重大文化事件、文化论争中，期刊是不同流派的重要阵地，也是我们如今了解当时文化的重要渠道。我的期刊研究在2002年前后完成，当时正值“网络文学”这个概念在中国兴起，所以我想：网络也是一种新媒体，与期刊在现代中国语境中的地位类似，它会不会引起中国文学乃至文化的又一次变革呢？就是带着这样的疑问，我开始关注中国网络文学。

许苗苗：中国网络文学初起时，人们对这个概念充满期待，曾经把它称为“新文明的号角”，甚至认为它具有能与五四运动匹敌的文化变革力。您当初主要关注哪些类型的作品？

贺麦晓：主要是看网络诗歌，我比较关注网络上的诗歌试验。那些诗人喜欢探索新的诗歌形式，利用多媒体技术将汉字、句子以不同的方式排列和呈现，令人耳目一新。当时称作“非线性”作品，与传统线性排列的文章相对。

许苗苗：我看过类似作品，那些文字不仅能够变幻色彩，还能自由在页面上旋转、滑动，极大程度地让诗歌突破了形式的束缚，真是很吸引人。可惜，现在中国被称为“网络文学”的作品，几乎没有“非线性”的，更别说什么技术和媒体表现形式上的突破了。您当初看到的诗歌实验的网站还在维持吗？那些诗人现在都在哪里？

贺麦晓：当时我着重研究的是姚大钧的“数位诗”和“歧路花园”等网站，但那些网站有的已经找不到了，现在的中国网络文学与当初也已经有所不同。不过据说姚大钧先生最近在中国大陆，还一直在进行各种各样的多媒体实验。

许苗苗：网名“响葫芦”的姚大钧是台湾网络诗歌实验的代表人物，早在“网络文学”一词出现之前，他就在这个领域展开诗歌的网络实验，属于比较先锋的概念探索者，所以一般网络文学研究者并不熟悉。在中国有关网络诗歌的研究中，除了涉及形式上的创新外，还有论者从传播角度介入，认为网络文学与《诗经》等都是经过民间的（网络间的）自发多次传播，并在传播中日益完善的，因此，网络文学和早期诗歌在传播方式上具有相似性。我感觉这个角度也很有启发性，网络文学确实为诸多研究者提供了更加开阔的空间。在国外，除您之外，还有哪些学者关注中国网络文学呢？出版过这方面相关的研究专著吗？

贺麦晓：据我所知，有在美国俄亥俄州立大学（Ohio State University）工作的殷海洁（Heather Inwood），她曾是我的学生，主要关注网络诗歌。另外还有美国格林内尔学院（Grinnell College）的冯进（Jin Feng）教授，他主要研究晋江小说网和言情文学。到目前为止，海外还没有专门讲中国网络文学的学术专著出版，但冯进的《中国网络罗曼司的生产与消费》（*Romancing the Internet*：*Producing and Consuming Chinese Web Romance*）已在Brill出版社贴出了预告。我的书如果进行得顺利也会在近期出版，殷海洁的书也快要出版了。如果你想进一步了解西方人对中国现当代文学研究的情况，可以参考俄亥俄州立大学中国现代文学文化中心网站（http：//mclc. osu. edu）上的相关参考书目。

许苗苗：冯进曾在国内做过有关“网络上的琼瑶同人”讲座，他这本即将出版的新书主要考察中国网络爱情小说的演变过程，梳理其谱系，调查社会文化力量如何通过塑造新写作和阅读实践等方式，在当代中国创造新的流行爱情小说这一亚流派。他将民族志的方法集成到文学方法中，进行基于性别的、受众引导的、互联网时代的中国流行文化分析。这个研究角度非常值得借鉴。殷海洁曾以“汉语桥”大赛第一名

的身份赢得北京大学的奖学金，在那里学习中国现当代文学。她的兴趣很广泛，关注现中国当代诗歌、大众文化、网络文化和社会、媒体研究理论和粉丝文化等。我看到她在2013年英国牛津召开的"国际传播学会"（International Communication Association）会议上做了《比赛开始！多重现实与游戏化的中国网络小说》（*Game on! Multiple Realities and the Gamification of Chinese Internet Fiction*）的发言，她的文章目前看到的还不多。但总的来看，海外有关中国网络文学的研究并不寂寞！刚才您提到您正在写有关中国网络文学的著作，能透露一些具体内容吗？

贺麦晓：我正在写一部暂定名《中国的网络文学》的专著，将由哥伦比亚大学出版社出版。目前的计划是：首先对中国的网络文学发展状况进行分段；再次分析网络文学具体给中国当代文学带来了哪些新形式，在内容、角度等方面有哪些突破；最后从出版制度出发，探索网络时代相对独立的出版环境对传统出版体制带来了怎样的挑战。我特别关注一些边缘性网站，如色情文学网站等在当前中国的境遇。比如这些网站的作品是否存在文学价值，如何评价等。我曾到中国新闻出版总署调研，了解管理部门如何衡量和审查这类文学网站。在最后这部分，我比较认同"后社会主义理论"，打算从文学出版的角度讨论当前中国社会面临的传统意义上的"社会主义"逐渐瓦解的状况。

许苗苗：能具体解释一下传统意义上的"社会主义"和"后社会主义"吗？当前国外汉学研究界，持"后社会主义"观点的学者多吗？主要有哪些？他们把后社会主义理论应用到了哪些方面？

贺麦晓：关于后社会主义理论的著作非常多。这个观念最早在Arif Dirlik教授的文章《后社会主义？——反思"中国特色的社会主义"》（Postsocialism? ——Reflections on "Socialism with Chinese Characteristics", 1989）中提出，后来得到广泛使用，现在已经基本上变成常用词。"后社会主义"是相对于"后殖民主义"的，认为不能用传统观念中的"社会主义"来概括当代中国的社会文化，但中国也不会变成西方那样。有人将中国现状与新自由主义相联系，我认为二者是不同的。在中国，传统意义上的社会主义也有残留，所以也许可用“后社会主义”来解释。我所说的传统意义上的“社会主义”是指在出版领域，传统社会主义国家有严格的管制和审查，对“哪些东西是不能看的”有很多具体的规定，让民众看到什么、不让民众看什么都受控制。我希望我的研究能从文学角度为“后社会主义”理论提供佐证。

许苗苗：您说到要对中国网络文学进行分段。确实，网络文学这一概念在中国诞生已经十多年，不仅有了丰富的作品，也有了一定的历史积淀，到了可以总结的时候。目前中国国内已经有研究者开始做这方面的工作，我自己也在试图梳理网络文学的发展线索和脉络，您是从什么角度进行分段的呢?

贺麦晓：我的研究主要基于资料，分段描写和介绍中国网络文学的发展进程，大致分为三个时段：第一是网络文学实验阶段，主要就是我刚才提到的网络诗歌实验。我们现在都知道各种文学文体的兴盛与媒体关系紧密，比如长篇小说就是伴随“日报”连载才在20世纪初有了创作数量上的飞跃。诗歌对新媒体十分敏感，你看在中国有很多非官方刊物，孕育出了很多出色的作品，这类非官方刊物在中国现代诗歌发展史上的作用尤其重要，许多新的流派、新的探索是从诗歌爱好者自行印刷的非官方刊物中诞生的。而互联网则是新的非官方媒体，它为诗人的表达提供了巨大的想象空间，所以中国网络文学首先表现为网络诗歌的探索。另外，像“榕树下”等早期文学网站也是这一阶段的描述重点，那上面主要是篇幅短小的散文、随笔等，也有很多后来非常著名的网络作品。当时，陈村在榕树下很活跃。第二阶段是从2010年前后开始。那之前有一段时间我没有关注网路文学，到了2010年，当我在中国提起“网络文学”时，我惊讶地发现，大家已经不再谈论之前那些话题了，他们所说的都是网络通俗小说!

许苗苗：就是以“起点中文网”等网站作品为代表的“耽美”“穿

越”“玄幻”之类的类型小说吧？

贺麦晓：对，其实这类小说在国外并不新鲜，属于通俗文学范畴。可能是由于中国通俗文学市场当时还不够繁荣，所以这些小说借助网络文学兴盛了起来。第三个阶段是伴随手机、“e-book”之类阅读器的流行开始的。在这个阶段，以互动为特点的网络文学消失了，人们的阅读方式重新变成单独地、安安静静地坐在角落里看书，互动的成分越来越小。

许苗苗：您是说手机或者“e-book”使之前曾经网络上活跃的互动性消失了？目前多数人认为网络与传统媒体不同的最大魅力就在于读者能够发表自己的意见和反馈。电子阅读器是不是也应该积极开发这方面的功能，而不仅仅局限于单纯的阅读界面或载体？您认为在网络上，文学文本的独立性和开放性是相互排斥的吗？或者说，到底应该有一个相对封闭、恒定的原始文本存在，还是应该开放文本，不断完善？

贺麦晓：电子书原则上也有互动功能，但与当初的文学论坛来比，还是少了一些。不过电子书、电子杂志也适合于做各种各样的实验，将来肯定会有具备特色的作品。总之，形式越多越好。但是传统“书本式”的阅读方式恐怕仍然是主流，不管拿在手里的是书还是iPad。

许苗苗：您认为网络文学给中国当代文学带来的突破具体有哪些呢？

贺麦晓：第一是互动性。比如早期“榕树下”网站里的一些作品。陆幼青的《死亡日记》就做到了边写边与读者互动。另外还有一种与时间相关的文体，英语里叫“chronicle”，我不太清楚汉语的说法，可以说是年谱或者编年史？但在中国当代文学中似乎还找不到对应的名词。像陈村在他的“小众菜园”里所做的文学实验《断看断听断想》有些类似，就是开一个主帖，在下面像日记一样一点点不断地更新。陈村说一直在找寻新的文体样式，认为小说的表达不够直接，所以不断地在做笔记、在更新，进行一种无终点的文学写作。现有的文学理论基本上都认为文学作品必须有头有尾，可以拿在手里才算“完整”。像陈村这样的写法，对研究者来说很苦恼，不知道什么时候能够停止阅读、开始分析。

这种对现存写作框架和阅读惯例的挑战正好是文学先锋性的所在。

许苗苗：有点像网络上的私人生活史。

贺麦晓：是的。另外，还有“微博小说”“微小说”等，都是网络文学基于互动性产生的新文学样式。第二个突破就是多媒体诗歌。一些网络诗歌尝试将汉字独特的造型美和网络多媒体技术接合起来。不过这在中国一般没有被归入网络文学，而是被看作网络（数码）艺术。第三个突破是上面所说的出版制度和出版管理方面的突破。网络小说是没有书号的书，根据传统社会主义制度，这种书不可能合法存在；另外，网上有不少合法存在的对旧制度带来挑战的色情文学。根据传统管理制度的规定，只有“有艺术价值”的出版物可以涉及色情而没有淫秽嫌疑。那些网上的色情小说、色情诗歌往往没有很多艺术价值，但是仍然没有被认为是淫秽的。这说明后社会主义制度对“淫秽”等观念的定义跟传统制度不一样。

比较与交流中的网络文学研究

许苗苗：在您所看到的网络文学作品中，有哪些是您觉得比较好的呢？

贺麦晓：这是我经常碰到的问题，人们总是问哪些作品好，哪些作品不好。我不是批评家，我的研究重点也不在于找出最优秀的作品，而是看它具有什么样的文化和象征价值。在西方，与网络媒体相关联的是“电子文学”，强调的是与媒体技术的结合程度和呈现方式的多媒体化。在中国则不是这样，还是以文字为主。虽然现在中国网上的东西与以往线性的文学没有太大的区别，但不能因此就说它没有孕育出新文化。

许苗苗：您说它孕育的“新文化”具体表现在哪些方面？前面所说的互动性、多媒体性和管理制度是针对文学，在更广泛的社会文化层面呢？

贺麦晓：主要还是互动性和社交性。

许苗苗：虽然当前中国一些网络文学研究者在述及国外研究情况时经常将它与英文的“电子文学”或“数码文学”相对应，但据我了解，如今中国被称为“网络文学”的那些作品和英语世界的“电子文学”其实是完全不同的概念。如果说“网络文学”概念在中国刚出现的时候，人们还对它给文学未来带来的可能性抱有种种幻想和期待，对它与新媒体的关系做出过种种设想的话，当前说到网络文学，大家已经达成了共识，那就是超长篇通俗小说的代名词。因为商业化的文学网站曾经一度力推“网路文学”这个概念，不仅推出了海量作品和作者，还召开了多次研讨会，请专家、学者、知名作家等为这类作品“正名”，以导师的姿态去评判和确认它们的“文学价值”。网络文学出现时打破了原有的文学体制，它不是从既定的文学规律中延伸出来的。可是，从您刚才提到的“色情小说”的经历来看，这一系列的“正名”过程其实就是将网络文学纳入体制的过程，甚至可以认为一些边缘性题材的通俗小说借“网络”之名躲过了体制的审查，或者说获得了体制的认可。

贺麦晓：像现在中国网络文学界流行的这些内容比较新鲜甚至有些边缘化的小说，在西方并不少见，不过一般不在网上发表。有一类出版社专门做通俗小说，从创作到发表整个流程都已经很完善、很市场化了。他们的生意很好，还自己培养作者，所以，类似的小说是不会首先在网络上免费发布的。

许苗苗：是不是可以说，在英文互联网上，基本见不到具有一定规模的发表文学性帖子的网站？可即使通俗文学出版比较容易，也终究会有一些个人作品是无法出版的吧？万一不符合出版社眼光却在网上流行了起来呢？英国是“创意文化”的发源地，如果有在网上受追捧的作品，难道不会有出版社或者影视公司试图出版或者改编吗？

贺麦晓：对了，有一个可以算是这方面的例子，这本书叫作 *Fifty Shades of Grey*，原本是网上发布的同人小说片段。主角是一个“高富帅”，里面有大量色情描写。出书后进行了修改，把与同人原作相关的部分删去，主角名字也改了。这部书十分畅销，尤其是电子版销量特别好。它有台湾译本，可估计中国大陆是不会出了。但这种情况是极其少见的，到目前为止也就这么一个。

许苗苗： *Fifty Shades of Grey* 是英国女作家艾丽卡·詹姆斯（E. L. James）写的，台湾译名叫《格雷的五十道阴影》，在中国“淘宝网”上能买到。这部小说是美国吸血鬼电影《暮光之城》的同人故事，最初只在网上很零散地贴了一些片段，渐渐吸引了很多读者。2011 年被做成电子书在亚马逊网站销售，2012 年出版了纸质图书，还被环球公司以 500 万美元的价格收购了它的电影版权。为什么这部书电子版销量特别好，它有什么适合电子媒介的特质吗？

贺麦晓： 它是一部色情作品。可能有些人喜欢在地铁里读书，但又不好意思让别人知道在看色情小说。如果存在 Kindle 之类的电子阅读器里，别人就看不出来了。

许苗苗： 想不到电子阅读器还有这样的作用！那在文学研究或者文化研究领域内，有没有专门做英文网络文学研究的呢？

贺麦晓： 英文论坛、社区里也有不少“帖子”，但人们从来不将它们作为“文学”去研究。倒是社会学领域内研究得比较多，主要关注网络社区的新型人际关系、互动传播模式、虚拟身份的认同等。“文学”专业从来不会将它们纳入研究范围。

许苗苗： 我在中国做网络文学，经常面临学科定位的尴尬：不知道算文学研究还是传播学研究，或者媒介文化研究。即使有些做文艺理论和当代文学的学者经常就网络文学发表言论，他们也从来不说“我是做网络文学研究的”。不知道国外情况如何，是怎样定位的？我看您始终坚持“文学研究”的学科立场，而您的学生殷海洁却好像比较倾向于传播学领域。您认为网络文学研究是应该纳入文学研究范畴，还是传播学范畴呢？

贺麦晓： 国外也一样。研究网络文学的人很少，而且他们主要关注

那种实验性非常强的非线性的“电子文学”。另外有一些社会科学研究者对网上的文学社区感兴趣。我也很长时间不太清楚我的研究到底属不属于文学研究。后来我意识到，我细读文本的习惯，对作者的审美观点的兴趣等还是很明显地来自于我的文学研究训练。

许苗苗：您能再针对海外的电子文学和通俗文学的分野与互补谈一谈吗？例如文本形式、生存境遇、技术表现形式以及西方电子文学的特点、作家写作的转变、读者的态度、市场化运作模式的影响等。在这些方面，中外对比性很强，差别很大。能否提供尽可能多的信息，以使中国研究者有更多的了解？

贺麦晓：海外叫作电子文学的是非常先锋的、非线性的、多媒体的，基本上没有办法在纸张上印的文学创作。西方的网上通俗文学跟中国的差不多，也包括像同人小说、耽美小说、色情小说、科幻小说诸如此类。可是在西方，网上的通俗文学一般是业余的、免费的。职业性的通俗文学一般还是纸版的，像 Mills & Boon 之类的出版社基本上霸占了那个市场。那些书很便宜，读完就扔了，是消费品，读者不会为了省几块钱而到网上去找。之前说过轰动一时的 *Fifty Shades of Grey* 一旦变成了畅销书，网上的原始版本就被作者删掉了，现在再也找不到了。

许苗苗：随着网络文学研究日渐受到重视，我发现一个有意思的现象，就是“网络文学”一词英文译名的选择。目前“Internet Literature”“Cyber Literature”“Digital Literature”在中国出现混用的情况。我感觉，“Internet Literature”偏重网络媒介上的文学，与“Printed literature”对应，从文本着眼。“Cyber Literature”更偏重虚拟世界的建构，强调虚拟网络世界中文化与现实的不同，从文化整体着眼。“Digital Literature”更注重数码技术，强调的是电子文本，文章形式应该带有多媒体、超链接等网络技术特质，从媒介技术着眼。我记得您当初在威斯敏斯特大学讲座时用的是第一种说法。不知道是不是这样选择的？

贺麦晓：我基本上也混用！说说你对网络文学的看法吧！

许苗苗：我目前做的是“网络文学的媒介转型”研究。我认为，当前中国网络文学虽被看作一个整体，但其名下内容驳杂，许多概念尚未厘清。我想在关注网络文学发展整体过程的基础上，以媒介的转型为出发点来划分网络文学的发展阶段。网络文学依附网络媒介，所以媒介转型时文学也会转变。我打算分析网络文学转型的背景、动因、过程和网站在转型中扮演的角色，选择各阶段代表性案例，归纳不同媒介的特性，探究作品转型成功或失败的原因。结合文学的生产与接受、文化市场的消费与反馈、媒介的个性特质与相互影响等，考察网络文学媒介转型的后果。

贺麦晓：那你具体是怎么划分阶段的呢？

许苗苗：我把中国网络文学划分为五个阶段。分别是：“文学上网阶段”，即在2000年前后，网络写作的无限可能吸引了大批支持者，小型文学网站繁荣兴起。之后是“第一次纸媒转型”，即2003年前后，网站尝试出版书籍销售。但网络作品整体水平不堪传统标准考量，又失去了自身新媒介优势，多数图书遇冷、作者退出、网站倒闭。第三个阶段我称为“第二次纸媒转型”，指2005年后，文学网站领域出现了两三家巨头，实现了线上收费，青春写作和类型小说等以网络为载体的通俗文学在纸媒体市场中也获得了成功。第四阶段是“影视转型”，即2007年前后，网站扩大产业化运作，作品被批量化搬上了银屏。最后是“游戏及移动终端转型”，网络小说改编的游戏在2009年前后形成规模，2010年起又开始了手机、电子书等新移动终端转型探索。当然，网络文学的媒介转型是一个持续的过程，这些阶段都是相互渗透的。

贺麦晓：你所说的“媒介转型”就是纸媒、影视等之间的转化和融合吗？

许苗苗：对，不过并不是简单地描述过程。我主要考虑“媒介适应性”问题。因为同样的网络作品，有的出书大热，在荧屏上却备受冷落；有的本身读者寥寥，改编成电影后却创造出票房神话。我认为其

中的成败并不是像通常说的“形式要和内容相吻合”，这其间很有些值得研究和探索的地方。而且，由于“网络文学”一词有“文学”二字，所以大家习惯性地将它与“文学”联系起来考虑。实际上，我们不妨就把它完全和文学分开，不要以传统文学观念去要求、去评价，就把它完全看成一个新媒体上诞生的新概念。你看它十来年历史，就已经有了五次之多大的转型。正因为它是一个历史短、灵活性强、没有负担的概念，这个概念才可以不断去尝试、不断变化、不断得到形塑，不断被实践所充实。

贺麦晓：你可以看看亨利·詹金斯（Henry Jenkins）的《融合文化：新旧媒体的冲突地带》（*Convergence Culture*：*Where Old and New Media Collide*，2006），或许会有所帮助。这本书主要从文化而非技术层面探讨“媒介融合”“参与式文化”“集体智慧”三个概念之间的关系，并试图解释媒介融合是如何对媒介受众、生产者和信息内容之间的关系产生影响的。

许苗苗：谢谢您提供的信息，对我和其他相关领域的研究者都会很有帮助！

我也在思考媒介转换对作者的影响。在中国，网络拓宽了发表和出版的途径，我认识好几位年轻作者是从网络创作起步，出版了自己的第一部书。中国作协、鲁迅文学院等还曾经多次组织网络文学作家培训班，请成名作家来为网络作者授课。这种文学界的扶植本是好意，却导致了一大批曾经很自由、创作无拘无束的网络作者走向专业化。不少人最初确实是无功利地网络发帖，但出版一两部纸质图书成名后，却奔向了传统出版和发行的怀抱。有的专攻写作，如蒋方舟、孔二狗、江南等；有的转型为编剧，如宁财神、六六等。现在传统媒体纷纷倒闭，将来如果互联网替代了印刷媒体，情况会不会反过来，在印刷媒体环境中成名的作家投奔网络的怀抱，或以网络作者自居？

贺麦晓：哈哈，有可能，但是我估计这个时间还离我们比较远。

许苗苗：如果纯粹是无功利的网络写作，确实存在作者收入无法保障、随意盗版转发等问题，会导致许多有才华的作者失去兴趣或是不愿专注于此。因此，2005年前后“起点中文网”在线收费成为网络文学界的重要事件。收费文学网站可观的利润不仅保障了网络作者的权益，还吸引了不少人才、推出了不少明星作者。但其缺陷也显而易见，主要就是由于追求利润导致的媚俗、取悦大众、迎合市场等问题，在作品体裁上也向收益较多的超长篇小说倾斜。您如何评价这种网络创作的市场化趋势？

贺麦晓：我觉得这是很正常的。我刚才提到的Mills & Boon之类出版的通俗小说也是比较媚俗的。通俗文学当然要通俗。中国的情况比较特殊，因为以前中国的当局比较重视“大众文学”，而他们认为大众“应该读的”其实并不一定是大众所喜欢的。所以，由于这些意识形态的矛盾，中国的通俗文学发展得比较晚。现在市场化现象就很正常。像“起点”那样的出版商，就是很正常的、给大众提供通俗口味的出版机构。我觉得很好。

许苗苗：现在一些文学网站也开始像您所说的国外通俗出版社一样注重培养自己的作者。他们开发出一些手持终端提供给作者，好让他们灵感来了随时写作、上传、更新。也会跟他们签订出书的合同，提供相关便利。这在以前几乎是不可想象的。我在英国看到过一些不具有作家身份的“普通人”写的书，而在中国，即便如今的大作家多半也经历过“投稿—退稿—坚持不懈地投稿—在报纸杂志上零星发表—成名—出书”的过程。基本上，只有获得了“作家”身份的人，而且是名作家，才能够坦然地说自己正在写书、什么时候出书之类的话。

贺麦晓：对，在英国，普通人的创作也有出版机会，完全是市场来把握，像J. K. 罗琳就是普通人走上写作道路、赢得市场的典范。而现在的中国，可能因为有了网络，普通写作者的机会就多一些了。网络确实为中国文学和出版体制带来了变革。我第一次来中国是1986年，那

时中国图书市场还不活跃，可看的文学作品还比较少。中国的严肃小说与社会主义想象有关，出发点是政府要求老百姓看什么，规定大家应该看什么。在市场化环境下，通俗文学作品越来越多。但从早期社会主义遗留下来的出版法律、规定等却不能适应这种情况。在出版物还不丰富的环境中，传统出版体制比较容易处理像“敏感题材”之类的问题，现在则不同。由于社会主义心态遗留，人们出于习惯，会认为如果有人爱看低俗读物，就好像是政府犯了错误似的。在处理类似问题上，西方有一个明确的年龄限制，方便操作；在中国却认为不能按照年龄来决定这个作品是否健康，能不能看，而要依据内容判断，这就很难把握了。

文学研究的视野与边界

许苗苗：您的关注点从早期的现代诗歌、现代期刊到如今的当代文学、网络文学研究，可谓跨度不小，但始终与文学及其载体相关。从现代到当代、从期刊到网络，仅仅是时间的延续还是有某种观念上的联系？比如，杂志在民国是一种新媒介，互联网在现在也是新媒介，是从这个角度入手的吗？

贺麦晓：是。我所感兴趣的就是新的媒体给文学生产和文学消费所带来的变化。

许苗苗：我也曾经阅览过一些现代报刊，当时看的是胶片，现在好像也被放到了网上。所以现在的学术研究也越来越数字化、网络化了。

贺麦晓：我这次来中国，顺便到国图查一些有关民国时期“淫秽”读物的资料。我想了解“淫秽”这个概念在民国时期是如何界定的，当时有哪些相关的法规，如何控制淫秽读物的流传？另外，淫秽作品中，什么样的也可以算是文学，什么样的不算。也就是文学生产和法制间的关系问题。在现代的数字化语境下，大量的民国文献被“数字化”了，进入了数据库。可是，如果是当时被禁止的一些读物，比如“淫秽”读物，我们现在是如何对待的？一起上网还是封存屏蔽？因为时过境迁，“淫秽”这个概念，我们对它的定义和容忍度也是在转变的。所以我认为这个问题十分有意思，值得深入研究。

许苗苗：您目前关注色情文学网站等在当前中国的境遇，管理部门的审查方式和态度等。这次查民国时期“淫秽”读物的信息，应该是和当前中国联系起来吧？在作品内容和审查制度上，有什么异同？当代中国媒体是如何来界定、发布、容忍的，而民国时期媒体是如何表现和限定淫秽的？

贺麦晓：当时的界定当然比现在要严厉多了。现在只要不“露骨”，基本上都可以。可是有一些100年以前被认为“淫秽”的杂志，一直到现在还是没有被数字化，所以我想知道的是，民国时期被认为淫秽的出版物后来有没有被保留，有没有人研究。

许苗苗：您是《剑桥中国文学史》现代文学部分的撰稿人。我看到《东方早报》采访美国普林斯顿大学东亚系的柯马丁（Martin Kern）教授，他也是这部书的撰稿人之一，他提到了汉学的区域性。说这本由宇文所安、孙康宜主编的《剑桥中国文学史》共有十七位撰稿人，其中只有您一位来自欧洲学院，其他所有的撰稿人均来自美国大学。所以《剑桥中国文学史》这样的书虽然由老牌欧洲国家的大学出版社出版，作者却几乎是美国学者。但是他也说到涉及出土文献的汉学研究方面，欧洲力量就很强，这是因为欧洲的学术界有相当强的语文学（philology）传统。

贺麦晓：《剑桥中国文学史》的作者虽然大部分在美国，却不全都是美国人。柯马丁自己是德国人，也来自欧洲，只是在美国工作而已。目前美国大学投入较大，研究实力强，所以柯马丁所说的汉学的区域性也有道理。

许苗苗：我在欧洲游学时，常有人把我当成日本人或台湾人，也有人说古老的中华文化传统其实在台湾甚至日本保留得更多。我想知道在

欧洲人眼中，“东方”是不是一个整体的概念？中国和日本的文化、艺术、美学是不是有很大相似性？您当初为什么选择学习汉学和汉语，而没有去日本？

贺麦晓： 中日文化在欧洲人眼中确实很相似。不过我开始学汉学的20世纪80年代，中国刚刚开放。在西方人眼中很神秘，更有新鲜感，也更有挑战性，所以吸引了我。

许苗苗： 当前国内文学研究界一般对于现当代、内地和港台文学等研究分得比较细，可我看到您对中国文学的研究贯穿了现当代，也涉及台湾诗坛，甚至不局限于纸媒体，而是延伸到网络。这是您个人兴趣使然还是海外汉学研究的一般情况？是不是在中国之外，会倾向于将“中国文学”作为一个整体的概念来看待？

贺麦晓： 不一定，大部分人还是研究大陆文学，我也一样。不过最近比较流行的题目是“华语系文学”（Sinophone Literature）。其实我对于中国大陆以外的汉语文学知道得不多。

许苗苗： 我记得2009年，由Michael Berry和Susan Chan Egan翻译的王安忆的《长恨歌》英文版推出之际，是由您写文章进行推介的。2011年，《当代作家评论》还发表过您的《网络之主：陈村与连续不断的先锋性》一文。2012年伦敦书展期间，莫言在伦敦大学的讲座也是您担任主持人，能看出你们很熟悉。能谈谈您对他们的关注过程吗？

贺麦晓： 当时莫言先生来我校时，我确实主持了他的讲座。后来他获得了诺贝尔文学奖。有记者问我是否认识他，我回答说，见了一次面，主持了一次讲座，后来有些媒体不知怎么就把这个话变成了“我跟他很熟悉”，这话不准确。我喜欢他的小说，佩服他的成就，但不能说跟他熟。陈村在网上进行的写作实验我一直很喜欢，已经关注了很多年了。他的“小众菜园”最近关闭了，他那么多年的网上笔记一下子读不到了，对中国的网络文化实在是很大的损失。

许苗苗： 陈村、莫言、王安忆等作家都是中国的顶级作家，每个人都有了自己鲜明的风格。但如果放在世界文学的语境中，您认为他们之间是差异性更大，还是一致性更明显？

贺麦晓：当然是差异性更大。每一个作家都是一个个人，有他个人的风格，如果否定作家的个性，就等于否定他的作品的文学性。可是所谓的一致性也值得研究。比如说高行健跟莫言，他们的作品显然都比较适合诺贝尔奖委员会的口味。但为什么高行健得奖的时候，中国媒体说是有政治目的；莫言得奖的时候，西方媒体说是有政治用心？其实，如果我们从文学角度来分析的话，我们很容易能看到诺贝尔奖委员会所青睐的小说家有什么样的特点，该委员会的美学标准是什么。所以这种时候，为了反对媒体乱说，可以强调两个作家在文学上的一致性。

许苗苗：前面提到的作家都是20世纪50年代生人，都经历过“文革”、计划经济、市场经济等阶段。您还关注过安妮宝贝以及冯唐等“70后”作家。对比以上那些经历过较大社会变革的作家，这些年轻作家有什么比较明显的不同吗？

贺麦晓：对不起，我最反对这种“辈分”分析。像“70后”“80后”等概念（或者“第四代”“第五代”等）我认为没有意义。每一个作家在他的写作生涯中会经过很多转折，很多不同阶段。国内学者好像比较喜欢这样分析。比如说，有些当代文学史讲到“80年代的先锋派”，好像90年代就没有先锋了？所以，我不赞同这种“标签”式的文学史。

许苗苗：您中国文学阅读对象如此广泛，在研究汉学的过程中遇到的最大困难或者障碍是什么？

贺麦晓：语言障碍还是很难克服。一次在北京开会时，有一位中国教授跟我说：“外国汉学家经常会提出一些非常有意思的问题。但是同时，他们也经常会犯一些连中国的中学生都不会犯的错误。”我觉得他这样说，其实是在夸我。我自己知道，我曾犯过的错误，连中国的小学生都不会犯！

许苗苗：感谢麦晓老师就海外中文网络文学研究情况、网络文学现象的中外比较以及文学研究的视野与边界等问题接受我的访谈。您的谈话有如一席盛宴，让我收获良多。您所提出的观点、介绍的资料，特别是您虽身在海外，却又十分熟悉当代中国，所持有的跨界和比较的视角，极大地开拓了我的研究思路和视野，相信也同样能为国内其他学界同人来带不少启发！

（原文发表于《文艺研究》2014年第9期增加引文有补充）

附录2 《热风》专题：看不见的网络文学

本专题原发《热风》网刊2018年冬季刊

引 语

许苗苗

这次“热风专题”名为“看不见的网络文学”。在如今这个人人谈论“IP”，人人为流量痴狂的媒介环境里，网络文学霸占银幕、手机甚至印刷品，bling bling得让人睁不开眼睛。无论原创故事还是涉嫌抄袭的“调色盘”，无论粉丝QQ群还是作者朋友圈，网络文学简直有曝光过度之嫌，何来“看不见”呢？这里所说的“看不见”，可能是由于行业专业限制，外人看不见的一些小苦衷、小秘密；可能是阅读过程中由于读者—论者视角差别而尚未被广泛看到的作品特质；可能是某些曾盛行于网络，却由于规章制度、外部审核或市场筛选而无法再看见的类型；也可能是由于权力意志、媒介手段、文学观念等缘故“不看见”的话题。

在这个专题里，我邀请了位置不同、代际不同、视域不同的作者。他们是“60后”的何平老师、“70后”的我自己、“80后”的周敏老师以及“90后”的晋江妹子们。稿子收到，没有我想象得振聋发聩，但我认为，只要你认真读，其中一些文字和观点，也足够在一干冠冕堂皇、不偏不倚的言论（包括我自己的几篇）中，展示出不同的样貌。我期待，这一组文章，能够在话语的汪洋中被看见。

南京师范大学文学院何平教授的文章，其实也是我的心里话。我多希望自己的笔也能带上他那样犀利的锋芒。以往诸多评选中，当我试图主张候选名单应当有更开阔的面向时，我单薄又不够坚定的声音总会被数据、资本、社会效益等其他宏大指标淹没。而何教授在他《行将隐失的证词》中说得明白："这是一个被逐渐缩小的'网络文学'概念，逐渐被资本垄断重新定义的'网络文学'向前倒推出来的'推选结果'……每一次资本的强劲注入，都是'网络文学'重新被定义，一直到现在将起点辽阔的网络文学收缩在不断制造爽点的类型故事。……如果当事人不回忆不讲述，后起的网络文学研究者是不是就会以为网络文学从一开始就像现在这样被少数巨型网文平台垄断？网络发布和纸媒发表有一个很重要不同，许多曾经重要的网站时过境迁会打不开而无法还原历史现场。可以说，活到今天的大型网文平台都有它们的'小'时代。"何教授带着批评家特有的攻击性气质写下本篇，以他清晰、直接、有力量的文字，从作品发展和网络文学生态出发，说出这些年其中没有被指明的、被掩盖过去的问题，传达出文学研究者永不放弃的精神品格和对理想的坚守。

我自己的文章《情感的退场——网络文学发展中关键词的转换》虽然用了严肃体面的"学术范儿"标题，却夹带了不少情感私货。我结合自己的上网经历，通过关键词的转换回顾网络文学的发展历程。从文化先锋们"无功利""超线性"的技术理想，到写手"挖坑"、读者"催更"的窘迫，这期间的网络文学基本受网民的情感和想象支撑。发展到以"爽感""类型文"打底形成网文"IP"产业链时，资本力量的登场极大左右了网络文学主流面貌。2014 年后，监管之手强力干预，网站上许多子类型萎缩甚至消失，网络作者也在推优、排行榜等的激励下，积极向"现实题材"靠拢，为紧密贴合时代主题的"强国流""改革流”等贡献网络故事。特别将2014年标注出来，是因为我和我的编辑朋友们亲历了那一年严厉的“净网行动”，我也就此意识到对于如今的中国网络文学来说，无论资本多么庞大，依然达不到掌握产业命运的程度。

嘉兴学院的周敏老师从读者、粉丝、研究者的角度总结网络文学主角的演变过程。他阅读网络文学的视角正好与我相互对照——男频、个子高、比我还年轻。这几条并非搞笑，尽管网络ID可以随意编造，但如今网络阅读中，身体物理属性的分值却比以往更重要。与印刷媒体里反反复复阅读的经典文本不同，在网络文学里，男频女频、何种性向、颜值高低、点击习惯、近视度数都能够影响一个人接触到的阅读对象。尽管一个个榜单已经列出网络经典文本，但那么长、那么多又不断变动的网文世界里，不同人根本看不到同一个对象，所以，网络文学因人而异。在周敏眼中，“网文主角不再是传统意义上的好人……取而代之的是一个个知进退、有计谋、很会自我规划的个人主义者。他们不能随便吃亏，不想做‘滥好人’，同时不愿和外部世界有过多的牵扯……他们只想把自己的小日子过好，让自己（也包括自己的亲人与朋友）首先发展好。在他们的发展轨迹里，外部世界的大小是不断变化的，其大小与个人能力的大小一定要匹配……”（《“坏”与“顺从”——对网络文学主角形象演变的一个观察》）我从来都不期待类型网文在已经发展得很严密的文学性方面有所突破，只是想要探索它在何种程度上触及各种管制力量的边界。而周敏却在小说阅读的视域内察觉到网文主角形象的新变，这与一代人的阅读体验和视角紧密相连。

“晋江文学城”是我个人阅读钟爱的文学站点，这么说，爱看网文的女粉丝们一定大都心领神会。但我对它的钟爱，不仅在于诸多大热女频作品以及那些认真写作的女神妹妹，还在于它是一个很好的研究对象：在纸质出版、影视改编、数字版权保护、网文出海之类重要事件中从不缺席，而且并没有单纯为盈利而屈从于资本。作为著名文学站点中唯一一个没有被当年的“盛大”或其他资本全盘收购的企业，晋江的创始人冰心和管三始终将站点的主动权握在自己手里，确实在创业的同时坚持着对网络文学的理想。这篇来自晋江的文章切实反映出外部导向在对市场极其敏感的网络文学中产生的影响，以及既要维护作者利益又要符合政府要求，还要谋求利润增长的网站身处多方权力漩涡中心的小心谨慎和无奈。他们在《关于网络文学发展历程的回顾、反思与期待》中指出：IP热潮把作品的类型集中到一两个方向导致作品类型向利润丰厚方向集中会对网络文学多样性造成伤害；对现实题材的大力倡导导致作者为追逐政策利好蜂拥而上，放弃擅长的题材，形成知识、资源的浪费等。这些言论能够从业界角度对网络文学提供一份诚恳的回顾。在这里，我要对笑起来很憨厚的刘旭东（管三）、黄艳明（冰心）以及王双和豆豆狼表示感谢，他们体现着“网络文学”一词背后隐形英雄们的专业性和敬业精神。

行将隐失的证词

何　平[1]

2018年3月29日，由中国作协网络文学委员会、上海市新闻出版局、上海市作家协会、阅文集团联合主办的“中国网络文学20年发展研讨会”在上海召开。会上公布了包括《间客》（猫腻，2009）、《第一次的亲密接触》（痞子蔡，1998）、《悟空传》（今何在，2000）、《大江东去》（阿耐，2009）、《诛仙》（萧鼎，2003）、《致我们终将逝去的青春》（辛夷坞，2007）、《斗罗大陆》（唐家三少，2008）、《飘邈之旅》（萧潜，2003）、《步步惊心》（桐华，2005）、《家园》（酒徒，2007）、《繁花》（金宇澄，2012）、《回到明朝当王爷》（月关，2006）、《鬼吹灯》（天下霸唱，2006）、《复兴之路》（wanglong，2015）、《斗破苍穹》（天蚕土豆，2009）、《巫神纪》（血红，2015）、《明朝那些事儿》（当年明月，2006）、《盘龙》（我吃西红柿，2008）、《全职高手》（蝴蝶蓝，2011）、《神墓》（辰东，2006）等“中国网络文学20年20部优秀作品·20名优秀作家”。

可以从“推选结果”作为本文的一个起点。当然，对于网络文学的元年是不是以1998年的《第一次的亲密接触》为标志，并非已经全然达成共识。有人认为应该以1997年罗森的《风姿物语》，或者以朱威廉的“榕树下”为网络文学的原点。或许因为“以十为单位”约定俗成的仪式感研究习惯，在1998年谈论网络文学理所当然权宜、妥协地将网络文学元年锚定在1998年。我不知道到了2021年，会不会有人以《华夏文摘》或者少君的《奋斗与平等》为原点撰写汉语网络文学30年史。以哪个时间和事件作为网络文学元年可以商榷，是不是一定以整十

① 何平，南京师范大学文学院教授，研究领域为当代文学，电邮地址：pinghe1968@hotmail.com。

年为述史单位也可以再讨论，但网络文学经典化首先可以开始做起来。可以以中国现代文学做例子，1935 年出版的《中国新文学大系》距离中国现代文学的发生还不到 20 年。同样，20 世纪 70 年代末开始的“新时期文学”早在 80 年代就开始有人撰史。

由于“中国网络文学 20 年 20 部优秀作品 · 20 名优秀作家”的推选者都是专业的网络文学研究人员，我们有理由相信这个推选结果的专业性和权威性。遴选一定意义上也是经典化和述史实践。当然，由于多人参与共同完成，推选是个人趣味和集体意志的共同结果。就我个人而言，这个“共同结果”并不和我想象的“个人结果”完全重叠。不完全重叠，深究下去肯定涉及立场和观点，可以讨论的问题很多。这里我只想关注，如果我们把这 20 部“优秀作品”按网络发表时间排列并分析每一部作品在 20 年的样本意义，考虑到推选也是一种述史，这个推选结果是否尊重网络文学 20 年的客观现实？就像已经有人指出的推选结果女频占有的份额偏少。男频和女频的比例不平衡，还不是数字意义上，它可能造成一些重要作家和作品的“隐失”，影响到对整个网络文学生态的判断。20 部作品的预先设定，如此少的数量，对 20 年网络文学海量作家作品，谁进谁出，各种类型的权重，不同发表平台之间的平衡等，都值得仔细思量。

也许这还不是最重要的，可以想象按照现在的 20 部作品，即使平衡男频和女频的作家和作品、类型的权重和来源网站，其对 20 年网络文学实质性的立场和观点并不会带来大的改观。简单地说，这是一个被逐渐缩小的“网络文学”概念，逐渐被资本垄断重新定义的“网络文学”向前倒推出来的“推选结果”。我们可以对网络文学 20 年做观察，从盛大，到腾讯、百度、阿里、掌阅等，每一次资本的强劲注入，都是“网络文学”重新被定义，一直到现在将起点辽阔的网络文学收缩在不断制造爽点的类型故事。

诚然，这是网络文学自身属性使然，在海量文本面前，“五四”以来中国现代文学经典化的研究范式几乎完全失效。失效不是说对于具体文本文学性的确认，我相信所有网络文学研究从业者的审美判断力，而是这些进入我们研究视野的具体文本是如何被择选出来的？基本上，它们依靠的是类似“选秀节目”粉丝票选式的点击量胜出。平台据此确定其界面的推荐位置和推荐力度，进而高票者也更容易进入研究者视野。那么，问题是动辄千万上亿计的点击量，除了数据的统计（我们姑且承认这些数据真实有效），我们很难看到个人更丰富的审美表白。因此，几乎无一例外，那些大神都是人气王和吸金小能手，但高人气和吸金并不都是文学性使然，这应该是一个起码的常识。因此，我认为对“大神”的过于倚重，从产业布局和资本运作的角度本无可厚非，但如果文学研究也片面倚重“大神”可能直接导致研究为资本畸偏，甚至不自觉地导致研究为资本背书。像这里的推选结果，即使有现实主义导向和专家审美鉴赏公信力作为尺度，习焉不察地，选出 20 部“优秀作品”还是存在遗憾的隐失。比如安妮宝贝的“短制”，在个人电脑和网络还没有普及的网络文学初期，网络是小资的聚集地，俨然小资代言安妮宝贝是一个时代的文学缩影，她和推选名单残余的今何在是网络文学的不同源头。在有玄幻之前，小资、无厘头，还有愤青，是初期网络文学接受的第一批传统文学的流民。再有，韩寒的《杂的文》，为什么不可以进入 20 部优秀作品？

和中国现代文学史研究不同的，做网络文学研究，我是一个与时俱在的在场读者。因而，个人记忆和个人研究史会对强制性被命名形成一种反抗和修复的力量；也因此，即使无力改变最终的被定义——毕竟今天每个人都置身在一个学术共同体，但个人对网络文学的记忆和研究有可能成为行将隐失的证词。

对于网络文学，我的个人记忆要远远早于研究。现在说到网络文学如何发生，很多研究者语焉未详，或者强调其和纸媒时代文学的断裂。事实上，至少“榕树下”阶段，写作者对网络文学的认识除了媒介变

化，更重要的是对写作自由的体认，就像安妮宝贝所说："现在的传统媒介不够自由和个性化，受正统的导向压制太多。就像一个网友对我说的，我的那些狂野抑郁的中文小说如果没有网络，他就无法看到。"所以，她在电脑上写，在网络上写，在黑暗中写，在寂静中写。绝望、孤独，"陷入沉沦，并寻求着挣脱"。而她想象的网络时代的读者，"他们存在于网络上，也许有着更自由和另类的心态。同样，也更容易会感觉到孤独"。安妮宝贝网络写作的时代，谁在读，谁在写，是一个少数人的审美共同体和交际圈。而当网络文学有了盈利模式之后，和一切中国式互联网生意一样都是以人口红利的人口总量兑现经济效益，这必然导致以牺牲文学性换取大量的阅读人口接入网络文学平台。和早期网络文学不同，当下的网络文学本质上，像饿了么、滴滴、淘宝、美团等一样，网络文学是一门依靠互联网的生意。所以，它要依靠爽点开发周边来尽可能吸引消费者，而不想去设置审美门槛。网络作家中的大多数考虑的不是"文学"尺度，而是不去触探可能导致查禁和查封的底线，以保证财富增值。就像抖音和直播，商业化之后的网络文学说到底是娱乐业，而不是文学，虽然它具有文学性。也因此，我觉得对许多所谓当下大众传媒和公众谈论的网络文学放在产业范畴里研究，比放在文学领域研究更适合。

网络时代不但诞生了安妮宝贝这样的所谓网络作家，纸媒时代的写作也可以毫无违和地接驳进网络文学。富有象征意味的是早期网络也是借助电话拨号上网。我注意到 1999 年王蒙和宗仁发主编的一套"网络文学丛书"就包括李敬泽、张生、李洱、夏商、李冯和李修文等当时刚刚出道的"70 后""新生代"作家。宗仁发在其撰写的序里说："作为'人学'的文学，迅速地介入网络空间是与这一空间提供的条件密不可分的。网络上表达的自由给写作者带来一种空前的释放感，纸上写作的那种潜在的约束在网上不复存在，……人们对创作自由的希冀没想到这么简单地就实现了……"网络文学对写作自由的释放导致的直接结果是从社区、BBS 到个人博客的写作，尤其是“博文”的大炽。苗炜说：“博客写作改变了原来互联网论坛帖子那种议论公共话题的状态，进入完全个人化的叙述，每个人都有一块地方可以展现自己的理想、才华、趣味。”即便网络审查客观存在，和纸媒相比，“博文”是属于自己的自由王国，不是报和刊圈出来的“飞地”。翻翻韩寒《杂的文》、刘瑜《送你一颗子弹》、阿乙《寡人》这些“博文”的结集就能感受得到网络写作的自由。

如果当事人不回忆不讲述，后起的网络文学研究者是不是就会以为网络文学从一开始就像现在这样被少数巨型网文平台垄断？网络发布和纸媒发表有一个很重要的不同：许多曾经重要的网站时过境迁会打不开而无法还原历史现场。可以说，活到今天的大型网文平台都有它们的“小”时代。而在它们的“小”时代，也是社区或者 BBS 蜂起的时代。作为历史遗存，我们看看“天涯社区”可以大致就会有一个直观的印象。这些社区和 BBS，在当下可能会转型为 APP、微信公号或者豆瓣、简书那样的公共性的写作和发表平台。2001 年中国社会科学出版社出版了安妮宝贝的《告别薇安》，安妮宝贝在“自序”《网络，写作和陌生人》中说：“网络对我来说，是一个神秘幽深的花园。我知道深入它的途径，并且让自己长成了一棵狂野而寂寞的植物，扎进潮湿而芳香的泥土里面。”“很多人在网络上做着各种各样的事物。他们聊天，写 E-mail，玩游戏，设计，恋爱，阅读，或者工作。而我，做的最主要的一件事情是在写作。”小、个性、自由书写、非营利等，这可能是当下被资本命名的网络文学排除而隐失的一个重要传统。

从我个人对网络文学的研究，也能看到妥协中的渐次隐失。大致检索了下，我专题谈网络文学论文的并不多，一共有九篇，分别是：《诗歌在网上》（《当代作家评论》2008 年第 5 期）、《衰退期的网络诗歌》（《当代作家评论》2009 年第 1 期）、《私媒体时代的网络诗生活》（《当代作家评论》2009 年第 5 期）、《媒体新变和短篇小说的可能》（《当代作家评论》2012 年第 1 期)、《类型小说：文学分层中的“第三条道路”》（《博览群书》2012 年第 9 期)、《对话和协商的“新批评”》（《人民日报》2014 年 5 月 23 日)、《我们在谈文学，他们在谈 IP》（文汇报）2016 年 6 月 10 日)、《网络文学的文化自觉何以可能》（《光明日报》2016 年 11 月 7 日)、《网络文学就是网络文学》（《文艺争鸣》2017 年第 6 期)。我不知道文学研究中还有像网络文学这样，研究对象灭失得这么迅速，比如《诗歌在网上》一文，才十年的时间，文中罗列的网址绝大部分已经无法打开，可以节选一段，立此存照。

> 关于诗歌和网络的关系，参与“橡皮”网建设的乌青说过一句最简单的话:“诗歌在网上”。“诗歌在网上”强调的是“以第一速度到达诗歌现场”（口猪)。这样看，我现在对网络诗歌的观察，几近凭吊旧战场的味道了。2004 年初，小鱼儿的《2003 年华语网络诗歌不完全梳理》认为:“想查看各路诗人作品，可去诗生活诗人专栏。想查诗歌资料，可去灵石岛。想看诗人骂战的硝烟弥漫，可去诗江湖论坛。想送书和领书或者看诗人吵架，可去扬子鳄论坛。想看大众化和学生作者的诗歌交流，可去中诗网论坛。想看知识分子写作，可去文学大讲堂。想看丰富多彩的诗歌活动和火热的诗歌交流，可去诗歌报。想看官刊对网络诗歌的参与与态度，可去星星诗刊论坛。想看伊沙一脉诗人，可去唐论坛。想看论坛结盟的规模，可去哭与空。想看市民文学视野里的诗歌，可去‘榕树下’现代诗歌社区和网易现代诗歌版。想看互联网诗歌早期发展的历史，你可以去翻看一下‘橄榄树’网站。”时间过去了三四年，我再到这些诗歌网站和论坛。小鱼儿说的大格局、小趣味没有多大变化。“诗生活”（http：//www. poemlife. com/）还是那样包容和稳健；“诗江湖”（http：//my. clubhi. com/bbs/661502/）还是那样“恶语”相向；“天涯诗会”（http：//cache. tianya. cn/index. htm)、“新千家

诗”（http：//bbs. book. sina. com. cn/tableforum/App/index. php？tree = 0&bbsid = 13&subid = 2）还是那样人来人往，但即使热闹和繁华，那种旧日里呼朋唤友的好勇斗狠已经一去不复返了。

如果从 1999 年的“界限”算起，2009 年中国网络诗歌满十年了，我们现在似乎可以回过头来检讨中国网络诗歌的经验或者教训了。我在 2008 年 7 月 3 日上午打开《诗歌报》论坛（http：//www. shigebao. com. cn/），会员 95462 人，最高日贴 1743。单数人头，不能不说是诗歌的泱泱大国。但仔细看呢？以“诗歌大厅”为例，累计 1862 屏，点击过千的仅仅 21 屏。点击靠前、四个月就有 5356 点击的官儿的《十二夜·第七夜》：“怀抱锦绣的女子多么忧伤/所有的路都打了结儿/偶尔的梯子也是纸的/风永远不敢从正面/察觉时已然变成双面刀/拿去我的瀑布、雪崩和砍伐/拿去所有的能量和悬疑/时间本无答案/天空何止是空”，还有陈傻子《我们相互把对方压在身底下》这样“没有粗鲁就没有爱”的动辄就粗口俚语的诗歌，也有 4713 不俗的点击。一个温婉得古典，一个粗俚得俗世。这两种类型的诗歌往往也是其他论坛和网站点击的大户。就是大户，过千的也就区区 21 屏而已。至于“或者”（http：//my. clubhi. com/bbs/661424/）、“今天”（http：//www1. jintian. net/bb/）、“翼”（http：//bbs. poemlife. com：1863/forum/list. jsp？forumID = 60）、“界限”（http：//www. limitpoem. com/）、“北回归线”（http：//www. bhgx. net/）、“第三说诗坛”（http：//bj3. netsh. com/bbs/80584/）、“终点”（http：//www. zhongdian. net/）、“扬子鳄”（http：//tw. netsh. com/bbs/853675/）、“桶”（http：//bj3. netsh. com/bbs/128785/）等，我留意了一下，点击能够过五百的也很少见。

虽然网址无法打开，内容灭失，但无法改变的事实是网络诗歌扩张了新世纪诗歌的疆域，也现实地推动了新世纪汉语诗歌的进步。同样，这也是我们很多研究者谈论的网络性的结果。

除了专题论文，从我在一些网络文学会议上的发言也能看到一些隐失的线索。2009年5月23日，江苏无锡的“中国网络文学研讨会”。印象中这次会议，传统意义上的文学批评家和网络作家保持着戒备、误解甚至“敌意”。慕容雪村和十年砍柴参加了会议，批评家黄发有就慕容雪村发言中的常识性硬伤有激烈的批评和纠正。

2010年11月10日，浙江绍兴的“鲁迅精神与网络文学”中国网络类型文学高峰论坛举行。大概是有感于2009年无锡会议的印象，我在会议的发言中强调“和解”。媒体会后的报道也是这样写的：“‘如果依旧用传统文学标准对待网络文学，网络文学是没有生路的。’何平认为，要给网络文学以自由的发展空间和独立的评判系统。他建议，传统文学的坚守者应对网络文学少些敌意，多些宽容和理解。”

也是在这一年夏烈主导的“西湖类型文学奖”启动。这个只办了一届的文学奖，对于未来网络文学的源流、谱系和归属有着建设性的意义。作为从推评、初评到终评自始至终的评委，我的基本立场是类型小说可能是传统文学和网络文学之间的“第三条道路”，这为商业化的网络文学的审美上升预留了空间和通道。

这种对话和协商的立场延续到2014年7月14日北戴河召开的“全国网络文学理论研讨会”。这次研讨会虽然有个别学者，比如许苗苗研究员，她基于中国网络文学的历史事实认为网络文学应该不只是大型商业“网文”平台的网络小说或者网络故事，但这种观点基本上不再引起广泛共鸣。在会议的发言中，我谈论的所谓“网文”也是商业化的“网文”，其核心价值观是草根伦理、江湖伦理，而传统文学的评价体系则是建立在“五四”以来的精英评价体系之上的，因此，传统评价体系很难适应网络文学研究。但即便如此，我坚持认为网络文学一开始不是这样的，在网络文学还没有被窄窄地定义为类型通俗小说即现在俗称的“网文”的时代，网络文学也不是现在这样开足马力，疯狂地计量着每一个IP可能的粉丝量以及可能产生的财富的掘金机器。世纪之交，网络文学的草创期，最先到达网络的写作者吸引他们的是网络的自由表达。至少在2004年之前，网络文学生态还是野蛮生长的，诗人在网络上写着先锋诗歌，小说家在网络上摸索着各种小说类型，资本家也还没有找到一种可以快速圈钱生钱的盈利模式。也正是从这次会议开始，我对被资本定义的网络文学的“文学性”持激烈的质疑态度，一直延续到现在。2015年9月25日上海的“首届中国网络文学论坛”举行，这届论坛恰逢“IP热”，整个会议笼罩着热捧“IP”、前景看好的乐观情绪。会上，我作了泼冷水的发言，这就是会后整理成文发表在次年《文汇报》的《我们在谈文学，他们在谈IP》。我对“IP”时代的网络文学作的基本判断是：从来没有哪个时代像今天的网络时代这样产生这么多平庸甚至是垃圾的文学，今天地摊文学式的网文是资本、大神写手和广阔的粉丝读者群共同造就的商业帝国。最好的结局是，他们喧嚷地谈论他们的IP，我们还可以安静地谈论我们的文学。审美的分层分众的时代现实地来临，只是中国的文学阅读和审美呈现出金字塔状，对普通读者的文学启蒙任重道远。2017年，我将《我们在谈文学，他们在谈IP》的立场更明确地在《网络文学就是网络文学》一文展开，指出网络文学的传统对接上《故事会》和《知音》的中国式故事传统。这表面是对网络文学的一次审美降格，但却是试图寻找到网络文学自己的美学规范和经典化道路。

2001年，安妮宝贝说：“我个人的想法是，什么时候网络文学能够得到稿酬，它才能得到真正的发展。网络作者要坚持走下去，绝对需要沉得住气。因为这是一个矛盾。张扬个性的自由空间和踏实有力的版权稿费上的保护。不可能很快就会有完满结局。”（《桀骜不驯的美丽——网路访安妮宝贝》）她根本没有想到的是，未来的网络文学会发展成商业帝国吧？同样，稿酬甚至天价稿酬带来的也不是她想象的写作者的自由和网络文学的开疆拓土。

情感的退场
——网络文学发展中关键词的转换

许苗苗

二十年前，当我刚刚考上当代文学研究生的时候，“网络文学”也刚刚作为一个新鲜词进入少量能接触到互联网的人的视野。是的，它只是一个词语，所有想表达态度的人都能说上几句。那时候，有关互联网的想象多少会带有尼葛洛庞帝《数字化生存》中的狂妄，认为技术不受束缚、互联网能够保持特立独行。作为一枚曾经的文学少女，我申请了独立域名，开始建网站、编程序，就为将文学作品完完全全按自己的想法呈现出来，不论是美是丑。个人网站，就好像童年的笔记本，写着化着一个人对世界的理解和期待，还能被世界看见，那时的网络相对平静善意，没有如今常见的“喷子”或“键盘侠”，同样隐身在无名ID之后，人们对网上的内容多半给予鼓励。早期网络生涯是我身体与精神共同投入、共同亢奋的时代，我切实体验到建造虚拟世界的快感——用自己熟悉的文字和陌生的代码，为一片荒芜的网络填充内容。早期在网上写文字的人，无论是理工气质的写手邢育森、雅痞范儿的批评家葛红兵、大洋彼岸的在线导师云惟利，英雄不问来路，通过字符就能敲出情意。早期网络文学带着先锋和技术色彩，但连线终端的人们在自由表达和无疆界沟通的狂喜中，投入的是情感。他们对互联网有着理想化的体认，觉得它松散、概括、极不清晰，因此也就有足够容纳异见和酝酿新奇的空间。从当时流行的“非线性”“超链接”“无功利”之类词语中，能看出人们对网络和网络文学寄予的厚望。

伴随网络媒体一路更迭，我也随之一同成长转变：网络上从辛苦打铁获得“新浪论坛十佳写手”的ID，到博客10万点击的早期小规模“网红”，再到暴虐“人肉搜索”的亲历者；现实中从硕士生到IT小白领、再到获得博士学位并开始文学研究……曾经那个满腔热情跳进虚拟世界寻找慰藉的我，慢慢冷静下来拉开距离，见证网络文学的这些年。

网络文学，先是从一种无功利的缥缈精神追逐变成遍地开花、充满欲望的言说方式。越来越多新鲜的、套路的、引人振奋的和令人作呕的文字不断涌现——互联网不再空寂，大量言说在我们习惯的文学性“书面语”之外，把日常生活加入这个“网络文学”范畴。每个人的故事都迫不及待地想要透过新媒体生长。那些自称“草根”的作者，真的带来了草一样的写作，有奇葩也有杂草，或者说，绝大多数是杂草：不见理想、个性和独创性，大多是记录、复述以及不加掩饰的关于金钱、女人和权力的梦。它们也许真实，却并不好看。即便如此，这类网络写作依然是自由的，个别特别擅长讲故事的人还带来了早期网文关键词：“挖坑”“催更”“太监”等，从中可以看出那时依靠身体写作和充满荷尔蒙气息的网络氛围。

不得不承认，让如今我们所见的“网络文学”活下来的，是它挣到了钱。所有知名文学站点都认可，单靠向传统媒体如出版、影视剧改编输出活不下来，是VIP收费和线上支付救了它们。说不上什么时候，网络文学画风突变！从自娱自乐、非常穷酸变成志在娱人和特别有钱！与之相配的，是满屏“大大”、“打赏”、“跪求”和“舔屏”的文风。其实，我真不是对赚钱有偏见，我相信有充分物质保障，见过足够多的世面，会带来更好看的故事，我特别希望认真敬业的网络作者能通过写作在现世就赢得体面的生活。只是，钱以及随之而来的资本运作让个别变成主流、让试探成为模式。资本不介意对象是什么，只关注自身的增值，它用最直接见效的方式对网络文学从形式、内容、题材方面设计摆布。这一波动作让曾经不起眼的网络文学突然变成体量大增的巨型产业：“类型文”“爽感”“代入感”“打赏”“全产权运营”“网络作家富豪榜”等，充斥着这一阶段的网文圈。

如果就这样不受拘束地发展下去，网络文学肯定比现在的类型和内容更多，但是创作是否会更兴盛，作品是否会更好、更上一层楼呢？从我自己阅读“成人情色”或者干脆就是“黄色小说”的经历中，或许可以看到回答这一问题的难度。

我第一次读到成人小说的时候，已经23岁。很抱歉，虽然研究文学，但作为一个循规蹈矩的女生，此前我从来没有读“禁书”的经历。那次中学同学聚会，听说我做“网络文学研究”，一名男生主动推荐我看《金鳞岂是池中物》，“写得也没什么稀奇”，他说“就是特别特别长”。在当时的网上，《金鳞》堂而皇之地张贴着。它不仅有千奇百怪的情色组合，有将权力金钱与现实结合巧妙的幻想，还有非常清晰的逻辑和故事情节，代入感超强！更重要的是，《金鳞》是网上自发的写作，在没有依靠字数收费打赏的时候，这部一百八十多章的性小说慷慨地一章章坚持连载，它的动力机制可能只是个人表达的欲望。但就是这种欲望开创了后来许多网文类型：“后宫流”、“种马流”或者“总裁文”、“杰克苏”、爽文之类，都可以从中找到最初的影子。

震惊之余，我才意识到网络写作在当下的先锋性：它不会仅仅是形式的试验或观念的探索，它理应接触到人性更多的层面。通过它，也许民众的媒介素质和文化理性能够向无微不至的监管制度展示自治和自律的可能性。自发的创作不应刻意回避某些现实，网络文学让我充满期待，哪怕就是这些成人、情色和性的话题，我期待网络文学能打开新的维度，我期待读到三岛由纪夫之外的另一种“禁色”，我期待“百合”不仅在川端笔下盛开……然而，谈到性，又是多么刺激，它尤其能让一贯受屏蔽的中国读者开开眼界。果然，网文中涉及性的内容越来越多，它们向着另一个极端奔去——只有性没有情，只有欲望没有故事，连身体都只剩下器官……粗糙幼稚得可笑。为什么？网站编辑朋友告诉我，在大批新试水网文界的网站里，资方为增加点击数据，要求添加性描写“无下限”。是的，我认为性在文学中不应该缺席，许多话题不应该是禁区，但是，也不应该受利益胁迫而无限放大。

对于许多文学网站的老编辑来说，2014 年 4 月 11 日是不堪回首的一天。当晚 19 点 40 分，“新浪读书”17 名接到检查通知正在加班处理站内读物的编辑突然被警察带走。24 日，全国扫黄打非工作小组办公室通报：新浪网读书频道 20 部在线作品，经鉴定为宣扬淫秽色情。那年 7 月，中国作协在北戴河召开“网络文学大会”，满载文学网站管理人员和编辑的大客车从北京进入河北，停车例行检查身份证时，车里突然静了下来，气氛紧张诡异。直到民警离开，车重新开了一段之后，大家的呼吸频率才慢慢恢复正常——对于办公室里每日处理文字的小白领们来说，被带进公安局是怎样的刺激、惊吓和震慑！那一年“净网行动”措施之严厉让我这个观察者都颇感触目惊心。

2014 年“净网行动”后的文学网站状况以及网络文学监管历程，可参见本书第六章第四节“外部力量对网络文学的导向”部分。此后，制度参与对网文面貌的强力塑造，在中国作协、新闻出版管理部门的推优、排行榜和审读、阅评之下，网络文学也逐渐变成“玄幻、穿越”：不指涉、不追究、纯幻想、纯娱乐；“小白文、正能量”：简单轻快，话题保险；近年来在强力导向下，又出现大批“现实题材”以及“强国流”等与生活相关的主题征文作品。网络作者纷纷加入专门的组织网络作协，成为人大代表，号称社会“新文艺群体”“新社会阶层”。如今若希望以写作成名，依靠网络比依靠印刷媒体更加容易。

中文网络文学发展 20 年之际，到处都在总结回顾。作为一个早期的作者、读者、疯狂打铁和猛烈拍砖的 ID，我曾经将有血有肉的自己完全抛进网络文学的世界里。而如今，作为一个观察者和批评者，脚踏阅评和推优两界，我不得不抽离感情，保持冷静。网络和政治、金钱挂钩并不是中国特色，无论水军、广告还是不期而遇的“404”，那个预言中的网络乌托邦，在很多方面已被证明，是一种更为强力且有效的监控和权力体系，所以，网络文学，没有也许，没有必须，它依然需要我们——我们这些爱它、关注它的人，指出问题，发现优点，同时为它在资本和制度之间的生存作出解释并拓展新路。

“坏”与“顺从”
——对网络文学主角形象演变的一个观察

周　敏[①]

一

阅读网络文学（尤其是2005年之后越来越类型化的网络文学），一个最为突兀的感受是主角不再是传统意义上的好人，如路见不平不顾个人利害的侠客、单纯善良的“白莲花”等，取而代之的是一个个知进退、有计谋、很会自我规划的个人主义者。他们不能随便吃亏，不想做“滥好人”，同时不愿和外部世界有过多的牵扯。于他们而言，外部世界太混乱，是对个体有着强烈压迫感的他者。因此，在生存的逻辑面前，他们只想把自己的小日子过好，让自己（也包括自己的亲人与朋友）首先发展好。在他们的发展轨迹里，外部世界的大小是不断变化的，其大小与个人能力的大小一定要匹配，也即有多大的能力做多大的事情，去多大的地方。如此才能有安全感，并牢牢成为所在世界的掌控者。这也基本上是玄幻、修仙、穿越小说的空间演进逻辑。不少高人气的幻想类小说，主角的“金手指”都与能随身携带又不易被人发现的空间法宝有关，因后者可以最大限度地保障主角们“躲进小楼成一统”，自成“小世界”，并追求“猥琐发育”，逐渐把外部世界吞噬、转化为自己的小世界。本文认为，主角的这一自我呈现的方式正是网络小说近些年呈现的主要特点。

与其将这种对传统叙事伦理的偏离看作网文作家故意标新立异，毋宁说其中反映了网文对读者普遍的阅读代入与心理认同的把握，进一步

① 周敏，嘉兴学院中文系讲师、浙江大学人文学院博士后，主要研究领域为媒介与20世纪中国文学、当代中国通俗文学与文化，电邮地址：zhm656@126.com。

说，它反映的是网络时代人们（尤其是青年群体）新的情感结构。在网文的作者与读者看来，如此自利的人才是“真”的人，或者说在一定范围内承认自私自利的合法性才值得信任，自利与利他并不冲突。同理，狠毒与善良、狡猾与单纯、猥琐与正经、痞气与纯情、多疑与信任等都可以和平共处，关键要分清场合、敌我与尺度，其中自有一些道德原则，但却是相当粗浅的。所以，尽管读者称《凡人修仙传》（忘语）主人公韩立为“韩老魔”，但丝毫不影响他们对这一人物的喜爱。网文作家无罪还创作过一系列“猥琐流”小说，如《流氓高手》《通天之路》（其主角的姓名就叫“魏索”）等，也都收获了巨大的点击量。在《盘龙》里，主人公林雷要消灭代表恶势力一方的“光明教廷”，不是因为后者的恶行，而仅是因为这种恶行恰巧实施在了林雷母亲的身上。

在女频小说里这种情况依然普遍存在，如在有关《后宫·甄嬛传》（流潋紫）的读者讨论中，读者几乎一面倒地对甄嬛为了自保和保护她所爱的人所表现出的“心狠手辣”与“爱恨明了”表示理解与支持，称赞她有“真性情”，并且“骨子里是善良的”。其背后真实反映了2006年以来在民间/青年亚文化中所蒸腾而出的“反白莲花”浪潮。①

在淡化道德立场的同时，网络文学对既有规范与权力逻辑却又表现出了相当的顺从与认同。实际上，承认性格的多面性，所谓该善良时善良、该毒辣时毒辣，就是对外部世界残酷性体认的直接反应，其出发点是自我的保存与发展，不是通过改造世界来改造自己，而是在承认世界的前提下使自己越来越走进世界的中心。所以，即使他们已经处在巅峰，也不会试图去改变规则。对于他们而言，这是最坏的世界，处处是竞争与压迫，但也是最好的世界，给了奋斗者无穷的动力与机会。还以林雷为例，当已修炼成为最强者因而有很多人找他主持公道的时候，他尽管表示同情，但还是拒绝了，“非亲非故，我都要帮？那我要分身万亿了”，“别说帮别人了，就我自己的事情，还有许多都没做好”。世界

① 王玉王：《从〈渴望〉到〈甄嬛传〉：走出“白莲花”时代》，《南方文坛》2015年第5期。

依然改变不了，“自己的事情”永远是首要的。在《通天之路》里，当“散修”出身的魏索以其最强大的实力震慑住了所有和他为敌的大家族与大门派并与他们达成停战协议时，特别做了如下的申明：“你们今后要按照修道界既定的规矩办事，公平交易，若是恃强凌弱，或者再想和我对敌，我和你们现在划定的协议，便全部取消，我必定会杀上你们山门。”这也不是重新制定规则，而毋宁说是对“既定规矩”的再次强调。修道界原本就存在已经相当完善的建立在良性竞争与公平交易之上的规则，需要的不是推翻而是复兴。即便像《新宋》《宰执天下》《回到明朝当王爷》这样的历史穿越小说，主人公改写历史的豪情与自信也不过是来源于后见者对既有的西方大国崛起经验的把握，他们实际上并没有建造一个另类世界的想象力与胆略，只是在规则的范围内行事。

网络文学一向在“YY 无罪，造梦有理”中经营“爽点”，但从上述两个方面而言，它恰恰最真实地捕捉到了当下青年的情感结构。陶东风曾经批评玄幻小说体现了“游戏机一代”青年的“非道德化”与“犬儒主义”①，尽管本文对这种评价有所保留（后文中将作出分析），但它无疑从侧面证明了网文与现实的深刻关联。不过，本文更想从 20 年网络文学文本的内在演变中去分析与把握目前这种流行的自我呈现方式的源流。

二

可以发现，在早期网络小说如《第一次的亲密接触》（痞子蔡）、《缘分的天空》（宁财神）、《活得像个人样》（邢育森）等中，主人公在一定程度上就已经卸下了道德包袱，他们或多或少都带有某种“痞气”，贫嘴、滥情、放荡、混乱、蔫坏、玩世不恭，对一切似乎都漫不经心，并以此形象与心态自我标榜与吸引异性。但实际上痞气只是其

① 陶东风：《游戏机一代的架空世界》，《文艺争鸣》2007 年第 4 期。

表，它不过充当着抵挡/抵抗现实种种不如意和强烈挫败感的一个硬壳，其背后隐含着对“纯情”“永恒”的守望。邢育森在《活得像个人样》中调侃主人公天灰“天生一副小资产阶级的完美主义和理想主义”，这句评语可以挪用在这一时期很多网络小说的主人公身上。唯其如此，当面对现实与理想的错位时，他们才会时时挣扎在“自我”与“超我”、“痞子”与“小资”的夹缝之中，既对现实无法认同，又深知自己的理想无处寄托，因此只能在虚拟的网络空间中以角色扮演的形式肆意释放自我，挥霍青春，但同时又不间断地被不经意冒出的不安与伤感所侵蚀。如此，个体就只能在喧哗与躁动中浮沉。

如果说20世纪90年代的纸面文学进入到一个“无名”的时代，文学对个人的想象开始逐渐告别集体话语，那么世纪之交网络文学的兴起明显加速了这样的进程。正如陈村在2000年所说，网络生活的匿名性，使得“人们身上许多隐形的东西现出原形”，“人终于知道自己原来可以这样，知道人原来是这样。性别、年龄、经历，种种我们赖以成为一个人的东西，在网上，都可以被忽视和改变”。[①] 所谓“隐形的东西”，主要是指被社会主导价值所压抑的个人性的东西，它们在浮出历史地表之际，因未经道德裁决，往往会表现为让人既亢奋又不安的小颓废与小堕落。在一定程度上，这种情感状态含有一定的正面价值，背后的逻辑是以带有瑕疵的“真”（“自然”）人性对抗崇高价值、完美人格的“伪”道德。这与王朔“痞子英雄”的逻辑多少有些类似，而且王朔也是在“躲避崇高”的背后藏着对纯情与理想的坚持与缅怀[②]。所不同的是，网络文学所反抗与坚持的，更显轻飘与模糊，带有更强的娱乐性，追求的是“过把瘾”，但很难到“过把瘾就死”（即使这一时期的网文写了不少的“死”）。由于宏大目标的烟消云散，所谓伤感、苦闷，往往成为了可以消费的小情绪。

---

① 陈村：《网络两则》，《作家》2000年第5期。

② 张永峰：《“顽主”的“伤心”之处》，《文艺理论与批评》2017年第4期。

对这种小情绪的表现无疑占据了当时网文创作的主流，它也符合此时原创网络文学最重要平台“榕树下”网站所倡导的“生活、感受、随想”这一文学理念。不过，随着越来越多的人参与到网文的生产与传播当中，在网文的“草根化”趋势面前，“榕树下”的过于“沙龙化”、纯文学化和小资化开始显现出它的不足，于是更为随意自由和大众参与度更高的“天涯社区”则迅速替代了“榕树下”的地位。而“天涯”（也包括此时有着类似性质的其他文学论坛）的“江湖气”又给网文的角色塑造带来了一些新变化，其中一个值得注意的方面就是“恶声恶气”被注入了原有的痞气。因在“天涯”上首发《成都，今夜请将我遗忘》而迅速成名的慕容雪村就曾如此谈论自己的写作，“写文章也一定要恶声恶气，唯恐别人不知‘老夫是个恶人’。”他对文学与道德有着自己的理解，“我强烈反对道德对艺术作品指手画脚”“文学与道德无关，一个真正的写作者，他在心灵上应该是自由自主的”。在他这里，写作的自由自在与卸下道德包袱有着一定的因果联系，所以他才会“恶声恶气”并不无得意地宣称：“以下是我的重要缺点：自私、冷漠、孤僻、对世界缺乏爱心。还有一个更坏的：我为我的缺点感到自豪”。[①] 慕容雪村的这一认知与个人气质才可能更容易在“网文江湖”中脱颖而出。如果说“痞气”多少带有一点多愁善感的“文青”气质，那么“恶气”则世俗气息更浓，荤素不忌更适宜在“草根”中摸爬滚打。而由“痞气”到“恶声恶气”，是一个逐步挣脱理想主义、堕入尘世并自我麻醉的过程。《成都，今夜请将我遗忘》将主人公命名为“陈重”（“沉重”），带有相当明显的象征含义，小说也给人消极压抑之感，这一切都意味着现实的向下的逻辑全方位地压倒了理想主义的向上逻辑，与天灰们总是在“完美”与失意之间苦闷相比，陈重对纯情已经不抱奢望，而理想也越来越成为一个模糊的背景。当对现实的质疑与反思的微弱力量几乎完全被肉体的放纵所倾覆，主人公最终指向了“将

① 吴虹飞：《慕容雪村：一个狐疑的家伙》，《南方人物周刊》2009 年第 5 期。

我遗忘”，借自我催眠与自我欺骗来告别沉重。这种在沉重与告别沉重之间的摇摆，既有猎奇也有探索，一方面加剧了人的自我分裂感和精神痛苦感，另一方面使网文从“小清新”走向“重口”，从此“残酷”也成为网文最重要的青春书写方式。

当然，网络小说还有另一种不同于从痞气到恶声恶气的发展趋势，这里所指的就是以2000年今何在《悟空传》为代表的一类作品。无论是痞气还是恶声恶气，它都给人一种沉郁之感，个人在环境面前显得羸弱和无能为力，而悟空这一形象则充满着力量感与明确的反抗意识，尽管他也表现出一定程度的自我分裂，但其身上依然有着掩饰不住的自由主义与理想主义激情。不过，只要稍加留意就能发现，悟空也承续着这一时期网文人物的一些共性，经“大话”文化和网络文化共同洗礼之后，前文所说的痞子气依然渗透进了悟空的英雄气之中，他被塑造成了一个有血有肉、爱惹是生非的“真人”，或者至多不过是个不断克服恐惧的“修仙者”。与此同时，原本的“普度众生”也在很大程度上让位于“自我成神”，悟空也因此成为网络文学类型化之后大量涌现的个人奋斗者们的先驱。这种建立在自我意识觉醒与膨胀基础之上的对消极自由与积极自由的追求（从“天下再无可拘我之物，再无可管我之人”到“再无我到不了之处，再无我做不成之事，再无我战不胜之物”）以及为此殒身不恤，满足了新世纪青年对青春叛逆的期待，并成为这部小说最打动人心之处。但《悟空传》最值得注意的地方还在于它没有夸大反抗的摧枯拉朽，让“燃”进行到底，而是写出了反抗的不可能性（如悟空所说，“反抗不过徒增痛苦”），豪情壮志注定要跟着岁月一起消磨，反抗的结局不是改变了世界，而只是改变了被世界所改变，大闹天宫、冲决一切网罗的美猴王没有了，取经路上只知杀妖（实际上是同类）赎罪、感受到金箍存在才安心的孙悟空登场了。这又与从痞气到恶声恶气这一网络文学发展趋势中人物的无力感、分裂感相呼应。当然，悟空的少年梦想并没有消散殆尽，只是被压抑到记忆的最深处，所以他最终选择了“宁愿死，也不肯输”的悲情结局。但所谓“不肯输”，实际上不过是在承认“这个世界就是这个样子”之后的一种“情怀”补偿，安慰更大于激励。这与作者在再版序言中所说的“这个世界我来过，我爱过，我战斗过，我不后悔”在逻辑上是一致的。在心有余而力不足的前提下，着力在提高“心力”之价值，这么做的后果是反而进一步确认了现实的不可改变性。

三

玄幻小说兴起、网络文学的类型化趋势越发明显以后，那些在多重自我之间以及自我与他人、自我与世界之间挣扎的文青型、情怀型主体基本消失不见了（也许尚有个别见于以“文青”著称的猫腻的一些小说中），陈重（《成都，今夜请将我遗忘》）、悟空（《悟空传》）们纷纷转世投胎，成为对“成功需要奋斗、奋斗必会成功”深信不疑的新的自我奋斗型主角，自我开始统一，并要高于他人与世界，后两者都是个人成功的“踏脚石”。为了达成这一点，他们往往让那些在现实生活中不那么成功的主角（如像《活得像个人样》里的天灰，职场和情场都不得意的公司白领）“穿越”到异时空或者前现代（也有“重生”到青少年时期，利用后见之明重新规划人生），并赋予其拥有“金手指”（在功能上类似于网游中的“开挂”）的能力，从而凸显其绝对的比较优势。典型的角色有猫腻《庆余年》里的范慎，穿越前只是个得了重症肌无力绝症的少年，但穿越之后这种疾病体验却成了他修炼神功的基础；哥斯拉《宰执天下》里的贺方，穿越前是为生存疲于奔命的采购员，想的都是如何顺利报账，但穿越到宋朝成为韩冈后，立刻运筹帷幄、全在掌控，一套做生意的理论所向披靡；月关的《回到明朝当王爷》也是如此。在对当代的演绎中，由于是亲历主角重生，选择和后果的对应更加直接。瑞根《官道无疆》里的陆为民重生到20世纪90年

代，大学毕业分配前夕，利用后见之明提前掌握政策变化，在官场混得风生水起，走上完全不一样的人生路。女性穿越也遵循类似模式，如《步步惊心》里，女主穿越前是遭遇上司打压、男友欺骗的小白领，一穿越就成了诸多皇子钟情的玛丽苏。这自然是通俗文学“爽文”机制影响的结果，但也确实能看到人们对新的掌控型人物形象的期待。这与现实的无力感、“启蒙的绝境”恰成反比，也正反映了类型化网络文学善于造梦或者说折射现实的能力。

不过，“新”中自有“旧”，前一阶段中的“痞气”——或者说由痞气而生发的对何为“自然”人性的理解以及对主流道德“伪善”的体认——以及慕容雪村所主张的“道德与文学无关论”依然得以保留与发扬。对不仅表现为主角们都不以“好人”自居，而且在叙事中还质疑那些“好人好事”的行事动机以及公平无私的真实面目。如《凡人修仙传》里主角韩立的三师兄刘靖由于幼年时被邪修掳走过，因而当修炼有成，常以主动灭杀邪修为人生追求，并因此赢得了巨大的正面声望。但叙事者明显没有将其塑造成修仙界“楷模”的企图，而是一边叙述一边解构，揶揄刘靖不过是“渐渐迷恋上了这种受人尊崇的感觉”，“大半是为了享受他人的敬仰之色而已”，最后直接将其写死，让其在死亡的威胁下彻底暴露自己。相比而言，多少有些“黑化”的韩立才是活得真实的，也活得更为长久。无罪《通天之路》里，甚至戳穿所有道貌岸然大门派的虚伪面目，而把一个名为魏索的猥琐“散修”小人物树立成了让人喜爱的形象。

除此以外，他们对既定规则/权力体系也越来越采取顺从的姿态。而这种认同，也是有网络文学内在基础的。在《悟空传》里，我们就看到了这种发展的倾向。不过，如果说《悟空传》的规则顺从是主体被强力压制的结果，规则始终外在于主体，那么类型化网文则是通过“金手指”将规则内化了，“金手指”以及其他所有化解矛盾的神奇方式的大量出现，表面上意味着对规则的不满，但实际上他们之所以能发挥神奇的作用，全赖于这些规则的满血运转。“打脸”“打怪”，莫不如此，只有别人全在规则中，“我”才能利用这些规则脱颖而出。存在的都是合理的，主角所想的不是去批判、改变与反思，而是如何为我所用。不仅玄幻、穿越、重生，甚至官场、职场类网文莫不如此。大家的关注点和爽点都在“打怪”之后的“升级”。如《侯卫东官场笔记》虽然也有对人性、权力与制度的反思（这是传统官场小说的重点书写对象），但主要还是聚焦在侯卫东一步步升迁的过程，看他如何在暗流汹涌的官场中运用自身的强大能力脱颖而出的。这依然是“升级文”，官场的级别与修仙的层级实际上并无二致。而关注“升级”，也就必然要重新界定外部世界的性质（所谓“丛林法则”的世界）以及我与世界的关系（疏离、对立又顺从、利用），从而进一步突出了自我，使得活下去并活得好的生存技术考量远大于活得善与安心的道德考量。

这自然会招来不少从道德角度出发的批评，其中最典型的是来自陶东风的一系列文章，前文就曾提及，他相当不满网文中所弥漫的“非道德化”与“犬儒主义”，并从“80 后”“游戏机一代”的成长环境中分析这一现象产生的原因，这不仅批评了网文，也批评了与网文紧密联系在一起的“80 后”青年一代，认为他们“一方面在社会不正之风的影响下在很大程度上认同了“坏者为王”的逻辑，不择手段地捞取现实利益，另一方面通过网络游戏等手段打发自己的无聊，发泄自己的剩余精力”。[①] 这一论点是在考察 2005 年度由新浪网所评出的“最佳玄幻文学”前三名作品《诛仙》、《小兵传奇》与《坏蛋是怎么炼成的》而得出的，之后又针对《甄嬛传》批评了其中的“比坏心理”，认为它腐蚀了社会道德[②]。

这种为网络文学与当代青年（亚）文化把脉与诊断的方式，自然

① 陶东风：《游戏机一代的架空世界》，《文艺争鸣》2007 年第 4 期。

② 陶东风：《比坏心理腐蚀社会道德》，《人民日报》2013 年 9 月 19 日，第 8 版。

有一定的准确性与合理性，但是一味停留在指责上，却也不可避免地遮蔽了其中的积极性与合理因素。怎样理解非道德化、犬儒主义甚至充满“负能量”的主角形象的积极与合理性呢？当然不能从其自身上发掘，而应从中国文化的整体特征上去分析。中国文化向来有“伦理本位”的特点，“君子喻于义、小人喻于利”，提倡义与无私，反对讲利益与私心。对人性有过高的期待，其结果很容易造成人的表里不一，甚至滋生出相当普遍的“表演性”人格。中国文化中的这种消极面向，早在五四时期就引起过新文化人士的高度注意，如鲁迅就曾花大力气痛评过国人的“做戏”性质，但这种现象似乎至今依然有存留。在某种意义上，无论是规则顺从还是犬儒主义、精致的利己主义，也是由于“表里不一”文化所带来的，“利己”之所以要“精致”，就是一种把“利己”装扮起来好以虚假好看面目现于人前的结果。另一方面，尽管当下中国“犬儒主义”“精致的利己主义”确实盛行，但基本上一经谈起就要在祭起的道德主义大旗下被打入另册，很难得到更为深入的讨论，更不用谈妥善的引导和转化了。这种不愿意正视“私”甚至严密防范“私”，很有可能逼迫“私”以一种更具破坏力的方式登场。在此意义上，网络文学以较为正面的态度想象和创作大量自私而顺从的个体，将个体的自私性等问题呈现在公众的视野之中，让问题浮出水面，有一定的现实针对性和反抗性，所以自有其正面意义。更何况，那些主角也并非毫无原则与底线，在追求个人利益的同时，也一直在努力追求“自由”（更多是柏林意义上的“消极自由”，即免于被他者、世界所压迫、吞噬的自由）和维护“本心”（尽管含义模糊），此外他们对勤勉奋斗的执着和对亲情友情爱情的珍惜维护（在玄幻等网络小说中，亲朋爱人往往是主角的“逆鳞”，不容侵犯，否则就会遭到主角的疯狂报复），都包含了一定的“正能量”。这些品质正是主角与反派们最大的区别所在，后者的无所顾忌、毫无廉耻与不择手段处处反衬着主角内心所拥有的对基本道德的坚守。因此，在相当程度上，正如邵燕君所说，由于这种原始朴素的道德观是从“在欲望深处升起来的”，所以“特别靠得住，是重建‘主流价值观’的基础”。[①]

当然要一再重申的是，这里并不是说欲望本身就真的能“倒逼出”更为合理、良善的人性，“主观为自己”与“客观为他人”之间还间隔了好多个精细的转化。贺照田在分析20世纪80年代的“潘晓讨论”时曾指出，“要真的建设性面对潘晓的问题，就必须思考如下问题：如何在顺承、转化此宝贵的理想主义激情，为此理想主义激情找到新的稳固的支点的同时，消化和吸收因此理想主义的挫折所产生的强烈虚无感、幻灭感能量和冲力”。[②] 这给本文带来了一定的启发，在一定程度上肯定网络文学的“真小人”气质的同时，也要充分发掘和重新唤醒其中潜藏的“文青气”与“理想主义”及其背后的精神思想传统，从而形成更好的转化与“升级”的契机。

不过，近两年网络文学所遭受的限制越来越多，在塑造人物上越来越要与主流价值观靠拢。因此，像唐家三少《斗罗大陆》这样的表现少男少女团结友爱努力修炼的“小白文”因不出差错而屡获各类推荐，以至成为中国网络文学的代表[③]。尽管现实题材这两年被提倡，起点等网站上还专门辟出了“现实频道”，但从现状来看，反而造成了网络文学现实精神的缩窄，前文所说的“契机”也因此变得面目不清。

---

① 邵燕君：《网络时代的文学引渡》，《名作欣赏》2015年第16期。

② 贺照田：《从“潘晓讨论”看当代中国大陆虚无主义的历史与观念成因》，《开放时代》2010年第7期。

③ 许苗苗：《网络文学20年发展及其社会文化价值》，《中州学刊》2018年第7期。

关于网络文学发展历程的回顾、反思与期待

黄艳明（iceheart）[①]

网络文学的诞生及发展与科技的进步、社会的发展、国家的宏观调控等，都有着千丝万缕的联系，也由于其具有很强的更新节奏，传播范围及阅读群体庞大，所以网络文学作品对应的电影、电视剧、网络剧、微电影、游戏等多方位的版权也同样得到了重视，可以说发展至今，网络文学作品的版权所创造的价值已经今非昔比。

作为国内建站较早的一批文学网站中的一员，我们晋江文学城有幸陪伴着网络文学走过了“婴儿时期”和“幼儿时期”，直到现在的“少年时期”，也与整个行业一起经历了这二十年的风风雨雨，亲眼见证了网络文学的迅速发展，其影响之广泛也让人始料未及，但仔细想想又是情理之中的事。

一 网络文学源起与收益模式的转变

（一）非功利阶段

1998年，痞子蔡的《第一次的亲密接触》爆红，标志着网络文学的诞生。也是在那一年，华语文学门户网站“榕树下”创立，聚集了安妮宝贝、宁财神、李寻欢、蔡骏、今何在等一批在华语文学界极具影响力的作家。1999年7月，晋江万维信息网成立，晋江文学城作为其组成部分，随之成立。这一时期是网络文学的发展初期，这一阶段的主要参与者是文学爱好者，他们把文学作品发表在网络上，主要是为了解

① 黄艳明，晋江文学城创始人、站长，2003年创办了“晋江文学城”，在网络文学领域有十余年的实际工作经验，负责晋江文学城网站的初期组建及后期管理工作，使“晋江文学城”从一个简单的文学爱好者的集散地快速且稳健地成长为行业内的翘楚。

决传统文学投稿、出版相对较难的问题，以较低的门槛实现自己的文学梦想，收获心理的满足感。这个时期的网络文学作者基本没有经济目的，也基本没有实现经济目的的可行方式。因此当时的创作，无论是从形式上，题材上，还是写作方式上，都非常自由和自我，追求内心的真实表达，通常写作速度会很慢，也不过于注重与读者的交互。

（二）出版阶段

2002—2003 年间，经过几年的发展，我国的计算机及互联网的普及率有了很大的提升。由于同好者众多，且对网络文学有了一定的接触，大家对阅读和发表有了更高的要求，所以一大批原创文学网站在此阶段开始建立并快速发展，包括幻剑书盟、龙的天空、起点中文、晋江文学等。而且这一阶段，网络文学的经济价值也逐渐被出版社发现，处于金字塔顶端、特别受欢迎的网络文学作品开始被市场认同，网络文学进入可取得经济效益的出版时代。一系列优秀的网络文学作品开始实体化。（当时的实体化主要有两个途径，一个是言情类作品在大陆出版，比如《泡沫之夏》《何以笙箫默》《梦回大清》等，一个是玄幻奇幻类作品在台湾出版，比如《飘渺之旅》《小兵传奇》等。）

由于实体出版是当时唯一可以使作品实现经济收入的方式，同时，实体出版也代表了更高程度的文学水准认同。这两点导致当时绝大多数网络作者的写作状态发生了根本性改变。题材的选择不再像第一阶段那样天马行空，开始有意识地选择容易出版的类型。女生的言情小说开始大量诞生，男生的玄幻奇幻无比繁荣，原本占据网络文学重头的武侠小说开始没落。

这一阶段文学网站的主要经营方式是推荐出版，收取代理费，因此，这一阶段文学网站对于作品的推荐，也主要是看作品适合不适合出版。长期合作的出版社也会非常认同文学网站的推荐榜单。比如晋江文学城的官方推荐榜，就曾经在长达几年的时间内，每一本上榜作品都能得到出版。

（三）VIP收费阶段

网络文学步入出版时代后，其创作形式与传播方式就开始受到市场机制的强烈影响，然而，能够出版的作品毕竟是处于金字塔顶端的少量作品，一个网站几十万作者，每年能够出版的作品不过几百本，这一数量显然不能满足广大作者和读者的需求，所以网络文学的VIP付费阅读应运而生。晋江文学城于2008年开始施行VIP收费阅读制度，至此各大文学网站基本全部完成VIP收费商业模式的转化。

VIP付费阅读制度将在出版阶段只有极少数作者可以获得经济利益的作者数量扩大到了成千上万，且随着社会的进步，国民对于丰富多彩的文化生活的需求不断增加，版权意识也有所觉醒，所以作者通过网络文学创作获得的经济利益的数额也有大幅提升。

有很大一部分作者可以通过VIP制度来获取不低于工资的收入，得以全职投入创作。故他们便不再以文学爱好者的身份参与到网络文学中来，而更加具有专业性和专注性。他们会有目的地研究如何创作可以更好地获得收入，从而总结出一些写作的经验和套路。

在VIP制度下，文字变现的即时性远远超过出版，发表的当天即开始收获，文章是不是受欢迎，卖得好不好，有最真实和直接的数据反馈。这时期的作者读者互动性空前增强，甚至出现了打赏、催更等直接用金钱来反映喜爱程度的方式。

二 付费模式与网络文学的新特质、新问题

（一）付费网文的新特质

由于变现的即时性，更新字数直接影响月收入，这一阶段，网络文学的更新字数开始呈现爆发性增长。二十万字精雕细琢三五个月的时代一去不复返。一个普通的全职网络作者，平均收入水平是千字三十元的话，每天保持六千字的更新量，才能保证月收入在五千元以上。因此，

全职作者的更新压力非常大。

也是由于字数变现的即时性，文学网站整体更新字数与收入的相关度同样非常高，因此在推荐上，会绝对性地倾向千字收入高以及更新速度快的文章。要提高千字收入，相当于要提高作者写作水平，这一点非一夕之功，因此，更多时候，网站推荐的重点也会落在更新字数上。

由于更新量大，这一阶段的网络文学作品呈现出字数长、更新快、故事性强、文字不洗练的特点，俗称“注水”。尽管“注水”会影响读者的阅读体验，但是由于连载的特点，内容比较精练但是好几天更新一次的焦急感和内容“注水”但每天都大量更新的文章，读者宁可选择大量更新的“注水”文以缓解对于故事后续发展的渴望。

在作者、网站、读者三方的合力下，同等精彩程度的作品，更新快的比更新慢的更受欢迎。这是这一时代传播的特点之一。

相较于文字水平的下降，这一时代的内容创新却特别出色。由于电脑屏幕大，鼠标操作简单，一个文学网站首页内页各种推荐榜单加起来，一期总共可以推荐大约 5000 篇文章，再加上按类型定制的搜索和排序等功能，几乎所有的文章都有可能被人找到看到，这大大增强了网络文学的长尾效应。

由于长尾效应的增强，让更多的作者可以放心尝试新的类型和题材，不害怕找不到同好的读者。这是网络文学创新的黄金时代，许多别具创意的流派或桥段，都是在这个时代诞生的，比如无限流、随身空间、种田文、重生、盗墓等。

（二）利益引发的新问题

但是同样，每一个火热的创新点，都会迅速引起跟风写作。一个题材火了，模仿的同题材作品会迅速产生。但是由于之前提到的，文学网站拥有海量推荐位，跟风写作会带来一个个潮流，却很难将整个网站淹没。

另一个问题是，由于 VIP 制度的实行，盗版网站便有了生存空间。

这一时代的传播媒介不再是正版文学网站占据绝对统治地位。有统计表明，同一篇文章，在所有盗版网站的点击之和，大约是正版网站的十倍。一篇文章的读者数与它的应实现收入是不能简单计算的。盗版网站的存在，虽然损害了作品与作者的利益，但在扩大传播上，也起到了重要的作用。只不过这部分外延的传播，其变成收入的转化率相当之低。

三 手机阅读、新市场机制与网络文学的再次转变

随着手机和移动网络的普及，人们的工作、生活开始与手机紧密结合起来，网络文学阅读终端也顺应时代的发展，开始由电脑端向手机端转移。2014 年前后，各个文学网站的阅读 APP 逐渐面世，网络文学迎来了手机时代。

在这之后的几年，如我们所见，智能手机的流行，使得电脑的使用率迅速下滑。手机占据了生活中大量的碎片时间，原网络文学的读者，其阅读行为也越来越多地发生于手机。

从积极方面来看，手机能够比电脑更加有效地利用碎片时间，因此读者的总体阅读量有所提高，相应的作品收入也会提高。然而从另一方面去观察，出于便携的考虑，手机的屏幕相较于电脑，非常小，手机的点触操作，相较于电脑上的鼠标操作，也不够精细。因此，手机上的文学网站无法再像电脑上一样，提供足够多的推荐位和足够方便的搜索排序方式，以致长尾效应会在手机上不断减弱，而马太效应则会越来越强。

这将导致收入开始迅速地向更少的作品集中，成功者更加成功，但成功者会越来越少，同时，为了降低风险，后来者的跟风行为会越来越多，创新行为则会越来越少。这最终导致题材的雷同淹没作者的创新行为，以及可以安心全职写作的作者减少，最终的结果可能就是历史的螺旋上升，换了一种展示形式，回到了实体出版时代那种金字塔

结构。

在这样的市场机制下，网络文学的传播也会产生相同的由长尾效应转向马太效应的变化。另外，手机阅读的APP化，让作品不再是统一一个浏览器，而是被分隔于不同的APP之间，读者搜索和阅读盗文变得麻烦起来，而推广盗版APP的风险则会增加，这让盗版的传播比以前困难了，对于正版文学网站来说，是一个不幸中的好消息。

四 IP热与文学盈利模式的飞跃

网络文学经过十几年的发展，已经慢慢占据大众文化的主流地位，而大众文化，本身就是各种影视游戏的基础。所以，网络文学IP化，其实是一个水到渠成的事，只是它需要一个契机。在此契机之前，影视游戏作品大都遵循着传统方式由编剧来撰写原创剧本或脚本，虽然零星也会有一些网络文学作品被改编成影视游戏，但都不是因其网络文学的特殊身份，只是一部有名或优秀的作品被改编，而它恰好是网络文学。直到2015年《盗墓笔记》网剧和《花千骨》的热映取得巨大成功，才引爆了“IP”这个概念，网络文学正式进入影视游戏制作人的视野。

同年《中共中央关于繁荣发展社会主义文艺的意见》由新华社全文播发，其中明确提出大力发展网络文艺，推动网络文学等新兴文艺类型繁荣有序发展。有了国家政策的扶持和改编成功的案例，“IP热”现象产生。

IP开发和运营将“读者”范围从原来的网络文字阅读者拓展到纸书阅读者、电影电视观赏者、游戏玩家等更广阔的受众群体，也就跳出了纯网文读者这一范畴，形成了新的“全IP读者金字塔”，所面对的受众广阔无垠，变成了一种全民作品。相对于原来的“网文读者金字塔”，新的“全IP读者金字塔”基数更大，其主要群体也更具有社会

主流性，也必然更符合社会主流价值观，这就是我们现在说的大 IP 之所以“大”就是它已经超脱了网络文学作品，成为一部全民作品。而能够成为大热 IP 的作品无一不是具有独特性，精雕细琢，经过长时间发酵，读者沉淀筛选出来的精品，IP 热标志着更多网文作者渴望突破、渴望超越的心情。IP 热无疑对网络文学的审美情趣和价值观有巨大的正面影响。很多辛辛苦苦耕耘的作者通过 IP 的转化，极大提升了作品的价值，这给追求短平快的网络文学创作树立了新的标杆，使网络文学作品的成功又有了一种新的模式。从收入来看，以前作者创作出一部作品，可以出版一本书收入两三万元，进入 VIP 时代，一部作品如果有幸拿到重要推荐，可能收入十来万，而进入 IP 时代以后，被选中的作品基本上以百万元起步。

但是也不得不承认，IP 热使网络文学出现了题材更加窄化的现象。因为一部作品的 IP 转化可能带来上百万或者上千万的收益，这个诱惑实在是太大了，但是这个机会太少了，比如改编影视连续剧，一年全网顶多有一百部作品可以获得的这个机会，这一百个机会作者会怎样去争取？哪个题材更受欢迎？作者会去衡量，网站也会去衡量。这使得作品间的竞争更激烈了，作品题材进一步窄化，作者创作的倾向性进一步集中的现象更加突出。

而且现在国家政策也会对作者在创作题材上的选择产生一些影响，比如近一阶段在大力倡导现实题材作品的创作，一些原本擅长现代题材作品创作的作者会继续执着于现实题材作品，很难愿意进行其他类型题材的尝试了；另一些原本擅长古代题材创作的作者为了赶上这波利好的政策，也会尝试进行现代类作品的创作，但并不是所有作者都能做到两面开花，更多的这类作者已经通过多年的创作积累了很多的历史知识，被弃之不用了。IP 热潮把作品的类型集中到一两个方向，作为在网文行业十几年的我们其实是不太愿意看到，我们更愿意看到百花齐放、百家争鸣的局面。

五　从业者的一些思考和期待

作为十多年从业者对行业的思考，我认为网络文学经营者不能只把眼光放于网络，单纯追求短平快的网络成绩和由此带来的商业价值，其社会价值和文化传播价值同样不可小觑。以《花千骨》为例，其书籍已经在东南亚发行，广受好评，并有泰国、日本的电视机构商洽购片。这对于中华文化在当今时代的文化传播具有不可估量的意义，是在走出去的号召下软实力的体现。

中国的网络文学在世界范围内一枝独秀，用“润物细无声”的方式传播中国文化。在海量发表读者选优的基础上，在庞大的国内电子阅读市场的多年培育下，网络诞生了很多叫好又叫座的作品和一支有能力从事写作、也有足够的收入可以维持写作的网络作者队伍，同时诞生了庞大的读者群作为他们的后勤保障。这样的一支历经十多年“战火”考验的队伍，是国外完全不具备的，也是我们的作品走出去的根本原因。这支成熟的作者队伍以及读者后勤，是经由十多年的市场行为反复磨合形成的，是不断试错再反复纠正后取得的成果。

我们晋江从2011年与越南签署第一份版权合同，便开始了版权海外输出，至今已向包括越南、泰国等国家输出版权作品500余部，合作模式也包括了授权海外图书出版（将作品翻译成当地文字进行图书出版）、信息网络传播权向海外输出（将作品翻译成当地文字在网络或手持移动端发布）、文学作品在国内已经改编出的成品，以成品的形式（如影视作品）在当地电视台或视频网站等平台播出。

对于今后的发展，我们认为主要还是要以内容为核心发展新的市场以及开拓新的模式，虽然晋江在海外版权输出方面很早就开始了，但是受限于转化成本、文化辐射度等原因，主要的对外输出国家还是以东亚、东南亚地区为主。目前我们在努力拓展，希望以新颖的题材内容

（不仅限于中国特有的文化内容，如仙侠等）开拓新的市场，不再仅限于亚洲国家。同时也希望能够和更多的合作方进行多元化的合作，开发新的模式，降低海外输出的成本，能更多更好地将作品输出到海外。

最后倡议文学网站尽量在本站内容多元化方面做出尝试，不要因为短期商业利益而让编辑影响作者的创作自由，“文艺不能当市场的奴隶”，呼吁反对“网络八股文”，争取为中华民族奉献绚烂多彩的文学作品，使得我们为中国文化对外输出多作一些贡献。

后　记

持续数年的研究终于告一段落，虽仍有很多遗憾，但也为将来的进一步探索留下了许多可能。

在这里，我要感谢中国作协以及作协网络文学研究院。作为首批特聘研究员中最年轻的一员，我不仅在这里找到了研究领域的同仁，更在诸多友善师长的鼓励下，坚定了在网络文学方面继续拓展的信心。

特别感谢为本书作序的厦门大学黄鸣奋教授。2000 年伊始，正是他的文章令刚刚开始走向网络文学研究之路的我不再孤单。虽然直到十多年后才首次见面，但他始终是我网络文学研究道路上的引导者。

在本书写作过程中，北京师范大学蒋原伦教授、上海大学王晓明教授的指点令我深受启发。同时，我还得到美国纽约哥伦比亚大学商伟教授、Andrew J. Nathan（黎安友）教授、奥地利克拉根福大学 Rainer Winter 教授、英国伦敦威斯敏斯特大学 Hugo De Burgh（戴雨果）教授、美国圣母大学 Michel Hockx（贺麦晓）教授的帮助。在此一并感谢！

另外要向我的家人，特别是我的母亲表示谢意。家人无微不至的关怀和持之以恒的激励推动我在前进的道路上丝毫不敢松懈。

本研究的不同部分曾获得国家社科基金青年项目、中国留学基金委访学项目、中国作协理论扶植项目、中国作协网络文学研究院项目、北京市社会科学院出版项目资助。

本书原计划2020年出版，但这个魔幻的年度令世界遭遇前所未有的改变。现实仿佛末世大片，网络生存景观却更加真切。在这值得记忆的一年里，我也开启新的职业生涯，离开北京市社会科学院，来到首都师范大学，成为一名教师。虽然刚上岗就上线，但网课与我所开设的网络文学、媒体文化课程却相得益彰。如今，这本历经波折的书终于要从数码变成纸张，从个人电脑的收藏夹走进图书馆和书房。我也期待以全新的面貌，与各位老战友、新朋辈，与各位师长和学友一起，携手谱写新的篇章！

许苗苗

2021年2月18日